U0871127

中国古典诗词品汇

李商隐诗品汇

李中华 谢泉 撰

长江出版传媒
崇文書局

前　言

李商隐（812—约858），字义山，号玉溪生，又号樊南生，原籍怀州河内（今属河南），是我国晚唐时期的著名诗人。

李商隐自称是李唐王朝的宗室后裔，然而支派疏远，家族早已没落，境况与普通百姓无异。他在文宗开成二年（837）中进士第，时年26岁，开始踏入仕途。他的官场生涯，主要是在唐文宗、武宗、宣宗三朝。从整体看，这是大唐王朝历经安史之乱后，朝政走向衰败、腐朽，日益没落的时期。地方藩镇割据、内廷宦官乱政，朝中党争纠缠，而社会的残破与民生的疾苦，更是使诗人怵目惊心。李商隐年轻时有过远大的抱负，曾在诗中表白“永忆江湖归白发，欲回天地入扁舟”，希望在做出一番宏伟事业后归隐江湖。然而实际上，他的官场履历艰辛而坎坷。他长期“沉沦下僚”，四处奔走，寄人篱下。初出仕时他任秘书省校书郎（正九品上），调补弘农尉（正九品上），又为秘书省正字（正九品下）。大中元年追随郑亚于桂州，任掌书记、检校水部员外郎（从六品上），回京后选为周至尉（正九品下），仕途十年又跌回到初出仕时的原点。大中三年，卢弘正镇徐州，李商隐被奏为判官、得侍御史（从六品下），两年后补为太学博士（正六品上）。大中五年，他追随柳仲郢前往东川，出任节度书记、检校工部郎中（从五品上），这就是他一生得到的最高官阶了。他的最后一个官职是盐铁转运使属下的“推官”，也只是一个事务性的职位。这与他心目中经邦济世的将相伟业显然差距甚远，所以一生仕途郁郁不得志，成为他终生难以排解的最大忧伤与痛楚。临死前他还在诗中哀叹“如何匡国分，不与夙心期”，失志之痛洞彻心扉，直到他的生命之火完全熄灭。

李商隐诗歌有着广阔而厚重的时代内涵。关切民生的疾苦，关注朝廷重大事件，时刻思考、探究社会盛衰变迁的深层缘由，追思并揭露批判王朝政治的弊端，这为他的诗歌奠立了深厚的历史人文根基。他的《行次西郊作一百韵》，可与杜甫《自京赴奉先县咏怀五百字》《北征》相比拟。此诗历述唐王朝从贞观之治、安史之乱一直到甘露之变，社会走向动乱、京郊农村日益残破颓败的真实场景，堪称“诗史”。诗人想要把自己亲眼所见的百姓苦难上诉于天子，愿意“君前剖心肝，叩额出鲜血”，然而君臣阻隔，怎会听到他的倾诉呢？他的《有感二首》《重有感》等诗作揭露“甘露之变”中宦官肆意屠杀朝臣的血腥罪行。在《哭刘司户蕡》等诗中，他又抨击宦官专制、朝政腐败，对于忠贞之士遭贬逐表达了由衷的同情。在《韩碑》《随师东》等诗中，他热情歌颂朝廷讨伐叛镇的正义之举，揭露藩镇割据的危害与罪行。在《井络》诗中，他还指出自然天险不可凭恃，假借武力割据称雄是一定会失败的。李商隐还写作了大量的咏史诗，讽刺历代帝王生活的荒淫腐化以及追求长生不死的虚诞。这些作品，从不同的侧面表现了诗人慷慨的志节与凛冽的风骨。

然而李商隐的性格气质却是偏向柔弱敏感，而又婉娈多情。他一生写作了大量反映青年男女爱情与婚姻的诗篇，这些作品中既有他个人爱情追求与婚姻生活的影子，更多的则是对时代风情与社会状况的文学再现。就个人而言，他 27 岁时娶泾原节度使王茂元之女，婚后夫妻恩爱和睦。然而在大中五年的秋天，妻子王氏因病去世，这一年他刚四十岁。妻子的去世对诗人的心灵是沉重的一击，从此他郁郁寡欢，一度产生遁入空门、弃绝人世的念头。诗人的生命中从此浸染了浓重的忧伤情调与悲剧气氛。东川节度使柳仲郢见他丧妻后生活孤独，殊多不便，曾经决定将乐籍女子张懿仙赐给他“以备纫补”，但为诗人所拒绝。他在《上河东公启》中说自己虽然在诗中经常会写到“妖姬”“妙伎”之辞，然而现实中并无风流浪漫的情事，可见他的私生活是严肃而非苟且的。李商隐是唐代诗坛抒情诗的“圣手”，是最负盛名的抒情诗人，他的爱情篇章在秾丽中注以深情，显得“绚中有素”，从而开创了晚唐新的诗风。

李商隐诗的艺术成就，总体上看是博取诸家之长，运以匠心，熔铸成自己独到的艺术风格。在评论李商隐的诗歌成就时，人们习惯将他与杜甫联系在一起。宋人王安石称“唐人知学老杜而得其藩篱者，惟义山一人而已”，清人吴乔称“少陵诗是义山根本得力处”，管世铭以为李商隐学杜“胎息在神骨之间，不在形貌”，薛雪更认为“前有少陵，后有玉溪，更无有他人可任鼓吹，有唐惟此二公而已”。李商隐对于杜诗的学习与借鉴是全面、深入的，然而从整体的规模与气象看，李商隐毕竟不及杜甫。杜甫是以扛鼎之力开创了一个诗国，李商隐只是在规模老杜。杜甫用他整个的生命忧国伤时，李商隐诗的情感基调却是伤春伤别。杜甫将个人的苦难完全融入他的国家与时代，李商隐遭遇的不幸却是他的生命中所特有的。如果说杜甫是“忧”，李商隐则是“伤”。杜甫的忧思是时代的、广大的，李商隐的感伤则是孤独的、带有个体性的。李商隐一生在情感上守着寂寞，在理想上襟抱未开，这熔铸了他的诗歌情感的特质。

在晚唐诗坛上，李商隐的诗风又是对中唐元和诗风的继承与创新。元和、长庆之际，诗坛风云激荡、名家辈出，创造出新的文学景观。此时诗坛上形成了韩孟、元白两大诗派，一则险怪，一则平易。两派在创作上都成就丰硕，建树超卓。然而从社会的大趋势看，元和诗人的中兴理想在宪宗末期便趋于衰歇，后来更完全失去了现实的依凭。时风所至，年轻的苦吟诗人李贺出现了。李贺诗歌的特色是奇崛幽峭，凄恻艳丽，他的笔下呈现的是一个千奇百怪的世界。新颖的比喻、象征与联想构成了李贺诗中灿若繁星的意象群。有学者认为李贺在诗坛上开创了艺术、唯美的时代，说他“以沉博绝丽的形式，矫正韩派的枯瘦犷野，以‘艺术为艺术’的主张打破元白的功利主义，遂成立唯美文学的时代”（苏雪林《唐诗概论》）。正是这种诗坛风气转变的大背景下，以李商隐为主要代表的沉博绝丽、婉娈情深而又朦胧隐曲的新诗风应运而生，并且迅速流传开来。

叶燮《原诗》中曾将盛唐之诗比作春花，就像“桃李之秾华，牡丹芍药之妍艳”，固然是一种美；晚唐之诗则如秋花，犹如“江上之芙蓉，篱边之丛菊”，不也是另一种美吗？李商隐的诗歌，正是开放在晚唐诗苑的一簇婆娑而秾丽的秋花。李商隐又是一位众体兼备的全能诗人，在不同诗体中其风格的呈现是丰富多彩、仪态纷呈，而变化多端的。然而义山诗的代表性风格，是他的《无题》诗及部分长吉体诗篇所展现出来的。李商隐的“无题诗”以闪烁朦胧的意象，交错变化的思绪，寄寓一种或浓烈，或悱恻，或凄清无望的情怀。它隐去了诗中人物的身份，略去了事件的线索，淡化了相关的形迹，以融化典故、烘托背景、或隐约暗示的技法，将诗人对人生的体悟与心灵的感受融化其中。在“无题诗”中，一切都被“心灵化”了。自然物被赋予了情感、灵性与诗人特有的感伤气质。诗中的每一片意象，都是寄托人生情愫的载体，任由读者去作审美的联想。李商隐还创作了一批仿效李贺诗风的“长吉体”篇章，包括《燕台四首》《碧城三首》等。这些作品，表现出一种顽艳诡峭、光怪陆离的风格。近人张采田曾评价说：“唐人能学长吉者首推玉溪，其次则温飞卿。”又分析道：“玉溪生此种数篇，……语语运以沉思，出之奇笔，读之如异书古刻，光怪五色，不可逼视。如此方能与长吉代兴，如此方许其学长吉之诗。”

关于李商隐“无题诗”及“长吉体”诗歌的情感主题，历来聚讼纷纭，令读者莫衷一是。有学者认为“无题诗”是寄托君臣朋友之义的，或是寄意于牛李党争中某人某派的，又有学者认为是描写男女艳情的。在主张“艳情说”中，有说是写诗人与令狐家婢妾恋爱的，有考证诗人与女冠子恋爱的，有猜想诗人与宫女恋爱的，种种附会，宛如小说的创作。关于“长吉体”诗歌的解说，更是歧义丛生，层出不穷。如《燕台四首》，有说诗中女主角是“使府后房人”，有说是“所恋于女冠”，有说是“二美堕于一地”，也有人认为诗中写的全是某朝臣“之迁贬而言”。其他“长吉体”作品的解读，也大体如此。

我国古代文论有“诗无达诂”之说，又有“以意逆志”的阐释方法论。这里的“意”应是“学者之心意”。以后来学者之“意”，探求前代诗人之“志”，“庶几得作者苦心于千百年之上，恍若如身历其世，面接其人”（仇兆鳌《杜诗详注》），这只是一种理想中的虚拟状态。然而由于后世学者所处的时代不同，所遭逢的思想潮流发生变化，学者的身世经历与知识背景更是千差万别，所以对诗歌的解读也就自然言人人殊、歧义纷呈了。

李商隐的诗作素称难解，有学者甚至名之为“玉溪诗谜”。金代元好问《论诗绝句》有云：“望帝春心托杜鹃，佳人锦瑟怨华年。诗家总爱西昆好，独恨无人作郑笺。”自宋代以来，试图解说、品评、注释李商隐诗歌的代不乏人。然而明代以前的笺注本都未能流传下来，明末释道源（石林）再为作注，清初朱鹤龄在其基础上“删取其什一，补辑其什九”，撰成注本行世，这是现存最早的完整注本。其后更有程梦星（午桥）、姚培谦（平山）、屈复、冯浩、张采田等诸家的笺注与年谱考证之作相继问世，其他相关的评论、释意亦多。当代学者的论著则更是层出不穷，不胜枚举了。

《唐书·艺文志》著录“玉溪生诗”三卷，现存的李商隐诗约有六百首。前人诸家注本，有的按照诗体编辑，有的依据年代排序，二者各有其利弊。今选择李商隐不同诗体中的代表作共一百七十余首，分诗体编次：首则七言律诗，其次五言律诗，继之五言排律，继之七言绝句，继之五言绝句，继之七言古诗，最后是五言古诗。其间组诗注释有分有合，依据其内容灵活处理。行文赏析释意，大抵博采诸家之长，辨析品汇，则斟酌前贤诸说，择善而从，并独立作出自己的解析与判断。庚子、辛丑之年，大疫流行，艰难之中，竭尽心力，撰为此书。未尽之意，尚祈有识之士不吝赐教！

目　　录

七言律诗

锦瑟[1]

锦瑟无端五十弦，一弦一柱思华年。
庄生[2]晓梦迷蝴蝶，望帝[3]春心托杜鹃。
沧海月明珠有泪，蓝田[4]日暖玉生烟。
此情可待成追忆，只是当时已惘然[5]。

【注释】

① 锦瑟：瑟为弦乐器，饰以宝玉，绘纹如锦，故名锦瑟。

② 庄生：即庄周。《庄子·齐物论》记载有“庄生梦蝶”的故事，常见。

③ 望帝：传说古蜀王杜宇，号望帝，死后其魂魄化作子规鸟，又曰杜鹃，悲鸣泣血。

④ 蓝田：古代记载“蓝田山出美玉”，见《汉书·地理志》。司空图《与极浦书》有“诗家之景，如蓝田日暖，良玉生烟”之语。

⑤ 惘然：迷惘，悲伤失意之貌。

【赏析】

对李商隐《锦瑟》一诗的解释，歧说极多。元好问《论诗绝句》

有云："望帝春心托杜鹃，佳人锦瑟怨华年。诗家总爱西昆好，独恨无人作郑笺。"近代梁启超也说李商隐的《锦瑟》等诗"我理会不得，但我觉得它美，读起来令我精神上得一种新鲜的愉快"。历代学人的解说，主要有悼亡说、自伤身世说，又有咏琴声之"适、怨、清、和"说，诗集自序说，感伤唐王室兴衰说，以及与丫鬟恋爱说等等。所以有人感叹"一篇锦瑟解人难"，信然。

李商隐诗中写到锦瑟的，还有《房中曲》中"归来已不见，锦瑟长于人"，《寓目》中"新知他日好，锦瑟傍朱栊"，《回中牡丹为雨所败》中"玉盘迸泪伤心数，锦瑟惊弦破梦频"，所咏都与其爱妻王氏有关。《房中曲》就是悼念妻子王氏的，尤为明白无误。所以《锦瑟》诗的主题，就是怀念、追悼妻子王氏的悼亡诗无疑。有学者推测说：李商隐家中的确有一架锦瑟，"很可能是王氏从娘家带来的，王氏做少女时即与它为伴，后来作为陪嫁品带来李家，置于这一对新人窗前，受到他们特别的喜爱"，"（晚年诗人）睹锦瑟而思念亡妻，感伤身世，万念俱灰，于是以'锦瑟'名篇写成了著名的《锦瑟》诗。"（郑在瀛《李商隐诗集今注》）这一推测，是符合情理的。

《锦瑟》的首联以锦瑟起兴，由物及人，为全诗确立了悲伤的基调。锦瑟是一种弦乐器，其声悲楚，这使得诗人联想起自己一生，想到已经去世的妻子，浓重的悲伤迷惘之情不禁升腾而起，笼罩在他的心头。据《史记·封禅书》："太帝使素女鼓五十弦瑟，悲，帝禁不止，故破其瑟为二十五弦。"五十弦瑟的主调是悲伤。而据考订，李商隐写作此诗时，已经接近五十岁了，所以也就"一弦一柱思华年"了。

中间连续排列了四个意象，更加烘托、强化了诗人难以言说的内心忧伤：一是"庄生梦蝶"，表达人生如梦幻之境；二是杜鹃啼血，乃是藉望帝春心，寄寓自己的伤痛；三是海中鲛人，在月明之夜眼泪化作珍珠；四是蓝田埋玉（隐喻妻子王氏去世）之后，唯见一片烟树迷离，备感凄凉。人生青春玉质，死后安葬，谓之“埋玉”。《梁书》卷五十记载张瓒有云：“不谓华龄，方春掩质，埋玉之恨，抚事多情。”“蓝田”一句，正与此相通。这四句一说梦幻，二说啼血，三说眼泪，四说埋玉旷野，烟树凄迷。其主题是悼亡，怀念亡妻，同时追思平生，寄托自己深重的人生伤感。

这四个意象组成一个意象群，其基调是优美而又忧伤，朦胧而又神秘的，可以作不同的解释，可以有不同的寄托。有人说诗中描写的是锦瑟的乐声，从中体会出“适、怨、清、和”的艺术美；有人从诗中窥探出儿女的私情，故有令狐青衣的臆测；有人从诗中附会出党争的踪影，从而一一去类比朝廷人物；也有人从文学的象征去理解，以为它“略同编集之自序”；更有人从晚唐的历史背景去理解，认为它寄托了家国兴衰之感。各种解释，似乎也都无不可。

然而从本质上说，这是一首在悼念亡妻中自伤平生的诗。诗的尾联与首联相对应，“可待”（岂待）对应“无端”，“当时”对应“华年”。唐代元稹《遣悲怀》中写道：“昔日戏言身后意，今朝都到眼前来。……诚知此恨人人有，贫贱夫妻百事哀。”悼亡之情，与此相通。

概要地说，这首诗首联以锦瑟起兴，引出“思华年”的主题，中二联用并列朦胧的意象抒发情感的缠绵与悲伤，尾联则是点睛之笔。全诗寓意深厚而托词婉约，哀艳悱恻，情辞丰茂，景外有景，诗外有诗。这就给人无限想象与多元阐释的空间，无怪乎清代王士祯在《论诗绝句》中感叹“一篇锦瑟解人难”了！

【辑评】

朱鹤龄《李义山诗集笺注》：“按义山《房中曲》‘归来已不见，锦瑟长于人’，此诗寓意略同。是以锦瑟起兴，非专赋锦瑟也。《缃素杂记》引东坡适、怨、情、和之说，吾不谓然，恐是伪托耳。刘贡父诗话云‘锦瑟，当时贵人爱姬之名。’或遂实以令狐青衣，说尤诬妄，当亟正之。”

冯浩《玉溪生诗集笺注》：“此悼亡诗，定论也。”

屈复《玉溪生诗意》：“此诗解者纷纷，有言悼亡者，有言忧国者，有言自比文才者，有言思侍儿锦瑟者，不可悉数。凡诗无自序，后之读者就诗论诗而已。其寄托或在君臣朋友夫妇昆弟间，或实有其事，俱不可知。自三百篇、汉魏三唐男女慕悦之词，皆寄托也。若必强牵其人其事以解之，作者固未尝语人，解者其谁曾起九原而问之哉？”

徐天闵《玉溪生诗意》题下按：“此诗哀艳，当为悼亡之作无疑。无端者，所谓悲来无端也。睹锦瑟之五十弦，又配以一弦一柱，令人顿悲百年偕老也。”

圣女祠

松篁台殿蕙香帏①，龙护瑶窗②凤掩扉。
无质③易迷三里雾，不寒长着五铢衣④。
人间定有崔罗什⑤，天上应无刘武威⑥。
寄问钗头双白燕⑦，每朝珠馆⑧几时归？

【注释】

① 松篁：青松、翠竹之类。蕙香，蕙兰、香草之类。蕙，香草名，初夏开花。

② 瑶窗：美玉点缀的窗户。

③ 无质：形容女子姿容迷离恍惚、柔若无质之状。

④ 五铢衣：神女所服之衣，质地极轻盈。古制二十四铢为一两。

⑤ 崔罗什：唐人传奇中的青年才俊，出身名门。《酉阳杂俎·冥迹》（前集卷十三）记载他曾夜访神女，两人交谈汉魏故事，临别互赠礼品。

⑥ 刘武威：传说汉武威太守刘子南，封冠军将军，曾学习神仙之术，有神药传世。见《太平广记》卷十四。刘禹锡《和乐天诮失婢榜者》："不逐张公子，即随刘武威。"

⑦ 双白燕：指双玉钗，形状如飞燕，是女子的首饰，此处代指神女。

⑧ 珠馆：神仙宫殿、天上府第。

【赏析】

据《水经注》（卷二十）记载：武都秦刚山，山高入云，"悬崖之侧，列壁之上，有神象若图，指状妇人之容。……世名之曰圣女神。"大约开成二年，李商隐赴兴元（今陕西汉中）途中，经过此地，游览圣女祠，有感而作此诗。

诗从描写神女祠堂开始。首联写到堂前的松树与竹林，堂上的蕙兰与香草，写到龙凤雕刻的窗扉；二联写到神女的容态与衣着，一种飘逸、轻盈、朦胧而神秘的女神形象便恍然呈现目前了。三联提到人间的崔罗什与天上的刘武威，在对照中委婉地吐露了诗人的情怀，是理解此诗的关键所在。崔罗什是清河人，清河崔氏是中古史上的名门望族，而崔罗什年少风流才俊，擅于文学，素有美名。《酉阳杂俎》记载他夜行时，忽见"朱门粉壁，楼台相望"。有青衣邀请他与某女郎相见，女郎自称是曹魏时期吴质之女。吴质是建安、黄初时代的著名文人，魏文帝曹丕曾有《与吴质书》一文传世。该女郎对崔罗什说，适才见崔郎"息驾庭树，嘉君吟啸"，故希望两人相见。崔罗什与她谈起"汉魏时事"，都一一与史书记载相合。最后，崔罗什赠给她玳瑁簪，女郎则回赠以"指上玉环"，并相约十年后再见面。这一段人神相遇被赋予了人间青年男女的风流情调，引人幻想不已。而刘武威则是一介武夫，他曾经学习神仙之术，能够“隐形辟百鬼、诸毒、兵刃、盗贼”。这天上刘武威与人间崔罗什的对比，是为了彰显人间的美好，对于青年人来说，就是青春男女情感的可贵。这是一种情感的联想，也是隐约的暗示。

尾联顺从着这种情感与思绪，转用双玉钗代指这位女神，问道：你到上天宫府朝见参拜，何时可以归回人间呢？李商隐另一首五言排律《圣女祠》中写道：“杳蔼逢仙迹，苍茫滞客途。何年归碧落？此路向皇都。……惟应碧桃下，方朔是狂夫。”其中寄托的情感脉络，与此可以相互映证。

明清以至民国学人多认为这首诗别有寄托。一说诗人隐然以圣女自比，比喻“仕途讬足之难”。如姚培谦说：“若在人间，定应有崔罗什；若论天上，未必有刘武威。且钗头白燕，尚未成双；岂珠馆往来，而此身竟全无附丽耶！”这真是奇思异想了！二是认为诗中的“圣女祠”实际上是一座女道观，诗中暗示与女道士的一段恋情，如苏雪林认为：“起首二句言女道士居处之宏丽，颔联记衣装之轻倩，次联用《酉阳杂俎》仙女爱凡人的故事。‘钗头白燕’见《洞冥记》，暗射女道人是由宫人出身……义山来访未见，故戏问钗燕以归期。”这些解说，都难免将抒情诗当作小说，任意联想，属于过度阐释、牵强附会了。

【辑评】

清屈复《玉溪生诗意》：“一二，祠；三四，圣女；五六，开；七八，总结。一二，台殿窗扉如此。三，圣女之神，云雾迷离；四，圣女之像，长着铢衣。五六圣女应在天上，今在人间者，人间定有罗什，天上应无刘郎耶？自喻也。故寄问钗头双燕，每朝珠馆，何时可归而一会也。后五言长律与此意同。”

清程梦星按：“此亦为女道士作。道院清华，居然仙窟，故云‘松篁台殿蕙香帏，龙护瑶窗凤掩扉’也。有此深宫，如隐烟雾，道家妆束，偏称轻盈，故云‘无质易迷三里雾，不寒长着五铢衣’也。……”

清冯浩《玉溪生诗集笺注》：“此与前所编二首迥不相似，必非途次经过作也。程氏谓为女冠作，似之，但无可细详。”

重过圣女祠

白石岩扉碧藓滋，上清[1]沦谪得归迟。
一春梦雨[2]常飘瓦，尽日灵风不满旗[3]。
萼绿华[4]来无定所，杜兰香[5]去未移时。
玉郎会此通仙籍[6]，忆向天阶问紫芝[7]。

【注释】

①上清：天上神仙洞府，有上清、玉清、太清，合称三清。上清，是真人所居。

②梦雨：形容雨丝飘忽，若有若无，恍若梦中。一说，“梦雨”暗用巫山神女事。

③不满旗：形容风势轻微，若有似无，吹不动祠前的旗帜。

④萼绿华：传说中的仙女，年可二十许，上下青衣，容貌端庄美丽。据仙书载录：她在东晋穆帝升平三年十一月十日夜降临于羊权家，以后又多次往来，赠以仙药、金玉条脱等，后隐影化形而去。

⑤杜兰香：传说中仙女名，因犯有过失，贬谪人间。据说她后来降临到桂阳张硕家，三年后，传授“举形飞化之道”，张硕亦飞升成仙。见《太平广记》卷六十二。

⑥ 通仙籍：登录上仙人的名册。仙籍，仙家的簿册。

⑦ 紫芝：灵芝之类的神药，传说食之可得成仙。

【赏析】

据考订，李商隐第一次途经圣女祠是在开成二年（837），当时他才考中进士，时年二十六七岁。两年后他被授为秘书省校书郎，调补弘农尉，从此开始了奔波风尘、沉沦下僚的宦海生涯。到大约大中九年（855），诗人已经是四十多岁，临近了生命的晚年。他跟随幕主柳仲郢由东川返回长安，再次途经圣女祠，于是写下了《重过圣女祠》这首诗以抒情寄慨。

抚今思昔，诗人心中满满的是人生坎壈之痛，仕途迁谪之感。

诗的首联还是描写圣女祠的外观，白石的门窗上已经长满了碧绿的苔藓，神女从上清洞府被贬谪下界却还迟迟没有归去！第二联继续烘托幽寂的岁月，春天的冷雨飘洒在屋瓦上，早晚的风也微弱无力，若有若无，不能吹起祠堂前的旗幡。这一切好像梦境一般，使读者不禁联想宋玉的《高唐赋》，想到巫山神女与楚王相会的"旦为朝云，暮为行雨。朝朝暮暮，阳台之下"的情景。然而梦雨凄迷，灵风柔弱，诗中渲染的是遭贬谪、被弃置的寂寞失意之感！第三联笔锋一转，又写到萼绿华与杜兰香这两位神女的传说。萼绿华是一位年轻貌美的女仙，她所降临的羊权一家三代人潜心修炼，沉浸仙道，萼绿华与羊权二人志趣相合，最后一起飞升登仙。《云笈七签》（卷九十七）记载："（萼绿华）自云是南山人，不知何山也。"诗中云"无处所"，也就是不知来自何处之意。文中又载《萼绿华初降赠诗》曰："羊生标美秀，弱冠流清音。栖情庄惠津，超形象魏林。扬彩朱门中，内有迈俗心。"诗中二人同心修炼，志得意合，溢于言表。杜兰香从小生长在湘江洞庭之滨，十几岁时飞升登天。飞升前她对其父说："我仙女杜兰香也，有过谪于人间。玄期有限，今去矣！”后来杜兰香又降临到洞庭包山张硕家。张硕也是慕仙修道之士，三年以后，他们二人一起登仙而去。因为《墉城集仙录》明白写着“兰香降之三年，授以举形飞化之道，（张）硕亦得仙”，所以诗中说“未移时”。这两句举出萼绿华、杜兰香的降临人间与飞升仙界，寓意丰厚，耐人品味。它既可以寄托怨愁，也可以视作对圣女的慰藉。

诗人歌咏圣女祠，同时也寄托了自己内心深处的忧伤。圣女的贬谪不归，仿佛象征着诗人自己的仕途坎坷，沉沦下僚。所以诗的尾联提到“玉郎”。玉郎，特定语境中可用作道家的官职名，但通常是对青年男子的美称。元稹有《送王十一郎游剡中》：“想得玉郎乘画舸，几回明月坠云间。”崔珏《美人尝茶行》：“云鬟枕落困春泥，玉郎为碾瑟瑟尘。”牛峤《菩萨蛮》：“门外柳花飞，玉郎犹未归。”在这首诗中，诗人则用“玉郎”暗指青年时的自己。青春流逝，岁月不居，使诗人感慨不已！他想起第一次途经圣女祠时，他刚考中进士，“通仙籍”是考取进士、取得朝籍的委婉说法。那时他对朝廷还有着幻想，想要施展自己救世济民的抱负。“问紫芝”，是他青春政治理想的艺术象征。然而当他再次途经圣女祠时，却是青春蹉跎，理想空置！圣女的贬谪不归与诗人的宦场失意之感在这里融成一气，蒸腾出凄美、忧伤而又缠绵不已的情调，从而给人无穷联想的空间。

除了上述的理解之外，也有人认为这是诗人自写与女道士恋爱的故事，诗中萼绿华、杜兰香不过是暗喻情事而已！人心之异，见仁见智，兴趣所向，不必强求异同。

【辑评】

宋吕本中《紫微诗话》：“东莱公深爱义山‘一春梦雨常飘瓦，尽日灵风不满旗’之句，以为有不尽之意。”

清《金圣叹评点唐诗六百首》:“此则又托圣女以摅迁谪之怨也。”

清屈复《玉溪生诗意》:“前过此祠，松篁蕙香，今则碧藓已滋者，沦谪未归。故神女梦雨，一春飘瓦，山鬼灵风，日不满旗，犹留此不去也。萼绿华来，杜兰香去，虽有伴侣，来去无常。惟有玉郎会此，可通仙籍，追忆日前，曾向天阶问紫芝也。”又曰:“此《圣女祠》与《锦瑟》《无题》，皆自寄托，不必认真。”

潭州①

潭州官舍暮楼空，今古无端入望中。
湘泪②浅深滋竹色，楚歌重叠怨兰丛③。
陶公战舰④空滩雨，贾傅承尘⑤破庙风。
目断故园人不至，松醪⑥一醉与谁同?

【注释】

①潭州：秦设长沙郡，隋置潭州，唐代有湖南观察使，治所在潭州，即今之湖南长沙市。

②湘泪：传说虞舜南巡，死于苍梧，帝之二妃娥皇、女英追至湘江痛哭不止，以泪挥竹，竹上留下斑斑泪痕。

③怨兰丛:《楚辞》用香草美人的手法，以兰蕙、杜衡等香草，比喻朝中贤臣与美好品德，从而抒发情愫。如《九章·悲回风》以疾风摧折兰蕙来倾诉忧伤，曰“悲回风之摇蕙兮，心冤结而内伤”、“故荼荠不同亩兮，兰茝幽而独芳”。

④陶公战舰：东晋名将陶侃，曾任江夏太守，加鹰扬将军，在战斗中“以运船为战舰，……所向必破”。被封长沙郡公。

⑤ 贾傅承尘：贾谊，汉初著名作家，曾任长沙王太傅。承尘，古代房屋的天花板，承落灰尘，故名。

⑥ 松醪：唐代湖南出产的一种名酒。刘禹锡《送王师鲁协律赴湖南使幕》："橘树沙洲暗，松醪酒肆香。"又李商隐《复至裴明府所居》："赊取松醪一斗酒，与君相伴洒烦襟。"

【赏析】

唐宣宗大中二年，李商隐自桂幕北归，大约五月抵达潭州，并在那里短期逗留。作者似乎有所期待，在那里等待一位同乡故人前来相会，然而这位故人最终竟未到来。作者在等待眺望中，写下了这首诗。

怀古是这首诗的主题，伤今则是诗家寄寓的情怀。这在首联就点明了。"今古无端入望中"，将眼前所见、古今之事打成一片。"无端"，含有无可奈何，欲说还休的意味，其中无穷的思绪，则任由读者去体味、去补充、去想象。

诗中所咏跟长沙有关的历史人物及传说，首先是虞舜和他的二妃。舜帝又称重华，是华夏民族光荣的始祖，传说虞舜南征途中，不幸死于九嶷山，葬于苍梧。湘夫人娥皇、女英痛哭于湘江之滨，泪染斑竹。屈原在《离骚》中写道："济沅湘以南征兮，就重华而陈辞！"诗人屈原向重华倾诉衷肠，这一幻想中的场面穿越了千年时空，将历史永恒地连接了起来。长沙又是屈原的流放地，屈子《楚辞》开创了"香草美人"的诗风，用佩戴香草象征美好的道德修炼，用栽培兰蕙比喻养育人才，用回风摧折香草暗喻贤臣遭迫害、被斥逐，又用"兰蕙变而不芳"表达他深重的失望。这其中重重叠叠，倾诉了诗人内心多少的悲愤与幽怨啊！

《潭州》第三联又歌咏一武一文两位历史人物，都与长沙有关。一是东晋的陶侃，他以武功被封长沙郡公，然而登楼望去如今只余空滩细雨；一是贾谊，他忧国忧民，曾任长沙王傅，然而他的祀庙而今已是残破漏风。他们在历史上都建立了不朽的功绩，然而现实中却没有受到公平的对待。

诗的尾联从怀古的思绪回到现实的场景，诗人在等待着一位故人来赴酒局。然而放眼望去，却一直看不到这位“故园人”的身影。故人久候不至，这美酒与谁共享呢？

对此诗的解说同样聚讼纷纭。因为“湘竹浅深”涉及舜帝之死，所以有人联想到唐武宗之死、宣宗之立，又附会会昌年间党争下将相名臣李德裕、郑亚等人的遭遇，任意联想。还有人断言诗末未至的故人是时任湖南观察使李回，亦属揣测，皆不足置信。

【辑评】

清屈复《玉溪生诗意》：“一潭州暮望，二望中之感，中四皆承二。湘泪、楚歌、陶、贾古也，兰竹、风雨今也。七八自伤流滞于此。”

清方东树《昭昧詹言》：“此亦是咏怀古迹，以第二句为主，而下俱即潭之事景言之。……七句‘人不至’，或指刘蕡。”

近代张采田《玉溪生年谱会笺》：“此桂管归途，暂寓湖南，迟望李回之作。湘泪浅深、楚歌重叠，喻李党迭败，身世孤危。陶公空滩，谓郑亚远贬。贾傅破庙，自谓。……结则迟李回不至之恨也。（李）回宗室，与义山同出陇西，故曰故园。”

赠刘司户[①]

江风吹浪动云根[②]，重碇危樯[③]白日昏。
已断燕鸿[④]初起势，更惊骚客后归魂。

汉廷急诏[5]谁先入？楚路高歌[6]自欲翻。
万里相逢欢复泣，凤巢[7]西隔九重门。

【注释】

①刘司户：刘蕡，字去华，宝历二年（826）考中进士。他为人耿介，嫉恶如仇，慨然有澄清天下之志。大和二年（828）参加吏部试，他慷慨直言，抨击宦官专权，为宦官所忌恨，诬之以罪。被贬柳州司户而卒。

②动云根：惊涛巨浪，拍打江边的巨石、山崖。云根，指江岸的石头。古人认为山崖峻石是云生之所，故云。

③重碇危樯：形容风浪太大，即使用重碇固定，桅杆还是歪斜，船只有沉没的危险。碇，镇船石。樯，桅杆。

④燕鸿：北方飞来的鸿雁。刘蕡出生于河北昌平，故以为喻。

⑤汉廷急诏：汉代贾谊被贬长沙王太傅，后岁余，汉文帝思念他，于是降诏召贾谊回到京城。本句感叹刘蕡没有像贾谊那样被朝廷降诏召回。

⑥楚路高歌：以屈原被贬谪长沙比喻刘蕡的遭遇。翻，依旧谱作新词。

⑦凤巢：凤凰聚集之所，隐喻朝廷。九重门：京城，君王居地，门禁重重。宋玉《九辩》："君之门以九重。"

【赏析】

刘蕡是唐敬宗宝历二年进士。他为人正直，关心朝政，好谈王霸大略，敢于直言极谏，有担当道义、澄清天下之志。然而他所处的时代，政治弊端丛生，尤其是宦官专权，肆无忌惮地干扰朝政。当时宰相官署在皇宫之南，称南司，而掌管宫中事务的内寺省在皇宫之北，称北司。南北司之争，势同水火。宦官掌握着京都护卫皇宫的兵权，胁迫朝臣，甚至妄行废立，无所不为。就在刘蕡中进士这一年，敬宗李湛被宦官刘克明等杀死，“即时殂于室内，时年十八”。绛王李悟被立，枢密使王守澄等又杀死绛王，另立江王李昂（初名涵）为帝，是为文宗。此后大和九年（835），朝廷发生了“甘露之变”，大批朝臣被诛杀。这就是刘蕡所处的时代，朝政混乱、正邪相搏、祸生不测、危机深重。

大和二年（828），朝廷举行吏部试，刘蕡参加了这次考试。他在对策中猛烈地抨击宦官之祸，亟言朝政乱局，士林为之震动。宦官则对他极端仇视与嫉恨，《新唐书》记载他被“诬以罪，贬柳州司户参军，卒”。

这首赠诗的写作时间不详，地点则可能在湘江汇入洞庭湖的黄陵山（山上有黄陵庙）附近。诗的首联描写景色：江边山势陡峭，惊风巨浪拍打着悬崖石壁，显得天昏地暗。江船上的桅杆欹斜，有倾覆之险。这其实是晚唐朝廷政局的象征：君王受制于人，朝政祸机潜伏，随时面临不测的危机。第二联写到刘蕡的遭遇：你就像一只北方奋飞的鸿雁被人为阻断了飞腾之势，在这曾经的骚客流放之地你也同样心魂难宁。屈原在《九章·抽思》中写道：“惟郢路之辽远兮，魂一夕而九逝。”心向故都，希望早日返回朝廷是他们共同的期待。所以第三联继续就此发问：你是否会像贾谊那样被朝廷急诏召回，还是如同屈原在贬途一路高歌、自谱新词？当然这些只能是想象，是对友人命运的关切。尾联写到两人相见的情景，万里重逢，既悲又喜，欢极落泪！这是对真挚友情的表达，也蕴含着对友人命运的关切。最后一句是点睛之笔：西望长安，山川阻隔，君门九重啊！对国事日衰的殷切关怀，对友人遭遇的深切同情，以及对自身遭遇的悲愤，都包含在这一声叹惋中了。

【辑评】

清姚培谦《李义山诗集笺注》:“此恨忠直之不见容也。风浪奔腾,有滔天翳日之势,不但进用无由,而且放逐堪惊,世运可知矣。”

清屈复《玉溪生诗意》:“一二写时景,以风喻中人,以日喻朝廷。三比初对策被放,四比被贬。五贤良无出其右者,彼先登高第,果何人哉!犹言‘刘蕡下第,我辈登科也’,六相逢柳州。七八总结上六句,言君门万里,无可诉冤也。”

近代张采田《玉溪生年谱会笺》:“‘已断燕鸿初起势,更惊骚客后归魂’以湘累比(刘)蕡,其为初贬时无疑。蕡曾佐令狐楚兴元,与义山旧识,故有‘风义兼师友’句。”

南朝

玄武湖①中玉漏催,鸡鸣埭②口绣襦回。
谁言琼树朝朝见③,不及金莲步步来④。
敌国军营漂木柹⑤,前朝神庙⑥锁烟煤。
满宫学士皆颜色⑦,江令⑧当年只费才。

【注释】

①玄武湖:在今南京玄武门外,是著名的游览地。南朝宋元嘉年间筑堤建湖,传说有黑龙出现,故名。

②鸡鸣埭:玄武湖北岸的一段堤坝。埭,土坝。史载:南朝齐武帝常带着后妃宫女,清晨出发游赏琅琊城,行进至北埭鸡始鸣,故名。

③琼树朝朝见:南朝陈后主诗《玉树后庭花》有句“琼树朝朝见”,歌咏后妃的容色之美。琼树,隐喻张、孔等后妃的姿容、丽态。

④ 金莲步步来：史载南朝齐废帝萧宝卷宠幸潘妃，用金色莲花铺地，让潘妃行走其上，云“此步步生莲花也”。

⑤ 军营漂木梯：史载北朝隋文帝杨坚颁命“大作战船”，准备讨伐南朝，特命“投梯于江”以示警告。木梯，指修造战船砍下的木片。

⑥ 前朝神庙：指南朝陈武帝、文帝、宣帝的宗庙、祖庙。

⑦ 学士皆颜色：陈后主荒淫，曾将受宠信的宫女封为“女学士”，游宴时则令宫女、后妃与文士一起赋诗。颜色，美色，一作“莲色”。

⑧ 江令：指江总，著名文士，曾官至尚书令，世称“江令”。

【赏析】

借古以讽今、咏史以干政，是我国古代诗歌千年相传、历久不易的传统。这在李商隐的诗歌创作中表现得尤为明显。

李商隐先后写了《陈后宫》《齐宫词》《景阳井》《景阳宫井双桐》《咏史》（“北湖南埭”）、《南朝》（“地险悠悠”）等诗歌咏南朝旧事，试图举前代君王荒淫误国的教训，用以警诫当朝的王公贵胄，其寓意明确无疑。

历史上的南朝（420—589），经历宋、齐、梁、陈，共历时 170 年。其中刘宋政权 59 年、萧齐政权 24 年，萧梁政权 57 年，陈氏政权 33 年。这些短命王朝都是凭借着军事暴力篡夺政权，而后世子孙，荒淫腐败，故国祚短暂、败亡相续。在李商隐生活的晚唐时期，体制性的高层腐败与社会动乱弊端丛生，已是江河日下、大厦将倾的前夜了。《南朝》诗讽喻的现实意义，即在于此。

这首诗首联说时光流逝，玉漏（古代计时器物）催人，天还没亮，齐武帝萧赜就带着众多后妃宫女出发游乐，到晨鸡报晓时，那些穿着绣花衣服的宫女已经从玄武湖北岸返回了。第二联又用齐废帝（东昏侯）宠幸潘妃、陈后主宠幸张、孔嫔妃的典型事例，讽刺他们荒淫之举，无所不为。第三联写到北朝敌国已经在修造战舰，即将兴兵讨伐之际，南朝的亡国之君还不加警惕、不思改悔、不祭祖庙，这不是坐等亡国吗！末联写君主荒淫无道，封了一大批的“女学士”，而当朝大臣江总等狎客也都费尽心思、阿谀逢迎。据《南史》记载：陈后主常引嫔妃、狎客“君臣酣饮，从夕达旦，以此为常”。南朝君王游赏行乐，直至亡国，诗人笔下当时的景象仿佛可见。

本诗举证的主要是陈后主荒淫误国的事例，但因金陵乃是南朝故都，所以南朝君主的腐败相续也就自然包含其中。况且随着陈叔宝的败亡，南朝这一系列短命小王朝的历史也宣告了最后的终结。

【辑评】

清何焯《义门读书记》：“此等诗须细味其高情远识。……二十八字中叙四代兴亡，全不费力，又其余事也。”

清屈复《玉溪生诗意》：“此写陈氏事，而题总云南朝者，以地言之。诗中虽用宋齐事，却只言陈亡，不为宋齐而发，玩结句可知。”

清冯浩《玉溪生诗集笺注》：“首二句志旧地而纪新游，三四跌重陈朝，下半纯是陈事。案而不断，荒淫败亡，一一毕露，真善于措辞矣。”

送崔珏①往西川

年少因何有旅愁？欲为东下更西游。
一条雪浪吼巫峡，千里火云烧益州②。
卜肆③至今多寂寞，酒垆④从古擅风流。
浣花笺纸⑤桃花色，好好题诗咏玉钩⑥。

【注释】

① 崔珏：字梦之，登大中进士第，有诗一卷。《北梦琐言》说他曾寄居荆州。

② 益州：指成都府，泛指蜀地。

③ 卜肆：集市占卜之所。据载东汉高士严君平在成都以卜筮为业，每天占得百钱自养，同时讲授《老子》，劝导以善。蜀人敬仰，历代传颂。

④ 酒垆：汉代作家司马相如与卓文君私奔，到临邛当垆卖酒，是蜀地著名的风流韵事。

⑤ 浣花笺纸：唐代名妓薛涛居家浣花溪旁，取溪水造彩色笺纸，名“薛涛笺”。

⑥ 咏玉钩：意谓饮酒赋诗。玉钩，蜀中流行一种玉制的酒钩，可以勾起酒杯。

【赏析】

这是一首送别诗，送年轻诗人崔珏前往蜀地，即事而赋诗。

崔珏，字梦之，清河（今河北南宫境内）人，曾寓居荆州。宣宗大中年间进士，授官秘书省校书郎，后为淇县令。《全唐诗》存诗一卷。他与李商隐有交情，是义山眼中的少年诗人，有事将要前往西川。他因当时尚未中第，心情似乎有些忧伤。所以诗的首联说道：你还是青春少年，因何事而忧伤？想要东下，忽而又要去西方蜀地旅游。第二联说：西川的自然风景，当此炎夏时节，长江三峡波涛汹涌，声浪如吼，而蜀地成都一带正是火云漫天，炎热难耐啊！第三联说到蜀地古代的名人风流，有东汉严君平占卜之所，他又同时讲学，教化以善，高士寂寞，自古皆然。又有司马相如、卓文君当垆卖酒的文坛雅韵，千古风流，历代相传。末联说成都浣花溪水染红“薛涛笺”，正好饮酒赋诗、以醉消愁啊！

作为朋友之间的送别之作，这首诗并无深意，然而却可以感受到两人心心相印的友情。李商隐去世后，崔珏有《哭李商隐》诗曰：

成纪星郎字义山，适归黄壤抱长叹。

词林枝叶三春尽，学海波澜一夜干。

风雨已吹灯烛灭，姓名长在齿牙寒。

应游物外攀琪树，便着霓裳上玉坛。

诗中推崇李商隐的诗歌辞章之美与学植广阔而深厚，认为他虽身死而名声长存。可见他们的友谊，并非泛泛之交而已。

【辑评】

清屈复《玉溪生诗意》："漂流旅愁，时无知己。尚友古人，不必求知己于当世。慨寄甚深！"

清陆昆曾《李义山诗解》："巫峡一联，不过写景。着'吼'字、'烧'字，便不平庸，然又极稳妥。"

清姜炳璋《选玉溪生诗补说》："前四是旅愁，后四是解其愁也。五六是交互对法。卜肆今虽寂寞，而从古风流；酒垆当日风流，而今为古迹也。皆言圣地可以览古感兴。"

哭刘蕡

上帝深宫闭九阍[①]，巫咸[②]不下问衔冤。
广陵[③]别后春涛隔，湓浦[④]书来秋雨翻。
只有安仁[⑤]能作诔，何曾宋玉解招魂[⑥]？
平生风义兼师友，不敢同君哭寝门[⑦]。

【注释】

①九阍：天宫之门，天门，即《离骚》中的“帝阍”，喻指皇宫。

②巫咸：传说中神巫之名，一说当作巫阳。《离骚》“巫咸将夕降兮”，又王逸注《招魂》：“巫阳受天地之命，因下招屈原之魂。”

③广陵：当作“黄陵”。李商隐有五律《哭刘司户蕡》：“去年相送地，春雪满黄陵。”黄陵山，在湖南境内，是湘江流入洞庭湖处。

④湓浦：指今江西九江之地。《庐山记》：“江州有青盆山，故其城曰湓城，浦曰湓浦。”

⑤安仁：西晋潘岳，字安仁。《晋书》本传说他“词藻绝丽，尤善为哀诔之文。”诔，哀悼死者之文字。

⑥宋玉：先秦著名辞赋家，与屈原并称曰“屈宋”。招魂：王逸《楚辞章句》认为《招魂》是宋玉“哀怜屈原，忠而斥弃”而作。

⑦哭寝门：哀吊朋友之死，则哭于寝门之外。寝门，卧室之门。

【赏析】

李商隐与刘蕡相识为友，可能是在令狐楚出任兴元节度使期间。据《旧唐书·刘蕡传》记载“令狐楚在兴元，……辟为从事，待如师友。”李商隐与刘蕡一度同在令狐楚幕府，同样关心朝政，情感相若，从而结下终身的友谊。由于宦官的诬陷，刘蕡考中进士后，被贬为柳州司户参军。柳州是下州，司户的官阶很低，刘蕡的处境可以想见。此后几年，在一个春雪满山的日子，他们在湘江之滨再度会见，义山有诗相赠。这以后他们又各自奔波于仕途，在一个秋雨漫天的日子里，李商隐得到噩耗，长期遭受贬逐的刘蕡被迫害致死。

诗的首联是对刘蕡悲剧一生的总结，也是对朝廷政治黑暗的控诉。天帝高居深宫之内，而宫门紧闭，没有人来关心一个忠贞之臣被诬罪、被斥逐的冤情。古代的屈原如此，当今的刘蕡同样如此！第二联回忆了两人的生死交情：自从黄陵庙前一别，滔滔的春江水就把我们隔开了，再也未能相见；而在如此一个秋雨漫卷的日子，从浔阳之地却传来你去世的消息。第三联更进一层倾诉内心的悲伤，表达绵绵不尽的思念：晋代只有潘安仁善于表达悼亡的忧伤，如今我也只能用文字抒写内心的伤感；古代宋玉虽有《招魂》之作，又岂能召回屈原的冤魂？我也难以唤回刘蕡的亡灵，使他死而复生啊！尾联说到自己对亡者的品格、道义十分尊敬，从来认作亦师亦友，因此我不敢以泛泛之交的朋友身份只在寝门外给亡者送别啊！

这首诗以真情悼念友人，进而揭示友人的冤屈，抨击朝政的黑暗，主旨明白无误，感人肺腑。

【辑评】

清方东树《昭昧詹言》：“一起沉痛，先叙情。三四，追溯。五六，顿转。收，亲切沉着。”

清姚培谦《李义山诗集笺注》：“此痛忠直之不容于世也。……举声一哭，盖直为天下恸，而非止哀我私也。”

清屈复《玉溪生诗意》：“上帝深居，已不可见。又闭九阍，更难通矣。巫阳下问，犹可鸣冤。今又不然，冤死宜矣。忆昔广陵相别，远隔春涛。及今湓浦书来，已翻秋雨，言已死也。身似安仁，但能作诔；才如宋玉，不解招魂。言不能使之复生也。七八，终不敢改平日之交情。”

少年

外戚[①]平羌第一功，生平二十有重封[②]。

直登宣室螭头[3]上，横过甘泉豹尾[4]中。
别馆觉来云雨梦，后门归去蕙兰丛。
灞陵夜猎随田窦[5]，不识寒郊自转蓬[6]。

【注释】

① 外戚：古代帝王的母亲、后妃一族的亲人。《史记》有《外戚世家》。

② 重封：多次、重复增加赏赐、封号。

③ 宣室：汉未央宫的正殿，是皇帝斋戒、起居之所。螭头：指登殿台阶扶栏上的压顶横石，雕刻为螭头的形状，靠近帝王的御座。

④ 甘泉：汉代有甘泉宫。豹尾：汉代皇帝出巡，随从车辆中最后一乘悬挂着豹尾，又叫豹尾车。

⑤ 田窦：指田蚡、窦婴，是当朝的权贵子弟。汉武安侯田蚡，是孝景后的同母弟；魏其侯窦婴，是孝文后的从兄子。

⑥ 转蓬：随风飘移转动的蓬草，比喻寒门士子，身世飘零。

【赏析】

这首诗以汉喻唐，讽刺勋贵子弟凭借家族势力、裙带关系，获得高官贵爵。他们行为骄纵，生活荒淫，对比寒门贫贱士人奔波郊野，凄苦无依，未免太不合理了。

以汉喻唐，借古讽今，是唐代诗人惯用的文学技法。这类诗中提到的人物是汉代的，街坊地名是汉代的，所咏的史事也是汉代的，然而所映射、所批判的，却是唐朝的社会现实，一目了然、毫无疑义。

根据史书的记载：东汉马援，曾任陇西太守，率军击破西羌，又任伏波将军，以“马革裹尸”闻名史册。其子马防，初拜中郎将，在建初二年平定西羌的战斗中又建立了勋绩，受封颍阳侯，连续被增加封邑土地，在当时最受宠幸。他又是明德马皇后之兄，明帝去世、章帝即位，马皇后被尊为皇太后，马防则被册封为侯。马防有子马巨，年方二十，章帝亲自为他举行加冠礼，“特拜为黄门侍郎”。这就是首联二句的历史背景。又据记载，马防“兄弟贵盛，奴婢各千人以上，资产巨亿，皆买京师膏腴美田。又大起第观，连阁临道，弥亘街路，多聚声乐”，其奢侈享受、骄纵跋扈，可想而知！这首诗的第二联写其行为的骄横：宣室的皇上御座一般人不得靠近，他可以直接登上去；皇帝巡幸甘泉宫时，有后妃陪同，他可以横冲直撞，而无所顾忌。第三联写他生活的荒淫腐化：别馆幽会，朝云暮雨；眠花宿柳，妻妾成群。李白《少年行》“蕙兰相随喧妓女”，李益《汉宫少年行》“晚来香街经柳市，行过倡市宿桃根”，描写的也都是此类生活。

诗在浓墨重彩地描画了权贵少年的腐朽生活后，尾联对此发出了愤懑而冷峻的控诉：一帮权贵子弟灞陵夜猎、寻欢作乐，他们不知道寒门子弟奔波于荒郊尘土，身世漂泊不定的凄苦人生啊！

冯浩在《玉溪生诗集笺注》中推测说：“诗所指者，当为郭汾阳之裔。”意思说：诗中以汉喻唐，矛头所指是唐代大将郭子仪的后人。郭子仪在平定安史之乱中建有大功，进封为汾阳郡王。《旧唐书》说郭子仪为人宽厚，“权倾天下而朝不忌，功盖一代而主不疑，……繁衍安泰，哀荣终始，人道之盛，此无缺焉”。他的子孙众多，事迹与诗中所描绘也不相符合。其实外戚弄权腐化，横行无忌，历朝历代都有，不必牵强附会到某一特定人物身上。

【辑评】

清程梦星《重订李义山诗集笺注》：“此盖刺当时勋戚之子弟也。言其承勋爵之后，生而贵盛，宣室直登，甘泉横过，则在朝之骄肆也；云雨梦中，蕙兰丛里，则归第之荒淫也；而且游猎无度，何以善终？

反不若寒郊转蓬之人，犹得优游自适也。曰不识，非憾其不识，正谓其不能识耳。”

清屈复《玉溪生诗意》：“一，祖父功高；二，少小袭封；三四，骄傲无知；五六，渔色；七，惟事田猎逐贵游；八，刺其不识儒士也。”

清姜炳璋《选玉溪生诗补说》：“此为当时勋戚弟子而发。曰‘直登’、‘横过’，曰‘别馆’、‘后门’，曰‘夜猎’，皆刺之之词。结句言初不知寒郊自致青云之难。有惧其骄溢，不能长守贵意，非望其荐拔也。”

隋宫

紫泉宫殿①锁烟霞，欲取芜城②作帝家。
玉玺不缘归日角③，锦帆④应是到天涯。
于今腐草无萤火⑤，终古垂杨⑥有暮鸦。
地下若逢陈后主⑦，岂宜重问后庭花⑧！

【注释】

① 紫泉宫殿：指都城长安的宫殿。长安旧有紫渊（水名），因避唐高祖李渊讳，改曰紫泉。

② 芜城：古之广陵，隋之江都，今之扬州。南朝鲍照有《芜城赋》，描写广陵战后一片荒芜残破的景象，故代称。

③ 玉玺：自秦代以来，天子之印称玺，代指皇位。日角：指代唐高祖李渊，传说李渊起事前有术士形容他“日角龙庭”（额骨中间隆起），乃大贵之相，必能夺取天下。

④ 锦帆：指隋炀帝乘坐的龙舟，以宫锦制为船帆。据《开河记》记

载，隋炀帝曾造龙舟，“锦帆过处，香闻百里”。

⑤腐草无萤火：古人误以为，夜间的萤火虫是从腐草中变化出来的。《礼记·月令》：“腐草为萤。”据《隋书》记载：隋炀帝曾经派人抓萤火虫，“夜出游山放之，光遍岩谷”。

⑥终古垂杨：《隋书》记载“炀帝自板渚引河作御道，植以杨柳，名曰隋堤，一千三百里”，“垂杨”，即“隋堤柳”之别称。

⑦陈后主：南朝陈亡国之君陈叔宝，是历史上有名的昏君，沉醉淫乐，终至亡国。

⑧后庭花：陈后主陈叔宝所制作的宫廷舞曲，有《玉树后庭花》。据《隋书·乐志》说，陈后主与其幸臣制作了《玉树后庭花》等艳曲，“绮艳相高，极于轻荡，男女唱和，其音甚哀”。

【赏析】

这首诗讽刺隋炀帝杨广游幸扬州、荒淫恣肆、终至亡国的历史罪行，警示后世当权者不要重蹈其覆辙。

杨广是隋文帝杨坚的次子，因深得杨坚的宠爱，被立为太子。仁寿四年（604），文帝杨坚病故，杨广即位，改元“大业”，史称隋炀帝。隋炀帝为人骄纵荒淫，而又好大喜功，终于激起天下民变，烽火四起。大业十四年（618），杨广在江都（即扬州）被杀，隋朝灭亡。

作为亡国之君，隋炀帝杨广继承的，本是一个相对富裕、强盛的帝国。史载：隋文帝后期“户口滋盛，中外仓库，无不盈积，所有赉给，不逾经费。京师帑藏，皆充于廊庑之下”。然而仅仅十年左右，杨广就将王朝数十年辛勤积聚的财力物力挥霍一空，一个偌大帝国也迅速走向崩溃，被兴起的唐王朝取而代之。

杨广即位之初，就大肆兴修宫殿苑囿。《资治通鉴》记载：大业元年，他下诏在洛阳营建显仁宫，“发大江之南，五岭以北，奇材异石，输之洛阳。又求海内嘉木异草，珍禽奇兽，以实苑囿”。又开挖运河，西自长安，中经洛阳，南达江都，沿途修建离宫四十多处。又派人督造龙舟及杂船数万艘，“督役严急，役丁死者十四五”（《资治通鉴》隋纪四）。一直到大业十二年，他还降诏要大建宫殿，“大抵仿东都西苑之制，而奇丽过之”（《资治通鉴》隋纪七）。真是死到临头，还沉迷于荒淫昏聩中，以国事为儿戏，不思悔悟如此！

这首诗用辛辣的笔触，为杨广的荒淫行为画像，从而对于帝王专制、误国殃民表达了强烈的不满。首联说：放着长安城紫泉水边壮丽的宫殿不肯住，让它们空锁在烟云霞光之中，却要去扬州修建新的都城、宫殿！二联以讽刺的口吻说到：若不是江山落到了新王朝君主的手里，隋炀帝的龙船锦帆只怕要游遍天涯了！第三联用“于今”、“终古”之景作对比，说于今隋宫早已经荒废，再也看不到萤火闪烁的场面，终古只有隋堤杨柳树上的乌鸦凄切的啼鸣声仿佛在哀悼一个王朝的消逝！有人认为“于今腐草无萤火”是由于萤火虫都被杨广派人抓光了，这并非诗意！其实这一无、一有的对照，只是在彰显隋王朝统治的短暂（荒淫享受也是稍纵即逝）以及自然万物的永恒，从而警示君王不要贪图一时的享乐而丢掉了千古江山。尾联又举出南朝陈后主这个亡国之君，进一步深化主题。陈后主沉醉歌舞声乐中，与一帮狎客佞臣，以及后宫嫔妃张丽华等日夜饮酒作乐，歌唱艳曲，不理政事，终至亡国。据《隋遗录》记载，隋炀帝在江都时，昏愐更深，曾在梦中遇见陈后主，还请张丽华跳了一曲《玉树后庭花》。这虽然只是小说家言，却富有象征之意。诗面意思说：隋炀帝九泉下与陈后主相遇，难道应该再去观赏《玉树后庭花》，试图重蹈亡国的覆辙吗？

专制帝王必然走向腐败，走向覆灭，陈后主如此，隋炀帝也是如此。这就是皇权迭代、兴亡相续的专制史，诗人的苦心规劝、尖锐讽刺都是劝不醒他们的。

【辑评】

清方东树《昭昧詹言》:“先君云:寓议论于叙事,无使事之迹,无论断之迹。妙极,妙极!又曰:纯以虚字作用。五六句兴在象外,活极,妙极!可谓绝作。”

清屈复《玉溪生诗意》:“一,破题;二,幸江都;三四,承二;五六,承一;七八,总结。今日宫殿空锁烟霞,当时芜城欲作帝家。天下不亡于唐,则锦帆之游,应遍天涯。岂但至芜城而已哉!今日隋宫萤火已无,垂杨犹在,而炀帝以往矣。陈后主以荒淫而亡于隋,隋炀亦以荒淫而亡于唐,是以暴易暴也。若地下相逢,后庭之荒淫,岂宜重问耶!”

近代张采田《玉溪生年谱会笺》:“结以冷刺作收,含蓄不尽。……律诗寓比兴之意,玉溪惯法也。”

杜工部蜀中离席①

人生何处不离群?世路干戈惜暂分。
雪岭未归天外使②,松州犹驻殿前军③。
座中醉客延醒客,江上晴云杂雨云。
美酒成都堪送老,当垆仍是卓文君④。

【注释】

① 杜工部:即唐代著名诗人杜甫。安史乱中杜甫流寓成都,被朝廷任命为检校工部员外郎,故世称杜工部。本诗题乃《蜀中离席》,加“杜工部”三字,表明该诗取法、模拟杜甫七律的风格体貌。

② 雪岭:指川西松州一带的大雪山,即今之岷山。天外使,指唐王

朝派出前往吐蕃的使者。据新旧唐书《吐蕃传》记载：自大和至大中，唐与吐蕃之间派遣使者往来不绝。

③ 松州：因境内有甘松山，故名。今四川有松潘县。殿前军，指皇帝宫廷的禁卫军，又称“神策行营”。

④ 当垆：卖酒的人，垆，垒土为台，安置酒缸。卓文君，汉代美女名。她仰慕司马相如的风度才调，乃夜奔结为夫妻，在成都当垆卖酒，成为文坛风流佳话。

【赏析】

评论唐代诗歌，有一种流行的说法，认为“唐人知学老杜而得其藩篱（者），惟义山一人而已”。如方东树云：“玉溪七律，前人谓能嗣响杜公，则诚未可轻视。”（《昭昧詹言》）施补华云：“义山七律，得于少陵者深。故秾丽之中，时带沉郁。”（《岘佣说诗》）施山云：“义山律诗，以绝艳之才而得杜骨，实为晚唐豪杰。”（《姜露庵杂记》）这些评价，将李商隐七律上溯到杜甫的影响，在诗歌精神与艺术传承上都深中肯綮，值得后人深思。

李商隐在七律创作上之继承老杜，首先是关心民瘼、忧国忧民的情怀，他们一脉相承；其次是沉郁顿挫、典丽精工的诗歌风貌，他们差相仿佛；再次是在谋篇布局、遣词用语上，义山对老杜有所师法与借鉴。当然，同中有异，李商隐的七律又有所发展与变化，兹不深论。

这首诗的首联视野开阔，完全是杜诗的格调。这种“宏大叙事”，将一场离别的筵席置于广阔的历史背景下，“大开大合，矫健绝伦”（纪昀语）。试问：人生何处没有朋友间的依依离别？何况当今天下纷纷攘攘，战乱不断！第二联则紧承“世路干戈”四字，将诗人对于时局的关切与忧虑和盘托出：皑皑的雪岭之下，出使吐蕃的朝廷使臣还没有归来，松州一带也还驻扎着“禁卫军”，局势动荡，战乱没有平息。第三联诗笔又回到离别筵席的场面来叙事写景：酒席上有醉客、有醒客，交错着劝酒；江天空中有晴云、有雨云，相互混杂一片。这两句既可以看作描写眼前景物，也可以认为别蕴深意与哲理。不妨留待读者自由的想象与发挥！杜甫《曲江对酒》有云："桃花细逐杨花落，黄鸟时兼白鸟飞。"杜诗与李商隐诗同写酒席，同抒情怀，风调相若，可以明显感受到后者对前者的效仿与变化。

尾联举出司马相如与卓文君在成都的风流故事作结，意思说：成都有美酒可以消遣晚年，更何况还有文君当垆卖酒！这只是借用本地典故应酬酒席上的朋友，有人认为是讽刺那些沉醉美酒、不关心国事的"醉客"，就未免求之太深，至于"蔽才之叹"的感慨说，更是阐释过度了。

【辑评】

清何焯《义门读书记》："一则干戈满路，一则人丽酒浓，两路夹写出惜别。如此结构，真老杜正嫡也。诗至此，一切起承转合之法，何足绳之！"

清屈复《玉溪生诗意》："'何处'二字，暗提蜀中；'干戈'二字，明点时事。雪岭之天使未归，松州之禁军犹驻，承'干戈'句。座中之客忽醉忽醒，离席也；江上之景忽雨忽晴，喻干戈也。时事如此，惟有文君之酒，差堪送老而已。虽无工部之深厚曲折，而声调颇似之。"

近代张采田《玉溪生年谱会笺》："首点离席。雪岭二句，以工部之时况今日，言天使仍稽雪岭，前军尚驻松州。言外见世路干戈，需人赞画，而己独不预，故曰'惜暂分'也。后联一醉一醒，或晴或雨，比喻显然。结云成都美酒可以送老，奈何使文君旧壤，而为若辈所盘踞哉！离群之恨浅，蔽才之叹深。"

二月二日[1]

二月二日江上行，东风日暖闻吹笙。
花须柳眼各无赖[2]，紫蝶黄蜂俱有情。
万里忆归元亮井[3]，三年从事亚夫营[4]。
新滩[5]莫悟游人意，更作风檐夜雨声。

【注释】

① 二月二日：古代踏青节，因地因时而异，据载：成都以二月二日为踏青节，梓州当亦然也。

② 无赖：形容春色逗人，恼人。一说：无心，自然而然。罗隐《渚宫秋思》："襄王台下水无赖，神女庙前云有心。"

③ 元亮井：代指故乡。元亮是诗人陶潜的字，这里李商隐以陶潜自喻。

④ 亚夫营：汉文帝时大将周亚夫在长安郊外细柳设有兵营，文帝曾亲往劳军，称赞为"真将军"。这里用"亚夫营"比喻东川节度使柳仲郢幕府。

⑤ 新滩：指初春江水泛滥新出现的石滩。水石相激而发出声响。

【赏析】

这是一首拗体七律。所谓"拗律"，是指在声调格律上不遵守传统的规范，用拗字、拗句、失对、失粘，造成一种平仄不协、佶屈聱牙而有悖于常态的律诗体式。这里的"拗"，并非诗人不懂格律、随心编排文字，而是在深谙格律之后的故作别调，以求获得一种佶屈、古雅的声调效果。唐代最著名的拗体七律，当首推崔颢《黄鹤楼》一诗，它的前二句连用两个"黄鹤"，完全不能对，第三句"黄鹤一去不复返”又连用七个仄声字，所以造成了惊世骇俗的效果。这首《二月二日》也袭用了这种技法。它首句的平仄“仄仄仄仄平仄平”用了五个仄声字，“二四六分明”被打破了，第二句结尾“闻吹笙”连用三个平声字，而“三平调”是古风的写法，是律诗之所忌。诗家显然是有意为之，而接下来的六句则严格遵守着律诗的规范。二三两联对仗之严密精工尤堪称道。所以它是一首“拗律”，而不是“古风”。

诗的首联写景“二月二日江上行，东风日暖闻吹笙”，这使人想起杜甫《丽人行》的首二句“三月三日天气新，长安水边多丽人”。然而这两句只是文字的相似，其内在体式则不同。《二月二日》是七律（拗体），《丽人行》则是七古（歌行）。前者是律诗的拗句，后者则是古风的正体。第二联接着写早春景色的美好：花蕊婆娑如须，柳叶细长如眼，春色如许逗人；而飞舞的紫蝶、黄蜂，穿梭在春日景物中，又似乎分外有情。面对这般美好又逗人的景色，诗人不禁怀念故乡、油然生起“久客思归”的念头。

第三联由写景转入抒怀，由理想的超越折入现实的困境。晋代陶渊明有《归去来兮辞》，文中写道：“归去来兮，田园将芜胡不归！……实迷途其未远，觉今是而昨非。”在《归园田居》诗中他又写道：“羁鸟恋旧林，池鱼思故渊”，“井灶有遗处，桑竹残朽株。”这是诗人的情怀，向往超越世俗，回归田园，过一种自由自在的生活。然而现实是，他来到东川节度使幕府已经三年了。三年来，诗人思归的心情越来越强烈，他一再地写道：“三年已制思乡泪”（《写意》），“三年苦雾巴江水”（《初起》）。由景色的美好勾起思归之意，在诗意转折中更加拓展了诗中的境界。

尾联“以有情写无情”，进一步将江边滩头自然物人格化了，写到江滩流水不懂“游人”（诗人自指）的心情，水石激荡发出好似屋檐下夜半风雨的声音。这就更渲染了一层诗人的愁绪，余韵悠然。

【辑评】

清金圣叹《评点唐诗六百首》：“前解只写春色恼人，此解方写乘春欲归也。五，言别去之远；六，言别来之久。七八，言趁风清日暖，便宜及早束装，毋至风雨淋漓，又恨泥滑难行也。”

清屈复《玉溪生诗意》：“偶行江上，日暖闻笙，花柳蜂蝶，皆呈春色。独客游万里，从军数载，睹此春光，能不怀乡？故嘱令今夜新滩，莫作风雨之声，令人思家不寐也。”

清冯浩《玉溪生诗集笺注》：“何（焯）曰：此等诗神似老杜处，在作用不在气体也。同一江上行也，耳目所接，万物皆春，不觉引动归思。及忆归未归，则江上滩声颇有凄凉风雨之意。字字化工！”

筹笔驿①

猿鸟犹疑畏简书②，风云常为护储胥③。
徒令上将挥神笔④，终见降王走传车⑤。
管乐有才⑥终不忝，关张无命⑦欲何如！
他年⑧锦里经祠庙，梁父吟⑨成恨有余。

【注释】

① 筹笔驿：古驿站名，在今四川广元县境内。传说诸葛亮当年率军伐魏、驻扎于此，筹划军事，故名。

② 畏简书：畏惧军令之森严，简书，指警戒之号令，写于竹简上。《诗经·小雅·出车》：“岂不怀归，畏此简书。”

③ 储胥：指军营四周木栅竹枪围成的护栏。扬雄《长杨赋》：“木雍枪累，以为储胥。”

④ 上将挥神笔：指诸葛亮筹划指挥，书写颁布号令。

⑤ 降王走传车：蜀汉后主刘禅最后还是投降了，被送去洛阳。传车，驿站的车马。车，音。

⑥ 管乐有才：指管仲、乐毅，是先秦时期著名的军事家、政治家。《三国志》说诸葛亮“每自比于管仲、乐毅”。

⑦ 关张无命：关羽、张飞，均为蜀汉大将，久负盛名。然而此前关羽镇守荆州，兵败被杀；张飞讨伐吴国，被属下所杀。故曰“无命”。

⑧ 他年：往年、当年。大中五年冬，李商隐在东川节度使柳仲郢幕府，因公务到成都，曾前往武侯祠拜谒，著有排律《武侯庙古柏》一诗。

⑨ 梁父吟：《三国志》说“（诸葛）亮躬耕陇亩，好为《梁父吟》”。《梁父吟》是乐府古辞，咏“二桃杀三士”故事。

【赏析】

这首诗藉三国诸葛亮壮志难酬的悲剧命运抒发感慨，表达诗人对于千古志士仁人才命相悖的历史困惑。

其实这种困惑并非李商隐所独有。在他之前，杜甫在《蜀相》中就发出感叹：“出师未捷身先死，长使英雄泪满襟！”在《咏怀古迹》组诗中又写道：“运移汉祚终难复，志决身歼军务劳！”诸葛亮对于王朝的忠诚、“鞠躬尽瘁、死而后已”的终生操劳都未能挽回蜀汉衰败灭亡的历史趋势！在李商隐《武侯庙古柏》中，他曾仰首问天：“玉垒经纶远，金刀历数终。谁将出师表，一为问昭融？”其中所寄寓的情感，与此一脉相通。

《筹笔驿》一诗，大约写作于大中九年、十年之交。这时李商隐随府主柳仲郢返回长安，途经筹笔驿旧址，感怀前贤而写作此诗。诗的首联就古驿站所在之地展开想象：尽管从诸葛亮去世，到唐代大中年间，历史的岁月已经过去了六百多年，然而仿佛还能感受到当时风云密布、军令严肃的战斗气氛。第二联笔锋一转，感怀历史的顿挫，枉教诸葛亮运筹帷幄、鞠躬尽瘁，蜀汉后主刘禅最终还是投降了，乘着传车全家被送去了洛阳。诸葛亮参与创立、辅佐的蜀汉王朝就此灭亡，缘由何在呢？第三联是李商隐对此的反思。在诗人看来，诸葛亮无愧于杰出的军事、政治家，有着管仲、乐毅之才，然而关羽、张飞俱已去世，麾下无大将，怎么能不失败呢？尾联更追思说道：当年我在成都武侯祠前，想起诸葛亮好为《梁父吟》，已经体悟到其中蕴藏、绵绵不尽的历史余恨！这种“余恨”，属于诸葛亮，也属于当下的诗人。

这首诗在写景中抒情，在议论中追思往事，历史的沧桑感中寓托了现实的感伤与无奈，意蕴深厚，引人沉思！

【辑评】

清方东树《昭昧詹言》：“义山此等诗，语意浩然，作用神魄，真不愧杜公。前人推为一大宗，岂虚也哉！……起正赋题，三四转，五句承第三句，六句承第四句，收离题有味。”

清屈复《玉溪生诗意》：“一二，壮丽称题，意亦超脱；下四句，是《武侯论》，非《筹笔驿》诗；七八，犹有余意。”

清姜炳璋《选玉溪生诗补说》：“一二，就驿中所见，是人心望驿感动，觉得如此也。已为‘恨’字勾魂摄魄。岂知古驿能感动千载人心，乃不免后主传车入魏乎！有才无命，恨何如也。六句一气写出‘恨’字来，末则欲代抒其恨也。”

即日

一岁林花即日休，江间亭下怅淹留。
重吟细把[①]真无奈，已落犹开未放愁[②]。
山色正来衔小苑，春阴只欲傍高楼。
金鞍忽散银壶漏[③]，更醉谁家白玉钩[④]？

【注释】

① 重吟细把：反复吟哦，细心把玩花枝。把，持花欣赏。

② 未放愁：未尽愁，愁绪未得穷尽。

③ 银壶漏：古代以铜壶滴漏计时，暗喻夜色已经深沉。银壶，与“金鞍”相对，称美之词。

④ 白玉钩：一说白玉制成的酒钩，一说明月如钩。

【赏析】

伤春，是古代中国常见的诗歌主题，是文人墨客伤时不遇的情感寄托，也是一种伤君忧国的意象呈现。在伤春中，寄托了古代诗人太多的生命之感与家国情怀，味之绵绵不尽。

杜甫有《曲江》诗曰：“一片花飞减却春，风飘万点正愁人。”诗写作于肃宗乾元元年，当时京城虽已收复，而安史叛乱仍未平息，天下骚攘，朝野上下艰难。杜甫说“一片花飞减却春”，个中心情便不难体会了。李商隐写作《即日》诗，心情亦略相仿佛。这时血溅京都的“甘露之变”已经过去多年，而宦官干政、藩镇割据、高层荒淫、百姓在苦难中挣扎，朝廷党争绵延数十年，唐王朝走向衰落，已是既成之势，难以挽回了。“一岁林花即日休”，这是折射在《即日》诗中的时代现状，是诗人的“心影”。

首联写诗人来到江间亭下，心情惆怅，久久不能离去。他看到了暮春时节，春残花谢，因而触动愁思，怅惘徘徊不已。第二联是对落花的“特写”：诗人仔细地把玩、观赏花枝，那花已然飘落，却还是开放的样子，诗人一遍又一遍地吟咏诗句，却难以传达心中无限的忧伤。第三联把笔墨宕开，写到山间的云霭慢慢移过来，将漠漠的春阴洒在江边亭楼旁。李商隐也许想起杜甫《登楼》“花近高楼伤客心，万方多难此登临”的诗句，虽然时光流逝已经过去了八十多年，但是他们忧国伤时的心情却是相通的。尾联的解说有歧义：有人认为是诗人自指，意谓江亭归去、夜深漏残之际，何处可以排遣我之愁怀？也有人认为是指那些权贵子弟，他们夜以继日地寻欢作乐。

这首诗应是受到杜诗“一片花飞减却春”的启发，继承了杜诗的思想脉络。诗中有情有景，情景相迎，景中寓情。所以纪晓岚说：“纯以情致胜，笔笔唱叹，意境自深。”第二联写情传神，尤为细致入微，令人击案叹赏不已。

【辑评】

清王夫之《唐诗评选》：“苦写甘出，少陵初年乃得似此，入蜀后不逮也。”

清金圣叹《评点唐诗六百首》：“三、四，重吟细把，妙！已不必吟，而又‘重吟’；已不足把，而又‘细把’。此无奈，乃所谓‘真无奈’也。已落犹开，又妙！亲见‘已落’，何止万片；便报‘犹开’，岂能数朵！此愁故将如何可放也？”

清何焯《义门读书记》：“学‘一片花飞减却春’。”又曰：“一岁之花遽休，一日之景遽暮，真所谓刻意伤春也。”

九成宫[1]

十二层城阆苑[2]西，平时[3]避暑拂虹霓。
云随夏后[4]双龙尾，风逐周王[5]八骏蹄。
吴岳[6]晓光连翠巘，甘泉晚景上丹梯[7]。
荔枝卢橘沾恩幸，鸾鹊天书湿紫泥[8]。

【注释】

① 九成宫：在唐凤翔府麟游县，原本隋之仁寿宫。贞观五年，唐太宗李世民重新修缮，作为避暑的夏宫，改名九成宫。九成，形容地势之高，耸入云天。

② 阆苑：神话传说中的仙山，此指长安皇家宫苑。

③ 平时：承平之世，天下太平时。

④ 夏后：指夏王启。后，古之天子、君王，亦称后。《山海经·大荒西经》说夏后启“乘两龙”。

⑤ 周王：指周穆王。《穆天子传》载云：周穆王巡游天下，有“八骏之乘”。八骏，八匹骏马。

⑥ 吴岳：华山以西的一座名山，即古之吴山，《禹贡》又名“岍山”。

⑦ 甘泉晚景上丹梯：汉代的甘泉宫，距离长安约三百里。丹梯，泛指高山上的宫殿，层层叠叠。

⑧ 鸾鹊天书湿紫泥：指朝廷诏书，以紫泥封函。鸾鹊，凤鸾、乾鹊。

【赏析】

这首作品描写九成宫地势的高峻、风景的壮美，委婉地寄寓了戒荒淫、刺骄奢的诗歌主题。

九成宫位于唐凤翔府麟游县境内。它初建于隋朝，名仁寿宫，是隋皇室避暑之地。唐贞观五年，太宗李世民重加修缮，改名九成宫，于是它又成为唐代皇室的“夏宫”。唐高宗永徽元年，它再次改名为万年宫。永徽五年，高宗李治与武则天登上万年宫，立下《万年宫铭碑》，李治亲自撰写了碑文。作为皇家的离宫，唐代诗人对它多有歌咏。李峤有《夏晚九成宫呈同僚》，王维有《敕借岐王九成宫避暑应教》，杜甫有《九成宫》，吴融有《过九成宫》。中唐李子卿则有《驾幸九成宫赋》。李商隐之歌咏九成宫，虽为流风所及，然而又从中寄托了他的思绪与情怀，因而值得珍视。

诗的首联描写九成宫地处京城之西，在太平时期这里因为地势高峻而成为皇家清凉避暑之地，宛如神仙世界。“十二层城”、“阆苑”这里用指长安的皇家宫苑。第二联用传说中“夏后”、“周王”出巡的故事，隐喻唐代帝王从京城出发，驾临九成宫的景象。“双龙尾”、“八骏蹄”不过是夸饰出巡场面宏大、气势非凡而已。第三联写到从九成宫眺望，清晨的霞光将吴岳苍翠的群山连接成一片，傍晚甘泉宫的景色层层叠叠，格外壮观。末联更将笔锋指向帝王骄奢的生活：朝廷降下诏书，封以紫泥，要地方贡献荔枝、卢橘等时鲜水果，以供皇室、达官贵人的享用！

其中是否包含着对唐代帝王、高官权贵骄奢淫逸生活的讽刺呢？

因为唐太宗李世民曾经修缮九成宫，所以清代注家认为诗中追忆贞观之治的承平气象，没有讽刺之意。这应属一种误解。九成宫固然经李世民修缮过，并在那里居住过，但后来的唐高宗李治也住过，唐玄宗等后世君王应该也都住过。杜甫途经骊山诗中讽刺朝廷君臣享乐，揭示出“朱门酒肉臭，路有冻死骨”的残酷现实。这个华清宫也是唐太宗时修建的（太宗时称汤泉宫），李世民还亲自“临幸制碑”（见《雍录》卷四）。李德裕在《述梦诗四十韵》中有“荔枝来自远，卢橘赐常叨”之句，自注“南方曾献荔枝，亦蒙颁赐”，可见皇帝赏赐荔枝、卢橘给近臣的事，中晚唐时还有。李商隐在诗中含有讽刺之意，也是十分自然、可以理解的事。

不过这种讽刺是通过铺写事实，而隐喻其间的。不像杜牧在《过华清宫》中“一骑红尘妃子笑”那么显露、那么直接说破。君王不恤民力、民亦劳止，意在其中，读者细心体会，自可悟得。

【辑评】

清方东树《昭昧詹言》：“叙述华妙，用事精深。五六写景。收，即物取象。妙极！先君云：荔、橘夏熟，故贡于九成宫。‘紫泥’、‘天书’，只为二物，讽刺极刻，然不觉，故妙。”

清程梦星《重订李义山诗集笺注》：“九成宫乃太宗避暑之离宫，历朝避暑多在于此。此诗平平写去，不恤民依之意自见。荔枝、卢橘，乃有天书，可想‘一骑红尘妃子笑’之情景矣。”

清陆昆曾《李义山诗解》：“妙在含而不露，使读者自会于字句之外。首言宫高而至上拂云霓，则绝远人间炎热，拟之层城阆苑，不是过矣。……及至彼地，无非远眺吴岳，近俯甘泉，以自适其朝夕而已。至于天子信玺，何等郑重！而紫泥之湿，只为荔枝、卢橘一物之细也。能无‘民亦劳止’之叹乎！”

咏史

历览前贤国与家，成由勤俭破由奢。
何须琥珀方为枕[①]，岂得真珠始是车[②]？
运去不逢青海马[③]，力穷难拔蜀山蛇[④]。

几人曾预南熏曲[⑤]，终古苍梧哭翠华[⑥]。

【注释】

① 琥珀：松树树脂形成的红色化石，十分罕见，极为珍贵。《西京杂记》上说皇后赵飞燕有琥珀枕。

② 真珠车：用珍珠装饰点缀的车辆。真珠，即珍珠。

③ 青海马：据传西域青海有一种杂交马，能日行千里。被称青海骢马。一说，即汉武帝作《天马之歌》所咏之“天马”。

④ 蜀山蛇：《华阳国志》记载，蜀国有五丁，力能移山。秦王嫁五女于蜀，五丁前往迎接。见一大蛇入山洞穴中，五丁共拔蛇尾，山崩，压五丁及五女，皆化为石。此以蜀山蛇比喻宦官、谄佞之辈。

⑤ 曾预南熏曲：曾经参预，耳闻目见当时之朝政。南熏曲，舜之乐曲名。传说舜弹五弦之琴，歌南风之诗。李商隐在文宗开成二年中进士，故有此句。

⑥ 哭翠华：舜帝死于南巡，葬于苍梧，故哭悼之。翠华，指皇帝用翠鸟的羽毛为装饰的旌旗。《上林赋》：“建翠华之旗。”

【赏析】

“咏史诗”通过歌咏历史人物与事件，从中寄寓现实的情怀。诗中以古喻今，借古讽今，古今打成一片，融为一体。

这首诗的首联便说：通观前代的历史，勤俭可以使国家兴盛，而奢侈足以令国家走向衰亡。此为常理，古今皆然。第二联紧承其意而又有所转折，写到刚刚去世的这位君王立身节俭，戒除奢华，前代琥珀枕、珍珠车之类的奢靡行为他是绝对排斥的。第三联又一转折，说是国运不济、缺乏人才，朝中奸邪盘踞，势力庞大，难以拔除。因此，他意图振兴朝纲的宏图大略都难以实现！尾联提到舜帝死于南巡途中，葬于苍梧之山。这显然是以古喻今，用三代之上的舜帝之死隐喻这位唐代君王的去世，从而倾诉了自己发自衷心的悲痛哀悼之情。

据考订，李商隐诗中沉痛悼念的这位君主应该就是唐文宗。唐文宗，名李昂，是穆宗的第二子，初名涵，被封为江王。敬宗遇害后，他被拥立为帝。即位之初，即颁发诏书，倡导“慈俭为宝”，释放内廷宫人三千人，并废除大批冗员，停止宫中各种奢侈、腐化与虚荣、浪费的行为。这些革除积弊的措施，使得天下士民相庆，以为朝政复兴在望。《旧唐书》评价他“恭俭儒雅，出于自然”，“在（王）藩时，喜读《贞观政要》，每见太宗孜孜政道，有意于兹”。然而文宗在朝十三年，大权旁落，宦官气焰嚣张，最终酿出震惊朝野的“甘露之变”。他自己也郁郁而殁，年仅三十三岁。

这首《咏史》诗揭示出某种历史的悖论：本来勤俭兴国，奢侈败亡，这是历史的经验与教训，为什么文宗这么一位勤政俭朴的君王最后完全失败了呢？作者的回答是“运去”、“力穷”。国运已去，朝中没有栋梁之才；宦官势力盘根错节，想要铲除邪恶、力量不济啊！诗人只能终生为之恸哭了。

囿于时代的限制，李商隐并未能看出问题的关键所在。其实这是皇权体制自身的痼疾发作，使得它难以为继。唐朝安史之乱后，宫廷内部的腐化、堕落，宦官专权，藩镇割据，社会动乱频仍，民生困蹶，这一切若无制度的变革难以为继。这不是皇帝个人的品格修养所能改善，得以扭转的。唐文宗李昂的悲剧命运，只是皇权专制在某个节点上的痼疾发作而已。

前人对此诗的解说大体相同，只是在第三联的理解上，有人认为“运去不逢青海马”是说未能收复河湟之地，“力穷难拔蜀山蛇”是说未能清除仇士良等宦官势力。这种解说虽然过于落实，但并无大碍。另外有人认为并非“专属文宗”，乃是泛咏历史教训，亦可通解，并存可也。

【辑评】

清陆昆曾《李义山诗解》:“余尝谓览古凭吊之作，必与时会相感发，咏史亦然。长孺（指朱鹤龄）此解，已先得我心。但青海马句，引宣宗时事，未免牵合。……青海马，乃任重致远之材也。当日文宗以宦者权宠太盛，欲仗训、注二人，以消积蛊。不谓谋之不臧，血流殿陛，致使阉人愈横，朝廷受制。诗言运去不逢，惜文宗不得任重致远之人以讬之耳。与日后之西戎欵关何涉?”

清姜炳璋《选玉溪生诗补说》:“题云《咏史》，篇中法戒昭然，夫岂专属（唐）文宗?以第二句作主，中四正写‘破由奢’，七八则言‘成由勤俭’也。……南熏之曲，舜之所以解愠阜财者也。几人得如舜之歌南风乎?惟有哭苍梧之翠华，以追慕其勤民之德而已。”

张采田《玉溪生年谱会笺》引朱鹤龄曰:“文宗恭俭性成，衣必三澣，可谓令主矣。怠乎受制家奴，自比周赧、汉献，故言俭成奢败，国家常理。岂有珀枕、珠车之事?今乃与亡国同耻，深可叹也!义山及第于开成，《南熏》之曲，尝闻之矣。其能已于苍梧之哭耶?全是故君之悲，讬于咏史耳。”

无题

昨夜星辰昨夜风，画楼西畔桂堂东。
身无彩凤双飞翼，心有灵犀一点通①。
隔座送钩春酒暖②，分曹射覆蜡灯红③。
嗟余听鼓应官④去，走马兰台⑤类转蓬。

【注释】

① 灵犀一点通：旧说犀为神兽，犀牛角的中央有白纹贯通两头，感应灵敏。比喻两心相感、相应、相通。灵犀，即通犀。

② 隔座送钩：两人在相隔邻近的座位上，玩藏钩的游戏。即把人分为两组，一人拳起手掌，掌中藏钩，由另一组人猜，猜不中便罚酒。

③ 分曹射覆：射覆也是古代宴饮席上的一种游戏，即在器皿或布巾下暗藏物件，让对方猜测。分曹，分队。

④ 听鼓应官：据《新唐书》记载：长安晨暮击鼓以开闭城门。清晨五更二点“鼓自内发，……市门皆启”。各司官员，也应该上班了。

⑤ 兰台：本是汉代收藏图书典籍之地，后代用指秘书省。诗人当时任秘书省正字，故云。

【赏析】

李商隐有一类《无题》诗，其中仿佛可以窥见作者的身影。诗中朦胧的意象、缠绵的柔情足以令读者陶醉，然而诗的真正意旨所在却费人猜想，难以说清楚。

这首无题诗便是如此。诗的首联描画出一幅图景：天上的星星在闪烁，地上的轻风在吹拂，在华美的彩楼西头，桂堂的东边，有人深情脉脉地伫立眺望。他显然有所思念，有所向往，有所期待！第二联是诗人的自我抒情，意思说：虽然不能像彩凤一样展翅双飞，但是两情相悦、两心相通啊！第三联写一次宴席上宾客们欢聚游戏的情境：人们分坐两排，在蜡烛灯光下玩着“藏钩”、“射覆”的游戏，输了的则要自饮春酒代替惩罚。显然，世人所爱恋的女子也在这游戏场中，所以场景便显得格外温馨和美丽，使人心驰神往。然而，这里所写是真实的景象，还是想象中的幻影呢？多情的诗人是否也在游戏场景中呢？诗中既没有明白的显示，读者自可从想象的视角去丰富、去补充！尾联诗人明确地出场了，他说：令人叹息的是，当清晨的鼓点敲响，我就要匆匆走马兰台官署（指秘书省），赶去上班了！

关于诗中所爱恋女子的身份，有着不同的推测。有人说她是富贵人家的后房佳丽，具体有说是在王茂元（李商隐的岳丈）家，有说是在令狐绹家，所以冯浩判定这首诗“定属艳情，因窥见后房姬妾而作”。此一解释“大伤轻薄”，且与诗人平生人格操守不合，故不能认同。也有学者认为此诗并非艳情，而是别有寄托。程梦星解释它是李商隐初中进士、释褐秘书省校书郎、调补弘农尉时所作，“盖叹不得立朝，将为下吏也”。又附会首句“昨夜星辰昨夜风”，说郎官“上应列宿”、被“风吹飘落”云云，将一句优美的眼前景语解释得违背常情、支离破碎，因而诗意全无了。

其实这就是一首正常的艳情诗。诗中写到两情相悦而又遇合无缘的惆怅与后世流行歌曲中青年男女的爱情阻隔、相思无望的忧伤同情而又同调。考察诗中的人物与细节，捕风捉影，穿凿附会，不会有什么明确的结果。

【辑评】

清胡以梅《唐诗贯珠》：“此诗是席上有所追忆之作。妙在欲言良宵佳会，独从星辰说起。……得三四铺云绘月，顿觉七宝放光，透出上文身远心通，俨然相对一堂之中。五之盛情，六之盛境，皆为佳人着色。”

清吴乔《西昆发微》：“冯班曰：义山……失意蹉跎，出而从事诸侯幕府，此诗托辞讽怀，以序其意。‘身无彩凤’一联言同人之相隔也，下二联序宴会之欢而己不得与，方走马从事远方，以为慨也。杨梦载云：义山无题诗，皆寓言君臣遇合，得其旨矣。”

清屈复《玉溪生诗意》：“一二，昨夜所会时地；三四，身虽似远，心已相通；五六，承三四言，藏钩送酒，其如隔座，分曹射覆，惟碍烛红；及天明而去，应官走马，无异转蓬。感目成于此夜，恐后会之难期。”

无题①

来是空言去绝踪，月斜楼上五更钟。
梦为远别啼难唤，书被催成墨未浓。
蜡照半笼金翡翠②，麝熏微度绣芙蓉③。
刘郎④已恨蓬山远，更隔蓬山⑤一万重。

【注释】

① 这是原题《无题四首》的第一首。四首中两首七律，一首五律，一首七古。显然是并非有内在联系的一组作品，今分列之。

② 金翡翠：指以金线绣成双翠鸟或以其鸟羽为饰的被褥。翡翠，即翠鸟。《楚辞·招魂》：“翡翠珠被，烂齐光些。”

③ 绣芙蓉：指绣有荷花图案的帏帐。芙蓉，即芙蕖、荷花。白居易《长恨歌》：“芙蓉帐里度春宵。”

④ 刘郎：据载，东汉刘晨、阮肇入天台山，遇仙女，被邀居留半年后返回故里，已是邑屋改观，问询获知子孙已历七世。后刘、阮重返天台山寻访旧迹，已不见仙女踪影。见刘义庆《幽明录》。此事在唐五代流传甚广。晚唐曹唐《刘阮洞中遇仙人》有“免令仙犬吠刘郎”句，《仙子洞中有怀刘阮》有“此生无处访刘郎”。又一说：刘郎指汉武帝刘彻。

⑤ 蓬山：蓬莱山，传说中的海上神山，泛指仙境，隐喻所爱女子的住处。

【赏析】

这是一首表达男女相思的爱情诗。它撷取生活中的片段，用朦胧的意象婉转诉说不可明言的相思之苦，表达了两情相悦而又难以遇合的忧伤与美丽，因而受到后世无数青年人的喜爱，脍炙人口。

诗的首联展现的是凌晨五更时的情景。这是一个彻夜等待、辗转难眠的夜晚，当他从梦中惊醒，首先想到的是她答应前来只是一句空言，而自从上次见面之后就再也未能见到她的影子，只有楼头的那一角弯月孤单地抚照着他的寂寞。第二联写到梦中因为远别而悲伤地哭泣，梦醒后急切地要写信倾诉衷情而等不及墨汁研浓的那一刻。李商隐在艳情诗《碧瓦》中描写两情相思，有“梦到飞魂急，书成即席遥”二句，所写与此可以相通。接下去第三联描写卧室之中，蜡烛光轻轻地半笼照着画有金翡翠的帏帐，麝香依稀浮动在绣着芙蓉花的被褥上。这是真实存在的景象，还是恍惚迷离的幻影？温庭筠有《菩萨蛮》词曰：“画罗金翡翠，香烛销成泪。花落子规啼，绿窗残梦迷。”显然，这是男女相思、相忆、相期待中常见的意象。金翡翠、绣芙蓉，都是爱情遇合的象征。所以尾联进一步感叹说：本来以为蓬莱仙境相距遥远，现在更觉得相隔有如千山万重、遥不可及了！

但是这样一首动人的爱情诗，却长期遭到一些人的歪曲与误解。有人认定这首《无题》之作表达的只是“君臣朋友之谊”，尤其将其附会到某一个人（如令狐绹）身上。此说认为诗中“来是空言”、去后“绝踪”指的是令狐绹，“梦为远别”、“书被催成”是因为令狐绹，甚至认为“蓬山”也是指令狐绹所在之地。这是一种特殊时代形成的变态心理在诗中的显现！用这种思路去阐释，与诗中浓烈的情爱、心理与意境都格格不入，明显难以成立。

【辑评】

清屈复《玉溪生诗意》："一，相期久别；二，此时难堪；三，梦犹难别；四，幸通音信；五六，孤灯微香，咫尺千里；七八，远而又远，无可如何矣。"又曰："凡诗有所寄托，有可知者，有不可知者。……若《锦瑟》《无题》《玉山》诸篇，皆男女慕悦之词，知其有寄托而已。若必求其何事何人以实之，则凿矣。"

清吴乔《西昆发微》："此诗与'相见时难'皆是致书于（令狐）绹时作，即旧传所言'屡启陈情'也。"

清冯浩《玉溪生诗集笺注》："首二句谓（令狐）绹来相见，仅有空言，去则更绝踪矣。令狐为内职，故次句点入朝时也。'梦为远别'，紧接次句，犹下云隔万重也。'书被催成'，盖令狐促义山代书而携入朝……五六言留宿。蓬山，唐人每以比翰林仙署，怨恨之至，故言更隔万重也。"

无题

飒飒东风细雨来，芙蓉塘外有轻雷。
金蟾啮锁[①]烧香入，玉虎牵丝[②]汲井回。
贾氏窥帘韩掾少[③]，宓妃留枕魏王才[④]。
春心莫共花争发，一寸相思一寸灰。

【注释】

① 金蟾啮锁：指宫廷、官府人家门上用金蟾作底盘，衔以双环，可以锁闭，名曰"铺首"。金蟾，镀金蟾蜍。一说蟾蜍形的香炉，有鼻钮可以开闭。

② 玉虎牵丝：雕饰作玉虎形状的辘轳，用丝绳汲引井水。一说，玉虎是井水围栏上的雕饰。

③ 贾氏窥帘韩掾少：据《世说新语·惑溺》载，晋代贾充的女儿在门帘后偷看，见韩寿年轻貌美，因而产生恋情。后来贾充将女儿嫁给了韩寿。

④ 宓妃留枕魏王才：传说三国曹植心悦美女甄氏，但甄氏先此已经嫁给了曹丕。甄氏死后，其遗物中有玉带金缕枕。黄初三年，曹植赴京师，返归途中经洛水。旧传洛水之神名曰宓（音伏）妃，梦中对曹植说："我本托心君王，其心不遂。此枕是我在家时从嫁，前与五官中郎将（指曹丕），今与君王（指曹植）。"曹植于是写了《感甄赋》，后改称《洛神赋》。

【赏析】

这首无题诗抒写深闺中的女子对于爱情的梦想，以及追求幻灭后的痛苦与绝望之情。

无法准确断定诗中女子的身份，是少女，还是少妇？是宫女嫔妃，还是巨室妻妾？既难以肯定，也无法否定。诗的首联写她居住的环境与景物，可以想见高墙阻隔，重门紧闭，一阵东风吹着细雨，邻近的荷塘上芙蓉初放，此时天边响起隐隐的雷声。在细雨芊绵的时候特别容易怀念亲人（或情人），这是古今常见的思绪与心态。《诗经·召南》有诗曰："殷其雷，在南山之下。……振振君子，归哉归哉！"汉代司马相如《长门赋》描写道："登兰台而遥望兮，神怳恍而外淫。……雷殷殷而响起兮，声象君之车音。"这都是写在春天雷雨季节，不由地泛起春思，想念情人（亲人）。这是一种情感的铺垫，以下的描述都是在此背景下展开的。第二联写到她生活的单调与寂寞，只有在烧香、汲水时才能看到她的身影。《唐人选唐诗十种》载刘复

《夏日》（七律）诗描写深闺少女的生活，其颔联写道："银瓶绠转桐花井，沉水烟销金博山。"同样写到汲水与烧香，可知这是那个时代深闺（或深宫）少女生活的典型情节。春闺寂寞，春情荡漾！第三联乘势用两个典故暗示女子春心的涌动，这是她的衷心的期待，是她对于自由爱情的向往。贾氏女与韩寿的结合，是青春少男少女之间自然而然的爱情结果。而甄氏将她的玉带枕留赠给曹植，这虽然只是民间的传说（小说家言），但其中包含着女子对于才子风度的钦仰与爱慕。尾联写到这种骚动不安的春心没有着落，没有希望，不用随着春花的开放而幻想不已，因为刻骨铭心的相思只能燃尽青春，化作灰烬！爱情的美丽与忧伤绵绵不尽，永远流淌不已！

即使这么一首寓意如此明显、男女思念如此强烈的爱情诗，还是会有人要去牵强附会！有人用想象中李商隐与令狐绹的情感是非去硬套诗中的男女之恋，或者用诗人在官场"自恨孤立无援、乏人汲引"去解释五六两句，甚至用"发乎情，止乎礼义"去解释七八两句。一首触人心弦、动人心魂的绝妙情诗，被分解得支离破碎，诗意全无了。

【辑评】

清朱鹤龄《李义山诗集笺注》："窥帘、留枕，春心之摇荡极矣。殆乎香消梦断，丝尽泪干，情焰炽燃，复归灰灭。不至此，不知有情之皆幻也。……义山诗即此义，不得但以艳语目之。"

清屈复《玉溪生诗意》："一二，时景；三四，当此时而汲井方回，烧香始入；五六即从三四托下，于是窥帘韩掾，枕留宓妃，须臾之间，不可复得；故七八以春心莫发，自解自叹，而情更深矣。"

近代张采田《玉溪生年谱会笺》："纪（昀）云：贾氏窥帘，以韩掾之少；宓妃留枕，以魏王之才。自揣生平，谅非所顾，故曰'春心莫共花争发，一寸相思一寸灰’，言思之无益也。”

无题

相见时难别亦难，东风无力百花残。
春蚕到死丝方尽，蜡炬成灰泪始干。
晓镜但愁云鬓①改，夜吟应觉月光寒。
蓬山②此去无多路，青鸟③殷勤为探看。

【注释】

① 云鬓：形容青春女子鬓发浓密，如垂云状。

② 蓬山：传闻海上有三神山，其一曰蓬莱。

③ 青鸟：传说中西王母的使者，名曰青鸟。此代指信使。

【赏析】

这是一首经典的爱情诗，抒写青年男女在暮春时节、伤春伤别的缠绵与悲伤。清代陆次云《唐诗善鸣集》说诗中的“比意从汉魏乐府中得来”，其实不仅“比意”，它的情感风采、格调神韵都从流行乐府中脱胎而出。当代歌曲有流行歌手演唱的“相见时难别亦难”，虽然谱以新时代的旋律，内里传达的却正是它的情感本色。

这首诗抒写的并非诗人自己（或其他某一个人）的离别情事。诗中有意淡化了故事的细节，模糊了个人的痕迹，而上升到一般普通人性的层面，成为社会化的描写。它歌咏青春男女刻骨铭心的情爱与相思，描写一幅令人销魂、伤春伤别的动人场景，表现了普遍的爱情阻隔的悲伤与幽怨，因此而具有着长久的感染力。也正由于此，《唐诗善鸣集》推崇它“为《无题》诸篇之冠”，而《精选七律耐吟集》更说“千秋情语，无出其右”。

这首诗的首句“相见时难别亦难”有着强大的震撼力，动人心魄。江淹《别赋》开篇道：“黯然销魂者，唯别而已矣！”认为离别最苦，足以使人销魂。本诗则进一步发挥，说道情侣之间相见既难，离别亦难！首联点出是暮春时节，一对情侣将要离别！《别赋》中有描写道：“春草碧色，春水渌波。送君南浦，伤如之何！”眼前东风仿佛因之无力，百花亦仿佛为之凋残。一切景语，皆是情语。伤春伤别，情何以堪！

第二联继续抒写情侣之间的思情与悲情。六朝乐府《西曲歌》有以蚕丝作比喻的，曰“春蚕不应老，昼夜常怀丝。何惜微躯尽，缠绵自有时！”“丝”与“思”谐音，是“春蚕”句意象之所本。用蜡烛垂泪象征人之惜别，也是中晚唐诗人常用的修辞手法，杜牧《赠别》：“蜡烛有心还惜别，替人垂泪到天明。”李商隐《独居有怀》：“蜡花长递泪。”以物拟人，将蜡烛人情化了，形象感人至深。

第三联从对方着笔，想象离别之后女子的相思之深。清晨对镜，发现因为思念而面容消瘦，头发也改变了形状；夜晚难眠，吟诗到半夜，月光照在身上已有寒意。杜甫《月夜》想象离别中的亲人望月相思，写道：“香雾云鬟湿，清辉玉臂寒。”此联诗意想象与杜诗一脉相承，只是因为格律的缘由，将“玉臂寒”改作“月光寒”了。

尾联将诗笔宕开，使得诗意稍稍舒展，而情思也更显得隽永悠长。蓬山本是海上的神山，将所思女子比拟为神女、仙女，是古今相通的技法。意思说：你所居住的“蓬山”相距不远，希望经常传递书函、互通信息啊！

它表现的是一般青年男女“伤春伤别”的爱情诗，但其中融入了诗人自己的人生体验与情感遭遇，则是可以确定的。

对这首诗同样有着误解与曲说。有人认为“若作艳情解，近于露张，非法之善”，解释诗中“蓬山此去无多路”是有求于当路官员对自己施以援手，而这个当路官员就是令狐绹。此说穿凿附会，不足置信。程千帆《古诗今选》评曰：“本篇写得既缠绵又执着，尤其是第二联写对与生命相终始的爱情的执着以及这种执着的爱情遭到破坏之后无穷无尽的哀伤，尤为深挚感人。”兹评准确，符合人们的感受。

【辑评】

明谢榛《四溟诗话》：“春蚕到死丝方尽，蜡炬成灰泪始干。……措词流丽，酷似六朝。”

清屈复《玉溪生诗意》：“离恨正当春暮，安能漠然？三四，此即死后成灰，犹不能忘，何况春暮！但恐岁月如流，渐衰老耳。然幸而相近，可令青鸟探消息。何如也？”

近代张采田《玉溪生年谱会笺》：“此篇为陈情不省，留别令狐所作。”

王十二兄与畏之员外[①]相访见招小饮，时予以悼亡日近，不去，因寄

谢傅[②]门庭旧末行，今朝歌管属檀郎[③]。
更无人[④]处帘垂地，欲拂尘时簟竟床[⑤]。
嵇氏幼男[⑥]犹可悯，左家娇女[⑦]岂能忘！
秋霖腹疾[⑧]俱难遣，万里西风夜正长。

【注释】

①王十二兄：指王茂元之子，李商隐妻子王氏的兄弟。畏之员外，

指李商隐的连襟韩瞻。韩瞻，字畏之，开成二年进士，时为某部员外郎。

② 谢傅：东晋谢安，在朝有名望，死后追赠太傅。这里代指王茂元。

③ 檀郎：晋代诗人潘岳，字安仁，小字檀奴。他姿容甚美，世称“檀郎”。此喻指韩瞻。

④ 更无人：再也无人、绝无人。更，再也。崔鲁《华清宫》：“更无人倚玉阑干。”

⑤ 簟竟床：长长的竹席铺满了空床。语本潘岳《悼亡诗》：“展转眄枕席，长簟竟床空。”

⑥ 嵇氏幼男：嵇康之子嵇绍，十岁而孤。这里借指诗人之子衮师。

⑦ 左家娇女：左思有《娇女诗》，此处借指诗人之女。《骄儿诗》中有“阶前逢阿姊，六甲颇输失”，“阿姊”即衮师之姊。又《樊南文集》（卷四）载《上河东公启》：“眷言息胤，……或小于叔夜之男，或幼于伯喈之女。”

⑧ 秋霖腹疾：连绵秋雨，加上心腹之疾，丧妻之痛。一说，腹疾，腹泻之疾。

【赏析】

李商隐与妻子王氏伉俪情深，婚后相濡以沫，聚少离多，愈增眷恋。不幸王氏病逝，诗人悼亡之痛，一再形诸篇什，感人至深。这首诗是王氏“悼亡日”（去世周年纪念日）前后，李商隐的内兄、连襟一同前去拜访他，约他相聚小酌，排遣忧伤。诗人推辞了他们的邀约，写作此诗诉说对亡妻的无限追思与心中岁月积淀的深沉痛楚。

诗的首联用晋代名臣谢安（死后追赠太傅）喻指岳父王茂元（死后追赠司徒），说在“谢傅”门庭里，我只能忝列子婿辈之末，今天的宴饮音乐只能由“檀郎”（指连襟韩瞻）独自品赏了。第二联迅即切入悼亡的主题，写到妻子去世后，室内唯有帷帘垂地，再也不能见到她的姿容。想要拂去床上的灰尘，竹席上再也见不到她留下的身影。这是使人肠断、痛彻心扉的景象啊！第三联写到亡妻去世后，留下一双小儿女，他们失去母亲的爱抚，是多么值得怜悯而不能忘怀啊！有学者认为“左家娇女”是指亡妻王氏，这种比喻不符合伦理辈分，应是误解。末联说连绵的秋雨、心腹的痛楚都难以排遣，万里西风、长夜凄凉，使人愁绪万千啊！

这首诗题旨明白，写景写事，直抒胸臆，而“凄婉之中复饶幽艳”。“更无人处”二句，使人诵之销魂，感动心魄，凄断欲绝。

【辑评】

清金圣叹《评点唐诗六百首》：“先生与畏之同为王茂元婿。此十二兄，想即茂元之子。故得以闺房之至悲，尽情相告也。……前解写悼亡，此解（指后四句）悼亡中则有无数不堪之事也。言如幼男啼乳、娇女寻娘，秋霖彻宵，腹悲成疾。略举四端，俱是难遣，则有何理又来欢聚乎？”

清何焯《义门读书记》：“‘更无’二句，指悼亡。‘嵇氏’二句，儿女满前，身兼内外之事，欲片时宴饮，亦复不可。然则此怀岂能遣也！‘万里’句，西风加‘万里’，夜长加‘正’字，皆极写鳏鳏不寐之情。”

清屈复《玉溪生诗意》：“起二句写王兄招饮，……三、四悲凄境况，五、六儿女难离，兼秋霖腹疾。西风夜长，愁苦万端，岂能随人小饮哉！”

碧城[1]三首

其一

碧城十二曲阑干[2]，犀辟尘埃玉辟寒[3]。
阆苑[4]有书多附鹤，女床[5]无树不栖鸾。
星沉海底当窗见，雨过河源隔座看。
若是晓珠[6]明又定，一生长对水晶盘[7]。

【注释】

①碧城：碧霄之上，云霞掩映中，有仙人所居的城楼。《十洲记》记载昆仑天墉城有“金台五所，玉楼十二所”。

②曲阑干：回栏环绕。阑干，即栏杆。

③犀辟尘埃：古代传说有一种犀牛角，放在座位上，可以避除灰尘。玉辟寒：传说扶余国曾向朝廷贡献一种火玉，赤色如火，置之室内，可以避寒。

④阆苑：阆风之苑，在昆仑山之巅，是传说中的神仙居所。

⑤女床：传说中的仙山，有鸾凤栖息。见《山海经·西山经》。

⑥晓珠：指日、太阳。

⑦水晶盘：比喻月亮。王昌龄《甘泉歌》：“昨夜云生拜初月，万年甘露水晶盘。”

【赏析】

这首诗描写宫中生活富贵奢华，如同仙境，并暗讽帝王追求神仙的行为。

以仙界代指皇宫，是诗人惯用的修辞技法。李商隐《九成宫》首联说：“十二层城阆苑西，平时避暑拂虹霓。”也是形容皇宫高耸云天，可拂虹霓，有如阆苑仙界。本诗“碧城十二”，就是上引诗中的“十二层城”。碧霞簇拥着城楼，曲折的栏杆环绕，宫殿里陈列各种宝物。因为是神仙世界，所以仙鹤传书，而树上则栖歇着鸾鸟凤凰。又因为碧城在高空中，所以可以看见星宿在窗前的浮沉，可以座前看见雨风掠过黄河的源头，这是凭高视下的观感。末二句说，希望从此日日夜夜，相对相望，而永无穷尽。

其二

对影闻声亦可怜，玉池荷叶[①]正田田。
不逢萧史[②]休回首，莫见洪崖[③]又拍肩。
紫凤[④]放娇衔楚佩，赤鳞[⑤]狂舞拨湘弦。
鄂君[⑥]怅望舟中夜，绣被焚香独自眠。

【注释】

①玉池荷叶：玉池之中，荷花亭亭，荷叶田田，象征女子心灵高洁，容姿美丽。《乐府诗集·欢闻歌》：“艳艳金楼女，心如玉池莲。持底报郎恩？俱期游梵天。”

②萧史：传说萧史是秦穆公时人，善于吹箫，能以箫声招来孔雀、凤凰，秦穆公有女字弄玉，与萧史结为夫妻，后来二人都飞升成仙了。

③洪崖：传说中的神仙。郭璞《游仙诗》：“左挹浮丘袖，右拍洪崖肩。”

④紫凤：一种五彩成文、偏多紫色的凤凰。王昌龄《萧驸马宅花烛》：“紫凤衔花出禁中。”

⑤赤鳞：红色的鲤鱼。传说瓠巴鼓瑟，水底的游鱼也会跃出水面来

倾听。江淹《别赋》："耸渊鱼之赤鳞。"

⑥ 鄂君：即鄂公子晰，是楚康王的同母弟，春秋后期人。《说苑》记载他泛舟河中，越人拥楫歌曰："山有木兮木有枝，心悦君兮君不知。"表达爱慕之意。于是子晰"行而拥之，举绣被而覆之。"

【赏析】

这首诗描写宫中歌舞享乐的场面。

首联写宫中舞女有如春天的玉池渌波，映照着亭亭的荷花，田田的荷叶，见其影、闻其声已经觉得十分可爱。第二联说宫中往来相遇的都是萧史、洪崖等神仙之辈。第三联写紫凤佩带着兰草之类装饰物（《离骚》中有"纫秋兰以为佩"之句）作出娇媚的姿态，赤鳞则应和着弦声在纵情狂舞。尾联说只有鄂君子晰在如此的夜晚，在船上焚香独处，惆怅不已。

关于最后二句，各种歧义纷陈。屈复《玉溪生诗意》认为七八句"今日之凄凉"与五六句"当日之欢情"是一个鲜明的对照，可备一说。

其三

七夕来时①先有期，洞房帘箔至今垂。
玉轮顾兔初生魄②，铁网珊瑚未有枝③。
检与神方教驻景④，收将凤纸⑤写相思。
武皇内传⑥分明在，莫道人间总不知！

【注释】

① 七夕来时：据《汉武内传》，汉武帝闲居承华殿，西王母曾派使者前来，嘱以斋戒，不问人事，"至七月七日，王母暂来也"。七夕，农

历七月初七。

② 玉轮顾兔初生魄：月中的微光初现，逐渐增多，是新月初生时的景象。玉轮，指月亮。顾兔，旧说月中有蟾蜍。魄，指月中的微光。

③ 铁网珊瑚未有枝：有如用铁网在海中捞取珊瑚，结果是毫无所得、无影无踪。《本草》记载：海人先做铁网沉水底，然后绞网出之，以此获得珊瑚。

④ 驻景：指延年益寿，永葆青春不老的神仙方术。

⑤ 凤纸：唐代宫廷用纸，上面绘有金凤凰图形。

⑥ 武皇内传：旧题班固撰《汉武故事》，杂记汉武帝旧事及神怪之说。汉末则有《汉武内传》，沿其说而张皇其事，流传至今。

【赏析】

《碧城三首》是一组诗，每首诗有其相对独立的题旨，诗意逐步展开，渐次迭进，绾合成为一体。

这组诗的宗旨是批判唐代帝王追求神仙之事的虚妄。唐代帝王崇信道教，服食仙丹，追求长生不死的仙术，例子很多。盛唐玄宗李隆基一方面沉醉声色享乐，同时又尊崇道教，“每中夜夙兴，焚香顶礼”，“造精舍，采药饵，真诀仙踪，滋于岁月”。中唐宪宗李纯，到晚年时亦沉醉于服用神丹。方术之士柳泌在台州“炼神丹，上服之，日加躁渴，遽弃万国”，就是说唐宪宗也是因服食丹药而死。继承帝位的唐穆宗李恒重蹈覆辙，饵金石之药，中毒而死，年仅三十岁。尤其是唐武宗李炎，未登帝位之前，就“颇好道术修摄之事”。当上皇帝后，他更宠幸道士赵归真等，在宫内修建金箓道场，“于九天坛亲受法箓”。会昌三年五月，“筑望仙观于禁中”。他最后也是因为服用丹药，喜怒失常，中毒而死，时年三十三岁。唐宪宗去世时，李商隐九岁；唐穆宗去世时，李商隐十三岁；唐武宗去世时，李商隐三十五岁。对于唐代帝王迷信方术荒淫虚诞的行为，他有所见闻，有所思考，在诗歌中有所表现与批判，也就是十分自然的了。

组诗其三是对前二首的继承，也是一个总结。如果说第一首主要是铺陈宫中的奢华，写求仙；第二首主要是描画歌舞的场面，写享乐；第三首则主要写求仙的虚妄，注定不会有结果。这首诗的首联说神仙降临总是先有预期的，历朝历代洞房帘幕低垂，君王求仙也代不乏人，从未停止过；二联接着说，（预定七夕神仙降临）可是月中的光影出现了，新月升起来，七夕快到了，预计中将要降临的仙人却像海底搜寻珊瑚一样杳无踪迹；三联说检阅仙籍，神方上有永葆青春的丹药，于是追求长生不死；旧有人神相恋的传说，于是在凤纸上再写人神相思的故事，岂非荒唐，有何凭据？尾联说《汉武内传》记载君王求仙之事载之于史，流传至今，所以不要以为当今宫中之事外界永远不会知道。叶葱奇《李商隐诗集疏注》解释道：“结二句说这样闹法尽管讳莫如深，可是外界和后代是不会不知道的。”这一疏解有助于理解，可供参考。

对这一组诗的解释历来歧义纷陈。有人认为这是歌咏唐明皇与杨贵妃之间的故事，有人认为是讽刺公主入道的情事，又有人说是写李商隐与女道士恋爱的“哑谜”。另外还有人认为这是寓言，不必深究。诗无定诂，《碧城三首》可谓是典型的例证。

【辑评】

明胡震亨《唐音戊签》：“此似咏其时贵主事。唐初公主多自请出家，与二教人媟近。商隐同时如文安、浔阳、平恩、邵阳、永嘉、永安、义昌、安康诸主，皆先后丐为道士，筑观在外……味诗中‘萧史’一联，及引用董偃水晶盘故事，大旨已明。”

清屈复《玉溪生诗意》：“玉溪无题诸作，人皆知为男女怨慕之词。独《碧城三首》，或指明皇，或指嫁虏公主，何也？凡此类，读者但知其必有寄托而已，当就诗论义，若必求其事以实之，则凿矣。”

清冯浩《玉溪生诗集笺注》：“三诗向莫定其解。……要惟胡孝辕《戊签》谓刺入道宫主者近之。……若以武皇为定指明皇，则杨妃之事，先后诗人彰之篇什，即本集中明讥毒刺不一而足，何独于此而必隐约出之哉？”

玉山①

玉山高与阆风齐，玉水清流不贮泥。
何处更求回日驭？此中兼有上天梯。
珠容百斛龙休睡②，桐拂千寻凤要栖③。
闻道神仙有才子，赤箫吹罢好相携。

【注释】

① 玉山：《山海经》中记载西王母的居所，此山多玉石，故名。《穆天子传》中称“群玉之山”，即此。又蓝田多美玉，亦名玉山。

② 珠容百斛龙休睡：宝珠甚多，有龙守护。龙，隐喻帝王。《庄子·列御寇》载云：“夫千金之珠，必在九重之渊而骊龙颔下。子能得珠者，必遭其睡也。”

③ 桐拂千寻凤要栖：千寻之梧桐，乃凤凰栖息之所。凤凰，隐喻贤臣。《庄子·秋水》载云：凤凰从南海飞向北海，非梧桐不止，非醴泉不饮。

【赏析】

在李商隐的诗歌里，玉山与碧城、阆风、蓬山都是神仙居住的地方。不同的是，蓬山是大海中的仙山，而阆风、玉山虽然高耸云天，但可视为陆地上的仙山。其寓意所指，则是世人缈不可及的皇宫或公主所住的宫殿道观，如此而已。

拂去这一层迷雾之后，《玉山》一诗其实并不难理解。首联说：玉山与阆风仙山一样高入云天，而玉水也是清澈见底，波光澄明，不似人间的污泥浊水。第二联接着说它的尊贵，权势显赫，它是人间权力的中枢，可以回日，可以登天。第三联进一步表达对于朝政的关切，正因为君权无限，好像骊龙颔下的“百斛宝珠”，所以君王要清醒，不要沉迷昏睡；要广纳人才，就像千寻梧桐树引来凤凰栖息一般。尾联是诗人的期待：听说朝廷中有许多神仙才子，他们在吹箫凤鸣之后正可以一展抱负、共同燮理天下了。“相携”，既可以指箫史弄玉相携飞升，也可以指朝中群臣相携辅佐君王，还可以指君臣携手、共同建立理想的政治局面。

所以，在歌咏仙山境界之后，蕴藏着诗人对于朝政的愿景。

出于某种思维定势，过去有人想当然地认为这是一首献给令狐绹的“干谒诗”，即希望令狐绹提携自己。也有学者认为这里的玉山指道观，而阆风指宫禁，是抒写诗人与女道士恋爱情怀的诗歌。如此解释，未免穿凿附会，使得诗中意境支离破碎，实不足信。

【辑评】

清屈复《玉溪生诗意》：“一，地之高；二，清明之极；三四，更无他处可以回日登天；五，祝其醒悟；六，自欲至此；七八，才必怜才，定相携也。”又曰：“玩结句，似求人荐达之意。”

清冯浩《玉溪生诗集笺注》：“吴氏《发微》谓为（令狐）绹作，

信然。盖首联比内相之清高，次联言只此可恃，奚用他求？三联言我欲相依，尔休不顾；结更醒出援手之望。（令狐）绹为（令狐）楚子，故曰才子；为翰林，故曰神仙。必点明才子者，冀其承父志而爱我也。”

近代苏雪林《玉溪诗谜》：“玉山指道观，阆风指宫禁。当时道观皆为皇家之建筑物，而居其中者又多为天潢贵胄，其品级之尊崇，足与宫禁相并，故曰相齐。……‘凤要栖’犹言这样如花似玉的美人，你竟捐同秋扇，我不免要据而有之了。三字扬扬得意，不啻恋爱胜利者之凯歌。”

牡丹

锦帏初卷卫夫人①，绣被犹堆越鄂君②。
垂手乱翻③雕玉佩，招腰争舞④郁金裙。
石家蜡烛⑤何曾剪，荀令香炉⑥可待熏？
我是梦中传彩笔，欲书花叶寄朝云⑦。

【注释】

① 卫夫人：春秋时卫灵公夫人南子，以美貌着称。据记载，孔子曾往见南子，夫人在锦帷之中回拜，环佩之声璆然。

② 越鄂君：鄂君子皙，春秋时楚王母弟，官令尹。因容貌姣美，后来成为美男的通称。有《越人歌》赞美他。事见《说苑》。

③ 垂手乱翻：古代舞蹈有大垂手、小垂手之名，指舞蹈时翻动手掌的动作。

④ 招腰争舞：“招”当作“折”。折腰舞动，形容舞姿俯仰之美。

⑤ 石家蜡烛：西晋石崇巨富，用蜡烛代替柴薪，一片灿烂光明。事见《世说新语》。

⑥ 荀令香炉：汉末荀彧，字文若，官至尚书令。传说他坐处三日留香。萧统《博山香炉赋》有“粤文若之留香”句。

⑦ 朝云：用宋玉《高唐赋》“旦为朝云，暮为行雨”语意，指巫山神女。

【赏析】

牡丹曾被定名为国花。古书记载：“牡丹乃天地之精，为群花之首”，“花品中牡丹为第一”。

唐人欣赏牡丹，已是蔚然成风。唐玄宗李隆基曾与杨贵妃在宫中赏牡丹，李白为赋《清平调》三首，将名花与美人并写，说“名花倾国两相欢，长得君王带笑看。解释春风无限恨，沉香亭北倚阑干”。中唐刘禹锡《赏牡丹》写道：“庭前芍药妖无格，池上芙蕖净少情。唯有牡丹真国色，花开时节动京城。”在诗人笔下，牡丹既有格调，又富情致，它被人格化、人情化了。又据《唐诗纪事》（卷四十）记载：“唐文皇好诗。大和中赏牡丹，上谓程修己曰：今京邑人传牡丹诗，谁为首出？对曰：中书舍人李正封诗‘天香夜染衣，国色朝酣酒’。”唐文皇即文宗，大和是文宗的年号。从此后，“国色”“天香”便成为牡丹固定的雅号。李商隐是在文宗开成年间考中的进士。这种由上到下、朝野共同的喜爱、赏玩、歌咏牡丹的风气，显然深深地影响到诗人的创作。

这就是《牡丹》一诗写作的时代背景。此诗多维度地描写牡丹花的丽态与风姿，表现它的“国色”与“天香”。首联将之拟为古代著名的美人，宛如刚卷起帏帐露出艳丽容貌的卫夫人，仿佛绣被之中的美男子鄂公子晰。第二联写清风吹来，牡丹花瓣叶片低昂翻复仿佛垂手、折腰的舞姿，又仿佛雕镂玉佩的姿态万千，而郁金香气也随风四溢。第三联继续描写牡丹花开的国色与天香，彰显它的天然之美。它如蜡烛的光明灿烂而“何曾剪”，又如荀令的清香不绝而“可待熏”？牡丹出自天然的美丽、发自本性的清香铸就了它高贵的格调，而深得诗人的赞赏与喜爱。尾联说：我的这首牡丹诗与前人咏诵牡丹一脉相承，好似梦中得到前人的“彩笔”，所以书写了牡丹花叶之美寄给所钦慕的“朝云”。

这是一首咏物诗，其妙在不即不离之间，即句句写牡丹，又不全然是写牡丹。在名花之外，仿佛又闪动着一位“倾国丽人”的身影。所以程梦星说：“此艳诗也。以其人为国色，故以牡丹喻之。”对于此诗的评价，则有着两极化的倾向。说它好的推崇备至，认为唐人咏牡丹诗“不下数十百篇，而无出义山右者”；说它不好的认为它“堆而无味，拙而无法，咏物之最下者”。人们的理解不同，审美情趣有异，出现不同的评价是自然的事情，不足为奇。

【辑评】

清《唐诗鼓吹笺注》：“通篇极写牡丹之姿态，香色，雅艳独绝，当已有托而咏也。”

清胡以梅《唐诗贯珠》：“通身脱尽皮毛，全用比体，登峰造极之作。”

清屈复《玉溪生诗意》：“六皆比：一花，二叶，三盛，四态，五色，六香。结言花叶之妙丽，可并神女也。”

马嵬[1]

海外徒闻更九州[2]，他生未卜此生休。
空闻虎旅传宵柝[3]，无复鸡人报晓筹[4]。
此日六军[5]同驻马，当时七夕笑牵牛[6]。
如何四纪为天子[7]，不及卢家有莫愁[8]！

【注释】

①马嵬：马嵬坡，旧址在今陕西兴平县境内。安史乱起，杨玉环被迫在此自缢而死。

②海外更九州：古籍谓中国为赤县神州，内又细分为九州。战国邹衍以为中国之外，更有九州，“有裨海环之，人民禽兽莫能相通”，是为海外大九州。

③虎旅传宵柝：虎旅，保卫皇室的禁卫军。宵柝，夜间巡逻报警的梆子声。

④鸡人报晓筹：鸡人，指皇宫中报晓的官吏。鸡人敲击竹签，报告天明，称“晓筹”。

⑤六军：《周礼》上说天子有六军，此代指唐玄宗的扈从部队。

⑥七夕笑牵牛：传说天宝十载七夕，唐玄宗与杨贵妃避暑骊山宫，有感于牛郎织女七夕相会一事，乃相誓约“愿世世为夫妇”。

⑦四纪为天子：一纪十二年，玄宗在位约四十五年，将近四纪。

⑧莫愁：东晋时洛阳女子，嫁为卢家妇。《河中之水歌》：“河中之水向东流，洛阳女儿名莫愁。……十五嫁为卢家妇，十六生儿字阿侯。”

【赏析】

唐玄宗李隆基与杨玉环的爱情传奇故事，一直是后代诗歌、小说、戏曲等各类创作的热门题材。

白居易的《长恨歌》与陈鸿的《长恨传》，确立了李杨传奇大致的故事框架与情感基调。《长恨歌》中写到杨贵妃的被宠幸，写到安史之乱爆发，玄宗仓皇奔蜀，贵妃在马嵬坡被“赐死”。又写到为了寻找贵妃的亡魂，鸿都道士上天入地，最后终于在一处海外仙山找到了杨贵妃，而贵妃则回忆到曾与玄宗在七夕之夜私语盟誓，“愿世世为夫妇”。李商隐的这首诗就是据此为背景来展开叙事，抒发情感的。诗中表达了他对于历史与人生的反思，并赋予了这一传奇故事新的思想意义。

诗的首联用“逆挽之法”，先就杨贵妃在马嵬坡被迫自缢的结果抒发感慨。尽管传闻海外更有九州，并在海外仙山上发现了贵妃的踪影，然而现实中她的生命是结束了。来生如何，不得而知！第二联倒推到马嵬之变后玄宗夜宿的凄凉场景，只听见军营的金柝声回荡在暗夜里，却再也没有旧日长安皇宫中的“鸡人”来报晓了。第三联的场景对照更为强烈：此日玄宗的禁卫军驻马不前，发动兵变，先是杀了杨国忠（杨贵妃的堂兄），又缢死了杨贵妃；而当年七夕之夜，玄宗与贵妃私心密誓“世代为夫妇”。其间的因果是非，谁能说得清楚！尾联进一步就此发问：唐玄宗当了四十多年的皇帝，为什么不能如同普通百姓——像洛阳卢家莫愁——夫妇相守呢？为什么保护不了杨玉环的生命呢？

旧说这是讽刺唐玄宗沉迷女色，荒淫误国。实际上这种解说乃是传统“女色祸水”的翻版。唐玄宗晚年的荒淫腐化，除了个人责任外，还有着深刻的皇权专制的原因。皇权体制下，江山私有，无人能够监督、制约最高统治者，制度的腐败便是必然的，天下动荡、政权崩坏也是不可避免的。专制下的暴力杀戮，使得天子也常常不能保全其后妃、子女乃至他本人的生命，这种事情历朝历代屡见不鲜。从这个角度说，李商隐在本诗尾联的提问有着穿透时空的意义，值得后人认真地去反思。

【辑评】

宋胡仔编《苕溪渔隐丛话》："义山云：'海外徒闻更九州，他生未卜此生休'，语既亲切高雅，故不用愁、怨、堕泪等字，而闻者为之深悲。'空闻虎旅鸣宵柝，无复鸡人报晓筹'，如亲扈明皇，写出当时物色气味也。'此日六军同驻马，他时七夕笑牵牛'，益奇。义山诗世人但称其巧丽，……俗学只见其皮肤，其高情远意，皆不识也。"

清吴乔《围炉诗话》："至于义山之'海外徒闻更九州，他生未卜此生休'则势如危峰矗天，当面崛起，唐诗中所少者。"

清金圣叹《评点唐诗六百首》："此六军、七夕、驻马、牵牛字，随手所合，不费雕饰。而当时陈元礼侃侃之请，与长生殿密密之誓，一时匆匆相逼，遂成草草不顾。写来真如小儿木马，鬼伯蒺藜，既复可笑，又复可悯也。末言四十余年天子，而不能保一妇人，以为痛戒也！"

富平少侯①

七国三边②未到忧，十三身袭富平侯③。
不收金弹④抛林外，却惜银床在井头⑤。
彩树转灯珠错落，绣檀回枕玉雕锼⑥。

当关不报侵晨客⑦，新得佳人字莫愁⑧。

【注释】

① 富平少侯：汉代张安世曾受封为富平侯，子孙承袭爵位。其中张放乃敬武公主之子，娶外戚、平恩侯许嘉之女，深得成帝宠爱，“两宫使者冠盖不绝，赏赐以千万数”。

② 七国三边：泛指朝政、边事。汉景帝时，有吴楚七国之乱，后被剿平。三边，汉代幽州、并州、凉州，地处边疆，泛指边患。

③ 十三身袭富平侯：张放十三岁继承侯爵一事，史书无载，当为虚拟之词。

④ 不收金弹：《西京杂记》记载：汉武帝时，韩嫣以金为弹丸射鸟，每天要丢失十多枚金弹。

⑤ 却惜银床在井头：形容豪奢，用银子打造、装饰井辘轳架。却惜，岂惜，不惜。汉乐府《淮南王篇》：“后园凿井银作床，金瓶素绠汲寒浆。”

⑥ 绣檀回枕：锦绣纹饰、装饰美玉的檀木枕。玉雕锼，雕刻精润的美玉。

⑦ 侵晨客：清晨前来拜访的客人。侵晨，凌晨。

⑧ 莫愁：石城人，善于歌谣。又一说洛阳女子，嫁为卢家妇。李贺《莫愁曲》：“罗床倚瑶瑟，残月倾帘钩。……若负平生意，何名作莫愁！”

【赏析】

这首诗为权贵子弟画像。这些权门贵戚的子弟，年纪轻轻就继承了高官厚爵，而不忧国事，游手好闲，只知骄纵淫佚，沉醉声色享乐之中。

诗中指名是汉代的富平少侯，实际讽刺的是唐代的权贵子弟。诗的首联说：这些权贵子弟，十三岁就继承了王朝的爵位，然而他们从来不知道为朝廷分忧。唐代中后期的藩镇割据使人联想到汉代的“七国之乱”，而边境上与吐蕃、回纥、南诏的冲突也使人联想到当年的三边之患。这些他们从未放在心上。第二联写他们生活的奢侈无度：汉代的权臣用金弹丸去射鸟，后园井上的辘轳架也以银为装饰。到了唐代，这种挥霍奢华的风气更盛了。第三联写他们的住所，彩树上华灯环绕，上下错落，交相辉映；寝室内陈列着檀香木的枕头，上面用美玉装饰。尾联说：清晨若有客人来访，守门人是不会通报的，因为主子新得佳人，正沉醉在燕尔新欢之中哩！

此诗首联点出“十三身袭富平侯”，最能发人深省。世人生而平等，权利岂可世袭？然而皇权时代的王侯后裔，生于深宫大院，长于妇人之手，锦衣玉食，不知民生疾苦，不懂稼穑艰难。国家忧患，不入其心，却自幼享受富贵荣华、高官厚爵。诗人一再对此予以强烈的抨击，不正可以启发人们的思考吗？

此诗有人以为是讽刺唐敬宗，也有人认为是讽刺唐武宗的，并举出史书记载，来比对证实。专制君主与王侯，处在体制构成的不同环节，然而其世袭、享受、腐化则是共同的，所以不必拘泥，并存可也。

【辑评】

清贺裳《载酒园诗话又编》：“义山有《富平少侯》诗，盖咏西京张氏也。其诗止形容侈汰，而不入实事。……然如‘彩树转灯珠错落，绣檀回枕玉雕锼’，不过骄奢尽之。”

清方东树《昭昧詹言》：“不及前诗（指《少年》），此义山十四岁时少作。”

近代张采田《玉溪生年谱会笺》：“此当与集中《少将》、《公子》等篇参看。徐氏谓指敬宗，引《汉书》成帝微行，自称富平侯家人事解之。然细玩诗意，但咏勋阀，非指帝王家也。”

临发崇让宅[1]紫薇

一树浓姿独看来，秋庭暮雨类轻埃。
不先摇落应为有[2]，已欲别离休更开。
桃绶[3]含情依露井，柳绵相忆隔章台[4]。
天涯地角同荣谢，岂要移根上苑[5]栽？

【注释】

① 崇让宅：王茂元在洛阳的宅邸。李商隐与王氏结婚后，曾寓居于此宅。

② 应为有：应有其缘由，有其故也。或疑本为“应有为”，校者以平仄不协而颠倒之，可备一说。

③ 桃绶：桃花盛开，如同红色的丝带。绶，丝带。虞世南诗：“春桃发绶花。”

④ 章台：秦宫名，下有长安街，“章台柳”是唐诗常用的典故。

⑤ 上苑：上林苑。《西京杂记》说，初修上林苑时，“远方各献名果异卉三千余种种植其中”。

【赏析】

崇让宅是诗人李商隐的岳丈王茂元在洛阳的故宅，宅园内栽种有官署禁苑常见的紫薇花。

紫薇花，开于春末夏初，花枝繁茂，花开一直可延续至秋天。由于花期长，花色艳丽，故又名百日红、满堂红。在唐代，紫薇花又有着特殊的象征意义。据《旧唐书·职官志》记载：开元元年，改中书省为“紫微省”，中书令为“紫微令”，在官邸内又栽种了许多紫薇花，于是中书省又被人们称作“紫薇省”，中书郎也被称为“紫薇郎”了。白居易有《紫薇花》诗：“独坐黄昏谁是伴？紫薇花对紫微郎。”紫薇从此有了“官样花”的影子，文人也乐于以此寄托自己的仕途理想、升沉荣辱的遭遇与情怀。

所以这首诗歌咏紫薇花影之上，叠合了诗人自己的身影。其时诗人即将离开崇让宅，他写下此诗，仿佛是对花的私语，也是诗人自己的内心独白。首联描写在秋风细雨之中，紫薇花开得还是那么浓丽繁盛！有注家认为“浓姿”比自己的才华，“暮雨”“轻埃”比身世的沉沦，应属个人的联想。第二联点出离别，抒发诗人的忧伤之感，说紫薇花已到秋天尚未凋谢摇落是有缘由的，已经是离别时刻何必还要开放呢？李商隐在《七月二十九日崇让宅宴作》中云：“浮世本来多聚散，红蕖何事亦离披？”红莲离披，与这里紫薇花开放是同一思绪，即自然花木亦因离别而有情，并见诸外在的姿态。第三联写到桃花与柳枝，桃花在露井旁盛开如火，柳枝依依，仿佛回忆到旧时的情景。这是诗人眼中的自然生态，被拟人化、情感化了。桃花含情、柳枝相忆，其实是离别之际诗人的含情、回忆生平往事的投影。末联回到咏紫薇花的主题上，将紫薇、桃花、柳枝等自然花木融为一体，说无论身处何地，在天涯海角抑或皇宫内苑，花木繁荣之后都会凋谢，那么为什么要移栽到皇家上林苑呢？在寄咏自然物的背后，传达的是对仕途人生的喟叹，意思是世间荣辱有盛衰，如同花木有凋谢，既然物理如此，为何要追求京师内府的官职呢？

这首诗借紫薇以自喻，句句写紫薇花，也句句在诉说自己的身世与心境，二者融而为一，密不可分。

【辑评】

清屈复《玉溪生诗意》："一，不忍别；二，点时。三，承二。当秋雨如埃，宜摇落，而不先摇落者，应以此宅暂为我有，遇知己也。……休更开，无相赏之人也。桃含情，柳相忆，皆不忍别也。"又曰："到处同一开落，不必移根上苑。犹人之到处同一生死也。"

清陆昆曾《李义山诗解》："此乃临发时对紫薇而感赋也。紫薇盛于春夏之交，秋日间有发一两丛者。首句浓姿独看来，指盛时言。今当秋庭暮雨，疑非其时矣。乃不先摇落，花之多情似因有人在耳。不知己欲离别，则去后又何用更开乎？两句是回互说。……然天涯地角，同此荣谢，岂必移根上苑，始称得所耶？"

清冯浩《玉溪生诗集笺注》："中书省为紫微省，而秘书省隶中书之下也。白香山诗'紫薇花对紫微郎'，此章暗用薇省寄慨。四句深恨别离，兼忆家室，结则强作排解也。"

野菊

苦竹园南椒坞①边，微香冉冉泪涓涓。
已悲节物同寒雁②，忍委芳心与暮蝉。
细路独来当此夕，清尊相伴③省他年。
紫云④新苑移花处，不取霜栽近御筵⑤。

【注释】

①苦竹：竹之一种，四月出笋，味苦。椒坞，生长椒的低凹地。竹味苦，椒味辛，喻苦辛之地。

②节物同寒雁：菊花秋时开放，与寒秋飞雁同一节令。

③ 清尊相伴：既往诗人，品菊饮酒，故云。陶潜《饮酒》七："秋菊有佳色，浥露掇其英。泛此忘忧物，远我遗世情。"

④ 紫云：神仙府邸，借喻京师内府。又一作"紫微"。唐中书省，曾名"紫微省"，中书舍人曾名"紫微舍人"。

⑤ 御筵：皇帝的筵席，代指皇帝、朝廷。

【赏析】

这是一首借咏野菊花以自伤身世的咏物诗。

菊花，农历九月开放，又名秋菊、金菊，是我国的名花。其花瓣飘逸、婆娑，可以服食、泡酒，受到历代诗人的喜爱。《楚辞》中有句"夕餐秋菊之落英"，晋代陶潜有"采菊东篱下，悠然见南山"的佳话，唐代元稹《菊花》诗："秋丛绕舍似陶家，遍绕篱边日渐斜。不是花中偏爱菊，此花开尽更无花。"爱菊、颂菊，从中寄托诗人对人格、理想、气节的追求，是古代常见的歌咏。

李商隐这首诗题曰《野菊》，咏生长于荒野、不受人重视的野菊花，自喻、自伤的意味非常明显。首联上句描写野菊生长于苦辛之地，与苦竹、野椒相伴。杜甫有《苦竹》诗，形容它"味苦夏虫避，丛卑春鸟疑。……幸近幽人屋，霜根结在兹。"李商隐咏野菊与杜甫咏苦竹，思绪相承，意脉相通。下句说野菊花清香绵绵不断，而清露如泪，亦涓涓不止。第二联写在此秋日的晚暮时节，与之相伴的只有寒雁与暮蝉，悲秋、失落、寂寞之感，从节令景物中蒸腾而出。第三联说我沿着小路，在黄昏时独自来探看野菊，不禁想起从前诗人对酒赏菊的情景，心情之忧伤与惆怅谁人能知！尾联说皇宫内苑移植花木，是不会栽种这种凌霜抖擞开放的野菊花的！

李商隐另有五律《菊》曰："暗暗淡淡紫，融融冶冶黄。陶令篱边色，罗含宅里香。几时禁重露？实是怯残阳。愿泛金鹦鹉，升君白玉堂。”诗中意境与这首七律相近，只是那时他对“升君白玉堂”（入朝参政）还抱有期待，而七律中则对此完全绝望了。

前代注家解释这首诗，或与令狐楚、令狐绹父子联系起来，以为“追思其父，深怨其子”，其实是由牵强附会引出的误解。李商隐追随令狐楚，是在令狐楚任兴元节度使时，与诗中“细路独来”、“清尊相伴”的细节描写完全不符，故此说难以成立。

【辑评】

清王夫之《唐诗评选》：“有飞雪回风之度，锦瑟集中赖此以传本色。”

清屈复《玉溪生诗意》：“竹身多节，椒性芳烈，此中菊香已非凡品。三四，言花开何晚，此泪之所以涓涓也。五，野菊也。六，不堪重省也。紫薇新苑不取霜栽，深叹不遇之意，皆自喻也。”

清陆昆曾《李义山诗解》：“义山才而不遇，集中多叹老嗟卑之作，《野菊》一篇最为沉痛。起云‘苦竹园南椒坞边’，竹味苦，椒味辛，言所托根在辛苦之地也。继云‘微香冉冉泪涓涓’，言香微露重，涓涓者疑花之有泪也。插此泪字，便生出下一联来。言是菊也，敷荣在野，无异寒雁羁栖；不言而芳，等于暮蝉寂默。又何由见知于世乎？下半言细路独来，惟有今夕；清樽相伴，空省他年。盖傲霜之姿，本非近御之物，而冀其移栽新苑也，得乎？”

过伊仆射[1]旧宅

朱邸[2]方酬力战功，华筵俄叹逝波[3]穷。
回廊檐断燕飞去，小阁尘凝人语空。

幽泪④欲干残菊露，馀香犹入败荷风。
何能更涉泷江⑤去，独立寒流吊楚宫⑥。

【注释】

①伊仆射：伊慎，中唐将领，因战功曾受封南充（疑‘兖’字之讹）郡王，入朝为尚书右仆射。

②朱邸：王侯之府邸，朱红衙门。

③逝波：江水东流，比喻时间逝去。《论语·子罕》：“子在川上曰：逝者如斯夫，不舍昼夜。”

④幽泪：指花叶上的露珠，如同人悲泣的眼泪。李贺《昌谷诗》：“光露泣幽泪。”

⑤泷江：岭南曲江县境内有武溪，即泷水。此泛指南方的江水。

⑥楚宫：伊慎的功业多在楚地，曾被封为安州（安陆）、黄州节度使，故云。

【赏析】

这是诗人经过中唐名将伊慎旧宅时的感怀之作。

伊慎是中唐德宗、顺宗、宪宗时人，是当时著名的军事将领。他作战勇猛，战功卓著，曾被任命为安州刺史、安黄州节度使，封南充郡王。宪宗即位后，他入朝拜尚书右仆射，改金吾卫大将军。后来因为贿赂宦官，一度遭贬黜。元和六年去世，赠太子太保，谥曰壮缪。据《唐两京城坊考》说，在长安朱雀门街之南光福坊，有他的故宅，元和六年闰十二月，伊慎去世于此。

伊慎去世后两年，李商隐出生，所以他们不是同时代的人。几十年的岁月在历史的长河里，不过只是短暂的一瞬。当年轻的诗人李商隐来到长安，经过伊慎旧宅时，这座昔日的府邸已经残破不堪。诗人禁不住满怀感慨地写下此诗。诗首联说，朱门官邸正是朝廷酬答你拼力苦战所建立的功勋，然而华丽的盛宴犹如东逝水一样转头即空，令人感叹不已！第二联描写旧宅里人去楼空的景象,亭楼廊檐断裂残破，曾经栖息的燕子飞走了（从刘禹锡《乌衣巷》“旧时王谢堂前燕，飞入寻常百姓家”化出），小阁中积满了灰尘，了无人声。第三联由室内向外，描写官邸中花圃池塘的景物。落在残留菊瓣上的露水，好似人的眼泪快要干了；池塘的荷花已经凋谢，唯有风中仿佛还染着昔日的余香。这两句写的是深秋之景。菊的花瓣开了又谢了，荷的清香浓了又淡了。自然的荣谢成了官场盛衰的象征。朱门华邸，荣华富贵，转头即空，这是本诗的主题。因为伊慎的功业，先是在岭南，后是在湖襄之地，所以末联说，京师的官邸尚且如此，又岂能远涉泷江（在岭南），独立寒流凭吊荆楚的遗迹！

有一种流行的解释，认为此诗是借伊慎为题，悲叹李德裕被贬死崖州而作。这是一种先入为主的牵强附会。从历史层面看，伊慎与李德裕的处境、地位、功绩完全不能相比。李德裕文韬武略，深得武宗的信任，被称为“唐中世第一等人物”、“一时名相”，伊慎则是一介武将，晚节不保。再说唐代文禁松弛，李白诗中为被杀的李邕鸣冤、杜甫诗中悼念被贬死的房琯，都不隐晦其名。李商隐也有《李卫公》一诗，公开为李德裕鸣不平。因此，他并无必要借着伊慎之名来影射李德裕。明清以后，文网密织，在诗歌注释中流行穿凿索隐之风，乃是皇权时代的文化专制扭曲了读书人的心理所致。

这首诗的写作时间与地点存在分歧的意见。有学者认为诗人“大中初，自桂林奉使江陵，过伊旧宅”而作。当代著名历史学家岑仲勉反驳此说，他认为伊慎在地方“自有公署，何须治宅”，此之旧宅就是长安光福坊的伊慎故宅。比较而言，后一种说法可能性大一些。

【辑评】

清程梦星《重订李义山诗集笺注》:“(伊)慎之功业，初在岭南，既在湖襄也。元和间拜尚书右仆射，国家之高爵厚禄，酬德报功，亦可谓至矣。无如其晚节，贿赂宦官，复求为河中帅，贬降以卒，恶谥壮缪。则仆射之不得以功名终矣。故义山因过其故宅而吊之，诗语显然，无可解释。惟末二句用其平生本事。泷江，岭南道；楚宫，湖襄地。……义山所过之旧宅，不在京，则在兖，安得指义山辟幕所过之桂林、江陵，而臆度其有宅耶！”

清屈复《玉溪生诗意》:“一二，百年瞬息也。中四，写旧宅宾客奴仆皆已星散，而荷、菊犹存。人不如草木有情也。只此荒凉，伤心已极。涉泷江而吊楚宫，其伤心更当何如?”

清陆昆曾《李义山诗解》:“伊慎曾以军功封南兖郡王，故有首句。卒于元和六年，故有次句。义山在大中初，自桂林奉使江陵，过伊故宅，距其死已三十余年，荒废殆尽，故有‘回廊檐断’、‘小阁尘凝’之句。五六言残菊败荷，皆增凄怆。一勋臣之第，令人生感如是，况涉泷江而吊楚宫，复有千古兴亡之叹耶！结处点出‘过’字。”

银河吹笙[1]

怅望银河吹玉笙，楼寒院冷接平明。
重衾幽梦[2]他年断，别树羁雌[3]昨夜惊。
月榭故香因雨发，风帘残烛隔霜清。
不须浪作缑山意[4]，湘瑟秦箫[5]自有情。

【注释】

① 此诗从首句截取四字为题，与“无题”略同。“银河吹笙”的主角是仙人王子乔，想象他在天上银河间吹笙。李贺《天上谣》：“王子吹笙鹅管长，呼龙耕烟种瑶草。”

② 幽梦：幽深、隐约的梦境。

③ 羁雌：雌鸟失群无伴，孤栖于树。谢灵运《晚出西射堂》：“羁雌恋旧侣，迷鸟怀故林。”

④ 缑山意：即入道学仙，白日飞升之意。《神仙传》记载：王子乔者，好吹笙学凤凰鸣，道士浮丘公将他接上嵩高山，历三十余年。后于七月七日乘白鹤到缑氏山巅，挥手告别时人，数日而去。

⑤ 湘瑟秦箫：湘瑟，指湘灵、湘夫人。《楚辞》中有“使湘灵鼓瑟兮”之句。秦箫，用萧史、弄玉吹箫招来凤凰、孔雀故事。

【赏析】

这是一首艳情诗，写女冠子（女道士）被幽闭道观中的心灵痛苦，以及她对人间爱情生活的向往。

唐代青年女子入道，为数甚多。杨玉环曾经丐为女道士，号太真。公主、宫女入道，史册亦多有记载。唐文宗、宣宗朝，先后共释放出数千名宫女，被送到“寺观安置”。唐代韦应物《送宫人入道》云：“从来宫女皆相妒，说着瑶台总泪垂。”可见送宫女入道，是一件使人悲伤的事情。李商隐亦有《和韩录事送宫人入道》诗云：“当时若爱韩公子，埋骨成灰恨未休。”对于青年男女而言，入道是人间情爱的毁灭，其悲剧色调是确定无疑的。

《银河吹笙》写的就是这样一位女冠子，诗中写她在月夜怅望银河、彻夜难眠的思绪，以及她对于自由爱情生活的向往。首联写景，当她仰望天河，仿佛可见仙人王子乔吹玉笙，在如此寒冷的道观楼院中她感到无比惆怅，孤寂难眠。第二联进一步抒写她的心情，说梦境幽深、恍若情侣相会，这种念头“他年”已经断绝了，而昨夜听到失群雌鸟的啼声，还是为之心惊。“他年”所指何时？应该是初戴黄冠、著籍入道时，那时已经断了爱情的念想，然而此心深藏未泯，还是禁不住闻鸟鸣而惊心。第三联说月榭中残花在雨中散发出幽微的清香，风帘飘动下的烛光隔着霜露更显得凄清。这是进一步渲染女冠处境的孤单与清寂，幽闭之境，情何以堪！末联仿佛是结语，又是告白，说不要再作飞升成仙的幻梦了，还是如同湘灵、弄玉追求有情的人间遇合吧！

这首诗的解说歧义甚多，理解各异。有人以为是“悼亡之词”（姚培谦说），有的学者认为写的是李商隐与女冠子的一段恋情（苏雪林说），有的认为它是讽刺武则天宠幸张昌宗之事（叶葱奇说）。这正是清代词家所谓“作者之用心未必然，而读者之用心何必不然”（谭献语），普通读者实在不必深究。诗人关心社会，描写社会各色人等的痛苦与追求，替他们发声抒情，是一种传统的诗歌创作主张，也是大量存在的文学现象。对于李商隐的此类篇章，亦不妨作如是观。

【辑评】

清屈复《玉溪生诗意》：“一二，怅望至晓；三四，相思；五六，楼寒院冷景况；七八，决绝之词。”

清冯浩《玉溪生诗集笺注》：“上四句言重衾幽梦，徒隔他年，羁绪离情，难禁昨夜，是以未及天明而起，望银河吹笙遣闷也。……缑山专言仙境，湘瑟秦箫则兼有夫妻之缘者，与银河应。此必咏女冠，非悼亡矣。”

近代张采田《玉溪生年谱会笺》：“此种诗语浅意深，全在神味，皆义山独创之体，自来无人学步，西昆不必论也。”

闻歌

敛笑凝眸意欲歌，高云不动碧嵯峨①。
铜台罢望②归何处，玉辇忘还③事几多？
青冢④路边南雁尽，细腰宫⑤里北人过。
此声肠断非今日，香灺⑥灯光奈尔何！

【注释】

① 高云不动碧嵯峨：形容歌声的高亢美妙，使得天上耸峙的碧云亦静止而不动。《列子》中记载，古之善歌者秦青悲歌时，“声振林木，响遏行云”。嵯峨，浮云堆积如山峰高耸。

② 铜台罢望：三国曹操在遗令中要求在他死后，侍奉他的乐伎每逢初一、十五时要在铜雀台上朝西陵方向歌舞奏乐。铜台，铜雀台。罢望，隐喻其死。

③ 玉辇忘还：指帝王淫于游乐，丢了江山。玉辇，帝王之车，美玉装饰。

④ 青冢：指王昭君墓。汉代昭君出塞，死后其墓草独青，故名。

⑤ 细腰宫：指楚宫。《韩非子》：“楚灵王好细腰，而国人多饿死。”

⑥ 香灺：香膏之烛光将尽。灺，灯火余烬。

【赏析】

美妙的歌声能打动人的心灵，唤起人们内心深层的情感，或悲伤，或欢乐，或缠绵，或激昂，陶冶性情于无形之中。《世说新语·任诞》记载：东晋桓子野（桓伊，曾任淮南太守）每闻清歌，辄唤奈何！谢安闻之说：“子野可谓一往有深情！”余音绕梁，三日不绝。这种摇荡心灵的感受古今都是相通的。

这首诗集中抒写歌声给人们的感受，并从中寄寓了现实的情怀。首联描写歌手出场，演唱前她作情作意，全场为之瞩目，而她一开口就声响入云，连天上的碧云也静止不动了。第二联用到两个与歌舞有关的历史典故，一是曹操之死，他再不能听到铜雀台的歌声了；二是帝王淫于游乐，终至亡国，如周穆王、隋炀帝，此类故事甚多。第三联写到汉代昭君出塞，她的青冢旁大雁南去已经飞尽了；而“楚王好细腰，国人多饿死”的国度，也被秦人攻破了。李商隐《泪》诗“人去紫台秋入塞”、《楚宫》诗“歌成犹未唱，秦火入夷陵”，可为此联的注脚。中间这二联将帝王之死、亡国之痛与民众之难糅成一气，都是因为歌声引起的强烈的悲伤之情。末联则隐然将历史的故事与现实的境况联系起来，说如此令人肠断的悲剧古今皆然，面对灯火将残、暗夜将至，只能长叹奈何！

清人程梦星在他的注本中认为这位歌者原本是宫中的乐伎，因为动乱流落在人间，此事既无法证实，也难得否定。不过唐代类似的作品尚多，如白居易有诗《听歌》，武元衡有诗《听歌》，李涉、张祜也都有《听歌》，谢偃有《听歌赋》，抒写对歌声的感受。李商隐此诗应属同类作品，诗中的情感指向不像是歌者个人，而是对于歌声的生命通感与悲伤情怀。在听闻歌声的悲伤中渗透了诗人忧国伤时的情怀，则是确定无疑的。

【辑评】

清纪昀《玉溪生诗说》：“首句点题，次句写歌声之妙。中四句掷笔宕开，七句总承，八句挽合。极有画龙点睛之妙。”

清屈复《玉溪生诗意》：“一，将歌时美人情态；二，即遏云；三四，歌之妙绝；五六，歌之悲感；故肠断而唤奈何也。”

清陆昆曾《李义山诗解》：“此疑开元法曲，流落人间，义山闻之而怆然感赋也。”

重有感[1]

玉帐牙旗[2]得上游，安危须共主君忧。
窦融表已来关右[3]，陶侃军宜次石头[4]。
岂有蛟龙愁失水，更无鹰隼与高秋[5]。
昼号夜哭兼幽显[6]，早晚星关[7]雪涕收。

【注释】

①唐文宗大和九年（835），朝廷发生举世震惊的“甘露之变”，李商隐愤而写下《有感二首》。开成元年（836），昭义节度使刘从谏上书朝廷，问罪宦官，诗人又赋诗抒怀，故曰《重有感》。

②玉帐牙旗：玉帐是征战时主帅所在的幕帐，牙旗是武将的旌旗。

③窦融：东汉扶风人，光武帝即位后被任命为凉州牧。曾上疏朝廷，请求参与讨伐割据势力。关右，函谷关以西地区，此指凉州。

④陶侃：东晋大将。苏峻叛晋后，建康危急。陶侃时为荆州刺史，率军抵达石头城，斩灭苏峻。石头，指南京城。

⑤鹰隼：鹰隼俱为猛禽，善于搏击鸟雀，比喻朝中武将平定叛逆势力。与，即“举”，高飞也。

⑥昼号夜哭兼幽显：形容“甘露之变”，其残暴令神人共愤，举世悲痛哭泣不已。幽显，阴阳两界。

⑦星关：指天关星，隐喻朝廷。

【赏析】

宦官专权，是中国皇权政治中孕育的怪胎。中晚唐时，为祸尤烈。宦官之设，本为皇室的“家奴”。安史乱后，逐渐用宦官作监军，作军队统率，或持节传命，代表天子，或监理军队，权侔将相。甚至帝王废立、中枢政治，宦官也都参与谋划、决断。

文宗大和九年十一月，朝中李训、郑注等人诈称后院石榴树夜降甘露，谋诛宦官失败。宦官滥杀无辜，宰相王涯、舒元舆等十多个家族被全家诛杀，死者千余人，史称“甘露之变”。这一年，李商隐二十四岁，正参加朝廷的科举考试。这样一件震惊朝野的大事，自然会激起诗人内心的波澜。事变不久，他就写了《有感二首》，不久又写了这首《重有感》，抒发他对于朝廷政局的关切。

“甘露之变”第二年的春天，昭义节度使刘从谏接连上书朝廷，质问宰相王涯被杀的罪名，并声称“谨修封疆，缮甲兵，为陛下腹心，如奸臣难制，誓以死清君侧”。这对于气焰熏天、横行无忌的宦官自然是一个警告。此后宦官的嚣张势头才有所收敛，皇帝与宰相大臣对朝廷政务才勉强说得上话。这首《重有感》抒发了年轻诗人对于宦官暴戾无道罪恶行径的由衷痛恨，表达了他对于政局发展的殷切期待。

诗的首联是对于刘从谏上书朝廷的正面肯定。当时刘从谏的官衔是“加同中书门下平章事、金吾上将军、充昭义节度使”，驻节潞州（今山西长治），领潞、泽、邢、洺、磁五州，所以首句说他居玉帐、树旌旗、掌控着京城的上游一带，应该与君王同忧共难。第二联借窦融上表、陶侃出兵的典故委婉地表示：你上书朝廷、指斥宦官已经天下皆知了，下一步应该发兵直捣“建康”（喻京城）、诛灭叛逆。第三联进一步比喻说：君主就像蛟龙，不能没有水；武将犹如朝廷的鹰隼，应当在高秋时节搏击长空，为国效力。这既是对刘从谏上书的赞许，也可视为对其他藩镇的鞭策。尾联意思说："甘露之变"是朝廷的耻辱，宦官枉杀无辜，草菅人命，天下昼号夜哭，神人同悲，这一重大冤案早晚要洗雪干净！

这首诗忧国忧民，沉郁顿挫，深得杜甫七律之风骨，故为后人所推崇，历代称道不绝。

【辑评】

清贺裳《载酒园诗话》卷一："此篇题曰《重有感》，首二句是言诸藩镇之拥兵者，责以主忧臣辱之义。'窦融表已来关右'，指昭义节度刘从谏上表请王涯等罪名。'陶侃军宜次石头'，伤他镇无与之同心，兼讽刘逗留不进。"

清冯浩《玉溪生诗集笺注》："此篇专为刘从谏发。钱龙惕兼王茂元言之，徐氏又兼萧弘言之，皆误矣。"

清施补华《岘佣说诗》："义山七律，得于少陵者深。故秾丽之中，时带沉郁。如《重有感》、《筹笔驿》等篇，气足神完，直登其堂、入其室矣。"

春雨

帐卧新春白夹衣①，白门寥落②意多违。
红楼隔雨相望冷，珠箔飘灯③独自归。
远路应悲春晼晚④，残宵犹得梦依稀。
玉珰缄札⑤何由达？万里云罗一雁飞。

【注释】

① 白夹衣：方折曲领的白色上衣。一说，即白袷布衫。李贺《染丝上春机》："白夹玉郎寄桃叶。"

② 白门寥落：当年两人相逢倾心之地，如今已经不见人影，因而寂寥落寞。白门，南朝民歌中多指男女欢会地。《杨叛儿》："暂出白门外，杨柳可藏乌。欢作沉水香，侬作博山炉。"

③ 珠箔飘灯：细雨密织，有如珠帘，一盏灯光，飘动其中。珠箔，一说是用珍珠联缀的帘子。

④ 春晼晚：春日的傍晚，太阳落山的情景。

⑤ 玉珰缄札：定情的书信与礼物。玉珰，玉首饰，耳坠，定情之物。

【赏析】

这是一首春日雨夜，怀念恋人的抒情之作。春雨是诗的背景，爱情是诗的主题。

在古代诗歌中，春思、春情、春心多与爱情相思有关。这首诗的首联便写新春时节，一个男子身着"白夹衣"，身陷惆怅思念之中。因为在往日他们相会的白门外，再也看不见伊人的倩影。"白夹衣"，注家解释为"白色的夹衣"，这在训诂上虽能通达，然而失于空泛。李贺《染丝上春机》曰："彩线结茸背复叠，白夹玉郎寄桃叶。"意谓"白夹玉郎"寄给"桃叶"一只用彩丝绒线织成的"同心结"。桃叶是晋代王献之的爱妾，"玉郎"一说就是"王郎"（王献之）。所以"白夹衣"有着爱情上的寄意。第二联说：在雨中凝望她住过的红楼，感觉一片凄冷；细雨有如珠帘，一点灯光在雨中摇曳，映照着男子独自归去。第三联说，远方路途中面对春天的落日余晖，她应该心情悲伤，此后唯有梦中才能依稀看到伊人的容颜。末联又想到寄书札以定情，然而鸿雁万里传书何易！在《夜思》诗中，李商隐有句："寄恨一尺素，含情双玉珰。会前犹月在，去后始宵长。”诗中的意境可以互为启发与补充。

人们普遍将这位“怅卧新春白夹衣”的男子认作是李商隐自己，那么被寄托了无限眷恋深情的“红楼女子”是谁呢？有人说就是他的妻子王氏，说这是诗人在外地幕府夜雨思家之作；也有人说所思女子即《柳枝五首》中的少女柳枝；还有人说是诗人作品中多次隐约提及的女冠子。这些猜想的成分居多，不足以深论。其实诗歌的魅力不在于穿凿附会，而在于它触动了无数人（包括后世读者）心地深处那块最柔软的区间，而使人神思梦想，古今皆然。

【辑评】

清姚培谦《李义山诗集笺注》：“此借春雨怀人，而寓君门万里之感也。……此等诗字字有意，概以闺帏之语读之，负义山极矣。”

清屈复《玉溪生诗意》：“中四是白门怅卧时，忆往多违事。末二句是怅卧时所思后事。”

近代张采田《玉溪生年谱会笺》：“此与《燕台》二章相合。首二句想其流转金陵寥落之态。三四句经过旧居，室迩人遐，惟笼灯独归耳。五句道远难亲，六句梦中相见。结即‘欲织相思花寄远’之意。”

楚宫

湘波如泪色漻漻[①]，楚厉[②]迷魂逐恨遥。
枫树夜猿愁自断，女萝山鬼[③]语相邀。
空归腐败犹难复[④]，更困腥臊[⑤]岂易招！
但使故乡三户[⑥]在，彩丝谁惜惧长蛟？

【注释】

①涔涔：水深澈、流动之状。

②楚厉：指屈子的冤魂。厉，人死后魂无所依归，则为厉鬼。

③山鬼：山间女神。《九章·山鬼》："若有人兮山之阿，被薜荔兮带女罗。"

④空归腐败犹难复：人死之后，归于泥土，尸体腐败，想要招魂归来，难乎其难。复，招魂复魄。

⑤困腥臊：尸骸沉水，为鱼类所食，困于鱼腹，故云。

⑥故乡三户：楚三户，楚之三户人家，一说指楚之屈、景、昭三姓。《史记·项羽本纪》曰"楚虽三户，亡秦必楚"。

【赏析】

这是一首悼念屈原自沉湘江，并托寓现实之感的作品。

屈原被放逐在湘沅之地，最终自沉于汨罗（汨罗是湘江的一个支流）。屈子的悲剧命运激起了后世无数人们的同情，历代歌咏、悼念不绝。这首《楚宫》亦属如此，诗中对于屈原之死表达了深重的悲伤，并重申了其无所畏惧的坚定意志。诗的首联描写湘江清波如同人们的泪水，日夜奔涌不尽，托载着屈子的"迷魂"与遗恨向远方流去。所谓"迷魂"，是说屈原死后，其魂灵无所依归，因而迷离失所。第二联铺陈《楚辞》中的场景，继续抒发悲伤之情。《楚辞》中有"湛湛江水兮上有枫，目极千里兮伤春心"，又有"猨啾啾兮狖夜鸣"，这是"枫树夜猿"的由来，意谓这种忧伤与悲鸣从此成为绝唱。下句说只有"被薜荔兮带女罗"的山鬼邀约他相伴了。第三联说"招魂"之难。《楚辞·招魂》本是基于楚地古老的民俗，希望召回死者的亡魂，寄托人们的哀思。然而人死之后归于泥土，尚且难招其魂，如果尸骸弃之水中、困于鱼腹，招魂就更难了。末联说，只要楚地遗民在，人们还是会用五色彩丝缠裹着粽子投入江中，以吓阻蛟龙，纪念屈原的。这就把悼念屈子的本意补足了。

悼念屈原是题面，人们普遍认为这首诗还有“借古伤今”的讬寓之意。大和九年，朝廷发生“甘露之变”，宰相王涯等为宦官暴徒所杀，皇帝降旨京兆尹收敛、安葬遗骨。大宦官仇士良却派人挖开王涯等人的墓冢，将死者的遗骨抛入渭水。这是宦官暴戾无道的行为，他们迫害朝臣，猖狂之极！有人认为此诗第三联“空归腐败”二句就是对宦官暴行的控诉！“湘波”实指渭水，悼屈的背后是悲伤“甘露之变”被杀而不得安葬的朝臣。还有人认为此诗是为宋申锡受宦官迫害、被贬死开州而作，或者是同情被贬逐的李德裕而作。这后二种解说应是注家即兴产生的联想，难为定论，读者亦不必深究。

【辑评】

清何焯《义门读书记》：“开成元年三月，左仆射令狐楚从容奏：王涯等既伏辜，其家遗灭，遗骸弃指，宜为收瘗，以顺阳和之气。上惨然久之，命京兆收瘗（王）涯等十一人于城西。仇士良潜使人发之，弃骨于渭水。此诗盖伤其事而托言屈子沉澜，困于腥臊也。”

清程梦星《重订李义山诗集笺注》：“楚宫，一作‘楚厉’，盖谓宋申锡窜死开州而作也。”

清冯浩《玉溪生诗集笺注》：“虽直咏三闾，而自有寄慨。顾侠君、何义门、陆圃玉皆以为伤王涯等弃骨渭水，故为近是。愚意题作《楚宫》，岂兼因杨贤妃弃骨水中，而触类鸣冤乎？”

安定城楼①

迢递高城②百尺楼，绿杨枝外尽汀洲。
贾生③年少虚垂泪，王粲④春来更远游。
永忆江湖归白发，欲回天地入扁舟⑤。
不知腐鼠成滋味，猜意鹓雏⑥竟未休。

【注释】

① 安定城楼：即泾州城楼，泾州节度使府所在地。隋设安定郡，唐武德元年改名泾州，天宝元年又复为安定郡。

② 迢递高城：形容城墙高耸，蜿蜒曲折，达于远方。

③ 贾生：指西汉贾谊，年少有才华，经常就国事发表政见，忧国忧民。他在《陈政事疏》中说："窃惟今之事势，可为痛哭者一，可为流涕者二，可为长太息者六。"

④ 王粲：字仲宣，建安诗人。他曾经流寓荆州，依附刘表，登当阳城楼，作《登楼赋》。

⑤ 欲回天地入扁舟：志在建功立业，然后归隐江湖。春秋越大夫范蠡辅佐越王勾践，功成身退，乘扁舟泛五湖而去。回天地，扭转乾坤，建立伟业。

⑥ 猜意鹓雏：鹓鶵是凤凰之类的鸟。《庄子・秋水》中说，鹓鶵发于南海而飞向北海，非梧桐不止，非练实不食，非醴泉不饮。遇上鸱枭得腐鼠，以为鹓鶵要与它争食腐鼠，故发出怒叫声。猜意，猜疑、疑心。

【赏析】

开成三年，对于诗人李商隐有着特殊的意义。此前一年，他得中进士；而这一年，他娶了王茂元之女为妻，又参加吏部“博学宏词科”的考试，初被录取，最后被刷下。一直到后一年，他才被选为秘书省校书郎，不久调任弘农尉，算是正式踏入仕途。

在博取功名利禄的关键时刻，难免有人或誉或毁，说三道四，这也自然会激起诗人内心的起伏波澜。《安定城楼》一诗，就是诗人在泾州时登楼眺远、抒发理想、表白心迹的代表作品。

首联写诗人登上百尺的高楼，看到蜿蜒的城墙通向远方，在绿杨树林外是绿草如茵的汀洲。在古代诗赋中，“汀洲”这一意象有着特殊的意味。楚辞《九歌》中有“搴汀洲兮杜若，将以遗夫远者”的句子，许浑《咸阳城西楼晚眺》亦有“蒹葭杨柳似汀州”的描写，所以首联既是写眼前景色，也是一种境界的象征。第二联在怀古中披露胸臆，诗人隐然以贾谊垂涕、王粲远游自比。贾谊枉自忧国，徒然无补于时，故曰“虚垂涕”。王粲在《登楼赋》中写道：“冀王道之一平兮，假高衢而骋力！”希望天下政治清平，自己亦参与其中贡献力量，这是王粲的理想，又何尝不是李商隐的政治抱负！这一年李商隐二十七岁，又初中进士，古今才士襟怀抱负，本来一脉相通。第三联表达自己青春建功立业、白发归隐江湖的人生态度。它同时说到人生的两面，一是建立不世之功业（扭转天地、整顿乾坤），二是功成不居，泛舟五湖。如果只有功名利禄的抱负，那是眷恋荣华富贵；如果只有隐逸之志，那是放弃社会责任，虚度此生。诗中表达的这种功成身退的人生态度，得到后世有识之士的称赏。尾联则一吐胸中郁积的怨愤，说某些人就像鸱枭（猫头鹰）将腐鼠当作美味，猜疑凤凰会与它争食一样喋喋不休哩！

为何有人猜疑李商隐，又说了哪些对他不利的言辞，今天已经无从考证，也无关紧要。有的诗评家将之牵扯到“牛李党争”上去，其实完全不合情理。纪晓岚认为是“同侣猜忌”，倒是有此可能的。

【辑评】

宋蔡启《蔡宽夫诗话》："王荆公晚年亦喜称义山诗，以为唐人知学老杜而得其藩篱者，唯义山一人而已。每诵其'雪岭未归天外使，松州犹驻殿前军'、'永忆江湖归白发，欲回天地入扁舟'……之类，虽老杜无以过也。"

清沈德潜《唐诗别裁》："言己长忆江湖以终老，但志欲挽回天地，乃入扁舟耳。时人不知己志，以鸱枭嗜腐鼠而疑鹓鶵，不已重可叹乎！"

清姚鼐《五七言今体诗钞》："时义山为王茂元所爱，幕中必有忌之者，故结句云尔。"

茂陵[1]

汉家天马出蒲梢[2]，苜宿榴花[3]遍近郊。
内苑只知含凤觜[4]，属车无复插鸡翘[5]。
玉桃偷得怜方朔[6]，金屋妆成贮阿娇[7]。
谁料苏卿[8]老归国，茂陵松柏雨萧萧。

【注释】

① 茂陵：汉武帝刘彻的陵墓，在今陕西兴平县境内。

② 天马出蒲梢：据史书记载，汉武帝斩大宛王，获汗血马，乃作《西极天马歌》。蒲稍，大宛所产千里马之名。

③ 苜宿榴花：苜宿，一种豆科植物，大宛马之食料。榴花，石榴花。苜宿、榴花，原产于西域，汉武帝时传入中原地区。

④ 含凤觜：据《十洲记》记载：凤麟洲仙人"煮凤喙及麟角，合煎

作胶”，能粘接弓弩的断弦。汉武帝后来在华林园射猎猛虎，就用这种胶粘接断弦。

⑤ 无复插鸡翘：皇帝侍从之车，不再插用羽毛装饰的鸾旗。鸡翘，民间称编织羽毛的旗帜。

⑥ 方朔：指东方朔，传说中的神仙方士。《博物志》云：东方朔曾经三次偷得西王母的仙桃。

⑦ 阿娇：传说汉武帝为胶东王时，曾说：“若得阿娇，当以金屋贮之。”

⑧ 苏卿：汉代名臣苏武，字子卿。他曾出使匈奴，被扣留十九年。苏武归国时，汉武帝已去世。

【赏析】

这首诗歌咏汉武帝的生平事迹，对于他开创的功业表示赞赏，对于他的失误则表达了委婉的讽刺，并寄寓了悲悼怀念之情。

汉武帝是一位有着雄才大略的君王。他在位期间，抗击匈奴，联通西域，开疆拓土，又尊经兴学，独尊儒术，建立起千秋功业。这首诗的首联便说汉武帝时，汉朝从大宛国得到了名曰“蒲稍”的骏马，西域的苜宿、石榴也都栽遍了长安的近郊。第二联上句说皇宫内苑只知道西方使者所献“续弦胶”可以粘接断弦，这也是打通西域后的现象。下句疑指汉武帝“微服出行”一事，民间传说汉武帝曾经“微行至于柏谷，夜投亭长宿”，遇险后知过能改的故事。第三联写汉武帝求仙与“金屋贮娇”的传说，这是作为一种风流韵事写的，略含讽刺的意味。末联说谁能想到苏武出使匈奴十九年，回到长安时，他所面对的，只有汉武帝陵墓前松柏树的潇潇风雨！

李商隐歌咏汉武帝，当然有现实的寄意。一种流行的说法是，这首诗以汉喻唐，寄托了他对唐武宗李炎之死的悼惜之情。认为首联是写李炎抗击回鹘、平定叛镇的武功，第二联讽刺李炎喜欢游玩打猎，微服夜游，第三联隐射李炎宠信道士、沉溺女色，末联借苏武一事寄慨，表达对于武宗去世的悲伤之情。

实际上，历史上汉武帝刘彻与唐武宗李炎的生平履历、胸怀态度、建功立业方面都有很大的差异。汉武帝在位 54 年，文治武功，功德显赫，寿终正寝，去世时已经 70 岁；而唐武宗在位仅 6 年，因为服食金丹中毒而亡，去世时年仅 33 岁。二人除了谥号、庙号中都有一个“武”字，其余基本不具有可比性。

诗歌的魅力不在于穿凿比附，而在于打通古今，以寄托情感。因此，诗人在歌咏汉武帝事迹中寄托他对唐武宗的怀念追思之情，也是完全可能的。李商隐在《昭肃皇帝挽歌辞》（唐武宗谥“至道昭肃孝皇帝”）中相当部分的用典是源自汉武帝，就是一个间接的证明。

【辑评】

清方东树《昭昧詹言》：“藏锋敛锷于宏音壮采之中，七律无此法门。不善学者，便入痴肥一派。”

清屈复《玉溪生诗意》：“《唐书》：武宗好游猎，受道士赵归真箓，深宠王才人。此诗哭武宗而以茂陵比之也。‘无复插鸡翘’，已死也。以（东）方朔比（赵）归真，以阿娇比才人，苏卿自喻也。……宣宗元年，郑亚请为观察判官、检校水部员外郎，故曰‘谁料苏卿老归国，茂陵松柏雨萧萧’。”

清冯浩《玉溪生诗集笺注》：“此章的是慨武宗矣。然谓直咏汉武以为讽戒，意味固已深长。诗中妙境，其趣甚博，随人自领之耳。”

泪

永巷长年怨绮罗[①]，离情终日思风波。
湘江竹上[②]痕无限，岘山碑前[③]洒几多！
人去紫台[④]秋入塞，兵残楚帐[⑤]夜闻歌。
朝来灞水桥[⑥]边问，未抵青袍送玉珂[⑦]。

【注释】

① 永巷：汉代宫中的长巷，是幽禁失宠嫔妃及宫女的地方。怨绮罗：心怀幽怨，泪湿罗衣。

② 湘江竹上：指斑竹之上。传说虞舜南巡，死于苍梧，二妃娥皇、女英泪水洒在湘竹上，留下斑斑的痕迹。

③ 岘山碑前：据《晋书》记载：一代名将羊祜镇守襄阳时，常游岘山，置酒言咏，终日不倦。羊祜死后，百姓感念遗爱，在岘山羊祜平日游憩之所建碑立庙，岁时飨祭，莫不流涕，因名之为“堕泪碑”。洒，一本作“泪”。

④ 人去紫台：指汉代昭君出塞、远嫁匈奴单于一事。紫台，指汉皇宫。

⑤ 兵残楚帐：史载楚汉相争，项羽兵败，被围困垓下，四面楚歌声。项羽饮酒帐中，悲歌慷慨，泣下不止。

⑥ 灞水桥：在长安城东，跨灞水而为桥，汉人灞桥送客，折柳相别，习见。

⑦ 青袍送玉珂：唐朝八九品的低级官员穿青袍，代指官职卑微者。玉珂：乘坐高头大马，用玉贝为装饰，代指达官贵人。

【赏析】

这是一首灞桥送别、自伤身世的感怀诗。

题曰《泪》，所以先罗列人世间各式各样悲伤的眼泪。首句是失宠嫔妃之泪，幽禁永巷、满怀怨恨，泪湿罗衣；第二句是夫妇离别，忧心江湖风波险恶，相互牵挂之泪；第三句是舜之二妃洒在湘竹上的斑斑眼泪；第四句是襄阳“堕泪碑”前人们怀念羊祜的眼泪；第五句是昭君出塞、眷恋故土的眼泪；第六句是四面楚歌、霸王别姬，英雄末路、势蹙力穷的眼泪。这些都是为了铺垫感情，烘托气氛，尾联才揭示出诗人内心的真情：清晨到灞水桥头亲历访问，才知道最大的悲伤莫过于青袍寒士送别玉珂贵客啊！这是诗人此刻的心情，也是全诗意绪的凝结点。

李商隐本是一个有着崇高理想、治世抱负的人，然而终身沉沦下僚，俯仰由人，送往迎来，碌碌风尘。崔珏在《哭李商隐》诗中写道：“虚负凌云万丈才，一生襟抱未尝开！”理想失落的悲伤与痛苦长期郁积在心，难以言表。诗末所倾诉的，正是诗人长期压抑而未能吐露的真情。

所以咏“泪”是其表象，本质上它是一首感叹生平、自伤身世的咏怀诗。

【辑评】

清屈复《玉溪生诗意》：“深宫之怨，离别之思；湘江、岘首，生死之伤；明妃出塞之恨，项王天亡之痛。以上数者，皆不及朝来灞桥，青袍寒士送玉珂贵人，穷途饮恨之甚也。”

清沈德潜《唐诗别裁》：“以古人之泪形送别之泪，主意转在一结。”

清冯浩《玉溪生诗集笺注》：“灞桥只取离别，不泥京师，此义山独创之绝作也。”

流莺

流莺漂荡复参差，渡陌临流不自持①。
巧啭岂能无本意？良辰未必有佳期②。
风朝露夜阴晴里，万户千门开闭时。
曾苦伤春不忍听，凤城何处有花枝③？

【注释】

① 不自持：不得自主。

② 佳期：指仕途遇合，隐喻获得擢升的机遇。《诗经·小雅·伐木》：“伐木丁丁，鸟鸣嘤嘤。出自幽谷，迁于乔木。”

③ 凤城：指京城长安。何处有花枝：暗喻在京谋得一职位，可以栖身。李义府《咏乌》“上林多少树，不借一枝栖！”

【赏析】

此诗咏“流莺”，背后有着诗人自己的影子。

春莺，又名黄莺、黄鹂、仓庚，春天一到，它就开始绕树啼鸣，报告芳春降临的消息。它飞上飞下，鸣声圆润悦耳，所以诗人称它为“流莺”。

流莺是诗人自己的化身。首联说，黄莺上下翻飞，双翅参差不齐，它越过了田埂小路，飞到小河边，随风飘荡，而不能自主。第二联说，它的啼鸣婉转乖巧，仿佛珠圆玉润，自然有其本心的期待；然而当此芳春时节，却未必能有遇合的机遇。古代将黄莺“出自幽谷，迁于乔木”称为“乔迁”，被认为是擢升、迁居的喜事，这也就是“佳期”的意蕴。此二句的象外之旨是：莺啼虽有本意，遇合却难觅佳期。第三联更进一层描写，无论是早晨抑或夜晚、京城刮风还是降露的日子，千门万户或开或闭，都可以看见流莺不停地飘荡翻飞、听到它的巧啭啼鸣。如果说前三联是明写流莺、暗喻诗人，那么尾联李商隐就直接站出来一诉衷肠了。他说：我曾经因为伤春，不忍心听那流莺的啼鸣，然而在长安城中，哪里有可供我栖息的花枝呢？

曹操《短歌行》：“绕树三匝，何枝可依？”李义府《咏乌》：“上林多少树，不借一枝栖。”它们都是以飞鸟依栖树枝象征士人谋职以栖身之意。所以本诗的构思，表面是写流莺，实际是写诗人自己。流莺之巧啭啼鸣，象征诗人的巧心结撰以赋诗。流莺之度陌临流，不能自持，象征诗人之奔波风尘，不能自主。诗中的流莺被拟人化、人情化了，因而在艺术上足以激起人们的想象，而有着悱恻隽永的韵味。

【辑评】

清屈复《玉溪生诗意》：“流莺之飞鸣来去，风露阴晴无处不到。我亦伤春者，不忍听此。恐凤城中无处有花枝耳！”

清冯浩《玉溪生诗集笺注》：“颔联入神，通体凄婉，点点杜鹃血泪矣。亦客中所赋。”

近代张采田《玉溪生年谱会笺》：“亦寓客中无聊，陈情不省之慨。味其词似在京所作，岂大中三年春间耶？此等诗当领其神味，不得呆看。若泥定为何人何事而发，反失诗中妙趣矣。”

无题

凤尾香罗[①]薄几重，碧文圆顶[②]夜深缝。
扇裁月魄[③]羞难掩，车走雷声语未通[④]。
曾是寂寥金烬暗[⑤]，断无消息石榴红。
斑骓[⑥]只系垂杨岸，何处西南任好风？[⑦]

【注释】

① 凤尾香罗：以凤尾作纹饰的罗帐。罗，一种质地轻软的丝织品。

② 碧文圆顶：有碧绿色花纹的圆顶罗帐。唐代婚礼多用的百子帐，中央圆顶。陆畅《云安公主下降奉诏作催妆诗》："催铺百子帐，待障七香车。"

③ 扇裁月魄：回忆当时以团扇掩面，偷看对方一眼，娇羞不已。班婕妤《怨歌行》："裁为合欢扇，团团如明月。"

④ 车走雷声语未通：回忆初次相逢，车行响声如雷，却没有一语相通。司马相如《长门赋》："雷殷殷而响起兮，声象君之车音。"

⑤ 曾是寂寥金烬暗：灯下相思，烛光暗去，苦无消息。金烬，灯烛，灯光。

⑥ 斑骓：黑白斑纹相间的马。古乐府《明下童曲》："陆郎乘斑骓。"

⑦ 西南任好风：风吹入怀，暗示男女遇合，成就佳期。曹植《七哀诗》："原为西南风，长逝入君怀。"

【赏析】

这是一首青春少女的爱情诗，与当今流行的爱情歌曲同调。

此类作品从社会一般爱情传说中撷取细节，凝结为华美的意象，用诗的语言构建出一个个朦胧的爱情故事，藉以打动青春的心弦，从而获得广泛的喜爱，世代流传不绝。

诗的首联写一个少女在夜深时节缝制罗帐。这不是一般的罗帐，而是为婚礼准备的“百子帐”，罗帐上绣着凤凰的羽毛，还有碧绿的纹饰，帐顶中央耸起，而四向呈圆弧的形状。第二联回忆他们的初次相见，她手持象征爱情的合欢扇（又称团扇）偷偷打量对方，难掩一脸的娇羞，车声有如雷鸣，他们没有通一句言辞。第三联写漫长的等待与相思，在暗淡的灯烛光下独自忍受着寂寞，火红的石榴花开了，还是得不到一点儿消息。此句“石榴红”既是自然的物象，也是兼有特定寓意的“心象”，它象征着爱情的结合。李商隐另有《寄恼韩同年二首》诗中有句：“我为伤春心自醉，不劳君劝石榴花”，冯浩即解释为“伤春，叹己之未得佳偶”，可见这里表达的是对于爱情结合的渴望。尾联是直接的发问，意谓她的情人正系马垂杨岸边，何时才能好风入怀，爱情结出果实呢！

这种反映社会风情的爱情诗，历朝历代并不少见，很容易理解。然而也总有人穿凿附会，将一首完整的诗拆得不成片段，诗意全无。如有人说这是李商隐“将赴东川，往别令狐”的悲歌，诗的第三联“喻心迹不明而欢会绝望”，而“垂杨岸”寓柳姓（东川节度使柳仲郢）云。也有学者认为这是李商隐“考进士未第时作，用未嫁比未登进士第”云。这些解说有如猜谜、说梦，脱离了诗的意境，故不可信！

【辑评】

清屈复《玉溪生诗意》：“一二，乃车帷也；三言仅能睹面，四言未能交语也；五六，夜深灯烬，消息难通；七八，言安得好风，吹汝来也！”

清冯浩《玉溪生诗集笺注》：“将赴东川，往别令狐，留宿而有悲歌之作也。”

近代张采田《玉溪生年谱会笺》：“此为将赴柳仲郢幕，寓意子直之作。”

无题

重帏深下①莫愁堂，卧后秋宵细细长。
神女生涯②原是梦，小姑居处③本无郎。
风波不信菱枝弱，月露谁教桂叶香④？
直道相思了无益，未妨惆怅是清狂⑤。

【注释】

① 重帏深下：重重帷帐低垂，形容莫愁的居室。

② 神女生涯：巫山神女与楚王的遇合，本为一场梦境。

③ 小姑居处：谓青溪小姑，独处而无匹配。南朝乐府《青溪小姑曲》：“小姑所居，独处无郎。”

④ 月露谁教桂叶香：月下清露，谁能使桂花飘香。王建诗：“冷露无声湿桂花。”谁教，谁使。

⑤ 惆怅是清狂：以痴情相思，为超俗不羁之标格。清狂：清高狂狷，超脱凡俗。杜甫《壮游》：“放荡齐赵间，裘马颇清狂。”

【赏析】

这也是一首表达青春少女惆怅思绪的爱情诗。

首联为这位少女“写真”（“莫愁”，唐诗中常用作美少女的通称），描写层层帷帐低垂，在如此的夜晚少女在卧榻上思绪缠绵不已。

第二联说相传巫山神女与楚王的遇合不过是梦境而已，眼下这位少女就是单身独处，无所依托。第三联是对少女人生命运的委婉祈愿，说她像湖中的菱枝经历了风波的冲洗，谁能降下甘露来滋润桂花的馨香？李商隐在《深宫》诗中写道：“狂飙不惜萝阴薄，清露偏知桂叶浓。”也是一写摧残、一写滋润，借物喻人，兼顾两面。尾联则是直抒胸臆，说即使明知相思纯然无益，不会有任何的结果，也无妨惆怅相思，而终身痴情不改。

这里抒写的男女相思，反映的是社会风情，类似于当今的流行情歌、爱情歌曲。在晚唐诗坛上，它仿佛一道绚丽的风景线，为后人所喜爱，因而产生无穷的猜测与联想。

【辑评】

清王夫之《唐诗评选》：“艳诗别调。”

清胡以梅《唐诗贯珠》：“此以莫愁比所思之人也。”

清屈复《玉溪生诗意》：“原是梦，不能真合也。本无郎，明知独处也。菱枝弱，自喻相思之苦。桂叶香，喻所思之遗世独立也，犹言谁令汝遗世独立，我安得不相思乎！”

和韩录事①送宫人入道

星使追还②不自由，双童捧上绿琼辀③。
九枝灯④下朝金殿，三素云⑤中侍玉楼。
凤女⑥颠狂成久别，月娥⑦孀独好同游。
当时若爱韩公子⑧，埋骨成灰恨未休。

【注释】

① 韩录事：生平不详。一说即韩琮，字成封，长庆四年进士及第，有诗名。大中年间，官至湖南观察使。

② 星使追还：以流星比喻使者，宫女放还人间，复追回遣入道观，故云。

③ 绿琼辀：以美玉装饰的小车。辀，泛指车。

④ 九枝灯：据载汉宫有一种主干上联缀以九分枝的华灯。传说西王母降临汉宫，汉武帝点燃“九华之灯”，即此。

⑤ 三素云：道经称紫云、白云、黄云为“三元妙气”，即三素云。《黄庭内景经》：“紫烟上下三素云。”

⑥ 凤女：秦穆公之女字弄玉，与萧史结为夫妻，吹箫似凤鸣，一日随凤凰飞去。此处喻指宫女。

⑦ 月娥：月中的嫦娥，喻指女冠子。

⑧ 韩公子：戏称韩录事。一说用《搜神记》中吴王夫差之女紫玉爱上童子韩重一事，指韩重。

【赏析】

唐代皇帝登基或更改年号，作为一种善政，往往会释放一些乐伎、侍女出宫。被释放的宫女有的让父母领回，有的选择出家，但是也有的是直接送到佛寺、道观安置。据史书记载：在李商隐科举应试、出仕为官的时期，文宗即位“出宫人三千”，开成改元又“出宫人四百八十人，送两街寺观安置”，宣宗即位又“出宫女五百人”。

这些宫人中的年轻女子，由宫女变身为女道士，她们的青春被禁锢，不能享受爱情生活，家庭温暖、夫妻恩爱、天伦之乐都被剥夺，其中的痛苦不言而喻。所以历代送宫女入道的诗歌，对于她们的遭遇都表达了真挚的同情。

李商隐此作是对韩录事《送宫人入道》的和诗。韩录事的身份不详，有人认为是指诗人韩琮，但无确证，韩琮现存诗中也没有《送宫人入道》诗。这首和诗的首联就点出宫女“不自由”，她们才被释放出皇宫，就被追回送往道观安置了。“星使”是指朝廷或道观的使者，“绿琼辀”是用绿玉装饰的车辆，有道教的色彩。第二联说昔日在九枝灯下，金鸾殿上，侍奉君王，而今在仙氛素云笼罩的玉楼中，皈依了道门。这种对举，是当时《送宫人入道》诗的惯用写法，如张籍诗云“已别歌舞贵，长随鸾鹤飞”、于鹄诗云“自伤白发辞金屋，许着黄衣向雪峰”、项斯诗云“初戴玉冠多误拜，欲辞金殿别称名”皆是。第三联更进一步作比较，昔日宫中尚有过弄玉似的浪漫的机遇，如今是永久离别，此后只能孤独地与女冠子一道散步同游。末联又说当时若爱上了“韩公子”，那么就“埋骨成灰恨未休”了！有人推测，“韩录事”原诗中对于入道宫女表达了同情与爱慕之意，所以有了末句之恨。因为原诗已佚，这也只能是推测而已。

【辑评】

清屈复《玉溪生诗意》：“宫人非情愿入道，故一二云然。结和韩也。当时如爱韩而嫁，白首偕老，何至今日为女道士，孤眠至死乎！”

清何焯《义门读书记》：“观于鹄、项斯之寒窘，乃叹义山才情过人。”

清陆昆曾《李义山诗解》：“此诗前六句，是宫人入道；结二句，是因和韩录事作，而即借宫人以戏韩也。”

七月二十九日崇让宅宴作

露如微霰①下前池，风过回塘②万竹悲。
浮世本来多聚散，红蕖③何事亦离披？
悠扬旧梦惟灯见，濩落生涯④独酒知。
岂到白头长只尔？嵩阳松雪⑤有心期。

【注释】

①微霰：微小的雪籽、冰粒。霰，雪籽。

②风过回塘："风"一本作"月"。何焯曰："二十九日安得有月？"回塘，堤岸曲折潆洄的池塘。

③红蕖：红色的荷花。蕖，芙蕖，荷花的别名。

④濩落生涯：眼界阔大而无用，因而失意。濩落，空阔、不切实务。

⑤嵩阳松雪：指旧时学道时的山间松雪景物。嵩阳，嵩山之阳，李商隐曾有过"学仙玉阳东"的经历，故云。

【赏析】

这是一首描写洛阳崇让宅秋日景物，抒发人生失意之感的咏怀诗。

崇让宅本是李商隐的岳父王茂元的府邸。在那里，李商隐成了王茂元的"乘龙快婿"。那里不仅有过诗人与妻子王氏的甜蜜爱情，也有着妻子病逝后凄凉欲绝的回忆。那里既留下了他当年青春奋发的身影，也见证了他仕途坎壈、沉沦下僚的人生辛酸与无奈。因此，当诗人再度回到崇让宅旧居时，他的眼前看到的是满目凄凉的风物，内心涌起的是一腔离散的悲伤。他于是想到归去故山，在"嵩阳松雪"的隐逸中寄托自己疲惫而痛苦的灵魂。

诗的首联描写崇让宅秋天的景物，已经降下的寒露如同冰粒落在池塘周围，秋风掠过竹林，发出一片萧瑟悲切的声音。这种寒意与悲感奠立了全诗的基调，它是自然物象与人生情感的共同作用所致。第二联便自然地将此情此景结合起来，问到人生本来聚散纷纭，亲人间的别离是很自然的，然而崇让宅池中的红莲为何也因之而叶片纷披四散呢？如此感觉当然是因为人世的离情返照于物，它是“移情”的作用。在诗人心头，这种深沉的忧伤惟恍惟惚，无处不在，而又难以述说。所以第三联进一步抒情，形容梦境中的升沉起伏，迷离恍惚，谓之“悠扬归梦”，唯灯可见；又说官场岁月因自己性情迂阔、不善机巧逢迎，只好借酒浇愁。这两句抒情婉转，而寓意丰厚，耐人体味。归梦醒后的灯光，斟满酒杯中的幽恨，消磨了诗人的青春。唤醒了他久埋心底的夙愿，那就是归隐旧山，在“嵩阳松雪”中度过余生。

全诗通过写景以抒情，一切景语，皆是情语。在寒露如冰、风竹悲声、红莲凋谢、归梦恍惚、嵩阳松雪的描写中，凝结着他心境的悲凉与对现实的绝望。朱彝尊曾评曰：“情深于言，义山所独。”在抒情的艺术技巧上，此诗的确有着显著的特色。

这首诗的主题，有人认为是悼念亡妻，抒发忧伤。认为诗题中点名“七月二十九日”（又有七古《七月二十八日听雨梦后作》，前后相接），推测七月二十八、九两天正是妻子王氏去世的日子，所以题目中特别着明时日。也有人对于这首诗的写作时间作出不同的判断，不妨并存待考。

【辑评】

清程梦星《重订李义山诗集笺注》：“上卷有《七月二十八日夜与王郑二秀才听雨梦后作》七古一首，叙见知于王茂元而归结悼亡之意。此诗仅后一日，其所言亦复凄婉情深。窃意七月二十八、九为义山悼亡之日，故题皆著其时日，而词气又皆因茂元以及其妻也。”

清屈复《玉溪生诗意》：“一二，是日之景；三四，睹红蕖之离披，感人生之聚散；五六，宴时之情；结，欲归隐也。”

清冯浩《玉溪生诗集笺注》：“此在崇让宅宴别，而下半全从闺中着笔，时义山与妻京、洛分处，结言终图偕隐。”

赠从兄阆之①

帐望人间万事违，私书幽梦约忘机②。
荻花村里鱼标③在，石藓庭中鹿迹微④。
幽径定携僧共入，寒塘好与月相依。
城中猘犬憎兰佩⑤，莫损幽芳久不归。

【注释】

① 从兄：同祖之兄弟，即堂兄。阆之，事迹不详。

② 忘机：忘却机心，除去一切机谋变诈的心思。李白诗：“我醉君复乐，陶然共忘机。”

③ 鱼标：指用鱼饵引诱鱼群聚集的标牌，捕鱼之具。

④ 鹿迹微：指庭中野鹿出没，踪迹依稀可见。微，隐约。

⑤ 猘犬憎兰佩：恶犬憎恨贤者，向修行之善人狂吠。《九章·怀沙》：“邑犬群吠兮，吠所怪也。”猘犬，疯狗。兰佩，佩带兰花香草，《楚辞》中以此作为贤者修身的标志。

【赏析】

这是一首劝人及时归隐山林的招隐诗。

中国古代有一类“招隐诗”，描写山中清幽绝尘的风物，抒发隐者遗世独立、高蹈出世的志向，从而召唤人们归来。此诗继承了这一思路，呼唤从兄阆之及早归来，去过一种自由自在的隐逸生活。诗的首联说：人间万事皆不如意，令人满怀惆怅。在与你的书信中多次相约摒弃机心，回归高蹈隐逸的生活。第二联说，还记得吗？我们游览过芦荻花迎风飘浮的村庄里捕鱼的标牌还在旧地，那石阶上长满苔藓的庭院里野鹿出没的踪迹也还隐约可见。第三联是相约清幽的境界，一定与僧人携手共游，在清凉的池塘边沐浴月色、赏玩美景。自然风景的超尘绝俗，可以洗涤人们的灵魂，陶冶人们的身心，这也是招隐诗的主要内涵。晋代左思《招隐》（其一）描写山水林泉之美，形容“白云停阴岗，丹葩耀阳林。石泉漱琼瑶，纤鳞或浮沉。非必丝与竹，山水有清音”，与本诗中四句的描写有着共通的意趣，其作用亦略同。何义门评此诗说“中四句画出绝人逃世”，冯浩说“中四句皆约言也”。然而其间又同中有异，第二联主要是回忆既往，第三联则重在期待未来。尾联则是正面的申说，警告说城池中邪恶之辈如同疯狗吠人，对于坚守道德节操的好人是特别地憎恨，因此不如早早归去以免玷污自己的名节。

纪晓岚认为此诗第七句“太露骨，便乏诗味”，此说只能反映他个人的审美趣味。其实在《诗经》、《楚辞》和唐代李白、杜甫诗中，都有些直斥邪恶、毫无避讳的诗句，反映的是诗人的凛然正气与梗概风骨，值得肯定。另外，诗中出现了三个“幽”字（幽梦、幽径、幽芳），这不符合律诗修辞的惯例，冯浩怀疑其中有讹字，也不无可能。

【辑评】

清金圣叹《评点唐诗六百首》："只携僧入者，僧受律，不似在俗多欲；好与月依者，月清凉，不似人间烦热也。'城中'云云者，昔言国狗之瘈，无不遭噬，而近今又闻独噬兰佩。然而力疾早归，勉图瓦全，毋再迟回，致遭玉碎。兄更不可不加之意也。"

清屈复《玉溪生诗意》："人事多违，相约忘机。中四，忘机之乐。狂犬不可欲处，惟当归隐耳。"

清何焯《义门读书记》："招隐诗也。私书幽梦，都约忘机，始是真隐。所携者僧，则俗人不复往还。与月相依，则人事顿绝矣。"

复至裴明府①所居

伊人卜筑②自幽深，桂巷杉篱不可寻。
柱上雕虫③对书字，槽中秣马仰听琴④。
求之流辈岂易得？行矣关山方独吟。
赊取松醪⑤一斗酒，与君相伴洒烦襟。

【注释】

① 裴明府：生平不详。明府，对官员的尊称，明即贤明之意。汉代用称太守，唐代用指县令。李商隐另有《裴明府居止》一诗，可参。

② 卜筑：选址建筑房屋。卜，卜居。

③ 柱上雕虫：楹柱上有虫书体的文字。雕虫，秦书八体中有"虫书"体，即以虫鸟之形书写文字。

④ 秣马仰听琴：称赞琴声之美妙，秣马也仰首听琴。《荀子》有"伯牙鼓琴，而六马仰秣"之语。

⑤ 松醪：唐代流行的一种美酒名，和松叶、松胶酿制而成。

【赏析】

这是赞美裴明府居所环境清幽、其人精神高雅、行止卓尔不群的诗。

裴明君身世不详，他曾经出仕为官，后来卜居城郊，过着超然自得、琴书相伴的生活。李商隐另有《裴明府居止》诗，说他结茅而居，向晚时分流水溶溶，“坐来闻好鸟，归去度疏钟”，无限心向往之。同时的诗人许浑有《晨至南亭呈裴明府》，末云“更恋陶彭泽，无心议去官”，诗所呈当即同一人。当李商隐再度前往裴明府的居所拜访时，他便写下了这首诗。

诗的首联说裴明府选择在幽深的处所盖起了茅屋，周遭有桂树遮盖的小巷、杉树掩映的篱笆，所以不容易找到。第二联写裴明府日常写字、弹琴，潇洒自如。梁柱上是他用“虫书”所写的文字，他弹奏时琴声之妙直追伯牙可使“六马仰秣”。第三联上句说，象裴明府这样的高尚之士在同辈中是不容易见到的，下句说到自己将要远行，在关山行进中独吟，以寄托愁肠。唐代诗人说到“独吟”，表达的多是独立、孤单的人格与情怀。如白居易诗“诗成长作独吟人”、“莫怪独吟秋思苦”，崔涂诗“瘦马独吟真可哀”等。这里暗示裴明府与自己都具有独立的人格，情志相近，精神相通。所以末联说，不妨赊取斗酒，两人相对畅饮，一洗我们心中的烦闷与忧愁吧！

【辑评】

清屈复《玉溪生诗意》：“一二，明府所居之幽。不可寻者，复至叹赏之词。三，居之幽；四，物之幽。五，赞明府；六，自叹漂流。七八，宾主合结。”

清陆昆曾《李义山诗解》："以明府而卜居幽深，便非流辈所及。……桂巷杉篱，是野人之居，曰不可寻，正见幽深处。三、四言明府居此，何所事事，亦惟乐琴书以销忧耳。山谷云：如虫蚀叶，偶尔成文，言书法之若不经意也。雕虫句即此意。《荀子》云：伯牙鼓瑟，六马仰秣。见琴声之能感异类也。秣马句用其意。下半言明府其人，求之流辈，岂易多得！惜我有事行役不获常与君作伴耳。今犹幸未去，能不思赊取斗酒，以洒我烦襟也哉！"

清冯浩《玉溪生诗集笺注》："此将行役，叙别之作。"

览古

莫恃金汤[①]忽太平，草间霜露古今情。
空糊赪壤[②]真何益？欲举黄旗[③]竟未成。
长乐瓦飞[④]随水逝，景阳钟堕[⑤]失天明。
回头一吊箕山客[⑥]，始信逃尧不为名。

【注释】

① 莫恃金汤：不能仗着地势险要、防守坚固，而轻忽大意。金汤，金城汤池，金喻坚固，汤喻沸腾之水，不可接近。

② 空糊赪壤：用红色的颜料装饰宫中墙壁，使之堂皇美观，徒劳而无益。赪壤，赤土，红色涂料。

③ 欲举黄旗：试图称王图霸、建立新王朝。黄旗，指天上的云气幻作黄色旗帜之状，古代术士认为"黄旗、紫盖"是帝王之气见于天象之状，故云。

④ 长乐瓦飞：汉长乐宫的屋瓦被大风吹得乱飞，隐喻王朝动乱危机

发生。《汉书·平帝纪》："冬，大风吹长安城东门，屋瓦且尽。"

⑤ 景阳钟堕：南朝景阳宫，在玄武湖畔，有景阳楼。齐武帝时，置钟于景阳楼上。陈后主亡国之际，"出景阳殿，自投于井"。堕，被毁。

⑥ 箕山客：许由，传说中著名的隐士，隐居于箕山。《庄子》中说：尧想将天下让给许由，许由不肯接受，逃掉了。

【赏析】

这是以古代王朝的兴亡存废为教训，讽劝当朝君王以史为鉴、改良朝政的政治诗。

诗的首联便提出了两个对立的治国理念：一是凭恃地势关隘的险要，所谓"金汤之固"，自以为可以江山永葆、统治百年；二是致力于改良政治，重视民心民情，以善政、德政管理社会，即所谓"太平策"。金汤之固不足恃，而要重视以善政安邦济民、达致太平的治国方略，是本诗所要表达的主题。看看古今王朝的兴亡，是那么短暂，如同草间的寒霜与朝露，其消失只在朝暮之间！第二联说到把宫中墙壁涂上红色的染料、绘以彩色的纹饰有何用处呢？传说金陵有帝王之象、紫盖黄旗之云气结聚，然而偏安东南的六朝不是都灭亡了么？汉平帝时，长乐宫的屋瓦被狂风吹飞，西汉王朝有如逝水在历史的时空中消逝了；南朝陈后主荒淫亡国，当景阳宫被围困、景阳钟被毁弃时，天命也就丧失了。许浑有《金陵怀古》诗云："玉树歌残王气终，景阳兵合戍楼空。"（后句一作"景阳钟动曙楼空"）景阳楼、景阳钟，成了南朝兴亡的一个象征。历史上的君王无不权势赫赫、享尽荣华富贵，臣民仰望，如在九天之上。然而不行善政，滥用暴力，自以为军队可恃，金城汤池之固，天下百姓莫奈我何！然而等到一朝天命转移，身死国除，祸及子孙家人，下场岂不哀哉！末联乃就此感慨道：回头再看从前唐尧要把天下让给许由，许由不肯接受、并且逃跑了，我才相信许由并非是为了博取清高隐逸之名啊！

这类“政治诗”的要义在于申明治国理念，以警戒后世。李商隐希望后代的君王不要一味地凭仗武力，而要讲求治国安邦的“太平策”，这是他的政治理想、他的幻梦。诗的末尾提出逃名的“箕山客”，则委婉地表达出他对于这种体制的潜在不信任，也是一种深沉的质疑。

有学者认为此诗是“深痛敬宗”之作，或者为了“感伤甘露之变”、文宗丧失君权而作，这些与该诗“览古”的主题不能完全契合，但也不能否认其可能的寓意。借古讽今，乃是诗家的通例，因此不必过于深究。

【辑评】

清屈复《玉溪生诗意》：“古今恃险忽治，其成败至速且易。三四，未成事者。五六，其已成者，不过如此。始知箕山不为名之故也。”

清陆昆曾《李义山诗解》：“此言汉室以后，国步日蹙，皆由世主恃金汤而忽太平也。抑知在德不在险，金汤固不足恃。居安不忘危，太平正未可忽。若隋、若吴、若宋齐，岂非明验耶！其间赪壤飞文，徒博《芜城》一赋；黄旗应运，仅成鼎足三分。且长乐瓦飞，有如水逝；景阳钟堕，无异天昏。草间霜露，古今自有同感者矣。彼许由逃尧，岂高此能让之名哉？亦以自来无不亡之天下，故宁常往不返耳。”又曰：“岞岚曰：满目兴亡，凄然生感。”

近代张采田《玉溪生年谱会笺》：“冯氏谓痛敬宗，精矣。……何义门谓指文宗。然甘露之变，事异荒淫，帝之崩御，非有他故。参诸隶典，沉痛之中，别有含义，殆不然也。”

子初[1]郊墅

看山对酒君思我，听鼓离城我访君。
腊雪已添墙下水，斋钟[2]不散槛前云。
阴移竹柏浓还淡，歌杂渔樵断更闻。
亦拟村南买烟舍，子孙相约事耕耘。

【注释】

① 子初：生平不详，居住在长安近郊。集中又有《子初全溪作》。

② 斋钟：佛寺中午的钟声。佛门以正午为斋时，过午不食，故曰斋。

【赏析】

这是一首描写京城郊区农村田园生活的诗。

诗人与子初是心心相印的朋友，在初春时节特地前往探访。首联说：面对春山，举杯属酒，子初想起我来；于是在黎明晨鼓声中，我便出城前去探望子初。第二联描写郊外景色，腊月的积雪融化，墙下沟中的流水涨起了；正午时，寺院的斋钟传来，门槛前的浮云也仿佛肃穆而凝聚不散。第三联写到田园生活：随着阳光的转移，翠竹苍柏的影子时浓时淡；渔人樵夫的歌声断续相间，隐约可闻。这是何等的悠闲与惬意！所以末联说，我也想在这云烟缭绕的郊外购置田舍，相约子孙在此耕田种地，世世代代作农人！

显然，诗中将京郊农民的生活美化、理想化了。

在李商隐的七律诗歌中，这首诗艺术上别具一格。方东树《昭昧詹言》评曰："此诗佳，开放翁、东坡。"意思说，它开启了宋代苏轼、陆游的一代诗风。唐宋诗风的差异，学术界议论甚多。《唐宋诗醇》有云："诗至唐而极其盛，至宋而极其变。"从这一视角而论，可以说从这首《子初郊墅》中，已经可以感到随着时代衍进、诗风渐变的端绪了。

【辑评】

清金圣叹《评点唐诗六百首》："看他'看山对酒'，妙！'听鼓离城'，又妙！写一个思之深，一个去之早。三，'腊雪'，是记此日相访是初春。四，'斋钟'，是表此日到墅是晌午。（后四句）此方写郊墅之佳，看他访人郊墅，却欲自买郊墅，乃至欲令两家子孙，世世同有郊墅。真乃心醉今日子初郊墅不浅也！"

清屈复《玉溪生诗意》："因君思我而访君，遂至郊墅。中四皆郊墅之景。如此佳胜，欲结邻终老也。"

清陆昆曾《李义山诗解》："惟子初思我，故出郊访之。起二句，乃对举中之互文也。'腊雪'句，言岁将暮，记一年之节序也。'斋钟'句，言时近午，记一日之晷刻也。五句是郊墅所见，六句是郊墅所闻。岵岚云：此诗起联中，便笼罩得子孙世世相好在。而买舍耕耘，却从腹联生下。更无起承转合之迹。"

井络[1]

井络天彭[2]一掌中，漫夸天设剑为峰。
阵图东聚燮江石[3]，边柝[4]西悬雪岭松。
堪叹故君[5]成杜宇，可能[6]先主是真龙。
将来为报奸雄辈，莫向金牛[7]访旧踪。

【注释】

① 井络：指井星所照临的地区。井星，古代天文学二十八星宿之一，蜀地是井宿的分野。

② 井络天彭：指蜀境内天彭山，两峰相对，形如城阙，又称天彭门。

③ 阵图东聚：史载诸葛亮曾经在长江夔门关聚石，布为八阵图。夔，一作“燕”，或以为“夔”字之讹。

④ 边柝：边界军营报警用的梆子声。

⑤ 故君：指望帝，死后其魄化为杜鹃。

⑥ 可能：难道、岂能。

⑦ 金牛：自秦入蜀至四川剑门关的一段道路，称金牛道。

【赏析】

这首诗是对妄图凭借地势险峻、割据分裂者的严正警告。

井络是蜀地的分野。蜀地天险，“蜀道之难难于上青天”，“一夫当关，万夫莫开”，是世代相传的名句。然而诗人在这里表达的，却是天险不足凭恃，国家必须统一的理念。

首联写蜀地的山川形势十分险峻，有天彭山双峰耸峙，宛如关阙，有剑门天险，大小剑山，悬崖峭壁。然而在诗人看来，这些实不足以夸耀，不可用作割据称雄的本钱。如以天下九州为一身，则蜀地不过一掌而已。第二联写到蜀地古来战事不断，当年蜀汉诸葛亮在夔门江边摆设了八阵图，而雪岭一带与吐蕃的边界更是刁斗声声不停。第三联写到纵然地势险要，天下终究要归于统一。相传上古的望帝死后，其魂魄化作杜鹃，三国蜀汉的先主刘备也并非真龙天子，他们都从历史上消失了。尾联警告那些怀有野心的奸雄之辈，要看清历史的教训，不要妄想重蹈称兵割据的覆辙！

唐代中后期藩镇割据一方，世代相袭，成为一大毒瘤。唐宪宗元和元年，剑南西道节度使刘辟就曾据蜀反叛，后被讨平。这首诗虽然说的是蜀地，但有着尊崇朝廷、反对分裂、维护国家统一的普遍意义。

【辑评】

清金圣叹《评点唐诗六百首》：“此先生深忧巴蜀之国江山险峻，或有草窃据为要害，而特深著严切之辞，以为预戒也。”

清屈复《玉溪生诗意》：“以山川之险，武侯之才，昭烈之主，尚不能一统天下，而况其他哉！所以深戒后来也。”

清方东树《昭昧詹言》：“此与太白《蜀道难》、杜公《剑川》同意，皆杜奸雄觊觎。先君云：‘前半地形，合东西言之。后半人事，……五六句即承明此意。以两代兴亡大事，证明不能恃险。’”

写意

燕雁迢迢隔上林①，高秋望断正长吟。
人间路有潼江②险，天外山惟玉垒③深。
日向花间留返照，云从城上结层阴。
三年已制④思乡泪，更入新年恐不禁。

【注释】

① 上林：汉上林苑，在长安以西，是宫中游赏狩猎之地。代指京城。

② 潼江：梓潼江，在四川境内，南流入涪江。

③ 玉垒：山名，在四川灌县境内。

④ 制：强忍、控制。

【赏析】

李商隐的晚年岁月是从大中五年开始的，这一年他刚满四十岁。初秋时节，他的爱妻王氏因病去世，《赴职梓潼留别畏之》诗所谓“柿叶翻时独悼亡”是也。深度的忧伤使他的精神真的“老”了，他的生命也提前进入了下半场。

这一年他又接受了东川节度使柳仲郢的聘请，远赴西蜀。在蜀期间，他开始皈依佛门，从中寻得心灵的慰藉。三年的时间如同江水流逝。他在《樊南乙集序》中写道：“三年已来，丧失家道，平居忽忽不乐。始克意事佛，方愿打钟扫地，为清凉山行者。”看惯了官场风云，经历了生离死别，只有空门才能抚慰诗人疲惫的灵魂。正是在如此心境中，李商隐留下了《写意》一诗。

“写意”就是咏怀，倾诉诗人此刻的情怀。首联说自己像一只北方飞来的鸿雁，迢迢千里，远离京都上林苑，在此寒秋季节，孤独地长吟。第二联写到蜀地，说人间只有潼江的道路最为崎岖难行，天外的山峰唯有玉垒山最是险峻高深。有注家写道：“‘潼江’和‘玉垒’实际上并不是天下最险、最深之处，这里只是羁客的感觉而已。”诚然如此，诗人表达的是他当前的心情，而并不是要和天下的山川比险、比深！言外之情、象下之意，读者自可体味。第三联从宏观的山水写到眼前的景物，说花间的阳光只留下残照的光影，城头的云层堆积却愈厚愈浓。自然景色也仿佛染上了诗人的愁绪，阳光更虚更淡，而秋阴愈积愈浓。面对此景此情，诗人不禁泪目了！尾联直抒胸臆，说三年以来我强忍着思乡的眼泪，进入新的一年我恐怕再也无法忍受了！

这首诗写景极有特色，有宏大的山川形势，也有细微的花影残照。自然物本是无情，诗人却从中寄予了人情与想象。有人说第二联“暗寓人心险于山川”、有人说第三联寄托诗人的“迟暮之感”、“羁愁之痛”，这就是诗词欣赏中“作者之心未必然，而读者之心何必不然”的现象，而其前提则是作者提供了读者想象的文学空间。

【辑评】

清王夫之《唐诗评选》：“一结初唐。”

清冯浩《玉溪生诗集笺注》：“黯然神伤，情味独绝。……为抚今追昔之慨。”

方东树《昭昧詹言》：“先君云：‘此思乡之诗。思上林，望乡也。’树按：此诗末句点题，章法用笔略似杜，三四句法亦似杜。”

随师东①

东征日调万黄金，几竭中原买斗心。
军令未闻诛马谡②，捷书惟是报孙歆③。
但须鸑鷟巢阿阁④，岂假鸱鸮在泮林⑤！
可惜前朝玄菟郡⑥，积骸成莽⑦阵云深。

【注释】

① 随师东：记随军东征途中，所见所闻而作。“随”一作“隋”，可通。

② 马谡：三国时蜀国将领，因违反军令、失街亭而被处斩。

③ 孙歆：三国时吴国的都督。西晋伐吴时，有将领报告孙歆被斩首，而后名将杜预又将孙歆生擒，并押送到洛阳。

④ 鸑鷟（岳浊）：神鸟，凤凰之别名。阿阁：楼阁之类，代指皇宫。

⑤ 鸱枭（池嚣），猫头鹰，古人以为不祥。泮林，是鲁国泮水之宫

前的树林，一说泮宫是学宫。

⑥ 玄菟郡：汉武帝时，设玄菟郡，此指李同捷所割据的沧州等地。

⑦ 积骸成莽：死者的尸骨抛洒，与杂草纠缠堆积在一起。

【赏析】

唐代安史之乱后，各地方军事集团势力逐渐膨胀，成为独立、半独立的藩镇。这些藩镇虽然表面上对朝廷称臣受命，但是他们自行任命官员，独立征收赋税，甚至节度使一职父子相传，成为事实上的世袭小朝廷。一旦他们的要求得不到满足，就不惜动用武力抗拒朝廷，从而给国家造成巨大的破坏，给民众造成无穷的苦难。

唐文宗时的李同捷之乱只是其中的一例。

李同捷是已故横海军节度使李全略之子。李全略去世后，李同捷拒不接受朝廷的调遣，闭境练兵，公开叛乱。朝廷下令诸道进讨，而各路诸侯心怀各异，战事一直拖着，未能成功。或有小胜，就夸大战果，向朝廷索取厚赏，朝廷只得尽量满足他们的要求。这自然给社会造成沉重的灾难，朝廷财政更是不堪重负。

文宗大和三年末，令狐楚调任天平军节度使、郓曹濮观察使，年轻的李商隐接受聘请，以巡官的身份随师东去。他沿途见沧州一带，经过丧乱后到处呈现残破荒凉的景象，于是写下了这首诗。

诗的首联说，为了东征李同捷，朝廷每天要耗费无数的金钱，几乎竭尽中原的财力去收买军人们的斗志。第二联说这些骄横不可一世的藩镇将领，它们违反军令从未受到惩处，而他们谎报胜利，夸大战果，冒功求赏，却泛滥成风。第三联说贤者应该在朝，就像凤凰应该栖息在“阿阁”一样；那些叛将奸佞之辈，就如鸱枭一般的不祥之物，怎么能占据高贵的“泮林”之地呢！尾联直接描写沧州之地战后的凄惨景象：可惜前朝的玄菟郡，如今却是战云未散，尸骸遍野，与蔓草缠绕，使人悲伤欲绝啊！

《资治通鉴》记载：“沧州承丧乱之余，骸骨蔽地，城空野旷，户口存者，什无三四。”与《随师东》诗中所写，正可以互为映证与补充。

旧解或以为这是写隋炀帝东征高丽的事，于史不合，乃是误说，不能成立。

【辑评】

清方东树《昭昧詹言》：“前四句将正义说定，五六空中掉转收换笔绕补余意。古人无不用章法。……大和二年，东征李同捷、王庭凑，久未成功。每有小胜，则虚张首虏，以邀厚赏。朝廷竭力馈运不给，沧州凋敝，骸骨蔽地。”

清屈复《玉溪生诗意》：“竭中原有数之黄金，欲买战士之斗心，号令严明、无虚张首虏，方可成功。今俱不然！况弃鸑鷟而假鸱枭，以前朝久置之地，积骸成莽，征战不休。诚可惜也！”

近代张采田《玉溪生年谱会笺》：“余细参诗题，盖义山随令狐楚赴天平时书事之作。（李）同捷自宝历末盗沧景，至是年五月始平。丧乱之后，骸骨蔽地，城空野旷，户口什无三四。义山赴郓在十一月，正疮痍未复时也。”

宋玉

何事荆台[①]百万家，惟教宋玉擅才华。
楚辞已不饶唐勒[②]，风赋何曾让景差[③]！
落日渚宫[④]供观阁，开年云梦送烟花。

可怜庾信⑤寻荒径，犹得三朝托后车⑥。

【注释】

①荆台：楚境内有荆台，此用代指荆州、江陵之地。

②唐勒：楚之辞赋家，与宋玉同时。《汉书·艺文志》载唐勒赋四篇。

③风赋：题名，以君臣问答的形式，抒写风的各种形态及寓意。景差，辞赋家，与宋玉同为楚顷襄王的文学侍从之臣。

④渚宫：楚王的别宫，故址在江陵境内。

⑤庾信：南北朝时的著名文人，有《哀江南赋》、《枯树赋》等传世。因侯景之乱，庾信来到江陵，居在宋玉故宅。

⑥三朝：庾信曾在梁武帝、简文帝、梁元帝三朝作官。托后车：作为文学侍从之臣，乘在后车。

【赏析】

我国古代多以屈原、宋玉并称，宋玉文学地位之崇高可想而知。如《文心雕龙·时序》曰："屈平联藻于日月，宋玉交彩于风云。"唐代杜甫《戏为六绝句》曰："窃攀屈宋宜方驾。"而《咏怀古迹》中又曰："摇落深知宋玉悲，风流儒雅亦吾师。"对宋玉的歌咏，既是对他的文学才调的钦仰，也包含着对他的人生遭际的同情。

宋玉富于才华，其作品文采风流，格调超卓，然而出身寒微，仕途坎壈，地位不高。这自然容易引起后世文人的同情与共鸣。唐宣宗大中元年（847）的冬天，李商隐被派遣奉使江陵，他参观了宋玉故宅，从宋玉想到庾信，又联想到自己的遭遇，感怀古今，情不自禁而作此诗。

首联赞美宋玉，说荆州百万人家，唯有宋玉最富才华。第二联将宋玉与同时文人作比较，说他的楚骚体作品不让于唐勒，他在《风赋》中展现的辞采想象亦非景差可比。第三联是宋玉宅周围的景色描写，位于城东南的渚宫有亭台楼阁可供辞人观赏，开春时节云梦泽的繁花盛开映入辞人的眼帘。自然景观陶冶了文学的情思，江山楼阁唤醒了诗人的才华。《文心雕龙·物色》有云："山林皋壤，实文思之奥府。"此联的景物描写宜古宜今，贯通千年，可以启发人们无限的遐想。尾联更引入庾信来居一事，开拓其境界，丰富其寓意，并寄托诗人自己的感慨。原来南朝梁侯景之乱，庾信逃难来到江陵，寄居在宋玉故宅，仿佛沾溉前代的文学余润，庾信的辞采风流，亦辉耀于朝野之间。

尾联是全诗的点睛之笔，它将宋玉、庾信、李商隐的文学成就与人生遭遇贯穿起来了。庾信的文学创作在梁武帝、梁简文帝、梁元帝三朝得到重视，成为著名的侍从之臣。然而李商隐自从文宗朝登进士第，步入仕途，经历文、武、宣三朝，却是奔波风尘，沉沦下僚，不受朝廷重视。这里，隐然寄托了诗人的身世不遇之感，婉转流露出诗人内心的忧伤。

【辑评】

清屈复《玉溪生诗意》："前半宋玉才华，乃楚一人。后半言渚宫、云梦，余风犹在。故庾信一寻荒径，永托后车。意言己之才华，可追庾信；渚宫、云梦，亦堪托宋玉之后车。而流落终老，其视庾也，远矣。"

清冯浩《玉溪生诗集笺注》："（庾）信虽遭乱漂流，犹得以文学侍从三朝，而义山历文、武、宣三朝，沉沦使府，故有羡于子山也。语曲情哀，味之无极。"

近代张采田《玉溪生年谱会笺》："此诗乃玉溪使南郡时作。江陵有宋玉宅，故以自况。托寓深婉，味之无尽。"

正月崇让宅[1]

密锁重关掩绿苔，廊深阁迥[2]此徘徊。
先知风起月含晕[3]，尚自露寒花未开。
蝙拂帘旌[4]终展转，鼠翻窗网小惊猜。
背灯独共余香[5]语，不觉犹歌《起夜来》[6]。

【注释】

① 崇让宅：宅在洛阳崇让坊，是其岳丈、曾任泾原节度使王茂元的故居。李商隐婚后，来往洛阳，多居于此。

② 阁迥：迥拔之高阁。

③ 风起月含晕：月影模糊，出现月晕，是将要起风的先兆。古语云："月晕而风，础润而雨。"

④ 蝙拂帘旌：蝙蝠在室内飞，拂动了垂帘。帘旌，布制的帘子。

⑤ 余香：指亡妻残留之清香。《夜冷》："西亭翠被余香薄。"

⑥《起夜来》：乐府曲调名，"其辞意犹念畴昔思君之来也"。施肩吾《起夜来》："香销连理带，尘覆合欢杯。懒卧相思枕，愁吟《起夜来》。"

【赏析】

这是一首悼念亡妻的作品。不过诗中并无悼亡、哀痛之类的字眼，亦未点明悼亡的诗旨，它只通过对于旧居的景色描写，婉转寄托自己对于亡妻缠绵不尽的怀念与内心深沉的忧伤。

崇让宅本是原泾原节度使王茂元在东都洛阳的宅邸。正是在这里，李商隐得到了王茂元的赏识，也认识了他后来的妻子王氏。开成三年，二十七岁的诗人与王氏结婚，婚后夫妻关爱，家庭和睦。大中五年，王氏不幸因病去世，李商隐时年四十岁。大约大中十一年冬天，李商隐再度来到崇让宅夜宿。此时他的岳丈王茂元与爱妻王氏都已经去世多年，面对荒凉的宅院，他想起当年与爱妻共同生活的情景，不禁触目生悲，无限怀思，写下了这首诗。

诗的首联说崇让宅重门深锁，人去屋空，到处长满了青苔，在长廊高阁之间诗人独自徘徊。第二联写室外的景色，月色朦胧，将要刮起寒风，天寒时节，春花也还没有开放。正月本应是佳节喜庆的时候，这里却是一片凄清惨淡，令人伤感。第三联写到室内的情景，夜间飞窜的蝙蝠拂动帷帘，老鼠翻过窗网发出声响，使人心惊而疑惑，辗转难以入睡。尾联说，背着灯光，恍惚中仿佛看到了妻子的身影，与她切切私语，到头来不过是一场幻影，我只能以悲吟来抒发情怀，表达对她的思念。

此诗悼念亡妻，境中见情，一往情深，被推许为潘岳悼亡诗后之“绝唱”。

【辑评】

清何焯《义门读书记》：“此自悼亡之诗，情深一往。”

清屈复《玉溪生诗意》：“一二，崇让宅之荒深；二联，风露花月不堪愁对；三联，物色亦然；七八，如忘其荒凉者。”

近代张采田《玉溪生年谱会笺》：“悼亡诗最佳者，情深一往，读之增伉俪之重，潘黄门后绝唱也。”

曲江[1]

望断平时翠辇[2]过，空闻子夜鬼悲歌[3]。

金舆不返倾城色[④]，玉殿犹分下苑波。
死忆华亭闻唳鹤[⑤]，老忧王室泣铜驼[⑥]。
天荒地变[⑦]心虽折，若比伤春意未多。

【注释】

① 曲江：在长安城东南，是唐代京城最著名的游览胜地。两岸楼阁亭台连绵，风景优美。康骈《剧谈录》："曲江池花草周环，烟水明媚，……碧波红蕖，湛然可爱。"

② 翠辇（碾）：有翠羽装饰的车子，形容天子之车。

③ 子夜：《乐府诗集》载有《子夜歌》，解题说它"声过哀苦"，又说晋太元中"有鬼歌子夜"。

④ 金舆：以黄金为装饰的车驾。倾城色，形容美女，此指那些随同君王游赏的妃嫔。

⑤ 华亭闻唳鹤：晋代陆机蒙冤被杀，死前叹曰："华亭鹤唳，岂可复闻乎！"唳，通常指鹤鸣声。

⑥ 泣铜驼：晋末索靖，在朝任尚书郎，有远见。"知天下将乱，指洛阳宫门铜驼，叹曰：会见汝在荆棘中耳！"（见《晋书》列传）

⑦ 天荒地变：与"天荒地老"意同，语本李贺《致酒行》："马周昔作新丰客，天荒地老无人识。"

【赏析】

曲江的兴废，是大唐王朝历史沧桑变迁的一个象征。曲江本是长安城南的一段河流，汉武帝时造宜春苑于此。因其水流曲折，故称曲江，隋代改名芙蓉池，唐初芙蓉池又称曲江池。经过不断地兴建扩建，到开元年间，曲江池畔已有紫云楼、芙蓉苑、杏园、慈恩寺、乐游原等名胜，两岸宫殿楼阁起伏连接，成为长安城最著名的景区。每岁中和、上巳时节，游客如云。春日进士放榜，亦设宴于曲江亭子，谓之“曲江宴”。安史乱后，曲江两岸建筑多遭毁弃。唐文宗李昂喜爱诗歌，他诵读杜甫《哀江头》诗曰：“江头宫殿锁千门，细柳新蒲为谁绿！”知道天宝以前，曲江四周都有行宫台殿，想要恢复当年风景。大和九年二月，派遣神策军整修曲江，又允许在曲江重建亭馆。十月，赐群臣宴于曲江亭。然而十一月“甘露之变”爆发，整修曲江亭馆的计划不得不告吹。到唐末时，曲江池已经干涸湮没，风景荒芜了。

这首诗将曲江景致与国运兴衰整合为一体，表达诗人的忧国伤春之情。首联说在承平时节，唐玄宗李隆基曾经乘坐翠辇，驾临曲江池游览观赏，然而这种盛世景色再也看不到了，在夜间此地只能听见鬼魂的悲歌。第二联说，当年陪同玄宗的杨贵妃及其姊妹这些倾城之色的美人再也回不来了，只有曲江的波浪依旧向宫内御沟流去。第三联写“甘露之变”后的长安时事，当时宦官滥杀朝臣，造成“流血千门，僵尸万计”的恐怖场面，多少朝臣冤死，多少无辜者被误杀，都凝聚在陆机死前“华亭鹤唳”的怀古中。而诗人自己对于王室倾覆的伤感则借着索靖之叹而呈现。索靖是西晋末年人，他曾指着洛阳宫门前的铜驼叹息道：“这宫殿、铜驼，都要变成一片废墟、长满荆棘啊！”诗中寓意仿佛说：这个唐王朝快要灭亡了吧！

尾联进一步提炼、总结自己的忧国之情，凝结为诗中“伤春”的主题。“天荒地变”一句，直接继承李贺《致酒行》“天荒地老无人识”的构思，寄寓宦途的不遇。在《房中曲》中又说：“愁到天地翻，相看不相识。”“天地翻”与“天荒地变”同意，都是指在漫长时空里个人的遭际与不幸，这是个人的身世之感。天荒地变，摧折我心，然而比起忧国、忧王室之痛，后者还是更深沉、更广大啊！在“伤春”的背后，是对唐王朝日益衰败与终将倾覆的深重忧伤。

【辑评】

清朱鹤龄《李义山诗笺注》："此诗前四句追感玄宗与贵妃临幸时事，后四句则言王涯等被祸，忧在王室而不胜天荒地变之悲也。"

清沈德潜《唐诗别裁》："此借玄宗时曲江，以讽文宗时事。"

清屈复《玉溪生诗意》："首二句天宝、大和合起，三四天宝，五六大和，七八合结。意言曲江一片地，岂堪几番天荒地变哉！"

九日①

曾共山翁②把酒卮，霜天白菊绕阶墀③。
十年泉下无消息，九日樽前有所思。
不学汉臣栽苜蓿④，空教楚客咏江蓠⑤。
郎君官贵⑥施行马，东阁⑦无因再得窥。

【注释】

① 九日：阴历九月九日，重阳节。

② 山翁：西晋名臣山简，"竹林七贤"中山涛之子，曾镇守襄阳，性嗜酒，人称山翁。此处喻指令狐楚。

③ 霜天：秋天。阶墀，庭院的台阶。据载令狐楚最爱白菊，刘禹锡有《酬令狐相公庭前白菊花谢见寄》诗曰："数丛如雪色，一旦冒霜开。寒蕊差池落，清香断续来。"

④ 汉臣栽苜蓿：汉代张骞通西域，引进苜蓿到内地栽种，当时在京城长安四郊，种植了许多苜蓿。苜蓿，豆科植物，可供马饲料。

⑤ 楚客咏江蓠：指屈原遭流放，只能歌咏江蓠、兰蕙等香草来抒情寄慨。《离骚》："扈江离与辟芷兮，纫秋兰以为佩。"

⑥ 郎君官贵：指令狐楚之子令狐绹官职升迁，地位尊贵。大中二年春，令狐绹由湖州刺史受召进京，被任命为考功郎中知制诰，充翰林学士。

⑦ 东阁：据《汉书》记载：西汉公孙弘受召拜为博士，元朔中为丞相，曾"开东阁以延贤人，与参谋议"。

【赏析】

这是大中年间某重阳节李商隐回忆与令狐父子关系的一首诗。

诗人李商隐与令狐楚、令狐绹父子的关系，是李商隐研究中一个聚讼纷纭的话题，人言人殊，难有定论。因为当时朝廷党争激烈，绵延四十余年，李商隐因此而被牵扯进"牛李党争"。有学者认为李商隐介入了党局，受到排挤、打击，仕途坎坷、潦倒终生，莫不是由此引起。其实"牛李党争"只是李商隐人生悲剧的时代背景的一部分，而并非其致祸的主要缘因。党争发生在朝廷高层，李商隐职务卑微，一介文墨小吏，层级远远不够。李商隐的岳丈王茂元并非"李党"成员，新旧唐书也都没有说王茂元属于"李党"。说李商隐陷于党争，故受排挤，只能被认为是小说家言，不足为凭。

这首诗也是如此。《唐摭言》《北梦琐言》都记载了一个类似的传说故事：大中年间，某重阳日李商隐前去拜会令狐绹，令狐绹不见，于是李商隐将这首诗留题在客厅的屏风上，云云。此说在宋代就有人质疑，《诗人玉屑》（卷十六）称"其言殊无所据"，并质问道：令狐绹的父亲名令狐楚，李商隐又受知于令狐楚，而诗中有"楚客"二字，李商隐怎么可能将此诗题写客厅上，"更不避其家讳何耶"？可知这一故事纯属虚构、并以讹传讹，流传不绝。

《九日》诗诉说了对于令狐楚的怀念、对于令狐绹的疏离与失望，则是真切可感受到的。诗的首联回忆往事，在九月九日重阳节时，曾与令狐楚一起饮酒（称“山翁”，表示崇敬），欣赏霜天之下那绕阶的白菊花。第二联回到现实中，说他去世已经十多年了，又逢重阳，我尊前把酒又想起他老人家了。第三联便倾诉出对自己仕途境遇的埋怨，说令狐绹不能如同汉臣栽种苜蓿于近郊、引进自己入京师，使得自己只得有如屈子在江南之地寄咏香草、抒发忧思。末联说令狐绹是贵公子，如今又官位显赫，府门前设有木马阻拦，当年东阁访贤的场景恐怕是难得再见了。

从历史上看，令狐绹只是一个平庸的官僚，希位固宠、明哲保身是他的人生哲学。在李商隐当年参加进士考试时，他曾经予以推荐、帮助，后来也有诗歌往来。但是二人的出身门第、理想操守、品格气质都不尽相同，李商隐对他由期待殷切、到产生隔阂、终至最后绝望，也是十分自然的了。

冯浩在《玉溪生诗集笺注》中认为此诗是行旅途中所作，“第六句兼志客程”。王寿昌《小清华园诗谈》认为诗中“寓悲凉于蕴藉”，则提供了另一种品赏的思路，可参。

【辑评】

清方东树《昭昧詹言》：“此感旧作也，流美圆转之作。义山贪用事多，不忍割。如此‘苜蓿’，何所指也？又不避（令狐）楚讳，皆不可之大者。义山十七岁受知于楚，在天平幕。”

清冯浩《玉溪生诗集笺注》：“义山于子直，既怨之，犹不能无望之，敢于其宅发狂犯讳哉？诸家之辨已明。余更定为此时途次所作，第六句兼志客程也。……及三年入京，内实睽离，外犹联络，屡曾留宿，备见诗篇。何至不得窥东阁哉？本传所云绹谢不与通，亦误也。后人妄撰一宗公案，皆不足信。”

近代张采田《玉溪生年谱会笺》：“‘苜蓿’句只取移种上苑之义，

言令狐不肯援手，使之沉沦使府，不得复官禁近也。……后四句当作虚料解，意味乃佳。”

赠司勋杜十三员外[①]

杜牧司勋字牧之，清秋一首杜秋诗[②]。
前身应是梁江总[③]，名总还应字总持。
心铁已从干镆利[④]，鬓丝休叹雪霜垂。
汉江远吊西江[⑤]水，羊祜韦丹[⑥]尽有碑。

【注释】

① 司勋：大中三年，杜牧在京任司勋员外郎、史馆修撰，李商隐亦在长安任事，故有此诗相赠。杜十三，杜牧在家族的辈分排行。

② 杜秋诗：指杜牧《杜秋娘》一诗。杜秋，金陵女子，籍没入宫。她曾受命为漳王保姆，漳王被罪，她被放归，穷困终老。一生遭际，荣辱无常，故杜牧为赋诗。

③ 江总：南朝文人，历仕梁、陈，有文集三十卷。江总名总，字总持，与杜牧名牧，字牧之，命名有相似，故云。

④ 心铁：心怀甲兵，指军政之才能。干镆：干将，莫邪，古代宝剑名。

⑤ 汉江：指杜预，代羊祜镇守襄阳。汉江流经襄阳，故代称。西江，即江西，治所洪州（今江西南昌），领有八州之地。

⑥ 羊祜：西晋名臣，镇守襄阳时，常游岘山。死后，百姓感其遗爱，建碑立庙，岁时飨祭，莫不流涕，因名之为“堕泪碑”。韦丹，唐京兆万年人，曾任江南西道观察使。韦丹有遗爱，死后四十年，百姓思念不忘。杜牧曾奉诏撰写韦丹的遗爱碑，今存。

【赏析】

这首赠诗是对杜牧军政才能以及文章风流的衷心赞美，表现了他们共同的社会理想与真挚友谊。

李商隐（813—858）与杜牧（803—852）生活的年代大致相同，文学成就也都高出一世，在文坛被并称为“小李、杜”。小李杜的个人性格并不完全相同，文学创作各有所侧重，不同文体的成就也互有高下。然而他们之间有着共同的理想愿景，有着心照不宣的理解与默契，交往中也有着轻松自如的友谊。这首赠诗就是证明，是他们心契神交的一面镜子。

诗的首联提到杜牧的《杜秋娘》一诗。杜牧此诗通过记述杜秋娘的身世遭遇，写透了人生的荣辱尊卑，万事无常，一度广泛流传，脍炙人口。对此李商隐显然深有感会，他后来在《井泥四十韵》中亦有过类似的表述。第二联将杜牧的名字与江总的名字联系起来，这种联系之巧，显得轻松而有诙谐的意趣。第三联写杜牧不仅文采超卓，而且胸怀广大，治乱兴亡，兵家韬略，谈政论兵，仿佛杜牧的胸中罗列有无数甲兵。这句是对杜牧由衷钦仰与赞美！下一句则是劝说与安慰：杜牧虽有“王佐之才”而不获朝廷重用，难免在笔下叹老嗟卑。杜牧在《郡斋独酌》诗中就写道：“前年鬓生雪，今年须带霜。……屈指百万世，过如霹雳忙。”李商隐委婉地劝慰他，不必再叹息鬓丝如雪、白发满头，因为你的文章才调将会与世长存。尾联特别提到杜牧奉诏撰写碑文一事，说你撰写的“韦丹遗爱碑”与你的远祖杜预命名的“羊祜堕泪碑”一样将会万世流传、永不磨灭啊！

这首诗在艺术上有一个特点，即同一字的先后叠用，令人称奇！如首句用了二“牧”字，第二句用了二“秋”字，第三四句用了三“总”字，第七句用了二“江”字。这当然不是一般的文字游戏，而是诗歌艺术的精心安排，表达的是两人之间轻松自如的友谊与宽松幽默的心态。

【辑评】

清金圣叹《评点唐诗六百首》：“（后四句）再从一首《杜秋》转笔，言杜（牧）为大丈夫，心如铁石，何用诗中多寓迟暮之谈乎哉！夫人生立言，便是不朽，如公今日奉敕所撰韦丹一碑，已与羊祜岘山一样堕泪，然则鬓丝禅榻，风飏落花，公正无为，又作尔许言语也！”

清屈复《玉溪生诗意》：“按：牧之《杜秋娘》诗，乃自寓天涯迟暮之感耳。故此诗有“鬓丝休叹雪霜垂”之句。”

清冯浩《玉溪生诗集笺注》：“姚（培谦）曰：前从名字比拟，后从姓比拟，诗格绝奇，总见文章必传世。浩曰：通篇自取机势，别成一格也。”

小松

怜君孤秀植庭中，细叶轻阴满座风。
桃李盛时虽寂寞，雪霜多后始青葱。
一年几变枯荣①事，百尺方资柱石功②。
为谢西园③车马客，定悲摇落尽成空。

【注释】

① 几变枯荣：指桃李，四季枯荣，各不相同。

② 柱石功：成为栋梁之才。《汉书·霍光传》：“将军为国柱石。”

③ 西园：汉代上林苑之别称。汉灵帝中平五年，设置西园八校尉，

以小黄门（宦官）蹇硕统领之。

【赏析】

这是一首咏物诗，它赞美小松树岁寒不凋的节操与为国栋梁的决心，大约是诗人少时的明志之作。

诗的语言浅显易懂。首联说：庭中的小松树卓然独立，秀丽可爱，细叶轻阴，清风宜人。第二联说春天桃李繁花盛开时，小松树显得有几分寂寞，然而隆冬霜雪严凛，才会显出松树郁郁葱葱的高风亮节。第三联将桃李与松柏的际遇相比较，说桃李树四季颜色随时而改变，几度不同，而松柏要经历百年才能长成栋梁之材。尾联点明题旨，从幼松成材说到少年立身树人，表明不作依附、追逐权势的“车马客”，因为他们的荣华富贵都是倏忽摇落、转瞬即空的。

“西园车马客”，注家多引建安文人“清夜游西园，飞盖相追随”为诗例，其实并不准确。这里的“西园”就是汉代的上林苑，汉灵帝曾设立“西园八校尉”，而用宦官蹇硕统领。所以“为谢西园车马客”是对宦官干政的不满，并隐喻宦官权势不可能长久，警告官员不要攀援依附，以免自取灭亡。

【辑评】

清屈复《玉溪生诗意》：“一二，小松。二联，不能随时，惟存高节。五六，岁月易得，百尺可期。然眼前贵人，待此松长成，已尽摇落。奈何！亦自伤不遇也。”

清陆昆曾《李义山诗解》：“此作者以小松自况也。首句言其特立，次句言其荫庇，三四即岁寒后凋之义。接言枯荣屡变，凡物皆然。柱石堪资，生是使独。彼西园车马之客，荣盛一时，不转眼而已悲摇落。人与事宁有异哉？”

清冯浩《玉溪生诗集笺注》:“曹植《公宴诗》’清夜游西园，飞盖相追随’，又云‘秋兰披长坂，朱华冒渌池’。芙蓉、秋兰俱不耐久，故云然。以比朝贵。”

赠田叟

荷蓧衰翁[①]似有情，相逢携手绕村行。
烧畲[②]晓映远山色，伐树暝传深谷声。
鸥鸟忘机[③]翻浃洽，交亲得路昧平生。
抚躬道直诚感激，在野无贤[④]心自惊。

【注释】

①荷蓧衰翁：用木拐杖挑着竹笼子的老农民。蓧，竹器，农具。

②烧畲：火耕，烧荒草以开垦田地。畲，音奢。

③鸥鸟忘机：形容海上的鸥鸟没有巧诈、互害之心。《列子·黄帝》说：有人与海上的鸥鸟亲近，每天有成百数的鸥鸟在他周围。后来他起心想抓一只鸥鸟回家，那些鸥鸟却都“舞而不下”。机，机心，算计、变诈之心。

④在野无贤：民间无贤才。史载：唐玄宗曾降诏选取人才，李林甫因担心不利于己，乃用手腕使得无一人中选，然后祝贺朝廷“野无留才”。

【赏析】

本诗赞美山野农民的质朴善良，用心纯真，认为朝中多趋炎附势之辈，而民间则不乏贤者。

首联叙事，说在田野路上遇到一个农夫，他已经很衰老了，还以拐杖挑着农具干活。他与作者相逢后，格外热情好客，两人携手绕村而行。第二联写景，说烧荒的火光映红了远山，伐木丁丁的声响从幽暗的山谷中传出。第三联将朝野的人际生态作比较，民间如同鸥鸟融洽自如，没有机心，而官场一旦得势交亲之间也冷漠无情，如同路人。尾联抒写感受，说山野民间，古道犹存，使我激动，可是有人却说什么“在野无贤”，这使我为之惊诧难安！

当政风败坏、官场以功名利禄为追求、市井以机诈权术成风习时，民间（尤其是山野渔樵间）还存留着一缕醇善任真之风、古道犹在，淳风犹存，这是人类灵性善意的闪光，也是历史文化的积淀。有人漠然视之，有人则深怀感激。这首诗的可贵之处，也正在于此。

【辑评】

清屈复《玉溪生诗意》：“相逢似有情，因而同行携手。次联同行时景。五淡远之怀，六孤高之品。有情如此，安得野无遗贤哉！鸥鸟忘机，翻能浃洽；交亲得路，竟昧平生。人不如鸟，田叟之高如此！故诘言野有遗贤也。”

清陆昆曾《李义山诗解》：“此叟贤而隐于田间，故义山赠之以诗。言此荷蓧之衰翁，相逢在野，携我绕村而行，似非无情者。烧畲伐树，皆田家所有之事，写来却自韵致。以下赞其人品之高也。鸥鸟忘机，与为浃洽。交亲得路，如昧平生。殆所谓确乎不拔者耶！向意明盛之世，野无遗贤。乃今见叟而不觉心为之惊矣。”

清冯浩《玉溪生诗集笺注》：“《新书·奸臣传》、《通鉴》：明皇欲广求天下之士，命一艺以上皆诣京师。李林甫恐斥其奸恶，言草野未知禁忌，恐污圣听，乃令……遂无一中程者。此暗用其意，言躬怀直道，感激不平。彼妒贤嫉能，妄谓在野无贤，安得不令我惊心哉！语似晦而意甚悲，略以‘野’字映带田叟耳。”

五言律诗

蝉

本以高难饱，徒劳恨费声。
五更疏欲断，一树碧无情。
薄宦梗犹泛[①]，故园芜已平[②]。
烦君最相警[③]，我亦举家清。

【注释】

① 薄宦：指职级低下的小官。梗犹泛：木梗随着流水，还是漂泊不定。

② 芜已平：指田园已经荒芜，杂草丛生。

③ 君：指蝉。警：警示，通“儆”。

【赏析】

蝉，又名知了，夏秋季节，它“登高树，饮清露，……长吟悲切”，其行为极富形象感。蝉的生命历程，初则为幼虫，出泥土后要蜕皮，即“蝉蜕”，有了翅膀，才能在树间飞行。古人认为蝉“餐风饮露”，行止清高脱俗，而赋予了它象征的意义。

历朝文人咏蝉以寄意，留下不少名篇佳作。隋朝卢思道《听鸣蝉》

诗曰："听鸣蝉，此听悲无极。……长风送晚声，清露供朝食。"该诗由蝉鸣引出乡思，继而流露归隐青山之意，受到当时文人的激赏。唐初虞世南有《蝉》诗曰："垂緌饮清露，流响出疏桐。居高声自远，非是藉秋风。"虞世南在朝中担任过许多要职，他立身正派又富有文采，诗中表达的是他对道德人格的自许与矜持，后世传为佳话。而骆宾王《在狱咏蝉》表露的则是另一种情怀。该诗第三联"露重飞难进，风多响易沉"借蝉的困境写出自己蒙受冤屈、身陷囹圄的悲困境地，形象别致，动人心弦。比较之下，终身"碌碌风尘、沉沦下僚"的李商隐在咏蝉诗中展现的，则是一个普通文人的委屈与辛酸。

诗的首联真如"神来之笔"，说蝉高居枝上，餐风饮露，难以饱腹，终日嘶鸣，又有何用！这既契合自然，又暗喻人事。"高"不是指官场地位，而是说立身品节自许甚高。官场中人，洁身自好，不肯降志辱身，难免困蹶潦倒。第二联写五更时蝉用尽生命之力发出的嘶鸣声逐渐稀疏，几近断绝，而所栖身的碧树却一派漠然无情，不为所动！蝉鸣如此，碧树如此，人间何尝不是如此！第三联将鸣蝉与诗人同写，既说诗人官职卑微，漂泊幕府，像一截木梗飘荡流转，又契合蝉在树枝间绕树飞鸣，择枝而栖。仿佛是提醒诗人：家园荒芜，野草莽莽，为何还不归去呢！卢思道《听鸣蝉》诗中写道："故乡已超越，空庭正芜没。一夕复一朝，坐见凉秋月。"怀乡思归，二诗的意境相通。尾联仿佛是对蝉的告谢，也是诗人内心的自白：蝉鸣引起诗人的共鸣，因为诗人与餐风饮露、日夜啼鸣的蝉一样，也是举家高洁而清寒啊！

【辑评】

清姚培谦《李义山诗集笺注》："此以蝉自况也。蝉之自处既高矣，何恨之有？三，承'声'字；四，承'恨'字。五六，言我今实无异于蝉，听此声声相唤，岂欲以警我耶？不知我举家清况已惯，毫无怨尤，不劳警得也。”

清屈复《玉溪生诗意》：“通首自喻清高。三四，承“恨费声”。五六，又应“难饱”。七，结前四。八，结五六。……高即清也。”

清施补华《岘佣说诗》：“三百篇比兴为多，唐人犹得此意。同一咏蝉，虞世南‘居高声自远，端不借秋风’，是清华人语；骆宾王‘露重飞难进，风多响易沉’是患难人语；李商隐‘本以高难饱，徒劳恨费声’是牢骚人语。比兴不同如此！”

哭刘司户二首

其一

离居星岁易①，失望死生分。
酒瓮凝余桂②，书签冷旧芸③。
江风吹雁急，山木带蝉曛④。
一叫千回首，天高不为闻。

【注释】

① 星岁易：天空斗转星移，年岁改易。古人观测天象，以木星为岁星纪年，故云。

② 酒瓮凝余桂：酒瓮中还存有你没饮完的桂酒。瓮，陶器。余桂，剩余的桂花酒。《楚辞·九歌》：“奠桂酒兮椒浆。”

③ 书签冷旧芸：你读过的书卷中芸草的香味已经消散殆尽了。旧芸：旧日放置的芸叶。古人将一种芸草叶子夹在书页里，防止蠹虫蛀书。

④ 曛：黄昏的夕阳余晖。

【赏析】

李商隐对刘蕡去世的深重悲伤，有私人友谊的缘由，也有基于共同理念的公义成分。就私谊说，自从开成二年（837），他们同在令狐楚幕府共事，结交为友。到大中二年（848）春，他们在湘江之畔、黄陵山下再度见面，李商隐并有诗相赠。赠诗中说“万里相逢欢复泣，凤巢西隔九重门”，可见他们的友谊是诚挚深厚的。此别之后大约只隔一年，便传来了刘蕡的死讯。去年故友相见的情景还依稀在目，却转眼便天人永隔。李商隐内心的伤痛就不难想见了。

《哭刘司户二首》其一是悲愤的倾泄，是向高天的呼喊：星转斗移，离别不过才一年的岁月，（我还期待着下一次的重逢）想不到我们已经生死永隔，这使我多么失望而痛苦啊！酒罐里还存有你剩余的桂花酒，你读过的书中芸叶的香味已经冷去（消散）了。我眼前看到江面上的疾风猛烈地吹着北来的大雁（联想赠刘蕡诗中“已断燕鸿初起势”的意象），听到的是夕阳下的秋蝉悲切地啼鸣（联想李商隐咏柳诗有“如何肯到清秋日，已带斜阳又带蝉”的意象）。无论我怎样千百次鸣冤呼喊，高天仍然听不到我的声音啊！

其二

有美① 扶皇运，无谁荐直言。
已为秦逐客②，复作楚冤魂。
溢浦应分派③，荆江有会源④。
并将添恨泪，一洒问乾坤！

【注释】

① 有美：即“有美一人”，指刘蕡。古代常称君子、贤者为“美人”，并不专指女子。

② 秦逐客：指刘蕡被赶出长安，逐往外地。战国时，秦始皇曾下令驱逐一切诸侯国入秦的客卿，李斯有《谏逐客书》。

③ 湓浦：江州，浔阳，古称湓城。分派：《汉书·地理志》说，长江在庐江分为九条支流。

④ 荆江：指长江流经荆州的一段。会源：会合各条支流于一处。

【赏析】

组诗其二，在诗意上更深入一层，从公义的高度对刘蕡的死作进一步评说。首联便说：有位美人啊，他的一切作为都是为了匡扶国家，复兴唐室！可是却无人肯向君王举荐他的忠直之言。第二联诉说刘蕡的悲剧命运，他已经被赶出了朝廷，被贬斥到江南，成了“秦逐客”；现在又不幸去世，成为第二个“屈原”，复作“楚冤魂”了。其间的悲痛似乎太过浓郁，压抑得使人喘不过气来！于是第三联将诗笔宕开，从远处着墨，说长江在荆江处汇合各路流水，到浔阳又分成九条支流，这正是刘蕡的行踪所到之地！长江流水，有合有分，有顺有逆，似乎蕴藏着某种哲理，耐人寻思。尾联说我要将悲伤的泪水洒向苍天，问这一切的缘由何在？诗人洒泪问乾坤，表达的是他对这一切深沉的质疑。

有人怀疑此组诗二首是“代人所作”，这完全是猜想。因为诗的首章落笔就暗示一年前李商隐与刘蕡在黄陵的重逢与离别，此情此景，自不可移之于他人，可知这一说法难以成立。

【辑评】

清姚培谦《李义山诗集笺注》："其一：刘以直言得罪，终望昭雪有时，而今已矣。五六，暗比时事。江风吹雁，善类之遭摈也；山木带蝉，谤议之未息也。此时唯有呼天诉冤，而天岂能闻耶！其二：承上章言，身既被逐，命亦随之。此恨只堪诉与湓浦、荆江耳。然将此二水，都化作眼泪，亦诉冤不尽也。"

清屈复《玉溪生诗意》："二诗虽浅显，却大有真情血泪。不是干号！"

冯浩《玉溪生诗集笺注》："《容斋续笔》引义山诗而曰：甘露之事，相去才七年，未知（刘）蕡及见之否？今考之，其为及见审矣。二章结句皆极沉痛。"

鄠杜[①]马上念《汉书》

世上苍龙种[②]，人间武帝孙。
小来惟射猎[③]，兴罢得乾坤。
渭水天开苑[④]，咸阳地献原[⑤]。
英灵殊未已，丁傅[⑥]渐华轩。

【注释】

①鄠杜：在今陕西西安市境内。鄠县，今为西安鄠邑区。杜县，即杜陵一带，今西安东南。此诗题一作《五陵怀古》。

②苍龙种：汉宣帝刘询，是武帝曾孙，幼居民间，得知闾里奸邪、吏治得失。汉昭帝死后，他被迎入为帝。

③小来惟射猎：刘询少时喜游侠，斗鸡走狗，尤其乐意于鄠杜之间。

射猎，想象之辞。

④ 天开苑：神爵三年春，汉宣帝开建乐游苑。

⑤ 地献原：元康元年春，宣帝以杜县东原上为初陵，更名杜县为杜陵。又迁徙丞相、将军、列侯、吏二千石等往杜陵，开始大规模的兴建工程。宣帝死后，葬于杜陵。

⑥ 丁傅：指汉哀帝时的外戚丁氏、傅氏。哀帝即位后，其母舅丁家、父系母舅傅家受尊崇，封侯晋爵，外戚之患也因之更加严重。

【赏析】

这是又一首以汉喻唐、借古讽今的诗。它表面咏叹的是汉宣帝刘询的故事，而实际隐射讽刺的却是唐宣宗李忱。

这两个皇帝都不是依照正常的顺序登上皇位，而是在朝廷皇权更替中偶然被推上去的。汉宣帝刘询是汉武帝曾孙，又是被废除的戾太子之孙。戾太子在宫廷案件中受诬陷、被罢黜，刘询因受连累而散养在民间，长大在民间。汉昭帝去世后，他被选中登上皇帝宝座。《汉书》推崇他在位期间"吏称其职，民安其业"，"功光祖宗，……可谓中兴"，算得上有为之君。至于唐宣宗李忱，他本是宪宗的第 13 子，被封为光王。未继大统之前，他躬行韬晦之计，"群居游处，未尝有言"。武宗去世后，他被宦官选中登上帝位，时年 37 岁。

皇权时代最高权力的传承，本来就充满阴谋与暴力。而获得皇位后之重用外戚，在历史上亦并不罕见。本诗首联说汉宣帝是正宗嫡系的皇家后裔,他是汉武帝的曾孙啊！二联说他小时候只知道游侠打猎，玩够了以后被选中登基大宝，当了皇帝。第三联说也是天地降福、社稷兴盛，在渭水之滨开辟了乐游苑，在咸阳杜陵各地兴建了大量建筑工程。一时间皇业兴旺，呈现欣欣向荣的气象。尾联笔意一转，说是宣帝去世不久，外戚丁家、傅家就纷纷晋官封侯，乘坐起豪华的车驾，享受荣华富贵。这又是为什么呢?

唐宣宗李忱与汉宣帝刘询都长期接触民间社会，有心励精图治。然而他们的性格、行事又不完全相同。一般而言，刘询比较善良儒雅，而李忱则偏于阴鸷刚毅。唐宣宗李忱登基后一反前朝施政，任性独断，刻薄寡恩，同时又勤于政事，终日不倦，严于督察，节镇与宦官的气焰有所收敛，一时被誉为“大中之治”。“渭水”二句，也隐然包含对宣宗之治的褒赏。然而李忱当朝，同样尊宠、重用外戚郑光，并纵容外戚的违法行为。

汉宣帝刘询、唐宣宗李忱处在不同时代、又有着不同个性，生前身后却都重用外戚，这涉及皇权体制的根本问题。李商隐无法提出、更想不明白其中的奥秘，他只能在诗中借古讽今，委婉地暗示，留待后人去思考，去追究。所以，这不失为一首历史寓意深厚的佳作。

【辑评】

清姚培谦《李义山诗集笺注》：“盖世英灵，当其时则天地为之转旋；时既过，即狐鼠不免潜伏。四十字中，具有排山倒海气势。”

清屈复《玉溪生诗意》：“言宣帝自闾阎，嬉游兴罢而后得天下，知民间疾苦，力致太平。而未几而丁傅复兴，以至于乱，为可惜也。”

清冯浩《玉溪生诗集笺注》：“盖唐宣宗入纂大统，与汉宣相类。……诗意精切隐约，非详为梳剔，殊难会也。此大中末年作。”

陈后宫[1]

茂苑[2]城如画，阊门[3]瓦欲流。
还依水光殿，更起月华楼。

侵夜鸾开镜④，迎冬雉献裘⑤。
从臣皆半醉，天子正无愁⑥。

【注释】

① 陈后宫：指南朝陈后主（陈叔宝）的后宫。陈叔宝，是历史上有名的荒淫之君，在位时大兴宫殿，奢靡无度，终至亡国。

② 茂苑：泛指装饰华丽、林木繁茂的宫苑。

③ 阊门：泛指宫门。阊门本是神话中的天宫之门，此借指南朝陈之宫门。

④ 鸾开镜：即“开鸾镜”，隐喻宫女对镜化妆，准备歌舞侍奉。鸾镜，饰有鸾鸟图案的镜子。

⑤ 雉献裘：即“献雉裘”，雉裘是用雉鸟的羽毛制成的裘。

⑥ 天子正无愁：北齐后主好弹琵琶，曾自创《无愁曲》，民间称为“无愁天子”。

【赏析】

这是一首借古讽今的诗。题面是写南朝陈后主（陈叔宝）奢靡荒淫、终至亡国的历史教训，实则警示唐朝君王切勿贪图奢华、以免重蹈历史的覆辙。

陈后主是历史上有名的亡国之君。他在位时，江山社稷危机四伏，而他还是一味贪图享乐，与一帮文人狎客、后宫嫔妃，日夜饮酒歌舞作乐。城破之时，陈后主与其二宠妃投入景阳枯井之中，为荒淫误国者留下一幅经典的讽刺画面。

诗的首联写其宫苑华丽、林木繁茂，宫门的琉璃瓦如同仙界景观，光影流动。第二联说依傍着粼粼的水光修了水榭宫殿，为了欣赏月色建起了高楼。第三联说入夜时分，宫女在对镜梳妆，准备歌舞侍奉，冬天未到就有人献上了华美的“雉头裘”，极尽奢华享受。尾联点出随从狎客若醒若醉，而天子完全忘记了国之危难，无忧无虑。弦外之音是说：如此的国家，如此的君臣，哪能不灭亡呢！

诗人“怀古”当然是为了“讽今”。有些注家认为，此诗讽刺的对象是唐敬宗李湛。李湛初即位时，年仅16岁，两年后被宦官所杀。李湛是一个贪玩、任性、行止乖戾的少年，处在偌大帝国皇帝的地位上，自然为所欲为，奢侈享受，游戏无度，从而直接导致他被杀的悲剧。《旧唐书·敬宗纪》评曰：“彼狡童兮，夫何足议！”不过也有人认为，敬宗死时李商隐才十四五岁，这么小的年纪“便如此借古来致讥”，未免不近情理。不如就诗论诗，疑则阙疑，此说不为无理。

不管怎么说，靠着血缘长子关系得以继承帝位，赋予他巨大的特权，而不受监督，更遑论制约。这是皇权时代的“体制之弊”！陈叔宝的荒淫至死，李湛的游戏无度，都深深植根于这种皇权专制的政体。此诗的历史意义与价值也正在于此。

【辑评】

清姚培谦《李义山诗集笺注》：“茂苑阊门，见一隅之地；依殿起楼，见工役不休。五句，是无朝暮。六句，是无冬夏。君臣都在醉梦中，焉得不亡！”

清屈复《玉溪生诗意》：“一二，城郭之壮丽。三四，宫殿之华美。五，女色之妍。六，衣服之奢。臣醉而君无愁，荒淫如此，安得不亡！深戒后来也。”

清冯浩《玉溪生诗集笺注》：“此解（即刺唐敬宗之说）发自午桥（指程梦星），而徐氏（指徐逢源）衍之也。……借陈宫为题，无取细切。”

西溪①

近郭西溪好，谁堪共酒壶？
苦吟防柳恽②，多泪怯杨朱③。
野鹤随君子④，寒松揖大夫⑤。
天涯常病意，岑寂胜欢娱。

【注释】

① 西溪：河水名，在梓州（今四川三台县）西门外。梓州是唐东川节度使驻地。

② 防柳恽：与柳恽相当。防，可相比较。柳恽是南朝诗人，《南史》记载他“尝赋诗未就，以笔捶琴”，“苦吟”或指此。

③ 杨朱：战国时人，《列子》中说“杨朱见歧路而泣之”。

④ 野鹤随君子：目随野鹤，仿佛见到君子。《抱朴子·释滞》：“三军之众，一朝尽化。君子为鹤，小人成沙。”

⑤ 寒松揖大夫：与寒松揖别，好似相对大夫。《史记》载：秦始皇曾封泰山松树为五大夫。

【赏析】

这是一首游赏西溪风景的作品，诗中寄寓的是孤独、寂寞、无可语人的忧伤之感。

诗人赴东川节度使府，任节度书记，住在梓州。梓州城西门外，有西溪流水潺潺，景物甚美。然而自从丧妻之后，李商隐的心情跌入冰谷，“平居忽忽不乐，……方愿打钟扫地，为清凉山行者”。他厌弃了世间的嘈杂与浮华，喜欢一个人独处，连赏玩风景也不愿与同伴一起行动。这首诗就是他独自到西溪游玩的心情记录，孤寂、凄苦、忧伤之意扑面而来，感人心弦。

首联就说临近城郭的西溪一带风景幽美，只是谁能与我一同游赏，相对饮酒赋诗呢？第二联举出了两个历史人物，一是南朝诗人柳恽，一个是先秦诸子中的杨朱。不过历史人物只是连带提及而已，关键是“苦吟”与“多泪”。“苦吟”是吟诗中的情感之苦，“多泪”则是人生歧路的泪水之多。这些都只能由诗人独自去体味，去品尝！第三联写西溪的景色：看见飞鹤，就想到君子的品格（飘然出尘、乘鹤归去）；面对寒松，想起了士大夫的高风亮节。这既是游赏西溪的风景，也是委婉地剖露诗人的胸襟人格。尾联总结全诗，说身在东川，远离京师，多病之身，只适合清净独处，品尝孤寂。独处的心理感受胜过了众人欢聚热闹的场面。

李商隐在东川时，写了好几首与西溪有关的诗。在《夜出西溪》中写道：“月澄新涨水，星见欲销云。”月夜风光之美，如在眼前！然而接下去又写道：“柳好休伤别，松高莫出群。”这就又寄托了身世坎坷之痛了。在同题《西溪》诗中，有“不惊春物少，只觉夕阳多”的句子，人生迟暮之感蒸腾而出，使人为之感伤。

张采田《玉溪生年谱会笺》将此诗定为大中九年作，可从。

【辑评】

清姚培谦《李义山诗集笺注》：“野鹤、长松，萧然作伴。病夫羁旅，只得以清净消之，亦不得已之词也。”

清屈复《玉溪生诗意》：“西溪最佳，奈是独游！游人虽多，无堪共酒杯者。惟觉防柳恽之苦吟，怯杨朱之多泪耳！幸有野鹤相随，寒松堪揖。所以如此者，天涯病客，以岑寂为佳耳。”

清冯浩《玉溪生诗集笺注》：“程（梦星）曰：柳仲郢于义山，恩礼不薄；义山于仲郢，情好亦深。大抵皆自慨其‘因人作远游’，故不觉‘满目悲生事’耳。”

赠柳

章台[1]从掩映，郢路[2]更参差。
见说风流极[3]，来当婀娜时。
桥回行欲断[4]，堤远意相随。
忍放花如雪，青楼[5]扑酒旗。

【注释】

① 章台：汉代长安街道名，道旁多植柳树，人称“章台柳”。

② 郢路：战国时楚建都于郢，泛指荆楚之地。

③ 见说风流极：据说柳条在风中飘荡，风姿优美，可爱至极。

④ 行欲断：柳下送别，将被隔断而不见。行，将要。一说踪迹、行迹。

⑤ 青楼：华丽的楼阁，此指酒楼。

【赏析】

这是一首咏物诗，通过咏柳树以寄寓人间的惜别之情。

“咏柳”是我国古代诗歌传统的主题。《诗经》中有“昔我往矣，杨柳依依”之句，汉代形成了“折柳赠别”的习俗，南北朝乐府中有《折杨柳枝》的民间歌谣。到了唐代，歌咏杨柳以抒情更是蔚然成为诗坛的风气。张九龄有“纤纤折杨柳，持此寄情人”，李白有“无令长相思，折断杨柳枝”，李白词中又有“年年柳色，灞陵伤别”的名句。白居易“为近都门多送别，长条折尽减春风”，刘禹锡“长安陌上无穷树，唯有垂柳管别离”等，不胜枚举。李商隐一生写到柳的诗歌如《柳》、《垂柳》、《巴江柳》、《谑柳》等，也共有十余首之多。

这首“赠柳”诗首联就写到由京城长安到荆楚大地，从北到南到处都有柳树的身影。章台柳掩映多姿，荆楚路上的江堤柳随势曲折，高下参差。第二联写到春天的柳条随风飘荡，婀娜多姿，风流美丽。“见说风流极”，隐然提及一段历史轶事。据《南史·张绪传》记载：当时有人向朝廷献上垂柳数株，“枝条甚长，状如丝缕”，被种植在灵和殿前。齐武帝时常赏玩叹息，称赞“此杨柳风流可爱，似张绪当年时”！这就在歌咏垂柳之中，又复写了人的青春风流的格调。第三联写到送别，在曲桥边，在江堤上，杨柳仿佛恋恋不舍地送别，一会儿似被遮断了踪影，一会儿又出现在大堤的前方，宛若深情相随。尾联写酒楼饯别之际，最后分离时刻，惟见柳枝飞絮飘荡如雪，扑向风中的酒旗之上。其情其景，离愁别绪，如何能够忍受啊！

显然，此诗的主题在于抒写人间的离别之情。其中五六两句写柳之送别，尤为空外传神。结二句更将柳花写活了。全诗层次迭进，首则南北皆有别离，次则正当春日，柳姿婀娜，风流之极，再次则依依送别，深情相随，最后是酒席将散，柳花如雪，扑打酒旗，令人情何以堪！

诗中描写柳下送别，自然有着离人的身影。有人认为诗中柳是歌妓舞女的化身，舞姿婀娜，风流多情，乃是指特定的某位女子。但是首联分明从“章台柳”写到“郢路柳”，地域跨度之遥，似为泛咏离别。诗歌欣赏因人而异，在泛泛咏柳中又寄托个人的想象，二者也并不矛盾。

【辑评】

清程梦星《重订李义山诗集笺注》："《赠柳》《谑柳》二首，其为柔情，绮旎自明。《赠柳》结句'忍放花如雪，青楼扑酒旗'，即温飞卿'与君便是鸳鸯侣，休向人间觅往还'之意。"

清屈复《玉溪生诗意》："此首有惜之之意。以如此风流，而花扑酒旗，何也？寓意深矣。"

清冯浩《玉溪生诗集笺注》："全是借咏所思。上言其由京至楚，下言己之怜惜。"

楚宫①

复壁交青琐②，重帘挂紫绳。
如何一柱观③，不碍九枝灯④？
扇薄常规月，钗斜只镂冰⑤。
歌成犹未唱，秦火入夷陵⑥。

【注释】

① 楚宫：指楚王当年生活、游历的宫殿。据《太平寰宇记》：楚宫在巫山县西北，阳台古城内，即楚王当年游历之地。

② 青琐：宫门上镂刻为相互勾连的图案，并涂以青色，后成为皇宫的象征。

③ 一柱观：南朝宋临川王刘义庆在江陵修建一柱观，宫观宏大而仅一柱支撑，故名。

④ 九枝灯：指一干九枝的华灯，又名"九光灯"。据《汉武内传》云："七月七日，燃九光之灯。"

⑤ 钗斜只镂冰：形容宫女头上的玉钗，雕镂有如冰之晶莹洁白。

⑥ 秦火：楚襄王二十一年，秦将白起攻陷郢都，烧毁楚先王陵墓之夷陵。

【赏析】

这是一首凭吊楚宫遗迹、讽刺帝王荒淫腐化的咏史诗。

宋玉《高唐赋》讲述了一个巫山神女、朝云暮雨的故事，又传说楚襄王曾游历巫山，于是有了《太平寰宇记》的载录："楚宫在巫山县西二百步阳台古城内，即襄王所游之地。"朝代的更替，江山的变迁，这处宫庙到唐代已经不复存在。所以杜甫在《咏怀古迹》中云："最是楚宫俱泯灭，舟人指点到今疑。"可见到安史之乱前后，楚宫的遗址已经难以确认。李商隐又有《过楚宫》诗曰："巫峡迢迢旧楚宫，至今云雨暗丹枫"，也是隐隐约约，大概而言之，未能确指。

诗的首联想象楚宫的华丽，"复壁"是说一层又一层墙壁分隔，"重帘"是说一重又一重的帘帷低垂，迎面宫门是相互勾连的青琐纹饰，而宫中悬挂垂帘的是紫色丝绳。这里"复壁""重帘""青琐""紫绳"的用辞都不可拘泥，诗人喜欢对仗，有意修饰文辞，所以亦实亦虚，不必坐实。注家或解释"复壁"是可以藏人的"夹墙"，应是误解。第二联又用"一柱观"与"九枝灯"对举，夸饰宫殿建筑及用品之奇巧。一柱观是南朝临川王刘义庆修建的宫观，而九枝灯是传说中秦汉时期宫内的陈设品，诗人借用来以丰富想象。第三联写其后宫佳丽、歌姬舞女姿容服饰的精致，暗示君王的荒淫无度。尾联则揭示出如此荒淫奢华的悲剧结局。因为《楚辞·招魂》中有"陈钟安鼓，造新歌兮"的句子，尾联就继承其意脉说：新歌谱成还没有来得及演唱，秦国的军队就打了进来，火烧夷陵！君王荒淫，其结果是社稷倾覆、国家灭亡，这是多么惨痛的教训！

纪昀认为此诗与《陈后宫》的立意格调类似，不同的是“彼不说破，此说破耳”，强调此诗结尾点破了荒淫亡国的教训，重在借古讽今。程梦星认为乃“怀古之逸响”，认为“怀古”是其主题，只是构思超逸而已。

【辑评】

清姚培谦《李义山诗集笺注》：“上半首，写其缔构之精巧。五六，写其声色之娴丽。上六句，总写其穷极骄奢，有加无已之想，而以末二句作点化。”

清屈复《玉溪生诗意》：“此与《陈后宫》一首同意。”

清冯浩《玉溪生诗集笺注》：“起联言藏之密。次联言尔止一身，岂能消此多丽？三联想其美人后房冷静。末则诮其未遑行乐，忽遇惊危。似在嗣复贬潮时乎？”

风雨

凄凉《宝剑篇》[①]，羁泊欲穷年[②]。
黄叶仍风雨，青楼[③]自管弦。
新知遭薄俗[④]，旧好隔良缘。
心断新丰酒[⑤]，销愁斗几千[⑥]？

【注释】

①《宝剑篇》：初唐大臣郭震，倜傥有不羁之志，著有《宝剑篇》（一作《古剑歌》）。宝剑象征理想、壮志，宝剑之沉埋象征士人的怀才不遇。

② 穷年：终身、终老。

③ 青楼：指显贵人家的楼阁。曹植《美女篇》："青楼临大路，高门结重关。"

④ 薄俗：世俗浇薄，趋炎附势。

⑤ 心断：失去希望，断绝念想。新丰酒，指新丰所产的美酒。

⑥ 斗几千：王维《少年行》："新丰美酒斗十千"。《旧唐书·马周传》记载：马周西游长安，在新丰旅店，命酒独酌。后来受到唐太宗赏识，授监察御史。

【赏析】

这首诗作于诗人的晚年。在某次行旅中，诗人偶遇风雨，寂寞无聊，感伤平生漂泊沉沦，兀兀老之将至，遂有此作。

首联概述平生，先举出初唐名臣郭震所作《宝剑篇》以明志。郭震在诗中用宝剑比拟人才，又用宝剑被弃置比喻人才的被埋没。诗人用"凄凉"形容《宝剑篇》，是因为此诗的基调在于倾诉有志之士不获世用的遭遇与心情。接着说自己沉沦下僚，奔波风尘，而今已老，这还不凄凉吗？第二联写眼前风景，黄叶在风雨中翻飞，而富贵人家正在楼上歌舞寻乐。这种景象的对比当然可以引起读者的联想，而有不同的寓意。第三联反思平生的遭际，新朋友在世态炎凉中处境不佳，而以前的老朋友也逐渐关系疏远、不像昔日之亲密了。有人用牛李党争中的派系作解说，说新知指某人，旧好又指某人，其实大可不必。朋友之间的关系随着时间、空间而变化，此乃社会的常态，党争与之并没有必然的联系。那么，如何排遣眼前的凄凉与忧愁呢？尾联的回答是：眼前没有"新丰酒"，怎么能化解我心中的忧伤啊！更深一层的寓意是：我早已失去受到朝廷重用（如同马周）的希望，那么我的忧愁也就不能消除了。

这首诗的创作时间，冯浩、张采田都认为是李商隐出任盐铁推官、出游江东时作，大致是宣宗大中十一年。这一年，诗人已经46岁，距离他的生命结束已经不遥远了。

【辑评】

清姚培谦《李义山诗集笺注》："凄凉羁泊，以得意人相形，愈益难堪。风雨自风雨，管弦自管弦，宜愁人之肠断也。夫新知既日薄，而旧好且终睽，此时虽十千买酒，也消此愁不得，遑论新丰价值哉！"

清屈复《玉溪生诗意》："当凄凉羁泊时，风雨之夕，听青楼管弦，因感新知旧好，而思斗酒消愁，情甚难堪。"

清冯浩《玉溪生诗集笺注》："引国初二公（郭震、马周）为映证，义山援古引今皆不夹杂也。不得官京师，故首尾皆用内召事焉。曰羁泊，是江乡客中作矣。"

槿花二首（选一）

珠馆①熏燃久，玉房②梳扫余。
烧兰才作烛③，襞锦不成书④。
本以亭亭远，翻嫌脉脉⑤疏。
回头问残照，残照更空虚。

【注释】

①珠馆：珠玉为装饰的宫殿、道观等。

②玉房：美玉装扮的房间，指女子的卧室。

③烧兰才作烛：以兰草为香料制作蜡烛。《招魂》："兰膏明烛。"

④ 襞锦不成书：铺开锦绢，欲写书信，而未能成。襞，折叠。

⑤ 脉脉：含情相视貌。《古诗十九首》："脉脉不得语。"

【赏析】

这是一首描写木槿花的咏物诗，以花拟人，借花传情。

木槿花开有多种颜色，红色的叫朱槿，白色的叫舜英、舜华。她的花枝婆娑，花瓣美丽，仿佛脉脉含情的丽人。《诗经》中就用它来比拟美人，《郑风》中"有女同车，颜如舜华"、"有女同车，颜如舜英"，开创了用木槿花比兴美女的先例。木槿花又有一个特征，就是她的单体花瓣朝开暮落，所以诗人常从中托寓青春的短暂易逝。李商隐另有七绝《槿花》诗曰："风露凄凄秋景繁，可怜荣落在朝昏。未央宫里三千女，但保红颜莫保恩。"诗以木槿花开放的时间短暂，寄意未央宫女要珍惜自己的青春。

这首五律咏槿花，其构思寓意与七绝有相似之处。首联写清晨木槿花开，就像宫中的少女，"珠馆"中熏炉的沉香已经点燃许久了，"玉房"内她梳妆打扮才完毕。第二联以兰膏、香烛寓意她品格的高雅、明丽，又以锦书难成写其两情相隔的忧伤情怀。第三联更进一层，讬象以见意，象外以传情。木槿亭亭远望，然而两情难通，适成疏远。李商隐曾经描写杏花："上国昔相值，亭亭如欲言。异乡今暂赏，脉脉岂无恩！"同一"亭亭"、同一"脉脉"，同样用自然花木表达两情的阻隔，二诗意境可以相通。末联更发奇想，回头问残照，而残照无语，更化作一片空虚了。象外之意说，青春转瞬即逝，少女爱情的期待就像残阳落照，只能是空虚无望的梦想了。

旧时学人解释此诗，有说是诗人以木槿花自喻、表达宦场失意的，有说是写与女冠子恋爱、惜别而作的。这些都难免牵强比附，对于理解诗意有所隔膜，只能说是读诗者的联想而已。

【辑评】

清程梦星《重订李义山诗集笺注》：“为女冠惜别而发，大都鱼玄机之流也。”

清姚培谦《李义山诗集笺注》：“首二句，言盛自修饰；三四，言极其矜持。岂知品高易疏，盛年易度，求回残照之光，而不可得矣。……怨而不怒，身份极高。”

清屈复《玉溪生诗意》：“一、花色，二、花情，三、花态，四、花光，皆比也。五、枝高，六、花稀，七八、暮落，皆赋也。”又曰：“结言暮落，笔意高妙。”

杨本胜说于长安见小男阿衮①

闻君来日下②，见我最娇儿。
渐大啼应数③，长贫学恐迟。
寄人龙种④瘦，失母凤雏⑤痴。
语罢休边角⑥，青灯两鬓丝。

【注释】

① 杨本胜：李商隐在东川幕府时的同僚。名筹，字本胜，曾官监察御史。阿衮，即衮师，诗人之子。见《骄儿诗》注。

② 日下：即长安。旧时称京都处天子脚下，故名。

③ 数：频繁、经常。谓衮师幼儿时懵然无知，长大后渐知思念，故常啼哭。

④ 龙种：龙子龙孙之属。李商隐自认为是李唐宗室，故云。《哭遂州萧侍郎》：“我系本王孙。”

⑤ 凤雏：指诗人的女儿，与“龙种”互文见义。《骄儿诗》中有“阶前逢阿姐”，可证。

⑥ 边角：傍晚军中的鼓角声。当时诗人在东川幕府，故曰“边角”。

【赏析】

这是一首表达爱子情怀的作品，可与李商隐的《骄儿诗》并读。

李商隐之子衮师出生时，诗人已经35岁。中年得子，自然十分疼爱，并对之寄予了殷切的期望。妻子王氏去世时，衮师才五岁，还是一个懵懵懂懂的儿童。这以后诗人应节度使柳仲郢之聘前往东川，只能将衮师寄养在长安亲戚家里。大约大中七年（853），同僚杨本胜从长安来到梓州，告诉诗人说他在京城见到了“阿衮”（即衮师），诗人心情激动难忍，便写下了这首诗。

诗的首联点明题意，听说你刚从京城来，见过我最心爱的孩子衮师了。第二联再急切地询问：孩子逐渐长大，思念父母，想是经常啼哭吧？我的家境贫寒，孩子发蒙读书怕也延迟了！第三联是听闻杨本胜的介绍后，诗人的沉痛心语：我本是李唐皇室后裔，现在阿衮只得寄养别人家中，自然会消瘦；孩子失去了母亲的抚爱与教诲，也难免落于愚痴。这真是发自肺腑而又刻骨铭心的悲伤！做父亲的有心无力，凄怆之情绵绵无尽！末联说，话语初罢，天色已晚，边城军营的鼓角声渐歇，唯有一盏如豆的灯光照着我的两鬓乱丝般的白发！以孤寂之景写凄凉之情，其情愈悲，其意愈长。

李商隐由满怀理想到满腔凄凉，他的骄儿衮师由天真活泼到寄人篱下，其中的悲剧命运令人叹息。他们父子的遭遇，也是那个百孔千疮，必然走向溃烂、没落的时代的一道投影。

【辑评】

清姚培谦《李义山诗集笺注》："首六句，一气说下。结句，是闻说时情景。"

清屈复《玉溪生诗意》："一二，破题。中四，情。七八，情景合结。应、恐二字，想当然耳。五六，定然之词。……'语罢'结上六句。'休边角'，夜深也。八句，更悲惨。"

清冯浩《玉溪生诗集笺注》："乙集序：大中七年十月，弘农杨本胜始来军中。……题曰'长安'，诗曰'寄人'，知仍寄家关中矣。"

少将

族亚齐安陆①，风高汉武威②。
烟波别墅醉，花月后门归。
青海闻传箭③，天山报合围④。
一朝携剑起，上马即如飞。

【注释】

① 族亚齐安陆：家族门第之高贵，可与南朝齐宗室的萧缅相比。南齐萧缅，字景业，建元元年封安陆侯，出为吴郡太守，齐明帝时，赠司徒、安陆王。

② 汉武威：指刘尚，汉宗室子弟。东汉光武帝时，他受封为武威将军，曾率军讨平西南的叛乱。

③ 青海闻传箭：指唐王朝与吐蕃、党项之间的战事。

④ 天山报合围：西域祁连山一带，战事胶着，军队被围困。

【赏析】

这是一首描写宗室少年慷慨赴边、以身报国的诗章。

李商隐写过几首讽刺贵族少年骄奢淫逸的诗歌。但是此诗却是正面肯定贵族少年的英武气概，一旦国难降临，他便毫不犹豫，奔赴战场，表现了爱国的壮志与情怀。诗的首联说他是李唐宗室的嫡系后裔，有如南朝齐萧缅受封为安陆侯一样，门风之崇高又如同东汉刘尚被封为武威将军一样。第二联说他平居的生活也是十分尊贵、极尽享乐，白天在烟波华丽的别墅豪饮醉酒，傍晚从花月掩映的后院归来。第三联说一旦边疆有警，军情告急，比如青海、天山一带与吐蕃、党项发生了战争，我军被围，这正是壮士杀敌报国的时候了。尾联说，当此之际，他就拔剑而起，跨上战马，飞驰奔向前线边地……。

这首诗中所写的少年将军，富有个性，真实可信。尤其是末二句，写他提剑上马，奔赴边陲，一个英气勃勃的少年才俊的形象，跃然而出，令人过目难忘。

清代姚培谦在他的注释中认为这首诗描写少年贵公子平时骄纵淫逸、战时则“好乱幸功”，应是一首讽刺诗。他的解说不为诸家认同，只能归属于另类别解，存疑备考。

【辑评】

清姚培谦《李义山诗集笺注》：“此叹幸功者之多也。首联，言其门第如此。三四，言其骄纵如此。传箭、合围，筹国者为蒿目，而彼方眉动色飞，其好乱幸功如此。”

清屈复《玉溪生诗意》：“上半，平日事；下半，边警时事。”

清冯浩《玉溪生诗集笺注》：“首联言宗室而为将军也。……此章深美其少年华贵，非庸才也。”

无题

照梁①初有情，出水旧知名②。
裙衩芙蓉③小，钗茸翡翠④轻。
锦长书郑重⑤，眉细恨分明。
莫近弹棋局⑥，中心最不平。

【注释】

①照梁：形容女子容貌美丽，光华照人。宋玉《神女赋》："其始来也，耀乎若白日初出照屋梁。"

②出水旧知名：莲花出水，天然之美，久已知名。何逊《看新婚》："雾夕莲出水，霞朝日照梁。何如花烛夜，轻扇掩红妆。"

③裙衩芙蓉：女子所穿裙子，是芙蓉花色。裙衩，下裳，分衩。《离骚》："制芰荷以为衣兮，集芙蓉以为裳。"

④钗茸翡翠：女子头上戴着翡翠色钗，妆点着茸花，色彩倩丽。

⑤锦长书郑重：书信情深意长，反复叮咛郑重。锦书，指闺中女子的信札。

⑥弹棋局：汉代之博戏，两人对弈。棋盘中心部位隆起。

【赏析】

这是一首描写青年女子容貌美丽，而情感阻隔、内心不平的诗。

首联写她的出场亮相，她含情脉脉，姿容光华照人。宋玉曾形容神女来时"若白日初出照屋梁"，首句即用此典。次句写她又像出水芙蓉般的清新明丽。南朝何逊在《看伏郎新婚诗》中描写新娘的美貌："雾夕莲出水，霞朝日照梁。何如花烛夜，轻扇掩红妆。"用典命意，与此诗全同，所以首联应是写女子在新婚时面容的姣美。第二联接着描写这位少妇穿着芙蓉般颜色的裙子，头上戴着翡翠之钗，这是表现她妆饰得清新华丽。第三联转而写她婚后夫妻分隔两处，她在“锦书”中情真意切，一再说道珍重，然而深深的幽怨还是从眉目中表现出来。末联说不要靠近博弈的棋盘，因为心中不平啊！全诗写青春少女容颜的美好、婚礼上衣着妆饰的明丽，以及婚后两情阻隔的困惑与内心的不平，与作者另一首无题诗“八岁偷照镜”主题思绪相通。

由于皇权时代文人特殊的阐释与审美心理，以前有学人或者将此诗与文人在科举与官场中的遭遇联系起来，认为少女的不幸隐喻了诗人的身世之感。如程梦星猜测这是李商隐“寄书长安故人”后的“不平之鸣”，意谓自己不见重于当世，大材小用，“时局不平，有如棋局，触物兴情，不可近矣”。此说牵强，应该不是此诗的本意。联想到李商隐《柳枝五首》中“玉作弹棋局，中心亦不平”的句子，可以确定这是一首描写少女爱情与婚姻主题的诗歌无疑。

【辑评】

清姚培谦《李义山诗集笺注》：“照梁、出水，容色之妙丽也；翡翠、芙蓉，妆饰之华艳也。锦书多不尽之意，黛眉含不展之怀。情窦既开，恐不免睹物生忌，如何？”

清屈复《玉溪生诗意》：“以分明抱恨之人，而近中心不平之局，则恨愈深矣，故云莫近也。”

清冯浩《玉溪生诗集笺注》：“此开成三年初婚王氏而应宏博时作也。”

落花

高阁客竟去，小园花乱飞。
参差连曲陌①，迢递②送斜晖。
肠断未忍扫，眼穿仍欲稀③。
芳心向春尽，所得是沾衣。

【注释】

① 曲陌：弯曲的小径。

② 迢递：遥远、曲折。

③ 欲稀：落花将愈来愈稀少。欲，将。稀，一作“归”。

【赏析】

古代诗词中，写感伤春尽、悼念落花的作品很多，逐渐形成了一个固定的抒情模式。而李商隐的这首《落花》诗构思别致，形象生动，深情内注，使人过目难忘。

诗的首联是写景，点出落花。高阁之上，人去楼空，只见群花乱飞，一种伤悼落花的怅惘之思扑面而来。二联由近及远，特写落花的神态。那落花高高低低，随风落满了曲折的幽径；又向着远方，好似要送别斜阳的余晖。第三联写到对落花的依恋之情，亦物亦人，在落花中融入了诗人自己的感情。花瓣满径，春思满怀，不忍扫去，惆怅何已！再看枝头，想想春盛时繁花满枝的景色，可是如今望眼欲穿，只见残红褪去，花影愈益稀疏了。尾联是诗人的自我抒情，伤春惜花的春心随着节令消逝，所余下的只是一掬泪水打湿了衣襟！

古代文学中的惜春送春、伤悼落花别有寓意，所谓“伤心人自有怀抱”是也。在春花、落红、夕阳的背后，辉映着的是家国情怀、个人身世遭遇以及对于生命流逝、亲人离别之类的伤感。由于诗意的模糊性，读者不能准确地了解诗首句中提及的客人身份，不知道他们谈及何事，因此难以准确把握诗人悼惜落花的心理契机何在。但是读者还是不难感到，《落花》中寄托的既有个人的身世之感，也有对于朝廷社稷的家国情怀。以落花为纽带，情与景连成一气，个人遭遇与国运兴衰融为一体，构成了作品中别具特色、感人至深的诗境。

“芳心”亦同于“春心”，都是春天的象征，生命的符号。自然万物在春天萌生，勃勃向荣，焕发出美丽的颜色和芬芳的清香。李商隐诗中多次写到“春心”，《无题》中的“望帝春心托杜鹃”、“春心莫共花争发”，其中的寓意有社稷兴亡也有男女相思。他的诗中也多次写到“芳心”。《野菊》“忍委芳心与暮蝉”，《燕台》“蜜房羽客类芳心”，其中所蕴藏的情感也都是相通的。

清代程梦星认为“此亦悼亡之作，……曰客者托词也”。这里涉及西方“形象大于思维”与中土“诗无达诂”之说，曲径通幽，亦可备一说。

【辑评】

清姚培谦《李义山诗集笺注》：“因落花而发身世之感也。天下无不散之客，又岂有不落之花？……三四，花落之在空者。五句，花落之在地者。六句，花（落之在）树者。”

清吴乔《围炉诗话》：“《落花》起句奇绝，通篇无实语，与《蝉》同。结亦奇。”

清屈复《玉溪生诗意》：“一二，倒法故警策，若顺之则平庸。‘芳心尽’，紧承五六，是进一步法。”

秋月[1]

池上与桥边，难忘复可怜[2]。
帘开最明夜[3]，簟卷[4]已凉天。
流处水花急，吐时云叶鲜。
姮娥[5]无粉黛，只是逞婵娟。

【注释】

①题一作《月》，此从《文苑英华》。

②可怜：可爱，使人怜惜。

③最明夜：指中秋之夜，卷帘赏月，故云。

④簟卷：入秋转凉，故卷起竹席。簟，竹席。

⑤姮娥：月中嫦娥，代指秋月。

【赏析】

这是一首描写秋夜月色之美的诗。

诗的首联就展现了秋夜那无处不在、晶莹澄澈、婉约如水的月光。无论是在池边望月，还是在桥上俯瞰水波上的月影，它都是那么可爱，使人难以忘怀。第二联写中秋节到了，人们卷起了窗帘，为的是欣赏三五之夜的那一轮皓月；收起了夏日的竹席，因为秋夜的天气逐渐变得凉爽起来。第三联则特为描写月下流水泛起的波纹，宛如水花的玲珑剔透；而夜空中的云丝，仿佛是初春刚刚吐出的嫩叶参差不齐。有了水波、秋云的陪衬烘托，秋月的形象更加明媚，更加生动可感。末联说，月中的嫦娥不施粉黛，它的自然芳华却是如此的美好动人。李商隐《霜月》诗曰："青女素娥俱耐冷，月中霜里斗婵娟。"二诗一写中秋之月，一写季秋之月，而“逞婵娟”、“斗婵娟”的赞美则是相通的。

我国古代描写月色之美的文学作品很多，“月下怀人”更是常见的诗赋主题。《诗经·月出》有“月出皎兮，佼人僚兮。舒窈纠兮，劳心悄兮”这样优美的句子。谢庄《月赋》云：“美人迈兮音尘阙，隔千里兮共明月！”唐代张九龄《望月怀远》的境界阔大：“海上生明月，天涯共此时。情人怨遥夜，竟夕起相思。”李白《长相思》中感叹深长：“卷帷望月空长叹，美人如花隔云端”！杜牧《寄扬州韩绰判官》则有“二十四桥明月夜，玉人何处教吹箫”的浪漫想象。这些作品都将描写明月与抒情怀远融合在一起，使得诗歌更具情感与意象之美。基于这种修辞寄托的传统，故有学者认为这种“艳情秀句”也是怀人之作，融情于境，二者打成了一片。

【辑评】

清姚培谦《李义山诗集笺注》：“此叹有情者之不如忘情也，以第二句作骨。帘开、簟卷，月本无情；水花、云叶，月非有意。乃人自觉其难忘，人自觉其可怜，而姮娥不知也。奈何欲以人世之粉黛，臆度姮娥之婵娟也！”

清冯浩《玉溪生诗集笺注》：“艳情秀句，可与《霜月》同参。”

雨

摵摵[①]度瓜园，依依傍竹轩。
秋池不自冷，风叶共成喧。
窗迥[②]有时见，檐高相续翻。

侵宵送书雁[3]，应为稻粱恩[4]。

【注释】

① 摵摵（sè sè）：落叶声、雨声，意通“瑟瑟”。

② 窗迥：凭窗可以眺远。迥，高远。

③ 送书雁：古有雁足系书、鸿雁传书之说。

④ 稻粱恩：供食饲养之恩。比喻仕人之俸禄、薪资。

【赏析】

在风雨淅沥的时候，诗人的心灵总是特别飘忽、敏感，难以为怀，因而容易泛起各种的联想。

这首诗就是一个秋天的夜晚，诗人身在幕府，听着窗外的风声雨声，瞥见风雨中翻飞的大雁，不禁产生身世之感，由此抒怀而作。诗的首联写风吹雨声掠过了瓜园，在竹林长廊旁边轻轻飘洒，依依环绕。这两句写秋风秋雨自远而近，以听觉唤起人们的心理感受，十分传神。第二联写秋天的水池因为风雨而陡添寒意，风声、雨声、树叶飘动的声音混杂在一起，合奏了一曲喧闹的交响曲。秋池、风叶本是无情无感的自然物，这里却被人情化，变得有情、有意、有声、有趣了。冯浩点评此联“写秋雨入微”，其实不仅入微，而且情趣盎然。第三联写窗前檐下，眺望远处，可以看见一只鸿雁的身影，在风雨中扑打翻动它的翅膀。注家或以为这两句写秋雨由疏入密、由小渐大，其实它是暗中将描写的对象切换成了风雨中的飞雁。所以尾联紧承其意，抒发感慨，意思说：那些北来的鸿雁，应该是为了感激稻粱哺育之恩，才在如此的风雨夜晚不辞南飞传书啊！

诗人这里是假藉鸿雁以自喻。李商隐在东川柳仲郢幕府时，写有《北禽》一诗，也是用北来的雁鸟寓意，与此诗同一构想。为了那一份“稻粱恩”（朝廷俸禄之恩德），诗人不辞奔波风尘，日夜不休，奉献青春终老。这既是勤于职事的表白，也寄托了对命运不能自主的感叹！

屈复在《玉溪生诗意》中感叹：“程婴之死易存难，武侯之鞠躬尽瘁，昌黎之晨入暮出，皆为稻粱恩也。读之堕泪！”古代名士为了那一份朝廷俸禄而甘愿奉献自己的忠诚、才智与生命，这是时代的悲剧，也是历史的宿命。后人于此，当三思之。

【辑评】

清姚培谦《李义山诗集笺注》：“秋雨一来，池为添冷，叶共成喧，而雁来适当此时。窗迥檐高，时时搔首，不因稻粱之恋，其肯传书至此耶！”

清程梦星《重订李义山诗集笺注》：“此诗极写凄其之状，……结始以雁自比。虽在萧条寂寞中，仍复勤于其职。盖君子不肯素餐如此！”

清屈复《玉溪生诗意》：“当此夜雨时，雁犹送书者，感稻粱恩也。‘秋池’句佳甚，结句出人意外。”

菊

暗暗淡淡紫，融融冶冶黄。
陶令[①]篱边色，罗含[②]宅里香。
几时禁重露[③]？实是怯残阳[④]。
愿泛金鹦鹉[⑤]，升君白玉堂。

【注释】

① 陶令：陶潜，字渊明，曾任彭泽县令。他的《饮酒》其五：“采菊东篱下，悠然见南山。”

② 罗含：字君章，晋人。在朝为官，道德文章，受到世人的推崇。史载他致仕还家后，在城外修葺茅屋而居，阶庭间忽现兰菊丛生，当时人以为是“德行之感”。

③ 禁重露：承受寒露的摧残。禁，禁受、承受。重露，深秋的寒露。

④ 怯残阳：忧惧残阳西落，迟暮之感。

⑤ 愿泛金鹦鹉：祈愿以菊花泡酒，斟入鹦鹉之杯。金鹦鹉，仿鹦鹉螺形的鎏金酒杯。

【赏析】

这是一首咏物诗，诗人藉咏秋菊以寄托自己积极用世、参与朝政的期望。

菊花是我国的名花。古人认为菊花有着五种美德：它的花呈圆形，像天的形状；花色纯黄，像大地的颜色；它种植于春，开放于秋，象征君子之德性；它冒着寒霜，吐出婆娑的花瓣，象征坚贞的品质；它的花瓣可以泡酒，使人长寿，“神仙食也”（三国钟会《菊花赋》）。正因为有这些美德，所以诗人歌颂它，并从中寄托自己的人格理想。

诗的首联描写菊花雅丽的颜色。“暗暗淡淡紫”形容菊的花茎是深著而淡雅的紫色；“融融冶冶黄”形容菊的花瓣是明亮而艳丽的金黄色。嵇含《菊花铭》形容菊花“翠叶紫茎”。晋成公绥《菊花颂》亦云：“先民有作，咏兹秋菊。……其茎可玩，其葩可服。味之不已，松乔是福。”可见，秋菊的紫茎、黄花可以相互映照，一并赏玩。第二联举出陶潜、罗含两位高人雅士，以衬托菊花的品格。陶潜以爱菊而闻名，“采菊东篱下，悠然见南山”“秋菊有佳色，裛露掇其英”

是陶诗中的名句。罗含则是晋代著名的贤者，德才兼备，他年老退休还家，“阶庭忽兰菊丛生”，人们认为这是他的“德行之感”。菊花与贤者总是相伴而生，相映生辉。第三联笔锋一转，由陶令之菊、罗含之菊转而写到眼前的秋菊。眼前的菊花是凄清而寂寞的，它难以承受深秋寒露的摧残，眼见夕阳西下，难免生起迟暮之感。在秋菊“怯残阳”中，既融入了诗人的身世之想，也有心忧社稷的家国之痛。眼前大唐王朝动乱频生，而自己也岁月流逝，年近迟暮，仕途坎壈，理想失落，怎能令诗人不“怯残阳”呢？末联又将笔意转回到咏菊上，说希望菊花美酒，能斟满金色鹦鹉之杯，贡献于君子堂前。象外之意是说，希望能将自己的智慧才华，奉献于振兴国家、救济苍生啊！

显然，菊花的形象中寄托了诗人的人格追求，也蕴藏着诗人理想难以实现的忧伤。自然物在这里被人性化、人情化了。

【辑评】

清姚培谦《李义山诗集笺注》：“此寓士为知己用之意。首联见标格不俗；次联见声价极高。彼开玉堂、泛鹦鹉者，忍使之零落于重露残阳之下也耶！”

清屈复《玉溪生诗意》：“以如此之黄紫，而冷落于陶篱、罗宅。重露、残阳，安能禁此不情乎！泛金杯、升玉堂，无可奈何之情也。”

清冯浩《玉溪生诗集笺注》：“三四，是罢官家居。结，望入朝。”

十一月中旬至扶风[1]界见梅花

匝路[2]亭亭艳，非时裛裛香[3]。
素娥[4]惟与月，青女[5]不饶霜。

赠远虚盈手[⑥]，伤离适断肠。
为谁成早秀？不待作年芳[⑦]。

【注释】

① 扶风：唐代关内道扶风郡，在今陕西省境内。

② 匝路：环绕道路四周。匝，环绕。

③ 非时裛裛香：梅花早开，香气浓郁四散。裛裛，香气散布。

④ 素娥：月中嫦娥。

⑤ 青女：青霄玉女，神话传说中主降霜雪的神。

⑥ 赠远虚盈手：梅花满把，却不能寄给远方的亲朋。据《荆州记》记载：南朝时，陆凯与范晔交善，自江南寄梅花一枝给范晔，并诗一首“折梅逢驿使”云。

⑦ 年芳：指春花，正当春时而开放的花。

【赏析】

这是一首描写梅花先时开放，以寄托身世不遇之感的诗章。

梅花是我国的名花，它品种繁多，一般开放于冬末、春初时节。梅花与松、竹并称为“岁寒三友”。其中早梅在隆冬初至时节就会绽放花蕾，它金黄色的花瓣鲜艳而芬芳，又称腊梅。杜甫所咏“梅蕊腊前破”就是指这种早梅。早梅凌寒傲霜，在百花凋谢时独自开放，而当春光明媚、百花盛开时却又褪尽花色，悄然隐去。这种物候特色引发了诗人的联想，并从中寄托自己人生不遇的情怀。

李商隐此诗点明“十一月中旬”，这个时节对于梅花来说开得是太早了。首联说在扶风道上，两旁路旁的梅花抖擞着花枝，散发出浓浓的清香，这明显不符合节令（“非时”）啊！第二联描写景色，月里嫦娥洒下清光，而霜雪女神也降下了寒霜，一起照临着绽放花枝的腊梅。这是怎样的一幅月下梅花图啊？诗人在另一诗《霜月》中写道："青女素娥据耐冷，月中霜里斗婵娟。"面对如此的美景，诗人想到了远方的亲朋，想到"折梅寄远"的诗坛典故。第三联便接着抒情道：我也想折一枝梅花给远方的亲人，然而梅花在手却难以寄出啊！两情相阻隔只能使我忧伤而肠断。末联又回到"非时"而开的梅花，问它为什么、为了谁这么过早地绽放，为什么不能等到阳春时节，与百花一起应时而开、争芳斗艳呢？

这就在自然物象中注入了深厚的人生情感。凌寒傲霜的梅花，与春风骀荡中盛开的群芳，象征着不同的人生品格。前者是独立而无所畏惧，而后者是随时而趋附大势。诗末"为谁成早秀"二句，寄托了诗人少年才俊而青春失意、仕途不遇的忧伤情怀。

唐人咏早梅诗，有些思绪的寄托是一脉相承的。中唐柳宗元有《早梅》诗曰："早梅发高树，迥映楚天碧。朔风飘夜香，繁霜滋晓白。欲为万里赠，杳杳山水隔。寒英坐销落，何用慰远客？"前四句写景，后四句"欲为万里赠"与本诗"赠远虚盈手"二句，意境差相契合。而晚唐齐己《早梅》之末"明年如应律，先发望春台"，与本诗末二句"为谁成早秀，不待作年芳"则是构思不同而幽思暗通的。

前人对于此诗的理解，间或有些隔靴搔痒之处，如第三、四句只是描写霜月之夜花开之景，而注家或猜测附会，如同猜谜。甚至将梅花"早秀"与"牛李党争"联系起来，更是匪夷所思了。

【辑评】

清姚培谦《李义山诗集笺注》："此伤所遇之非其时也。早秀而不遇知己，正复何益？月冷霜清，孤孓无侣，未堪赠远，徒足伤离耳。"

清屈复《玉溪生诗意》："香艳非时，赏之者少，四言全无益处。乃不待年芳而早秀，香艳非时，果谁为哉！"

近代张采田《玉溪生年谱会笺》："赠远、伤离，思家之恨。义山得第由令狐，而失意亦由子直，所谓'为谁成早秀，不待作年芳'也。"

即日

小苑试春衣，高楼倚暮晖。
夭桃①惟是笑，舞蝶不空飞。
赤岭②久无耗，鸿门③犹合围。
几家缘锦字④，含泪坐鸳机⑤。

【注释】

① 夭桃：形容桃枝柔软，桃花盛开。夭，春枝柔嫩，柔曲貌。《诗经·周南》有《桃夭》诗。

② 赤岭：唐与吐蕃交界处。石堡城西二十里有赤岭，其西即吐蕃，唐开元中立有界碑。

③ 鸿门：汉代西河郡下设有鸿门县，回纥军队曾由此入侵内地。

④ 缘锦字：据《晋书》记载，窦滔（苻坚时曾为州刺史）之妻苏蕙，善属文，曾织锦为回文诗图赠给丈夫，宛转循环皆可通读。

⑤ 鸳机：刺绣、织锦之机具。

【赏析】

这是抒写征人之妇春日思念丈夫的诗。

首联说这是一个韶华烂漫的春日，年轻的少妇在高楼上试穿春装，在夕阳的余晖中观赏春色。第二联写到小园里春光骀荡，桃花盛开，犹如少女含笑般的美丽，李世民《咏桃》"向日分千笑，迎风共一香”，李白《古风》有云“桃花开东园，含笑夸白日”，皆其例证。而蝴蝶在花丛中翩翩起舞，也莫不是比翼双飞。此情此景，自然触发了少妇的春思、春愁。她不禁想起了丈夫服役出征，离家在外，如今境况何如？第三联便说到最近边疆的战事：在赤岭戍守吐蕃的征人久无讯息，归期无望；在鸿门一带的大唐军队正苦战以突破回鹘军队的包围。据《旧唐书》记载，会昌二年八月，回纥乌介可汗侵犯边境，掳掠云、朔北川，朝廷乃征发许、蔡等六镇之师前往征讨。诗中记述的，正是当时的真实状况。诗人由此联想到战争带给民众的痛苦，使得征夫思妇的家庭破碎。末联问道：有多少家庭骨肉分离，妻子想要给丈夫寄去“锦书”，却因为前方战况莫测、信息不通而在织锦机前暗自垂泪啊！

描写战争给普通百姓带来的灾难，倾诉征夫思妇的内心幽怨，是唐代征战诗的重要主题。李白《子夜吴歌》“秋风吹不尽，总是玉关情”，高适《燕歌行》“少妇城南欲断肠，征人蓟北空回首”，孟郊《征妇怨》“君泪濡罗巾，妾泪满路尘”都是其中的诗句。这首诗也是如此，它写战争给中晚唐百姓造成的现实苦难，婉转地表达了对和平的向往与期待。

【辑评】

清屈复《玉溪生诗意》：“一事、二时。三四，比也。五六，时事可忧。七八，征人妇之愁恨。”

清冯浩《玉溪生诗集笺注》：“上半咏女郎春憨欢聚之态，下半以思妇对映。言外见世路干戈，离情不少，人愁我亦愁矣。”

近代张采田《玉溪生年谱会笺》：“通首皆为征人思妇而发，感事之作，别无寓意。”

晚晴

深居俯夹城[①]，春去夏犹清。
天意怜幽草，人间重晚晴。
并添高阁迥[②]，微注[③]小窗明。
越鸟[④]巢干后，归飞体更轻。

【注释】

① 夹城：高墙耸立，下有窄巷。一说是增强防护的瓮城，城门外的半圆形小城，月城。

② 并添高阁迥：在高阁眺望，可以看得更远。迥，高远也。

③ 微注：夕阳的一束余晖，轻柔地洒在窗口。

④ 越鸟：越地的鸟。古称桂林、象郡为百越，故云。

【赏析】

大中元年（847）年初，郑亚出任桂州刺史、桂管防御观察使，治所临桂（今桂林）。李商隐应聘出任掌书记，一同前往治所。大约五月初夏的某天，李商隐抵达了桂林。南方郁郁葱葱的自然风貌，桂林别具特色的山水风光，都给诗人留下深刻印象。尤其是一场骤雨过后的物色变化，更使诗人感到由衷的喜悦，他因而写下了这首《晚晴》。

首联说：我在幽深的住所俯视“夹城”，虽说是春去夏来，城内触目所见还是一派清和景明的颜色。“夹城”，注家多解释为“瓮城”，其实并不准确。李商隐在同时所作《桂林》首二句曰“城窄山将压，江宽地共浮”，可知“夹城”不过是“城窄”的另一种说法。第二联传神写照，形神并茂，历来为人称道。雨后的小草好像独得天意的怜爱，生机勃然；人间也因云散雨霁、晚霞映现而更珍爱晚晴的光阴。这两句既是写景的佳句，也因其象征的意味而给人以联想。第三联写到登高远眺与窗前的夕阳余辉，站在高阁上也可以望得更远，而那一缕夕阳的余晖照得更加明亮。尾联说，看那南方的燕雀在雨后飞回鸟巢，它们飞翔的姿态更显出轻盈快捷了。

这首诗将写景、抒情与寄寓人生哲理三者结合起来。写景，是南方雨后之景。抒情，是清明喜悦之情。而从中寄寓的“天意”、“人间”的哲思与期待，又是人人心中所有、笔下未见的佳句，所以受到后人（尤其是其中的长者）的由衷喜爱，称美不绝。

【辑评】

清吴乔《围炉诗话》：“次联澹妙。”

清宋宗元《网师园唐诗笺》：“（“天意”二句下）玉溪咏物，妙能体贴。时有佳句，在可解不可解之间。风人比兴之义，纯自意匠经营中得来。”

清屈复《玉溪生诗意》：“三四，自解自慰意。五六，晚晴景。七八，亦自喻。”

高松

高松出众木，伴我向天涯。
客散初晴后，僧来不语时。
有风传雅韵①，无雪试幽姿②。
上药③终相待，他年访伏龟④。

【注释】

① 雅韵：松涛声，指风与松树相搏击发出的声音。

② 幽姿：指松树戴雪抖擞挺拔之英姿。

③ 上药：上品仙药。

④ 伏龟：茯苓。道家有千年古松其精变为伏龟之说。《史记·龟策列传》："茯灵（苓）者，千岁松脂也，食之不死。"

【赏析】

大中元年，李商隐来到桂林，在桂管观察使郑亚幕府，任掌书记之职。这首诗便作于此时。它通过描写南国的高松形象，寄托卓越的人格理想，并以未来的成就作自我的期许。

诗的首联便有超然的气势。落笔就写出一棵松树高大伟岸的形象，松的枝叶耸立于众木之上，在这南国天涯之地与自己相逢相伴。王国维《人间词话》有云："以我观物，故物我皆著我之色彩。"诗人在这棵高松身上感受到了自我，人格被物化了。第二联更从广阔的空间，烘托一幅物我相对的空寂清净之境。天色初晴，客人散去，偶有僧人来往，却又缄默不语。如此境界中唯有"我"与高松的相伴、交融与互感，被凸现出来。李白有诗云："众鸟高飞尽，孤云独去闲。相看两不厌，只有敬亭山。"柳宗元有诗云："千山鸟飞绝，万径人踪灭。孤舟蓑笠翁，独钓寒江雪。"李白与敬亭山的相对，"众鸟"与"孤云"都隐去了；孤舟渔翁独钓"寒江雪"，飞鸟与人迹都不见了。当"我"与高松相对时，客人散去，僧人不语，这在衬托意境上与前述二诗作用相同。第三联进一步称颂高松的"雅韵"与"幽姿"。因为地处南方，唯有山中的清风与松树的枝叶相互搏击发出的富有韵律的声音，这声音深沉而又明朗，奔放而又含蓄，如同海潮的韵律而又自然率意。可惜的是南方无雪，不能展示高松在深山幽谷之中披风雪、斗严寒坚贞不屈的英姿。这两句明写松树的风韵品节，象征的是诗人超然卓绝的人格理想与高尚自律的道德追求。末联更以坚定乐观的语调预言，在将来的某一天再来探访这棵高松，会发现它定然会结出“上药”——令人长生不死的茯苓！这是一种自信，表现了诗人对未来的期许。何义门说：“落句自伤留滞也。……今虽不试，要有身后之名。我文采犹当结为灵药也。”此说太实，但是有助于理解与想象。

这首诗押上平“支”字韵。诗中的韵脚字涯、时、姿、龟今天已经不能合韵，但是唐代时可以协韵。其中“涯”字有些特别，它一属“佳”韵，一属“支”韵（《韵会》作“疑羁切”，音“宜”），所以诗中用作“支”部字来押韵。

【辑评】

清姚培谦《李义山诗集笺注》：“远客高松，相对居然老友。知雅韵幽姿，世不多得。孰知其终成度世之善药也！亦含自寓意。”

清屈复《玉溪生诗意》：“三四，是伴我时。五六，天涯。结承五六。”又曰：“有风、无雪，写天涯。令人不觉。”

清冯浩《玉溪生诗集笺注》：“徐曰：曰天涯、曰无雪，诗必作于桂林。”

访秋

酒薄吹还醒，楼危①望已穷。
江皋②当落日，帆席见归风。
烟带龙潭白③，霞分鸟道④红。
殷勤报秋意，只是有丹枫。

【注释】

① 楼危：楼高耸貌。危，高峻。

② 江皋：江岸，临江高地。

③ 烟带龙潭白：烟雾映带龙潭之白石。龙潭即白石潭，在桂林城北七十里。《桂林》诗有"龙移白石湫"句，与此互通。

④ 鸟道：形容山路高险，仅通飞鸟。

【赏析】

作者身在桂林，秋日思家，怀念亲人，乃有此作品。

大中元年（847），李商隐应桂州刺史、桂管防御观察使郑亚的聘请前往桂林，职掌书记。这一年他36岁，妻子王氏与幼儿衮师都留居长安。思亲怀家，乃人情之常，在他的诗作中多有流露。本诗题曰"访秋"，即探望秋色，访问秋天物候的消息，以寄托思亲之情。

首联写借酒浇愁，然而酒醒以后，怀念亲人的一腔愁思依然，于是登上高楼，眺望天际无垠，那是长安所在的方向，正是娇妻幼子寄身之所。第二联写江边的落日，江风吹送着归帆。这既是写景，也是委婉的抒情，江风送归舟是他的期待，也是他难以实现的梦想。第三联正面写眼前的景色，白石离离的龙潭上笼罩着日暮的轻烟，而山巅的鸟道将晚霞划然分开了。这种景色的描写为诗境增添了明丽的亮色。末联点明"访秋"的主题，说只有丹枫红叶，殷勤向人报道秋天来到的消息。李商隐《桂林道中作》有"地暖无秋色，江晴有暮晖"二句，与此诗景色相近，可以互参。

【辑评】

清姚培谦《李义山诗集笺注》："吹酒易醒，楼高可望，秋已至矣。三承二，四承一。烟白、霞红，秋色正丽，不知霜信之已到丹枫也。结句正透题中‘访’字意。”

清屈复《玉溪生诗意》：“有浑厚之气，迥出寻常。言秋至而未能归也。”

清冯浩《玉溪生诗集笺注》：“徐氏以为在桂林作，是也。盖龙潭桂州亦有之，而‘鸟道’泛比高险。结言岭南常暖，舍丹枫不见秋意也。”

哭刘司户蕡

路有论冤谪，言皆在中兴①。
空闻迁贾谊，不待相孙弘②。
江阔惟回首，天高但抚膺③。
去年相送地，春雪满黄陵④。

【注释】

① 中兴：中衰之后，重新振作国势，使再度兴盛。

② 孙弘：指公孙弘，年四十乃学《春秋》，以贤良征为博士。曾出使匈奴，因不合上意，被免归。后被地方推举，最后被汉武帝任命为丞相，封平津侯。

③ 抚膺：捶打心胸，表示悲痛、叹惜。膺，胸。

④ 黄陵：湖南湘阴县北四十里有黄陵山，黄陵水流汇成湖，流经二妃庙前，世称黄陵庙。传说舜南巡，二妃溺于湘江，即此地。

【赏析】

这首诗的写作时间，有说是会昌二年（张采田《玉溪生年谱会笺》等），有说是大中三年（刘学锴《李商隐诗歌集解》等）。傅璇琮主编《唐五代文学编年史》系于宣宗大中三年九月，今从之。

刘蕡大和二年在朝廷策试贤良时的上书，在当时便引起了巨大的轰动。据《旧唐书》本传载当时考官读着刘蕡的文章，“叹服嗟悒，以为汉之晁、董，无以过之”，正直的文士“读其文，至有相对垂泣者”。《新唐书》本传更记载昭宗年间，有人上书为他鸣冤说：“（刘）蕡当大和时，宦官始炽，因直言策请夺爵土，复扫除之役，遂罹遣逐，身死异土，六十余年。正人义夫，切齿饮泣！”对于刘蕡冤案的痛惜，成为社会普遍的共识，亦是朝野正直之士不可阻遏的呼喊。这是因为刘蕡的一片拳拳之心、耿耿之言都是为了国家的兴盛、朝政的清明、社会的安宁与百姓的福祉。

这首诗的首四句说：刘蕡遭受贬谪，连路人都知道是一桩冤案，因为他的进言完全是为了王朝的中兴啊！然而历史上虽有过贾谊被汉文帝提携升迁、有过公孙弘被汉武帝拜相的故事，然而在现实中这些都只是空谈。还未能等到这一天，刘蕡就已经孤独地死去了！后四句诗人借景抒情：在宽阔的江面上回首眺望（再也看不到刘蕡的身影），内心的悲愤难以抑制，诗人抚膺问天，而苍天漠漠无语！诗人又情不自禁回想起去年送别的情境，那是在湘水之滨，皑皑的白雪覆盖着黄陵庙前的春山。诗末以景结情，给人以无限的想象空间。

刘蕡本是一介书生，对君国忠心耿耿，在朝廷对策中抨击黑暗，指斥宦官，毫不顾及个人的安危。李商隐赞同他的理想，钦敬他的道义人格，对于他被贬逐致死的遭遇充满悲愤与同情，所以反复倾诉衷肠、寄托哀思。

【辑评】

刘克庄《后村诗话》：“义山善用事。哭刘蕡云：‘空闻迁贾谊，不待相孙弘’，自应制科至谪死，止以十字道尽。”

程梦星《李义山诗集笺注》：“刘蕡应直言极谏对策，指斥宦官，事在太和二年。时文宗初即位，承父兄之弊，恭俭儒雅，政事修饬，当时号为清明。此所以曰‘言皆在中兴’也。无如一遭远谪，遂卒贬所，竟不及待朝廷之悟而复用。考之于古，汉公孙弘初以贤良对策，亦尝罪斥，既而再征，则擢用至相。苟蕡不死，未必不然，此所以曰‘不待相孙弘’也。”

清屈复《玉溪生诗意》：“前四，言以直谏而谴谪之速。五六，哭。结，忆往事。字中有泪！”

陆发荆南始至商洛[1]

昔去真无奈，今还岂自知！
青辞木奴橘[2]，紫见地仙芝[3]。
四海秋风阔，千岩暮景迟[4]。
向来忧际会[5]，犹有五湖期[6]。

【注释】

① 荆南：指荆州，曾设荆南节度使府，治江陵。商洛，县名，今陕西有商县。

② 木奴橘：指柑橘。三国丹阳太守李衡曾在宅边栽种千株柑橘，临死对其子说：“吾有千头木奴，……亦可足用耳。”

③ 地仙芝：指紫芝。商山四皓有《紫芝歌》曰：“晔晔紫芝，可以疗饥”。

④ 暮景迟：暮色逐渐落下。迟，缓慢、逐渐。

⑤ 际会：机遇、时机，指君臣遇合，建功立业的机会。

⑥ 五湖期：归隐之心。春秋时范蠡功成身退，泛舟五湖，故云。

【赏析】

这是大中二年（848），诗人由桂林北返，在距离京师不远的商洛所写的一首抒怀之作。诗中吐露了自己身处官场的无奈与惶惑，以及终将归隐江湖的夙心。

追求积极进取，建立功业，然后拂衣而去，归隐山林，本是诗人李商隐年轻时就怀有的人生理想。《安定城楼》中“永忆江湖归白发，欲回天地入扁舟”，就是这种夙心的表达。然而在他所处的时代，朝廷党争不断、宦官专权、藩镇割据，一度兴盛的大唐王朝迅速地滑向衰败没落的深渊。诗人的理想既不能实现，长期沉沦下僚，四处奔波，家人不能团聚，生活艰苦困蹶。青春已逝，岁华将暮，他的心情之沉郁悲凉，也就不难想象了。

这首诗的首联说到此番应桂管观察使郑亚之请，南去桂林，乃是无可奈何之举。而府主郑亚突然遭到贬黜，自己失去职务仓皇北还，这内里缘由岂是我所得以知晓？第二联说我已经离开了荆州，来到商洛之地，不禁想起商山四皓当年隐居于此、采摘紫芝的轶事。第三联即眼前之景，抒写苍茫广大的情怀。“四海秋风阔”既是真实的景色，也是唐王朝日益衰落的写照；“千岩暮景迟”写日落时分群山日影逐渐暗淡下去，更是寄寓了诗人对于国势颓败的感伤。末联直抒胸臆，说我一向忧虑自己积极用世的理想难以实现，遇合无望，所以长怀泛扁舟、游五湖、归隐田园之心。

“商山四皓”是汉代有名的高隐之士，诗人经过其故地，感伤时局，将写景、抒情、忧国、言志熔为一炉，表现了皇权体制下传统士人生命不能自主的忧患与惶惑，发人深思，耐人寻味。

【辑评】

清姚培谦《李义山诗集笺注》："利禄相驱，身非自主。三句，辞荆南；四句，至商洛。五句，伤世乱；六句，叹年衰。向忧际会无期，今则惟有五湖可讬耳。"

清屈复《玉溪生诗意》："一二，身不自主。……结言向来虽忧际会之难，然犹为功成身退，不甚难也。含蓄！"

清冯浩《玉溪生诗集笺注》："（末联）二句与'永忆江湖'一联同意。今则际会尚不可知，况五湖哉！"

乐游原

春梦乱不记，春原登已重。
青门[①]弄烟柳，紫阁[②]舞云松。
拂砚[③]轻冰散，开樽绿酎[④]浓。
无悰[⑤]托诗遣，吟罢更无悰。

【注释】

① 青门：唐时长安城门，本名霸门，其色青，民间称青城门，或曰青门。

② 紫阁：山峰名，在终南山境内。因旭日照射，光影灿烂，呈现出紫色，故名。

③ 拂砚：清理笔墨、砚台，写诗前的准备。拂，研磨墨汁等事项。

④ 绿酎：绿酒，酒上面泛有绿色泡沫的醇酒。

⑤ 无悰：心情郁郁不乐。悰，快乐。

【赏析】

唐代京城郊外的乐游原，又名“乐游苑”，是当时的游览胜地。传为李白《忆秦娥》词中写道：“乐游原上清秋节，咸阳古道音尘绝。音尘绝，西风残照，汉家陵阙。”在唐代文人的心目中，乐游原乃是一个历史的象征：时代的变迁，王朝的兴废，人事的代谢，以及朝廷政治的起伏波澜，无不从它朝朝暮暮、四时不同的形象光影中折射出来，从而引起无穷的感叹与沉思。

李商隐写过以“乐游原”命题的五言绝句、七言绝句，寄托他登上乐游原、游览风物时的伤感与无奈。这首五言律诗也是如此，诗中突出写自己心情的“无悰”，即郁郁寡欢，闷闷不乐。联想到诗人在同题绝句中一再感叹的“夕阳无限好，只是近黄昏”“羲和自趁虞泉宿，不放斜阳更向东”，便不难体味到深蕴其内、扑面而来的家国情怀。诗中对于大唐王朝日薄西山，即将落入黑暗的深渊，诗人流露出无限的眷念与忧思。

诗的首联提纲挈领写“春梦乱不记”，“春梦”的寓意，可以隐喻爱情相思，也可以泛指春天的梦想。中唐诗人钱起《送钟评事下第东归》“世事悠扬春梦里”、刘禹锡《春日书怀寄东洛二庶子》“眼前名利同春梦”，都是就其一般意义而言的。李商隐此诗也属如此，是说春天梦境杂乱都忘记了，梦醒之后我已经多次登上乐游原。第二联写诗人眼见的物色，青门外的柳条在烟雾中飘荡，紫阁峰的松树在云气里舞动。写景一近、一远，一轻柔、一苍劲，形成明显的对照。第三联写到因为心情忽忽不乐，于是备好笔墨砚台，想要写诗遣愁，又开樽饮酒，想要借酒浇愁。这里的“拂砚”“开樽”并非泛泛之笔，而是与排遣忧愁相关的行为。末联则是点题，说本来心绪不乐想写诗以为排遣，结果吟罢新诗后心情反而更加郁郁不乐了。

这首诗的情感基调是“无悰”，即心情不乐、忧伤。至于这种“无悰”因何而起？诗中没有明言，读者自可联想。纪昀在评五绝《乐游原》时说：“百感茫茫，一时交集，谓之悲身世可，谓之忧时事亦可。”移来评价此诗，也可以相通。

这不是一首规范的五言律诗。它的首句连用四个仄声字，次句则对以四个平声字。第二联失粘，三四句又失对。这种形式，视为“拗体五律”可也。

【辑评】

清姚培谦《李义山诗集笺注》：“梦想无聊，只得托行游消遣。青门、紫阁，景物如故也。当此之时，非无笔墨杯觞，可以寄兴。其如衷曲之无可相诉何？开口五字，便写无悰之甚。”

清屈复《玉溪生诗意》：“起甚佳，下皆套话。”

清冯浩《玉溪生诗集笺注》：“与下《向晚》《徘谐》，皆似少作。”

献寄旧府开封公①

幕府三年远，春秋一字褒②。
书论秦逐客③，赋续楚离骚。
地理南溟④阔，天文北极高⑤。
酬恩抚身世，未觉胜鸿毛。

【注释】

①开封公：指郑亚。在《樊南文集》中李商隐称郑亚“荥阳公”。荥阳，郡名，西晋时置，开封是其属县。郑氏族人祖居“荥阳开封”。此

处称郑亚为“开封公”，有隐晦之义。

② 春秋一字褒：旧说孔子作《春秋》，用字褒贬分明不苟，故有“一字之褒，宠逾华衮之赠”说。

③ 书论秦逐客：秦李斯有《谏逐客书》一文。

④ 南溟：指南海。郑亚被贬循州，地接南海。

⑤ 北极高：指朝廷地位尊崇有如北极星，隐寓“天意高难问”之意。杜甫《登楼》：“北极朝廷终不改”。

【赏析】

这是李商隐寄赠旧府主郑亚的诗。诗中表白了他对于郑亚知遇之恩的感激、对于府主蒙冤被贬的同情，并委婉流露了他对于朝廷党争的愤懑不满。诗格沉郁，诗情凝重，欲语还休。

诗的首联说离开桂幕（郑亚当时是桂州刺史、桂管观察使，李商隐受聘掌书记）已经三年了，还记得当年你对我的褒奖，知遇之恩永志在心。第二联引用历史上李斯的《谏逐客书》与屈原的《离骚》，暗喻郑亚蒙受冤屈、被贬海曲的不幸遭遇，自己仕途坎坷的身世与心情也尽在其中了。第三联对仗精工，格律谨严，然而情感的寄托更加曲折。眺望南海（郑亚被贬循州，滨临南海），路途遥遥；回望长安，朝廷势如北辰在天。天意玄默，天高何言！屈原有《天问》之篇，杜甫有“天意高难问”之句，李商隐只说“天文北极高”，而无穷感慨尽在其中。末联又回到自身，说我难以忘记你的恩德，然而抚躬自问，人望轻如鸿毛，未得酬报啊！

早期注家鉴于题中“旧府”二字，误认诗中的“开封公”是指令狐楚，然而此说与诗的内容相抵触。冯浩笺注时，指出令狐楚既不能称为“开封公”，诗中又犯其名讳，“皆必不可通也”。他考订这是献寄给郑亚的诗，后来注家都认同这一说法，成为了定论。

【辑评】

清姚培谦《李义山诗集笺注》："三年幕府，曾叨一字之褒。身虽在远，酬恩之念，未尝忘也。所恨地位崇高，跻攀无路。岂无终始玉成之意耶？"

清冯浩《玉溪生诗集笺注》："今细审之，是寄郑亚于循州者。首联谓远随三年，叨其知遇。三四紧承说下，唐人每以罢官为逐客。义山久不调，亚特奏充幕官，而乃得至湘南，用词精切。五谓循州，六以还朝祝之，亦暗寓天高难问之慨。结则自愧无能报恩致力也。"

近代张采田《玉溪生年谱会笺》："诗盖寄郑亚于循州者。首言入幕，'三年'字活看。次言蒙其褒赏。'书论'二句指贬循。'地理'二句写景。结则恨不能报恩也。"又曰："义山在桂幕只年余，无三年情事也。此当是大中四年徐幕作。"

夜饮

卜夜①容衰鬓，开筵属异方②。
烛分歌扇③泪，雨送酒船④香。
江海三年客，乾坤百战场。
谁能辞酩酊⑤，淹卧剧清漳⑥。

【注释】

①卜夜：夜间聚会饮酒。《左传》庄公二十二年记载聚会欢饮、日以继夜为"卜昼卜夜"。

②异方：他乡，远离中原，故称。

③歌扇：歌舞女子手的扇子。

④ 酒船：一种船型的酒盏。庾信《北园新斋成》："金船代酒卮。"

⑤ 酩酊：饮酒大醉。

⑥ 清漳："建安七子"之一的刘桢曾卧病漳水之滨。此以刘桢自比。

【赏析】

这是一首假借朋友夜饮以抒发忧国忧民情怀的诗。

一说此诗是在广西从郑亚时所作，又一说是在四川从柳仲郢时所作，具体地点已经难以确指了。首联说在如此的夜晚，在远离京师的地方举办酒筵，我这个衰病的老人也得以参与其间！第二联是对酒筵的描写，闪烁的烛光下，乐伎舞女的歌声情调凄凉，泪水洒在她们手中的扇子上。外面下着淅淅沥沥的雨，酒船中的美酒香气四溢。第三联笔锋一转，由酒席歌舞的景象宕开，倾诉了诗人更阔大、更深沉的忧国情怀。"江海三年客"是说自己多年漂泊，"乾坤百战场"是说国家兵戈遍地。一联十字之内，身世之感、家国之痛融为一体，诗意凝练、情感顿挫，足以震撼读者的心灵。据说宋代王安石激赏此联，以为"绝类老杜"。尾联照应到"夜饮"的题目，并以建安七子中的刘桢卧病自比。刘桢《赠五官中郎将》诗曰："余婴沉痼疾，窜身清漳滨。"诗意是说：即便病情更重于刘桢之卧病清漳，我也不会推辞参与此酒筵，酩酊一醉，倾诉忧国忧民的衷肠！

李商隐在东川时，多次用建安诗人刘桢卧病比拟自己的处境。在《梓州罢吟寄同舍》中云："漳滨多病竟无聊！"在《病中闻河东公置酒口占寄上》又云："可怜漳浦卧，愁绪独如麻。"李商隐如此比拟，是因为他们都是诗人，性格慷慨耿直，忧国伤时的情怀大致相似之故。

【辑评】

清姚培谦《李义山诗集笺注》:“衰鬓殊方，何心歌扇酒船之乐？顾连年江海，百战乾坤，如此身世，那能淹卧一室，不惜酩酊以为消遣之地耶！”

清冯浩《玉溪生诗集笺注》:“(五六句)指事中兼含身世之感，非强摹悲壮之钝汉也。”

近代张采田《玉溪生年谱会笺》:“义山行年四十余，故曰衰鬓。在梓州，故曰异方。百战场，泛言时势艰难。结谓无人能甘隐遁也。此夜饮盖寻常宴集，非离席也。”

幽居冬暮

羽翼摧残日，郊园寂寞时。
晓鸡惊树雪，寒鹜守冰池。
急景[①]忽云暮，颓年寖[②]已衰。
如何匡国分[③]，不与夙心[④]期！

【注释】

① 急景：冬天日照短暂，故云。景，同“影”。

② 寖：渐渐、逐渐。

③ 匡国分：参与朝政，匡正国事。

④ 夙心：初心，素有之本心。

【赏析】

这是李商隐临终前的一首诗，可视为诗人的“绝笔”。

宣宗大中十二年（858），李商隐被免去了最后一个职务“盐铁推官”，从江东回到郑州，幽居田园。这一年，他四十七岁，疾病缠身，不久就去世了。崔珏《哭李商隐》诗曰：“虚负凌云万丈才，一生襟抱未曾开。鸟啼花落人何在？竹死桐枯凤不来。”又曰：“词林枝叶三春尽，学海波澜一夜干。”可知李商隐死于该年的春夏时节。晚唐陆龟蒙有云：“玉溪生官不挂朝籍而死！”清人冯浩由此感叹道：“位卑年促，……文人薄命，千古伤之矣。”

李商隐的悲剧人生包含有现实的苦难，然而更重要的是理想的失落。在人生的尽头，它表现为一种情感的幻灭与绝望，也是对生命、对社会的深沉的追问与质疑。诗的首联用“羽翼摧残”概述自己毕生所遭受的打击，在这人生暮年，却寂寞孤守在这郊外荒园之中，情何以堪！第二联写幽居冬暮的景色，孤独更寂寞，冷清而凄凉。晨鸡啼晓，惊异于一夜飘雪染白了树木，只有耐得寒冷的鸭子蜷缩在结冰的池边。第三联兼有一岁之暮与人生暮年的两重含义，说冬日白天短暂，阳光很快消失，夜幕降临。人生啊，我也逐渐衰老，进入最后的颓年！尾联追问道：我本有回天地、济苍生的雄伟抱负，是什么力量使我的志向落空了呢？这是无可奈何的叹惋，是发自内心的质询，也是生命尽头面向苍穹的呼喊。

在唐代群星璀璨的文学天际，李商隐是一颗放射着迷人光芒的明星。他的救济苍生的人生理想、他的无限深情与卓越才华得到一代又一代人们的喜爱，同时也留下了无数的“诗案”、“诗谜”，吸引学人去猜想、破译。他的“如何匡国分，不与夙心期”的质问，则永远值得后人反思其中包藏的历史蕴涵。

【辑评】

清姚培谦《李义山诗集笺注》：“急景颓年，致身料已无分，然夙志未尝忘也。”

清屈复《玉溪生诗意》：“一，罢官；二，幽居；三四，冬；五六，暮；结应起句。”

清冯浩《玉溪生诗集笺注》：“此诗迟暮颓唐，必晚年绝笔。”

寒食行次冷泉驿①

驿途仍近节，旅宿倍思家。
独夜三更月，空庭一树花。
介山②当驿秀，汾水③绕关斜。
自怯春寒苦，那堪禁火赊④！

【注释】

① 冷泉驿：在今山西省孝义县境内，唐代属汾州。

② 介山：绵山，相传为春秋名臣介子推隐居处，晋文公封赏作为介子推的封邑，故号介山。

③ 汾水：即汾河，在今山西境内，《北史》记载有“汾水关”。

④ 禁火赊：长时间地禁止烧火。赊，长时、长远。

【赏析】

这是旅途中遇寒食节，寂寞思家之作。

诗中写景鲜明，情景交织，感人肺腑。首联说，旅途奔波之中，又快到寒食节，投宿驿站，不禁格外思念家乡的亲人。第二联写夜深难眠，惟有天上的月亮拂照着孤独的自身，客舍庭前一树春花寂寞地开放着。第三联写到冷泉驿四周的景物，驿站当门是清秀的介山，而汾水绕着关口弯弯曲曲地流淌。因为介山是春秋名臣介子推隐逸、受难及受封之地，后来传说因他而设立了“寒食节”，并禁火三天。所以末联说，对于春寒料峭的日子自己一向心生胆怯，又怎能长时忍受不得生火的痛苦呢！

这首诗的写作地点是在山西境内的冷泉驿，具体年份虽难考证，但大致是他年轻时所作则可以肯定。客程之中的孤独寂寞，加上春寒禁火，于是诗人写诗以为排遣，这可用常情来理解。至于提到“介山”“禁火”，乃是因地理环境引起的联想，并无深意。

【辑评】

清姚培谦《李义山诗集笺注》：“归途旅宿，清景绝佳。三四，驿中近景。五六，驿中远景。末将寒食、冷泉，映带作结。”

清冯浩《玉溪生诗集笺注》：“首云归家，归永乐也。时方闲居，故感子推隐死之事。”

近代张采田《玉溪生年谱会笺》：“此必自永乐归郑州途次作。首曰‘归途’，郑州为义山故乡也。冷泉在汾州孝义县，即《新书·志》之隐泉山。时方闲居，故感子推隐死事。”

幽人①

丹灶②三年火，苍崖万岁藤。
樵归说逢虎，棋罢正留僧。
星斗同秦分③，人烟接汉陵④。
东流清渭⑤苦，不尽照衰兴。

【注释】

① 幽人：隐逸之士。《周易·履卦》："幽人贞洁。"

② 丹灶：丹炉，炼丹的炉灶。

③ 星斗同秦分：（幽人）所居之地上占星辰，是在秦的分野内。古代占星术将天上星空区域与地上州郡地理相对应，称"分野"。

④ 接汉陵：与汉代帝王陵相邻近。据载：自汉高祖刘邦的长陵到汉平帝的康陵，凡十一陵，多在长安城西北郊。杜甫《诸将》："汉朝陵墓对南山。"

⑤ 清渭：古以渭水清澈，泾水混浊，故云。

【赏析】

中国道教有神仙丹术，据说炼成仙丹，服之可以飞升上天。《抱朴子·金丹篇》云，炼丹"当于名山之中，无人之地，结伴不过三人"。这首诗就是描写隐逸之士深山炼丹、超然物外的情景与意象。

诗的首联说他炼丹的炉灶三年炉火未断，陪伴他的只有山崖上万年不变的古藤，诗中隐者遁迹深山炼药求仙的形象便生动地凸显出来。第二联写这里杳然世外，绝无人烟。砍柴的樵夫说在此曾遇到过老虎，偶尔也会有僧侣前来与他对弈。第三联点出这里原本属于秦国的分野，靠近汉代诸帝王的陵阙。点示秦、汉，看似闲笔，实则寓意深长。秦汉以来，人间纷纷攘攘，演出了多少王朝勃然而兴、忽然而亡的悲喜剧！末联则揭示了诗的主题，唯有那滔滔不尽的渭河水，映照着一代代王朝的兴衰变迁。这里用"清"修饰渭水，因为只有清澈才能照出世间的影像，而"泾渭分明"是人们熟悉的典故。"清渭苦"，一个"苦"字，更蕴含了百姓之苦、诗人内心之苦。一个"清"字，一个"苦"字，自然界的渭水被人格化、人情化，同时也被诗化了。

李商隐描写深山隐者，委婉地吐露了诗人自己心境的危苦与绝望。

冯浩认为此诗“用意似甘露变后作”，虽是猜想，难以证实，但有助于理解诗的蕴涵。

【辑评】

清姚培谦《李义山诗集笺注》：“苍崖丹灶，处人虎杂居之地，几疑世外矣，然不必与人世隔绝也。秦关、汉畤，近接顾盼之间，衰兴之苦，有谁冷眼相看者耶！”

清何焯《义门读书记》：“落句言清渭屡阅兴亡，幽人不知代谢。秦分、汉陵，不以密迩而妨其独善。斯真高尚其志者也。”

清屈复《玉溪生诗意》：“一二，人。三四，幽。五六，地。七八，清渭照兴衰于无尽。幽人亦然，结上‘万岁’意。”

访隐

路到层峰断，门依老树开。
月从平楚①转，泉自上方②来。
薤白③罗朝馔，松黄④暖夜杯。
相留笑孙绰，空解赋天台⑤。

【注释】

①平楚：平林，树丛梢头齐平。谢玄晖诗：“平楚正苍然”。

②上方：高峻陡峭，如在天上，或指仙界。

③薤白：一种野生植物的茎，味苦，可入药。

④松黄：松花，松花粉，可润心肺，亦可酿酒。

⑤空解赋天台：孙绰是晋代作家，字兴公。他听说天台山势巍峨神

秀，于是根据图画，冥思苦索，写作了《天台山赋》，实际上没有到过天台山。

【赏析】

这是一首寻访深山隐者，描写景色之美、山居之乐的诗章。

我国传统儒家的人生哲学，是达则建功立业，兼济天下，穷则归隐山林，独善其身。李商隐因为仕途艰难，常怀隐逸之志，每当访问隐者所居，便流连叹赏，不忍离去。这首诗所探访的隐者，诗中隐去了他的身份姓名，应该是一个民间高人。首联说他住在高山层峰之上，深林老树之间。因为山势陡峭，最后路“断”，无路可寻；古木相依，居处门户敞开。第二联写从隐者居住的地方眺望，月亮就像挂在平林树梢的上方，随着时间的推移而转动；一眼泉水仿佛从天上落下，来此人间。第三联写天黑以后，夜幕降临了，隐者于是以薤白等野菜佐餐，又取出松花酒，饮酒暖身，举杯邀客。末联写主宾对饮，其乐陶陶，谈到晋代文人孙绰《天台赋》，他没有身临其境，怎么得知高山景物之美、山中隐逸之乐趣啊！

这首诗前四句用同一句法，分写路、门、月、泉，而结以（路）断、（门）开、（月）转、（泉）来。如此描写山中景色，令读者有清新流动之感。五六句的薤白、松黄，皆山中之物，山肴留客，野蔬杂陈，主宾属杯，超然之乐，又岂是未曾亲历者所得想到、享受的！

这首诗风调清新壮逸，有野趣，值得玩味。

【辑评】

清姚培谦《李义山诗集笺注》：“上四句，见讬境之陡绝；三句眼界之阔，四句地位之高。隐居处此，疑不与人世相接。乃薤白、松黄，宾主不妨款洽，总之非住山人，虽善赋如孙绰，不知山中实受用也。”

清何焯《义门读书记》：“首四句浑壮清切，难以时代局之。落句反醒访字，兴公盖卧游而不至者也。”

清屈复《玉溪生诗意》：“前四访隐，五六隐者享客。结言孙绰但能作赋，而不能如隐者之受用，以自嘲也。‘相留’字，承五六。”

河清与赵氏昆季宴集①得拟杜工部

胜概殊江右②，佳名逼渭川③。
虹收青嶂雨④，鸟没夕阳天。
岁月行如此⑤，江湖坐渺然。
此中真得地，漂荡钓鱼船。

【注释】

① 河清与赵氏昆季宴集：河清，唐代县名，在今河南孟县境。赵氏昆季，

不详。宴集，聚会宴饮。

② 胜概殊江右：风景优胜。江右，泛指江南之地。

③ 佳名逼渭川：佳名，美名。渭川，指渭河，素有“清渭”之名。

④ 虹收青嶂雨：青山雨后，现出彩虹一抹。青嶂，青山有如屏障。

⑤ 岁月行如此：二句一作“客鬓行如此，沧波坐渺然”，此据《唐音统签》。

【赏析】

这是在黄河之滨的河清县与人宴集时，李商隐即景抒情的作品。

“河清”是个吉庆祥瑞的名字。古人认为黄河千年一清，“河清海晏，时和岁丰”更是凝聚着人们的美好理想。诗人李商隐来到此地，与赵氏兄弟宴集，自然思绪联翩，浮想不已。因此，诗的首联便赞美此地的风光虽然与江南有异，然而名胜佳境并无二致。“河清”之名可以与“清渭”（渭川）比美。如下列的诗句：

“沙苑临清渭，泉香草丰洁。”（杜甫《留花门》）

“嫩岚滋翠葆，清渭照红妆”（杜牧《华清宫三十韵》）

“凭高满眼送清渭。”（赵嘏《忆山阳二首》）

诗人写到渭河，例称“清渭”。至于“河清”，作为古代理想的象征，也经常出现在唐代诗人笔下。如下列的诗句：

“人间知几代，今日见河清。”（张说《东都酺宴》）

“河清海晏穷寥廓。”（顾况《八月五日歌》）

“正当海晏河清日。”（薛逢《九日曲江游眺》）

在上述引用的诗例中，“河清”并非地名。然而当李商隐来到滨临黄河的河清县，他就自然地将“河清”的县名与美好的理想境界联系了起来，以此作为背景的渲染。接下去第二联是写景。这景象是美好而壮阔的：雨后的青山叠嶂，空中现出了彩虹；夕阳余晖里，飞鸟的影子逐渐消失。诗人面对着这般美丽的景象，他的内心不禁泛起惆怅、迷惘之情。于是第三联写道：岁月沉沦如此，客鬓斑白如此，旅途奔波，人生归宿何在？举目四望，唯有烟波渺然！末联又回到当地之佳名诉说对于未来的期待，说是天下河清，百姓安宁，若有这般的境地，我将泛舟垂钓，悠然于此，以遣余生。

这首诗模拟杜甫五律之风，格调苍老，转接顿挫有力。其安排构思上，则从“河清”之佳名切入，将诗人的政治抱负、眼前景物与身世之感打成一片，显得含蓄蕴藉、寓意深广，耐人再三寻味。

【辑评】

清姚培谦《李义山诗集笺注》：“上半首，席间胜概；下半首，自叙情怀。第五句转接得力，是杜法。”

何焯《义门读书记》：“三四清而丽，五六浑而安。”

清冯浩《玉溪生诗集笺注》：“筵席当是饯别，故只点行役，而言外含之。……颇疑大中三年从商洛归至东都，而旋就水程，由江汉以诣巴蜀，故以杜工部入蜀寄意。”

寓目

园桂悬心碧①，池莲饫眼红②。
此生真远客③，几别即衰翁。
小幌④风烟入，高窗雾雨通。
新知⑤他日好，锦瑟傍朱栊⑥。

【注释】

①悬心碧：悬心，挂念。碧，指桂树碧绿的叶子。

②饫眼红：饫眼，饱览，长久地观赏。红，指红色的莲花。

③远客：人生如逆旅，生命如漫长的旅程。《古诗十九首》：“人生天地间，忽如远行客。”

④小幌：指小窗。幌，帷幔，窗帘。

⑤新知：新结识的知心人，此指妻子王氏。《九歌·少司命》：“乐莫乐兮新相知。”

⑥朱栊：红色的窗户。栊，窗格。

【赏析】

这是诗人客居在外时心系妻子、思念家室的作品。

李商隐自从娶王茂元之女为妻以后，常年仕途奔波，辗转幕府，碌碌风尘。夫妻分隔的时间多，家庭团聚的日子少，他对家室的思念屡屡见于诗章。此诗题曰“寓目”，亦即目有所见，情有所感，情景遇合，发而为诗。

此诗的首联落笔便提到桂树与莲花，既是起兴，也是写景。桂树枝叶四季常绿，象征着坚贞的品质；莲花出污泥而不染，寄寓了廉洁的德行。诗以之起兴，意指小园里桂树碧绿的枝叶，我一直牢记在心间；曾经饱览过池中的红莲花，也一直开放在我的眼前。这两句也有回忆的意味，李商隐在与王氏新婚时，曾一度寄住在王茂元在洛阳的崇让宅。诗人有所见，有所忆，从而情不自禁地想到岁月如水，悲叹自己生命的流逝。第二联是感伤的语调，说人生真像是一场漫长的旅程，几番离别人就衰老了！第三联诗笔又转到景物描写上，幻想“小幌风烟”“高窗雾雨”，在情与景的叠合交融中过渡到当年新婚生活的回忆。末联充满深情地说道，当年我们喜结连理的时候，那暗红色的窗户旁，陪伴你的锦瑟，那是我们姻缘的象征啊！

这首诗的写作时间难以确定。有学者认为它是李商隐追随郑亚于桂林期间的作品，时当大中元年。冯浩笺注曰：“‘园桂’点桂林，‘池莲’比幕府。”然而洛阳崇让宅也种植有桂树，也有莲花池。李商隐《七月二十九日崇让宅宴作》“浮世本来多聚散，红蕖何事亦离披”与本诗“池莲饫眼红”互为印证；《昨夜》“昨夜西池凉露满，桂花吹断月中香”也与本诗“园桂悬心碧”相与辉映。所以冯浩的解说难以肯定。张采田《会笺》将此诗确定为东川晚年的作品，系于大中九年，也是推测之辞。纪晓岚解说这首诗“前四句乃触目生感，后四句乃追寻旧迹”，对于具体的写作时间，不作断定，可供参考。

【辑评】

清屈复《玉溪生诗意》：“一二，景；三四，情。五六，景；七八，情。新知，犹方知也。以今日之衰翁，方知他日锦瑟、朱栊之好也。”

清冯浩《玉溪生诗集笺注》：“客中思家之作，解作悼亡者误。园桂，点桂林；池莲，比幕府。”

近代张采田《玉溪生年谱会笺》：“诗有‘远客’‘衰翁’语，是东川晚年作。结寓悼亡，与‘京华他夜梦，好好寄云波’，同一用笔。冯编桂管，谓园桂点桂林，殊不足据。”

城上

有客虚投笔①，无憀②独上城。
沙禽失侣远，江树着阴轻。
边遽稽天讨③，军须竭地征④。
贾生游刃极⑤，作赋又论兵。

【注释】

① 投笔：据《后汉书》记载：班超，扶风安陵人，初为书生，曾投笔叹曰：“大丈夫当立功异域，安能久事笔砚乎？”

② 无憀：无聊，精神空虚、无依托。憀，依赖。

③ 边遽稽天讨：边境战事紧急，朝廷征讨拖延时日，未得取胜。遽，仓猝，急迫。稽，迟延。

④ 军须竭地征：军需物资，竭尽了朝廷土地的税负。竭，穷尽。

⑤ 贾生游刃极：贾谊竭尽心力，为朝廷策划方略。游刃，用庖丁解牛之典，指出谋划策。

【赏析】

李商隐在幕府时，曾登上城楼，缅怀边境战事，抒发报国无门的苦闷情怀，而作此诗。

首联提纲挈领，为全诗奠立了情感基调。“虚投笔”说自己本是一介书生，因立志报国，投笔从戎，然而建功立业的理想竟成空虚。一腔抱负无所凭藉，内心忧愁烦闷，只得独上高楼，眺望远方。第二联描写登城所见到的景色，在写景中蕴含了一种孤独、暗淡的情感。他看到远方的沙禽，猜想鸟儿也失去了伴侣，而江边的树木飘荡着淡淡的阴云。这种写景是一种烘托，也是一种象征。“沙禽失侣远”是否隐喻自己的家室分离，而“江树着阴轻”则浸染了他对于朝局的担忧？象外之意，只能诉诸想象。于是接下去第三联点明了朝廷面临的艰难困局。安史乱后，边患迭起，与吐蕃等少数民族间的纷争不断，对于朝廷构成沉重的负担。皇帝派去征讨的大军拖延时日仍未得取胜，然而军中物资需求已经使耗尽了地方的赋税，使得国库空虚、难以为继。这种局面如何才能破解？诗的尾联李商隐提到了汉代贾谊的榜样。贾谊是西汉著名的学人，是辞赋家，又是政论作家。他的文学创作有《吊屈原赋》、《鹏鸟赋》等，议论时政则有《陈政事疏》等。尾联与首联二句形成了反向比较，意思说贾谊“作赋又论兵”，得以呈献其才华，而自己虽有贾谊之志、贾谊之才，却不能施展抱负，只得登上城楼，赋诗抒怀。李商隐隐然以贾谊自比，不是自誉自负，而是发发牢骚，抒发怀才不遇的内心愁恨而已。

有学者认为诗中有“江树”二字，认为是李商隐在东川柳仲郢幕府时作，因为蜀地江流纵横。然而另有学者认为这是在桂林郑亚幕府时作，因为桂州也有桂江。以李商隐的境况心绪来看，此诗作于桂林的可能性更大些。

【辑评】

清姚培谦《李义山诗集笺注》："此伤远客之空羁也。才非投笔，触目心惊；边遽、军需，时至蹙迫。使贾生复作，其能于此作赋又论兵耶！"

清屈复《玉溪生诗意》："（贾）谊作《吊屈原赋》《鹏赋》，又欲'施五饵三表以系单于'，是论兵也。"

清冯浩《玉溪生诗集笺注》："程氏、徐氏皆因'江树'字以为东川作，然桂江自可也。……若东川则丧失家道，意绪阔略，不复以贾生游刃自誉矣。"

五言排律

有感二首[1]

其一

九服归元化[2]，三灵叶睿图[3]。
如何本初辈[4]，自取屈氂诛[5]！
有甚当车泣[6]，因劳下殿趋。
何成奏云物[7]，直是灭萑苻[8]。
证逮符书密[9]，辞连性命俱。
竟缘尊汉相[10]，不早辨胡雏[11]。
鬼箓分朝部[12]，军烽照上都。
敢云堪恸哭，未免怨洪炉[13]。

【注释】

①题下自注："乙卯年有感，丙辰年诗成。"乙卯年，文宗大和九年。丙辰年，文宗开成元年。

②九服归元化：《周礼》将京畿之外地区分为侯服、甸服、男服、采服、卫服、蛮服、夷服、镇服、藩服，共称九服，泛指全国之疆域。元化，帝王之德化。

③ 三灵叶睿图：日、月、星合称三灵，代指天象。叶，和谐。睿图，朝廷谋及深远，上下和谐。

④ 本初辈：指“甘露之变”中李训、郑注之辈，如同东汉末年袁绍、何进之流的做法。袁绍，字本初，汉末大臣，曾劝大将军何进诛灭宦官，因计谋不周密，导致天下大乱。

⑤ 屈氂诛：刘屈氂，汉武帝时任左丞相，后被宦官告发，腰斩于东市。此以屈氂之死隐喻李训、郑注之被诛杀。

⑥ 有甚当车泣：有过于西汉大臣爰盎的面谏文帝，使得宦官赵谈流泪下车。《汉书》记载，汉文帝曾与宦官赵谈同乘一车，爰盎当面谏阻，汉文帝乃令赵谈下车，赵谈只得“泣下车”。

⑦ 何成奏云物：意谓诛灭宦官之事，岂能用奏报天象物候一类的话题去做。云物，喻指谎报“甘露”之事。

⑧ 灭萑苻：剿灭盗贼。萑苻，指盗匪聚集的湖泽，芦苇丛生。

⑨ 证逮符书密：（宦官）抓捕有关证人的文书密集地下发。符书，逮捕人犯的文书。

⑩ 尊汉相：指密谋诛灭宦官的李训，将他比作汉时的丞相王商。史载李训“容貌魁梧，神情洒落”，得到文宗的信任。而汉代王商“容貌甚过绝人”，被当时人称为“真汉相”。

⑪ 胡雏：指石勒，少时贫贱，曾被掠卖为奴，是北朝后赵的建立者。此比郑注。郑注出身微贱，本姓鱼，冒姓郑，以医术游历于江湖。

⑫ 鬼箓：死者之名录。朝部，朝廷官员，按部分班。

⑬ 怨洪炉：怨恨天地造化，降祸于人间。烘炉，天地陶冶万物，故以为喻。

【赏析】

唐文宗大和九年十一月二十一日，正值乙卯年的残冬时节，朝中宰相李训、凤翔节度使郑注合谋铲除在朝宦官势力，他们假称大明宫石榴树上有甘露下降，准备在宦官首领仇士良、鱼弘志前往查看时将他们一举诛灭。不料事情败露，宦官乃率禁军大肆捕杀朝臣，除李训、郑注外，宰相王涯、舒元舆等十余家全部被杀，死者不计其数，史称“甘露之变”。

“甘露之变”震动了朝野。李训、郑注行为的鲁莽、疏阔令人震惊而愤恨。《有感二首》首章便是追究李、郑二人在“谋诛宦官”中的失误与罪责，并记述由此而导致朝臣被杀、生灵涂炭的惨祸。

李训、郑注是文宗朝图谋清除宦官势力的中心人物，他们一个是当朝宰相，一个是握有重兵的节度使，在朝具有一定的实力。然而对于关系国运的如此重大的行动，他们却没有周密的计划，行动安排之粗疏如同儿戏。诗的首联说朝廷德化流布于九服之内，君王的宏图大略上协天文，下和人心。二联说，为何李训、郑注之辈，就像东汉末的袁绍之流粗疏莽撞，竟将国事办糟，自招杀身之祸呢！三联说，他们急于一举消灭宦官，超过了汉代爰盎面斥太监、使之下车而泣的作为，然而太过轻忽，竟至连累天子被宦官劫持，苍皇下殿趋走。四联又说，这样的朝廷大事怎么能谎报“石榴树夜降甘露”开场，如此岂能成功！结果宦官率兵滥杀朝中大臣，就如同消灭盗匪一样。五联再说，颁发抓捕朝臣的文书一个接着一个，供词中稍微有些牵连就性命难保。六联追究说李训徒有其表，夸大其辞，竟然被任命为宰相，朝廷也没有早日认清郑注的真面目。七联痛诉因此而使得大批朝臣被杀害，战火竟然一直烧到了京城长安。末联小结说面对如此血腥的暴行，百姓岂敢放声痛哭，也只能暗中归咎于天地造化降下祸殃了。

其二

丹陛犹敷奏[①]，彤庭欻战争[②]。
临危对卢植[③]，始悔用庞萌[④]。
御仗收前殿，凶徒剧背城[⑤]。
苍黄五色棒[⑥]，掩遏一阳生[⑦]。
古有清君侧，今非乏老成[⑧]。
素心[⑨]虽未易，此举太无名！
谁瞑衔冤目[⑩]，宁吞欲绝声？
近闻开寿宴，不废用咸英[⑪]。

【注释】

① 丹陛犹敷奏：宫廷之中，群臣还在向君王禀奏事务。敷奏，陈述奏章。

② 彤庭欻战争：朝廷忽然之间变成了战场。彤庭，以红色涂染装饰皇宫。欻，忽然。

③ 原注云："是晚独召故相彭阳公入。"故相、彭阳公，指令狐楚。卢植，东汉末年在朝任尚书等职，曾抗议董卓的暴行。此以令狐楚比为汉末的卢植。据《新唐书·令狐楚传》："（'甘露之变'中）文宗夜召（令狐）楚与郑覃入禁中……既草诏，以王涯、贾餗冤，指其罪不切，仇士良等怨之。"

④ 庞萌：东汉大臣，性格柔顺，初受光武帝的信任，后反叛。此以李训比作东汉之庞萌。

⑤ 凶徒剧背城：形容宦官率众从宫中杀出，背城而战，滥杀无辜，十分惨烈。凶徒，指宦官之流。

⑥ 苍黄五色棒：仓卒举事，想以"五色棒"式的手段搏击、消灭宦

官。苍黄，仓皇、仓猝间。五色棒，《三国志》记载曹操任洛阳尉时，曾造五色棒悬于城门左右，对于犯禁者皆棒杀之。

⑦ 掩遏一阳生：阻止、禁绝了冬至时节初始发动的生机。掩遏，阻断。“甘露之变”时，正值“冬至”时节，“冬至一阳生”是民间谚语。

⑧ 老成：指有道德威望、办事稳健、富有谋略的老臣。《诗经》：“虽无老成人，尚有典型。”

⑨ 素心：指清除宦官之本心。

⑩ 谁瞑衔冤目：衔冤负屈而死，谁肯甘心瞑目？这是为宰相王涯、贾𫗧以及其他无辜者被杀者报不平。

⑪ 不废用咸英：相传黄帝之乐名曰“咸池”，帝喾之乐名曰“六英”。此以“咸英”代指朝中正统之雅乐。盖庆幸文宗的帝位得以保全。一说，宰相王涯生前曾经重订《云韶乐》，故有悲悼王涯之意。

【赏析】

其二章指出唐文宗李昂在“甘露之变”中的失误，主要在于他所用非人，如果用到老成持重的大臣，那就会是另一种局面，同时又庆幸文宗的帝位最终仍得以保全。

诗的首联追述事变的缘起，说宫中大臣们还在禀奏事务，忽然间宫殿之上变成了战场。二联说危急时刻文宗召见了彭阳公（令狐楚）等忠贞之臣，他开始后悔信任重用了李训、郑注等叛逆之辈。三联诉说皇帝的仪仗刚刚离开前殿，宦官们便冲出来滥砍滥杀，极为凶残。四联说仓促之间“五色棒”怎么能抵挡宦官精悍的禁军呢，所以朝廷的一缕生机便被阻遏、扼杀了。五联说自古就有“清君侧”以除掉帝王身边的坏人，当今朝中也并非没有稳健持重、足智多谋的老臣。六联接着说文宗想要清除宦官的本心是对的，但是李训、郑注的做法太过鲁莽，祸患无穷。七联大意说，包括丞相王涯等大臣以及无辜被杀、含冤而死的人们岂能甘心瞑目？生者愤恨欲绝，怎么能忍气吞声！末联谓有所庆幸的是，听闻最近朝中逢节时宴会群臣，还是演奏大唐正统的《云韶乐》啊！张采田《玉溪生年谱会笺》说这是“深幸帝位之未移耳”，大致如是。

《有感二首》的体裁是“五言排律”，这种诗歌体裁要求格律严整，属对精工，沉郁顿挫，气脉贯通。此作继承了杜甫同类作品的风骨，以诗纪事，以诗写史，笔力强健，立论谨严，精心结撰，被誉为“真诗史”，历来受到好评。

【辑评】

清吴乔《答万季野问》：“义山初时亦学少陵，如《有感》五言二长韵可见矣。到后来力能自立，乃别走楚辞一路。如《重有感》七律，亦为甘露之变而作，而体格迥殊也。”

清沈德潜《唐诗别裁》：“为甘露之变而作。前一首恨李训、郑注之浅谋，后一首咎文宗之误，任非人也。”

近代张采田《玉溪生年谱会笺》：“甘露之变，发难训、注，而谋则断自文宗。二诗怨愤之中，下语皆有分寸。为帝危，为王涯诸人痛，腐心群竖，切齿二凶。无可奈何，然后归之于天。钱夕公所谓‘感愤激烈，不同众论者’，真诗史也。‘近闻开寿宴，不废用咸英’，盖深幸帝位之未移耳。”

戏赠张书记[1]

别馆君孤枕，空庭我闭关[2]。
池光不受月，野气欲沉山。

星汉秋方会[③]，关河梦几还。
危弦[④]伤远道，明镜惜红颜。
古木含风[⑤]久，平芜尽日闲。
心知两愁绝，不断若寻环[⑥]。

【注释】

①张书记：张审礼，王茂元之长婿，亦即李商隐的连襟，曾任朔方书记一职。

②闭关：关门、闭户。

③星汉秋方会：天上银河，牛郎织女秋日方得以相会。星汉，银河。

④危弦：急弦，急管繁弦。

⑤古木含风：秋风古树，渲染悲凉气氛。李商隐《摇落》诗中有“古木含风久，疏萤怯露深”之句，可互参。

⑥不断若寻环：形容因两情阻隔而忧愁，相思不断。寻环，义同“循环”。

【赏析】

这是一首赠诗，它通过景物描写与想象，表现夫妻离别的孤独与寂寞。因为涉及男女之相思，故曰“戏赠”。

受赠诗的“张书记”，名审礼，是妻子王氏的姐夫，李商隐的“连襟”。诗人与这位连襟的相见，大约是开成四、五年间，当时李商隐任职弘农县尉，夫妻分在两地。而张氏此时也是夫妻离居。诗的首联说，你在县衙的馆舍中孤身独栖，我也是空庭寥落，闭门而居。次联描写黄昏时的景色，月华映照在池面上，反射得波光粼粼。旷野的暮色逐渐将远山淹没。又次联写天上的银河，牛郎织女秋日七夕方能相会。关山迢迢，人间夫妻分离也只能在梦中往还探望了。再下一联想象分别中的妻子弹奏琴瑟，急管繁弦里流露着对远方亲人的思念，对着镜子她在叹息青春易逝，红颜渐老。接下去一联将诗笔宕开，写到古树在风中长久摇荡，平野整天一片空旷寂寥，看似游离之笔，实则景中含情，象外有意。最后尾联正面点出夫妻离别的忧伤浓烈，而又绵长不尽，循环不绝。

诗中“池光不受月，野气欲沉山”二句，受到后代诗评家的激赏。宋代王安石以为杜甫“无以过也”，清人王寿昌认为可与山河日星“同垂不朽”。这两句描写池光与月华相距相迎，暮气与远山渐次融合，仿佛一幅水墨画，其间景象可以想象而又难以描述。

【辑评】

宋胡仔《苕溪渔隐丛话·前集》卷二十二引《蔡宽夫诗话》：“王荆公晚年亦喜称义山诗，以为唐人知学老杜而得其藩篱，惟义山一人而已。每诵其‘池光不受月，野气欲沉山’之类……虽老杜无以过也。”

清纪昀《玉溪生诗说》：“戏张之忆家也，妙不伤雅。”

清王寿昌《小清华园诗谈》（下）：“唐人佳句，有可以照耀古今、脍炙人口者，如李义山之‘池光不受月，野气欲沉山’，此等句当与日星河岳同垂不朽。”

武侯庙[1]古柏

蜀相阶前柏，龙蛇捧閟宫[2]。
阴成外江畔[3]，老向惠陵[4]东。
大树思冯异[5]，《甘棠》忆召公[6]。

叶凋湘燕雨⑦，枝坼海鹏风⑧。
玉垒经纶⑨远，金刀历数⑩终。
谁将出师表，一为问昭融⑪？

【注释】

①武侯庙：祭祀诸葛亮的祠堂，又称武侯祠。诸葛亮，字孔明，辅佐刘备建立蜀汉政权，拜丞相。刘禅即位后，封武乡侯，领益州牧。东晋时建立祀庙。

②龙蛇：形容古柏枝如龙蛇，遒劲有力。閟宫，指宗庙、祠堂。

③阴成外江畔：赞美武侯福荫蜀地，庇佑人民。阴，庇护，通“荫”。外江，泛指川江。

④惠陵：先主刘备死，葬于惠陵。刘备庙之西接武侯庙，故云。

⑤冯异：汉光武帝麾下之名将，性谦退，诸将论功时，他独倚大树下，时号“大树将军”。

⑥召公：西周名臣，封采邑于召，又称召伯。《诗经》有《甘棠》一篇，赞美召公的政绩与教化。

⑦叶凋湘燕雨：暗喻其树叶在激雨中凋谢。据载：湘川有石燕，遇风雨则飞舞如燕，雨止则为石。

⑧枝坼海鹏风：其枝柯在狂风中折断、撕裂。坼，一作“折”。海鹏，鲲鹏，从北海将飞向南海，故云。

⑨玉垒经纶：筹划、经营国事。玉垒，山名，在蜀境内。杜甫《登楼》：“玉垒浮云变古今。”

⑩金刀历数：蜀汉王朝命中应有的定数、命运。金刀，“刘”可拆为“卯、金、刀”三字。

⑪问昭融：即问天。昭融，指天，天际光明、意象和谐，故云。

【赏析】

李商隐在东川节度使府任职期间，曾经前去成都办理公务。行程中他瞻仰了成都的武侯庙，出于对诸葛亮品德、功绩的衷心钦仰，而作此诗。

武侯庙前有古柏树，历史悠长。杜甫《蜀相》开章写道："丞相祠堂何处寻？锦官城外柏森森。"史籍记载，武侯庙前的柏树"古峭可爱，人云诸葛手植"。杜甫又有《古柏行》写道："孔明庙前有老柏，柯如青铜根如石。……君臣已与时际会，树木犹为人爱惜。"借古抒怀，咏物拟人，是诗家惯用的手法，李商隐此诗同样如此。

这首排律题面歌咏"武侯庙古柏"，实质是咏叹诸葛亮的历史功绩与悲剧命运。首联点题，说庙前的古柏枝干遒劲，势如龙蛇，围护着庙堂。次联以树喻人，说古柏的树荫覆盖在川江之畔，它的苍老的枝干却伸向东方的惠陵，象征着诸葛亮庇护福佑了蜀地的百姓，而又对刘备忠心耿耿。又次联举到两个历史人物，其事迹都与树木有关，一个是汉代的冯异（大树），一个是西周的召公（甘棠），用他们的文治武功来比喻武侯。又次联用暴雨狂风吹得古柏的树叶乱飞、柯枝撕裂，暗喻了蜀汉国势的衰败。再次联直接点出诸葛亮的悲剧，说尽管他筹划国事，殚精竭虑，谋略深远，无奈王朝命运已尽，蜀汉的历数终结了。最后尾联诗人因感伤而问天：以诸葛亮《出师表》自述"鞠躬尽瘁，死而后已"，为何得到如此悲剧的结局？而天高无语。杜甫诗"出师未捷身先死，长使英雄泪满襟"，与本诗的情感可以相互交融，互为补充。

张采田在《玉溪生年谱会笺》中认为此诗"因武侯而借慨赞皇也"，也就是说诗人假借诸葛亮而暗喻李德裕，抒发对于李德裕遭到贬死命运的感慨。比较三国蜀汉之诸葛亮与中晚唐之李德裕，二人所处的时代背景、朝廷状况、出身履历、以及个人性格都大不相同。尽管都是历史中的悲剧人物，然而二人悲剧的内涵又差距甚大。因此，诗中可能有一种情感的寄托，这种寄托可以用心灵去感会而不必一一坐实其事。

【辑评】

明胡应麟《诗薮》："义山用事之善者，如题柏'大树思冯异，甘棠忆召公'。至'玉垒'、'金刀'，便入昆调。一篇之内，法、戒俱存。"

清姚培谦《李义山诗集笺注》："前八句咏古柏，末以武侯事感慨收之。"

近代张采田《玉溪生年谱会笺》："因武侯而借慨赞皇也。'大树'二句，一篇主意。赞皇始终武宗一朝，后遭贬黜，故曰'阴成外江畔，老向惠陵东'也。'叶凋'句指李回湖南，'枝折'句指郑亚桂海，二人皆义山故主，又皆受卫公恩遇，同时远窜，故特言之。'玉垒'句暗指卫公维州之事。'金刀'句言其相业烟消。亦以见天下之不祚武宗也。结则搔首彼苍之意。"

七言绝句

霜月

初闻征雁[1]已无蝉，百尺楼高水接天。
青女素娥[2]俱耐冷，月中霜里斗婵娟[3]。

【注释】

① 征雁：迁徙的雁，多指秋天南飞的雁。

② 青女：传说中掌管霜雪的女神。素娥：嫦娥的别称，代指月。

③ 斗婵娟：争艳比美。婵娟，美好貌。

【赏析】

这是一首描写深秋时节霜天月下自然景色的诗章。

首二句营造出一派清冷澄澈的意境，征雁南飞，秋蝉静寂。百尺高楼之上，但见一轮明月悬于水天相接之处。下二句中青女、素娥一为霜神，一为月神。诗人将霜与月两种意象拟为二位神女，一作用于触觉，一作用于视觉。在这寒意渐深的秋夜，霜月争辉，一片澄洁，原本静止的夜景也因两位神女的“争斗”生出许多灵动的色泽。同时，诗人的感官也与眼前的景物奇妙融合，达成了物我交融、浑然一体的境界。

秋霜与秋月本为自然的物象，诗人拟之于神灵，赋之以人性，使其竞相比赛美好的容色，更显得性灵。宋代石延年《七夕》诗曰："素娥青女曾无匹，霜月亭亭各自愁。"虽从反面立意，而与李商隐此诗同一思绪，亦为佳句。

【辑评】

清沈厚塽《李义山诗集辑评》引何焯："第二句先虚写霜月之光，最接得妙。下二句常语也。"

清屈复《玉溪生诗意》："一，岁已云暮，二，履高视远。三、四，霜月中犹斗婵娟，何其耐冷如此！"

清纪昀《玉溪生诗说》："首二句极写摇落高寒之态，则人不耐冷可知。却不说破，只以青女、素娥对照之，笔意深曲。"

华山题王母祠

莲华峰下锁雕梁，此去瑶池①地共长。
好为麻姑②到东海，劝栽黄竹③莫栽桑。

【注释】

①瑶池：神话传说中，西王母所居住之地。《穆天子传》记载：西王母曾在瑶池宴请周穆王。

②麻姑：神话传说中的女仙。《神仙传》记载，她自称已经数次见到东海变为桑田。

③黄竹：地名。《穆天子传》上说，周穆王曾作《黄竹歌》三章以哀生民之苦。李商隐《瑶池》有句"黄竹歌声动地哀"。

【赏析】

这是题咏华山王母祠的作品，委婉表达了诗人关心民间疾苦、反对君王醉心长生求仙的思想。

首二句说华山顶有莲华峰，那里的王母祠雕梁画栋。但从华山到西王母居住的瑶池，路途遥遥。末二句说，还是劝告东海的麻姑，要世人多栽黄竹，莫栽桑树啊！诗中提到两位女仙（西王母、麻姑），相关两种植物（黄竹、桑树）。据《穆天子传》记载：周穆王巡游途中，遇到极寒天气，“北风雨雪，有冻人”。周穆王乃作“我徂黄竹”诗三章，后人名为《黄竹歌》。诗中有云：“我徂黄竹，口员閟寒。……嗟我公侯，百辟冢卿，皇我万民，旦夕勿穷。”诗中表达了关心民瘼的忧患之思。麻姑是传说中的女仙，她曾说自己“已见东海三为桑田”，即所谓“沧海桑田”之由来。所以“黄竹”寄寓了体恤民生疾苦之意，“桑树”则隐喻沧海桑田、显示个体生命的短暂。在“劝栽黄竹莫栽桑”中，寄托了诗人关怀民生疾苦、反对君王求仙的一贯思想。李商隐另有《华岳下题西王母庙》诗曰：“神仙有分岂关情，八马虚随落日行。莫恨名姬中夜没，君王犹自不长生。”所表达的思绪与此诗相通。

前人或以为此诗是为唐武宗李炎而发。李炎笃信神仙道教，曾受法箓于道士赵归真，因服食金丹中毒，喜怒无常，在位六年，死时年仅三十三岁。诗人借古讽今，婉转讽劝当朝天子不要迷信神仙，要将心力用于关心民间百姓疾苦的政务上，诗中表达的题旨也许正在于此。

【辑评】

清程梦星《重订李义山诗集笺注》：“此诗与《瑶池》、《王母庙》诸作皆为武宗而发，此则谓其求仙也。……劝之正以讽之，此诗人之婉而多讽也。”

清屈复《玉溪生诗意》：“栽黄竹，犹知民之疾苦也；莫栽桑，不至变海也。”

北齐二首

一笑相倾[1]国便亡，何劳荆棘[2]始堪伤。
小怜[3]玉体横陈夜，已报周师入晋阳[4]。

【注释】

①一笑相倾：形容女子美貌动人，一笑便可倾城倾国。

②荆棘：意谓国亡后，宗庙被毁，宫殿之上，长出荆棘。

③小怜：冯小怜，深得北齐后主高纬宠爱，被封为淑妃，后主与其“坐则同席，出则并马，愿得生死一处”。

④周师：指北周武帝的军队。公元577年，北周攻打北齐，先占领晋阳，不久后又攻破北齐都城邺（今河北临漳），齐后主高纬在逃亡途中被俘，北齐灭亡。

巧笑知堪敌万机[1]，倾城最在着戎衣[2]。
晋阳[3]已陷休回顾，更请君王猎一围。

【注释】

①巧笑：形容美人的笑容。万机：指帝王日常处理的纷繁政务。

②着戎衣：指冯小怜穿着军装围猎的容色。

③晋阳：应为“平阳”。《北史》载：北周军队伐齐，平阳告急，此

时北齐后主高纬正与冯妃一同围猎取乐。高纬欲率军救援，淑妃则请他再“杀一围”，后主从之，继续围猎。

【赏析】

此二首咏北齐后主高纬与冯妃之事。首章以蒙太奇的手法，将小怜进御之夜与北周军队攻陷晋阳剪辑在一起。对比“玉体横陈”这样荒淫的场景，与晋阳沦陷、社稷倾颓、生灵涂炭的残酷现实，使两个发生在不同时空的场景产生强烈戏剧化的冲突，凸显出昏君无道的主旨。次章继续将这种对比发挥到极致，将晋阳（平阳）战势的危急状况与后主高纬沉溺美色、置国难于不顾的场面加以对照，让历史人物自己去展示他们荒唐愚蠢的行径。除此以外，首章中倾国佳丽与宗庙社稷的对比，次章中妩媚巧笑与繁忙政务的对比，戎衣红装与金戈铁马的对比，看似罗列典故，其实蕴含着诗人对亡国昏君的尖锐嘲讽，同时也折射出历史的荒诞性与沉重感。

据《唐语林》记载：武宗李炎宠幸王才人，每次武宗狩猎，王才人必定穿着同样的服装，随从奔走于前后。故清人程梦星认为，这首诗是“托北齐以慨武宗、王才人游猎之荒淫”。不过就历史地位而论，唐武宗李炎与北齐后主高纬之间差别甚大。高纬荒淫无道，终至亡国；武宗重用李德裕，尚可称有为之主。唐武宗李炎绝不是北齐高纬所能比拟的。所以冯浩说：“夫武宗岂高纬之比？断非也。寄托未详，当直作咏史看。”此说可从。

【辑评】

清姚培谦《李义山诗集笺注》：“前者是惑溺开场，后者是惑溺下场。”

清冯浩《玉溪生诗笺注》：“（首章）北齐以晋阳为根本地，晋阳破则齐亡矣。诗言淑妃进御之夕，齐之亡征已定，不待事至始知也。（次章）程氏、徐氏以武宗游猎苑中，王才人必袍骑而从，故假事以讽之。夫武宗岂高纬之比，断非也。寄托未详，当直作咏史看。”

近代张采田《玉溪生年谱会笺》：“近见徐龙友批本，亦有王才人之解，皆一时谬说。……后有解者，勿为所惑也。”

浑河中①

九庙无尘②八马回，奉天城垒③长春苔。
咸阳原上英雄骨，半向君家养马④来。

【注释】

①浑河中：指浑瑊，曾兼任河中尹、河中节度使，故名。浑瑊（736-800），中唐名将。泾原兵变时，浑瑊率家人亲兵追随德宗，于奉天坚守孤城，大破数万叛军。后镇守河中十余年，深得德宗信任。

②九庙：指唐皇室之宗庙，共九庙，故云。无尘，指讨平叛乱，不再蒙尘。

③奉天城垒：指奉天城的城墙堡垒，即浑瑊率军力战之地。奉天故址在今陕西干县，唐时属京兆府。唐建中四年（783），叛军攻陷长安。唐德宗仓皇出逃至奉天，被围一月有余，史称奉天之难。

④君家养马：汉代名臣金日磾，曾在黄门养马。因笃慎忠诚，升迁为侍中，后又加封秺侯。《旧唐书》载，浑瑊位尊而谦逊，时人比为金日磾。

【赏析】

此篇赞颂中唐名将浑瑊在奉天之难中率部救驾的功绩。

首二句说因为浑瑊的战功，长安得以收复，唐天子宗庙不再蒙尘。皇帝銮驾重又回到长安，曾经的苦战之地奉天的城垒长出了出青苔，天下又归于太平。末二句说曾在咸阳原上浴血奋战的那些英雄，大多是浑瑊的家将、随从，他们的功业也可与汉代名臣金日磾相提并论。

这是一首赞美英雄的诗章。李商隐所处的时代，藩镇的叛乱，异族的入侵，战事绵延长久。朝廷讨伐无力，将士不肯用命。所以注家以为，这是“借往日之名将，以叹今日之无人”。诗中虽然赞美了浑瑊的功绩，然而“长春苔”、“英雄骨”等意象，又为全诗平添了几分悲壮与凄凉的色调。

【辑评】

清程梦星《重订李义山诗集笺注》：“首二语乃叙浑河中之勋绩，下二语乃谓浑河中之将校。言浑公功名之盛，河中事业，当时无比。即其隶卒，皆能成功。试看咸阳原上，累累将冢，……强半从浑公给厮养来也。”又曰：“此诗追述浑瑊，与《复京》诗追述李晟，皆借往日之名将，以叹今日之无人。”

清屈复《玉溪生诗意》：“言河中有再造唐室之功，后世必昌。”

清冯浩《玉溪生诗集笺注》：“《旧书传》：（浑）瑊忠勤谨慎，功高不伐，位极将相，无忘谦抑。物论方之金日磾。此句（指末句）乃翻用，言其厮养皆英雄也。”

咸阳[1]

咸阳宫阙郁嵯峨[2]，六国楼台艳绮罗[3]。
自是当时天帝醉[4]，不关秦地有山河。

【注释】

① 咸阳：秦之故都，今在陕西境内。

② 郁嵯峨：形容宫殿密布、高耸壮观之貌。

③ 艳绮罗：据史载，秦国每次攻灭诸侯，都会在咸阳北阪按照灭国的宫室形制建造殿宇，并将虏获的美人、钟鼓置于其中。绮罗，指美女。

④ 天帝醉：意谓天帝酒醉后，乃赐给秦国土地。汉张衡《西京赋》曰：天帝"说秦穆公而觐之，飨以钧天广乐，帝有醉焉，乃为金策锡用此土。"

【赏析】

这首诗袭用神话故事，说因为天帝沉醉，赐给土地，才使得暴秦得以成立。诗中托古以讽今，寄寓了批判现实之感。

"天醉"是我国一个古老的神话传说。据张衡《西京赋》说：昔者秦穆公觐见天帝，演奏钧天广乐，天帝饮酒至于沉醉，于是便把星次"鹑首"相对应的土地赏赐给了秦国。西汉贾谊《过秦论》又说：秦国山河险要，社稷稳固，并非因为历代秦王贤明，而是地势条件使然。

此诗从反面立论，认为秦灭六国，不是因为秦地势险要，而是由于天帝醉酒昏聩，天道不公所致。诗的首二句说秦灭亡了六国，仿六国旧制修建宫室楼台，集中了各地俘获的美女。末二句说秦国之所以能扫平六国，一统天下，并非由于秦地山河险固，而是天帝醉酒，一时糊涂、天道错乱所致。

诗中寄寓了批判现实的意义，这是确定无疑义的。清人程梦星认为诗旨在于批判藩镇割据之强梁跋扈，而屈复认为寄意在讽谏当朝君王“言险不足恃也”，这些都是合理的联想，有助于理解诗中的寄蕴。

【辑评】

清程梦星《重订李义山诗集笺注》：“贾谊《过秦论》云：秦孝公据崤函之固，拥雍州之地，论秦之所以得天下者，未尝不由于山河之得势也。此诗乃以适逢天醉嗤之，岂无意哉！盖当时河北三镇，强梁跋扈，害直与唐终始，故借古以为鉴戒。言强秦偶因天醉，而幸得之，至二世亦以旋失。……集中《井络》诗云‘将来为报奸雄辈，莫向金牛问旧踪’，措辞隐显不同而旨则一也。”

清姚培谦《李义山诗集笺注》：“用意全在一‘醉’字，即‘如何铁如意，独自与姚苌’之意。”

清姜炳璋《选玉溪生诗补说》：“咸阳宫阙之高，六国绮罗之丽，互文也。……秦得天下，由于天帝之醉，然醉则易醒，故六国既没，秦亦遂亡。炯戒之意，出于谑词，却非杜撰。妙绝！”

夜雨寄北[1]

君问归期未有期，巴山[2]夜雨涨秋池。
何当共剪西窗烛[3]，却话巴山夜雨时。

【注释】

①《万首唐人绝句》题作《夜雨寄内》。

② 巴山：蜀地有大巴岭、小巴岭，此泛指三巴之地。

③ 共剪西窗烛：指亲人聚会夜谈，剪烛芯使灯光明亮。

【赏析】

这首诗语浅情深，应是诗人往来巴蜀、客游途中寄给妻子的一首诗。

诗的首二句说：你问我何时归来？眼前归期还没法确定。近日我思归的愁绪犹如巴山的连绵秋雨溢满池塘一般，涌动在心头。末二句忽然荡开诗笔，设想自己回到家中，与妻子烛下夜谈时，这身处巴山秋雨中的无限情思、愁绪，倒是可以相对一诉衷肠。

义山诗素以词藻秾丽、用典繁密着称，而此作明白如话。诗中两次用到“期”字，一为妻子问，一为诗人作答。两次说到“巴山夜雨”，一是眼前实景，一是他日追忆。这种白语问答，正是寄内诗情真意切、不拘形迹的本色表现，就像夫妻相对闲谈时的切切私语。诗在冲和闲淡中注入了无限深情，自有一种清新隽永的韵致。白居易《邯郸冬至夜思家》有云：“想得闺中夜深坐，还应说着远行人。”李商隐的这首诗，与白居易的思家诗是同一思路。

有人考证以为，这首诗作于李商隐任职东川节度使府时期，而这时他的妻子王氏已经去世，所以该诗是写给长安友人的作品。由于无法确定这首诗写作的具体时间与地点，所以“寄友说”既无法肯定，也无法否定。不妨二说并存，让读者自由地去想象，作出判断。

【辑评】

清姚培谦《李义山诗集笺注》：“‘料得闺中夜深坐，多应说着远行人’，是魂飞到家里去，此诗则又预飞到归家后也。奇绝。”

清屈复《玉溪生诗意》：“即景见情，清空微妙，玉溪集中第一流也。”

清冯浩《玉溪生诗集笺注》：“语浅情浓，是寄内也。然集中寄内诗皆不明标题，当仍作‘寄北’。”

宿骆氏亭寄怀崔雍崔衮①

竹坞无尘水槛清②，相思迢递隔重城③。
秋阴不散霜飞晚，留得枯荷听雨声。

【注释】

① 骆氏亭：骆氏人家的亭园。骆氏为何人，注家考证，说法互异。崔雍、崔衮：崔戎之子。崔戎曾任华州刺史、兖海观察使，是诗人的从表叔。李商隐有《安平公诗》记其事。

② 竹坞：种植竹林的水边地。水槛，指临水有栏杆的亭子，即骆氏亭。

③ 隔重城：亭在郊外，故云。重城，指京城长安。

【赏析】

这是一首怀念友人的诗，诗中以景涵情，象外传情，饶有意趣。

骆氏亭在长安城外。诗的首二句描写那里竹林掩映，水流澄澈，环境清幽。诗人夜宿于此，不禁怀念起与崔氏二位表兄弟相处的欢快时光，但这种思念之情却被高耸的城墙、重重的街巷阻隔开了。三四句空中传情，说秋日阴云连日不散，霜期仿佛姗姗来迟，夜来雨打枯荷之声，更使诗人感到孤独寂寞，彻夜难眠。

诗中点出“相思”二字，而以竹林、池水、秋阴、晚霜、枯荷、雨声种种景物意象叠合在一起，营造出一种凄清幽冷的意境。纪昀评曰：“不言雨夜无眠，只言枯荷聒耳，意味乃深。”从写景传情中，又折射了诗人对此类凄美感伤境界的特别敏感与审美追求，从中蒸腾出凄清缠绵的身世之感。

【辑评】

清姚培谦《李义山诗集笺注》：“秋霜未降，荷叶先枯，多少身世之感！”

清屈复《玉溪生诗意》：“一，骆氏亭；二，寄怀；三，见时；四，情景，写‘宿’字之神。”

清纪昀《玉溪生诗说》：“分明自己无聊，却就枯荷雨声渲出，极有余味。若说破雨夜不眠，转尽于言下矣。‘秋阴不散’，起‘雨声’；‘霜飞晚’，起‘留得枯荷’，此是小处，然亦见得不苟。”

梦泽①

梦泽悲风动白茅②，楚王③葬尽满城娇。
未知歌舞能多少④，虚减宫厨为细腰。

【注释】

①梦泽：即云梦泽，代指楚国。司马相如《子虚赋》：“云梦者，方九百里。”

②白茅：一种茅草，抽有白色丝状花穗，古代用以包裹祭品，是楚

地特产。《左传》载有楚向周王朝贡白茅之事。

③ 楚王：指楚灵王。《韩非子》载：“楚灵王好细腰，而国中多饿人。”

④ 能多少：能有多久？能，岂也，反诘副词。

【赏析】

这是一首批判楚国朝野上骄下谄、逢迎成风，终至亡国悲剧的作品。

据载：楚灵王好细腰，而国人多饿死。后世将之概括为“上有所好，下必甚之”。本诗的题旨在于揭示这种风气的虚骄与荒诞，以警醒世人，不要忘记历史的教训。诗的首二句写景，在荒凉的湖泽中，只有满目的白茅随风摇动，这下面埋葬的，就是无数被楚灵王独特癖好所戕害的楚宫女子。末二句讽刺说，楚人不知道王朝灭亡的危险即将到来，不知道这种歌舞还能维持多久，竟然盲目缩减宫厨要让宫女饿出细腰，以取悦于当朝的昏君。

诗首句一个“悲”字为全诗定下基调：曾经强大的楚国、华美的楚宫、婀娜的楚女，此时只剩下风中的茅草，是为悲怆；楚灵王身为国君，不思强国富民，却盯着宫人腰肢粗细，致使国人饿死，国家衰弱，最终成为万世笑柄，是为悲哀；楚宫女子，为求腰细而不惜自残以邀宠，其实无可奈何，是为悲悯。末句中一个“虚”字道出了诗人的感慨：曾经强盛的国家，曾经繁华的城邦，终因昏君无道、百姓无助，而化作历史的陈迹。

这是一首咏史诗，应无疑义。然而张采田《玉溪生年谱会笺》中，却将它与“牛李党争”联系在一起，说“首二句悲党局之反复，末二句自解”。又说“未知歌舞能多少”是诗人自己“所以表忠于李党之微意也”。这显然是穿凿附会，所说诗意支离破碎，弃之可也。

【辑评】

清姚培谦《李义山诗集笺注》："普天下揣摩逢世，才人读此，同声一哭矣！"

清屈复《玉溪生诗意》："此因梦泽宫娃之坟，而兴叹当时之歌舞也。制艺取士，何以异此？可叹。"

清姜炳璋《选玉溪生诗补说》："此举一事以为后世讽也。能多少，犹云'为日无多'也。君好容悦，臣事揣摩，转盼间都成悲风白茅。何如泽在生民，功在社稷，君臣共垂不朽耶？千秋龟鉴，以诙谐出之，得未曾有。"

寄令狐郎中①

嵩云秦树②久离居，双鲤迢迢③一纸书。
休问梁园旧宾客④，茂陵秋雨病相如⑤。

【注释】

① 令狐郎中：令狐绹，曾任右司郎中。会昌五年，李商隐病居洛阳期间，令狐绹有书问询，诗人以诗作答。

② 嵩云秦树：嵩云，喻指自己在洛阳；秦树，喻指在长安的令狐绹。秦，指长安。

③ 双鲤迢迢：远方寄来的书信。古诗《饮马长城窟行》："客从远方来，遗我双鲤鱼。呼儿烹鲤鱼，中有尺素书。"

④ 梁园旧宾客：梁园是西汉梁孝王刘武所建立的宫苑，是他与宾客宴集吟咏之地。李商隐曾追随令狐楚多年，故以梁孝王比喻令狐楚，而以"旧宾客"自喻。

⑤ 病相如：李商隐居病洛阳，以汉代辞赋家司马相如自比。《史记》载：“司马相如称病闲居，不慕官爵，……家居茂陵。”

【赏析】

这是李商隐病居洛阳时，以诗代简答复友人令狐绹来信的作品。诗中情韵悠长，格调清远，为人称道。

令狐绹是令狐楚之子，在朝官任户部右司郎中。诗的首二句以嵩云、秦树代指自己和令狐绹，少时好友虽然分别日久，但仍相互惦念，所以令狐绹才会致书问候。末二句以“梁园旧宾客”自喻，既表达了诗人对令狐家族的感恩之情，也隐约追忆与令狐绹一起度过的快乐时光。“病相如”一语，则暗示自己如同当年病归茂陵的司马相如一般，忍受着病痛和孤独的折磨。人生凄凉落寞之感，却不肯明言，只是淡淡道来。

俞陛云评此诗曰：“义山与令狐相知久。退闲以后，得来书而却寄以诗，不作乞怜语，亦不涉觖望语。鬓丝病榻，犹回首前尘，得诗人温柔悲悱之旨（《诗境浅说续编》）。”其说可参。

【辑评】

明唐汝询《唐诗解》：“嵩云、秦树，天各一方，所可达者惟书耳。然我秋雨抱疴，无足问也。”

清纪昀《玉溪生诗说》：“一唱三叹，格韵俱高。”

近代张采田《玉溪生年谱会笺》：“‘嵩云’自谓，‘秦树’谓令狐。时义山还自郑州，卜居洛下，方患瘵恙，子直有书问讯，故诗以报之。”

杜司勋[1]

高楼风雨感斯文[2]，短翼差池[3]不及群。
刻意伤春复伤别，人间惟有杜司勋。

【注释】

① 杜司勋：杜牧（803 — 852 年），字牧之，号樊川居士，晚唐著名诗人和古文家。时任尚书司勋员外郎、史馆修撰。

② 感斯文：指阅读杜牧的诗文，怦然心动。斯文，指杜牧伤春伤别之作，具体不详。

③ 短翼差池：有如鸟之短翅，不能高飞。差池，参差不齐。语出《诗经·邶风·燕燕》："燕燕于飞，差池其羽。"

【赏析】

这首诗赞美杜牧卓越的文学成就，而以"伤春、伤别"作为其诗文主要的思想艺术特色，尤为精准不易之论。

杜牧与李商隐同为晚唐杰出诗人，并称为"小李杜"。与李商隐相比，杜牧既富文才，又兼武略，且家世显赫，又年长十岁，所以李商隐对杜牧十分钦慕。此作首二句便说，自己正在诵读杜牧的诗文，怦然有所心动，于是登上高楼，惟见四顾茫茫，风雨如晦；由于仰慕杜牧的成就，诗人转而说到自己就像短翅膀的小鸟，难以与之比翼高飞，这当然是诗人自谦之语。末二句进一步感叹说，这人间能够以一颗真心体悟并表达伤春、伤别之情的，恐怕也只有杜司勋一人了！

这里说的"伤春伤别"，不止是字面上的涵义，也包含感伤朝政衰落、感伤忠贞之士遭贬逐，总之一切忧国伤时的内容，无不可以包蕴其中。

刘永济《唐人绝句精华》评曰："伤春伤别而曰'刻意'，曰'人间唯有'，则知伤春伤别者亦非易得也。"又曰："诗人之措意，至为融圆，伤人即以伤己，体物即是抒情，咏古即是讽今，故不宜过于拘泥。"要之李商隐在感伤杜牧之中，同时也寄寓了自我感伤的情怀。揭示出这一层寓意，对于全面把握诗的丰富内涵，是十分必要的。

【辑评】

清何焯《义门读书记》："高楼风雨，短翼差池，玉溪方自伤春伤别，乃弥有感于司勋之文也。"

清姚培谦《李义山诗集笺注》："天下惟有至性人，方解伤春伤别。茫茫四海，除杜郎外，真是不晓得伤春，不晓得伤别也。"

清程梦星《李义山诗集笺注》："义山于牧之凡两为诗，其倾倒于小杜者至矣。然'杜牧司勋字牧之'律诗，专美牧之也，此则借牧之以慨己。盖以牧之之文词，三历郡而后内迁，已可感矣，然较之于己短翼雌伏者不犹愈耶？此等伤心，唯杜经历，差池铩羽，不及群飞，良可叹也。玩上二语，则伤己意多，而颂杜意少，味之可见。"

岳阳楼[①]

汉水方城[①]带百蛮，四邻谁道乱周班[②]。
如何一梦高唐雨[③]，自此无心入武关[④]。

【注释】

①汉水方城：代指楚国，概述其土地辽阔，山川险固。《左传》（僖

公四年）云："楚国方城以为城，汉水以为池。"汉水，即汉江。方城，山名，在今河南省叶县境内，西连伏牛山脉。

② 乱周班：不遵守周天子分封诸侯的爵位序列、班次。周成王曾封熊绎为子爵，而从熊通开始，乃自立为王，故云。

③ 一梦高唐雨：即巫山云雨，楚王梦巫山神女侍寝故事。见宋玉《高唐赋并序》。

④ 武关：秦之关隘，是秦、楚间最重要的通道。史载：秦王曾约楚怀王在武关会面，并将其扣留，胁迫割地。楚怀王不从，最终老死于秦。

【赏析】

这首诗讽刺楚襄王沉醉于声色享乐，而忘记了家国之恨。

诗的首二句说，楚国土地辽阔，国力强盛。当年齐侯率各诸侯国的军队进攻楚国，楚的使者声言"楚国方城以为城，汉水以为池"，气势何等了得！因此楚国成为了南方各"蛮族"小国的首领。有这样的气势与实力，楚国纵是扰乱了周王朝封赏爵位的等级次第，四方邻国谁又敢说三道四？末二句陡然转折，说自从楚襄王做过巫山云雨之梦后，他就沉醉于荒淫享乐，再也无心攻打武关，征讨秦国，忘记国仇家恨了。

这首诗寄意甚明，就是借着讽刺楚襄王，告诫当朝君王不要耽于荒淫、沉浸享乐，忘记国事。然而穿凿之弊，此诗难免。冯浩在他的《玉溪生诗集笺注》中，却将此诗与李商隐的婚姻牵扯在一起，说"借慨一自婚于茂元，遂终身不得居京职也"，意思说李商隐因为娶了王茂元之女，所以再也"无心"入长安，任职京官了。这种解说把李商隐比喻为楚襄王，明显荒谬，既不能贯通诗意，也不符合事实。张采田继承这种说法，以为"武关"暗喻"令狐门馆"，解诗如同猜谜。可知附会成见，随意穿凿，实不可取。

【辑评】

清程梦星《李义山诗集笺注》:“此乃论史之作，谓楚襄王忘秦劫怀王之仇也。秦昭王约怀王会武关，遂与西至咸阳。怀王子襄王立，三年而怀王卒于秦，楚人皆怜之。然则襄王之当报父仇明矣。……义山登岳阳楼，观其地足以用武，忆其事竟以忘仇，……此诗之风旨也。”

清屈复《玉溪生诗意》:“言楚有如此之江山，而荒淫亡国，可为永戒也。”

近代张采田《玉溪生年谱会笺》:“此亦寓属意李回湖南幕府之慨也。结言自婚于王氏，久依李党，自此不复再入令狐门馆也。时子直内召在京，故以入武关暗喻。”

汉宫词

青雀[①]西飞竟未回，君王长在集灵台[②]。
侍臣最有相如渴[③]，不赐金茎[④]露一杯。

【注释】

① 青雀：据《汉武故事》记载，西王母曾降临汉宫。青雀，即青鸟，是西王母的使者。

② 集灵台：汉武帝曾建集灵台。唐时亦有集灵台，位于华清宫长生殿侧。

③ 相如渴：汉代司马相如患有消渴症，即糖尿病，时常口渴难耐，故云。

④ 金茎露：《三辅黄图》载，汉武帝造神明台，上有仙人承露盘，用

来承接露水，和玉屑服下，以求仙道。

【赏析】

这是一首讽刺帝王求仙的诗。

据《史记·封禅书》记载，汉武帝刘彻追求长生不死，多修神仙之事。西王母曾于七月七日夜降临汉宫，有二青鸟为使者。此诗首二句说，自从西王母归去后，为她传递信息的青鸟再也没有飞来，可是君王还痴痴地守候在集灵台，等待神仙的再次降临。末二句转而写到司马相如，说侍臣司马相如因患消渴症而口渴难耐，却得不到陛下赏赐的一杯金茎玉露。诗的上联写君王求仙之虚妄，下联写贤才落魄之无奈。两相对比，诗人讽刺感慨之意，不言自明。

以汉喻唐，是唐代诗人的惯用技法。有学者认为，诗中“集灵台”暗喻唐武宗李炎所修建的“望仙台”。《旧唐书》记载会昌五年春正月，“敕造望仙台于南郊坛”，当时道士赵归真特别受到武宗的恩宠，谏官上疏，议论纷纷。而这正是李商隐服母丧期满将重官秘书省之际，仕途的期待与失望是很自然的。诗中有所托寓，虽然难以确指，但意在言外，能引人联想。

【辑评】

南宋罗大经《鹤林玉露》：“讥武帝求仙也。言青雀杳然不回，神仙无可致之理必矣。而君王未悟，犹徘徊台上，庶几见之。……金盘承露，和以玉屑，服之可以长生，此方士之说也。今侍臣相如正苦消渴，何不以一杯赐之？若服之而愈，则方士之说，犹可信也。不然，则其妄明矣。二十八字之间，委蛇曲折，含不尽之意。”

清朱鹤龄《李义山诗集笺注》：“按史，宪宗服金丹暴崩，穆宗、武宗复循其辙。义山此作，深有讽托，与《瑶池》诗同旨。”

近代张采田《玉溪生年谱会笺》："武宗朝，义山丁忧闲居，不得入朝，故假武宗求仙以寄慨。'侍臣'二句，义山自谓，曾官秘书省正字，故曰侍臣也。"

隋宫

乘兴南游不戒严①，九重谁省谏书函②？
春风举国裁宫锦③，半作障泥④半作帆。

【注释】

① 乘兴南游：形容杨广肆意南游江都，无所顾忌。史载隋炀帝南游，随行有后宫嫔妃、诸王公主、文武百官、僧尼番客，船只数千艘，挽船男女数万人，故曰"不戒严"。

② 九重：宫门九重，指皇宫、皇帝。省：省视，察看。意谓谏阻南巡的封章奏表，没有人看。史载朝臣上书反对南游，都被杀头。

③ 举国裁宫锦：竭尽全国之力，裁织锦缎，以供宫中所需。宫锦，指宫中制作帷帐、衣物所用的锦缎。

④ 障泥：又称蔽泥，是马鞍下的布垫，用以遮蔽两侧的泥尘。

【赏析】

此诗讽刺隋炀帝南游江都，纵欲拒谏，以致国破身亡的疯狂行径。

隋炀帝杨广，是历史上有名的荒淫残暴之君。据史书记载：隋炀帝曾多次游幸江都。第一次是大业元年，第二次是大业六年，第三次是大业十二年。第三次南游时，天下已经民变蜂起，朝臣接连上书谏阻，他或是杖杀，或是斩首，其行为令人发指。诗的首二句就描画杨广随心所欲，残暴无道，专制君王之为所欲为，用杀戮的手段对待忠谏之臣，其形象如见。末二句说竭尽全国之力，缝制锦缎，然而却被他浪费掉了。他用珍贵的宫锦制作障泥和船帆，只为满足一时的游兴。这种荒唐的行径，以一己之私戕害“举国”之民，正是亡国之君覆灭前的疯狂行为。此后仅两年，杨广就在江都宫被人所杀，又一个短命的王朝二世而灭，这就是历史的教训。

清人姚培谦认为此诗“用意在‘举国’二字”。屈复《玉溪生诗意》说“写举国皆狂”，冯浩《玉溪生诗集笺注》引史臣所谓“上下相蒙，莫肯念乱”。可见上下相蒙、举国皆狂，正是王朝灭亡的前奏。这个教训难道还不够深刻吗？

李商隐咏史之作，常于含蓄婉曲中包蕴深沉悲怆的力量，此即为一例。

【辑评】

清何焯《义门读书记》：“‘春风’二句，借锦帆事点化，得水陆绎骚，民不堪命之状如在目前。”

清姚培谦《李义山诗集笺注》：“用意在‘举国’二字。‘半作障泥半作帆’，寸丝不挂者可胜道耶？”

清屈复《玉溪生诗意》：“写举国若狂，炀帝不说自见。”

柳

曾逐东风拂舞筵[1]，乐游春苑断肠天[2]。
如何肯到清秋日，已带斜阳又带蝉[3]。

【注释】

① 拂舞筵：垂柳轻拂，相伴歌舞宴席。舞筵，有歌舞之筵席。

② 断肠天：春日欢乐，可销魂灵。断肠，形容欢快、可爱之极。

③ 已带斜阳：斜阳余晖，比喻岁月已晚，生命将逝。蝉，指蝉鸣凄切。

【赏析】

这首诗歌咏乐游苑春风骀荡、柳枝飘舞之销魂，及秋日寒柳夕阳、鸣蝉悲切之凄凉，寄寓了人间的兴衰之感。

乐游苑是唐王朝盛衰的象征，而这株乐游苑上的柳树，在诗人的笔下则成了人间变迁的见证。此诗首二句描绘乐游原上嫩柳的枝条曾在春风里翩翩起舞，相伴过许多歌舞宴席，其情其景令人销魂。后二句陡然跳转到秋日，说垂柳在斜阳残照与蝉声凄清中令人感到忧伤与无奈！

诗中用“如何”“已”“又”等虚词带动诗意的转折，用语灵活，朗朗上口。至于此诗的寄意，应该与李商隐咏乐游原的其他诗章同旨，都是目睹唐王朝的没落，借咏乐游原以寄托兴衰之感。前代注家有人以为柳树是诗人自喻其身世之荣悴，或者是讽刺士子“至进而不知退”，或以为是比喻歌伎舞女，亦皆无不可。不同的人能从同一首诗中读出不同的旨趣，找到属于自己的心灵共鸣，这便是李商隐诗的妙处所在。

【辑评】

明杨慎《升庵诗话》：“形容先荣后悴之意。”

清屈复《玉溪生诗意》：“春时缠绵极矣，似终身无改。如何肯到秋日，乃斜阳暮蝉，混乱至此耶！”又曰：“有讬而言，非徒咏柳也。识者详之！”

清冯浩《玉溪生诗笺注》：“此种入神之作，既以事征，尤以情会，妙不可穷也。”

为有

为有云屏①无限娇，凤城寒尽②怕春宵。
无端嫁得金龟婿④，辜负香衾事早朝。

【注释】

① 云屏：饰有云母的屏风。

② 凤城寒尽：长安冬寒已尽。凤城，指京城。

③ 金龟婿：指夫婿在朝任高官，身佩金龟以为符信。据《新唐书》记载：“天授二年，改佩鱼皆为龟。其后三品以上官员龟袋饰以金。”

【赏析】

这是一首闺怨诗，抒写丈夫早朝、长安少妇独守空闺的幽怨。

据史载，唐有朝会制度。常朝，又称“早朝”，官员在天亮之前，要从各自的住所赶到宫门外等候。宫门开启以后，再凭符信进入宫中。此诗首二句说长安少妇的房中陈设富丽奢华，因有云母屏风的掩映，她更显出无限娇丽。冬寒已尽，春宵正好晏起，然而她却怕这“春宵”时刻。后二句说出怕的缘由：无端嫁得“金龟婿”，做官的丈夫要前去参加宫中的“早朝”，自己就只能孤单地留下，独守空闺。

李商隐另有《镜槛》一诗，铺写男女情爱之事。末二句有云：“岂能抛断梦，听鼓事朝珂！”意思说：怎能抛却梦中之欢会，听到鼓声就乘马前去早朝呢！清人程梦星解释道："结语即'辜负香衾事早朝'之意。"旨意略同，可以互参。

冯浩笺注李商隐诗，说此诗"言外有刺"，但他没有说明讽刺的指向。又有学者认为诗中"乃深刺无耻幸进的人"，亦求之过深，过度联想，实不足信。

【辑评】

清姚培谦《李义山诗集笺注》："'无端'二字下得妙，其不言之意应如此。"

清屈复《玉溪生诗意》："玉溪以绝世香艳之才，终老幕职，晨入暮出，薄书无暇。与嫁贵婿、负香衾者何异？其怨宜也。"

俞陛云《诗境浅说》："'寒尽怕春宵'句，殆有春色恼人眠不得之意。夫婿方金龟贵显，……正闺人满志之时，乃转怨金阙之晓钟，破锦帷之同梦。人生欲望，安有满足之期！以诗而论，绮思妙笔，固《香屑集》中佳选也。"

明神

明神司过①岂令冤，暗室②由来有祸门。
莫为无人欺一物③，他时须虑石能言③。

【注释】

① 明神司过：神灵纠察人的罪过。明神，对神的尊称。

② 暗室：隐蔽、幽暗无人处。"不欺暗室，勿昧三光"。

③ 欺一物：因一物而欺心，做亏心事。古有"不欺暗室"之语，意

谓无人处也不能违背良心。

④ 石能言：石头亦能说话，证言。《左传》载云："晋侯问于师旷曰：'石何故言？'对曰：'石不能言，或凭焉。'"石头也能凭借神灵，发声作证。

【赏析】

这首诗以神明在天、石亦能言为辞，表达对于邪恶势力的愤慨，对于蒙冤受屈者的真切同情。

诗的首二句说，有神灵专门纠察人间的罪过，怎会让世人蒙受冤屈呢！愈是隐蔽无人处，愈是潜藏着致祸之门。末二句进一步申说，不要以为无人得见便欺心妄为，有神明在上，须想到时机来临石头也会说话，也会出面作证言。暗室阴谋终将暴露，真相必将大白于天下！

此诗通篇议论，情绪激愤，如鲠在喉，不吐不快。从诗中情感的一气贯注和词句的不事遮掩来看，诗人一定是因当时的某些人、某些事而悲愤交加，却又无能为力。有人认为诗是因为"甘露之变"而作，有人将之与"牛李党争"联系起来，有人以为诗中指斥宦官的暴虐无道，有人以为是指责李训暗室亏心、招致祸报，也有学者认为诗人任弘农尉时的作品，多属推测，难以证实。将希望寄托在神明显灵、石亦能言这类超自然的神秘力量上，无疑是那个时代特有的言说方式，可以理解。

【辑评】

清朱鹤龄《李义山诗集笺注》引钱龙惕曰："此诗为甘露之变作也。"

清屈复《玉溪生诗意》："一、二，即暗室亏心，神目如电意。况日久必有言者乎？"

清冯浩《玉溪生诗集笺注》：“昭义平后，……凡亡归（刘）从谏为其抚养者皆斩。详《旧书·纪》与《通鉴》。其余多所诛戮，当时诸臣大有议其冤滥者。此故特伤之……”

端居①

远书归梦②两悠悠，只有空床敌③素秋。
阶下青苔与红树，雨中寥落月中愁。

【注释】

① 端居：闲居、平常日子。

② 远书归梦：远方的家书，归家的梦想。

③ 空床敌素秋：意谓当此秋日，相对唯有空床而已。敌，两两相对。古代五行说，以秋属金，其色白，故称素秋。

【赏析】

这是写客居寂寞，思念家室，愁绪满怀，难以排遣的作品。

诗的首二句说远方的家书与归乡的幽梦都杳然无踪影，只有空空的床榻对着清冷的秋日，寂寞清冷的情状恍然呈现目前。后二句说台阶下的青苔与秋天的红叶，不论是雨是晴、是昼是夜，都只能给诗人平添许多的寂寞与忧愁。

诗中第二句“敌素秋”三字生动有力，透漏出“素秋”对于独守孤床者的压迫感，若改为“对素秋”就显得平淡无奇了。以下更写秋景色彩明丽，情韵悠长，显得意味隽永，味之不尽。

此诗的主题，除了客居思家一说外，还有悼念亡妻一说。持“悼亡说”者，解释李商隐妻子王氏殁于秋天，所以客中的秋日更加感到心中的凄怆。妻子王氏若尚在人世，则远书可期、归梦可寻；如果王氏去世，则远书无望、归梦无凭。两种解读，因为读者心理情感假设的指向不同而理解互异，并存可也。

【辑评】

清程梦星《李义山诗集笺注》："此亦失偶以后作。"

清屈复《玉溪生诗意》："书梦俱无，正唤只有空、敌等字，对青苔、红树皆愁，正结上'空床敌素秋'耳。"

清冯浩《玉溪生诗集笺注》："客中忆家，非悼亡也。"

咏史

北湖南埭[①]水漫漫，一片降旗[②]百尺竿。
三百年间[③]同晓梦，钟山何处有龙盘[④]？

【注释】

① 北湖南埭：北湖指南京玄武湖。南埭，指鸡鸣埭，在玄武湖畔。

② 降旗：投降的旗帜。刘禹锡《西塞山怀古》："一片降幡出石头。"

③ 三百年间：东吴、东晋、宋、齐、梁、陈六朝，均建都金陵，持续时间近三百年。

④ 钟山龙盘：意谓钟山有如，乃建立帝王霸业之地。李白《永王东巡歌》："龙盘虎踞帝王州，帝子金陵访古丘。"

【赏析】

这是一首咏史诗，诗中感叹六朝三百年建都金陵，虽有钟山形胜，龙盘虎踞，却因帝王骄奢淫逸，最终都难逃败亡相续的历史命运。

诗的首二句说：玄武湖啊，鸡鸣埭啊，这些当年帝王游赏狩猎之地，而今望去只剩下一片烟水漫漫。一代又一代的帝王，相继在此竖起了亡国投降的旗帜！后二句说三百年来纷纷相逐的帝王霸业，如同短暂而迷离的晓梦都从历史舞台上消散了，金陵哪里真是“虎踞龙盘”的帝王之州呢！

寄怀六朝兴亡，试图揭示历史的教训，是唐诗经常的歌咏主题。刘禹锡《西塞山怀古》“王濬楼船下益州，金陵王气黯然收”，李群玉《秣陵怀古》“野花黄叶旧吴宫，六代豪华烛散风”，韦庄《台城》“六朝如梦鸟空啼”，都是如此。李商隐其他歌咏南朝的诗作，其构思也多是可以相通的。

唐朝国祚延续也是近三百年，到李商隐出仕时，已有二百余年。此时的唐王朝藩镇割据，战乱频仍，国势衰颓。诗人或许已经意识到，盛极而衰的唐帝国已是大限将至，六朝覆亡的历史，亦是唐朝未来的宿命。李商隐去世后仅五十年，唐王朝也走到了生命的尽头。“三百年间同晓梦”，真是一语成谶！

【辑评】

清程梦星《李义山诗集笺注》：“此诗似为河朔诸镇而发，是时诸镇跋扈，皆恃地险，负固不服，阴有异志，故作此以警之。”

清屈复《玉溪生诗意》：“国之存亡，在人杰，不在地灵，足破堪舆之说。”

清姚培谦《李义山诗集笺注》：“此与刘梦得‘一片降幡出石头’同感。”

日射[1]

日射纱窗风撼扉，香罗拭手春事违[2]。
回廊四合掩寂寞，碧鹦鹉对红蔷薇。

【注释】

① 诗以首二字为题，类似“无题”。

② 春事违：辜负春华。春事，指春色、春光。

【赏析】

这首诗抒写闺中女子的寂寞情怀，情景相依，二者融为一体。

诗中意象丰满，多维度调动了人的各种感官触角去体味诗境：日光穿透纱窗，绿鸟红花相对，是诉诸视觉；春风轻扣窗扉，是诉诸听觉；罗帕幽香飘散，是诉诸嗅觉；香罗擦拭玉手，是诉诸触觉。而春日和煦，微风拂过，鹦鹉能言，蔷薇有香。各种意象叠次出现，各种感官相互交错，共同营造出一幅看似秾艳，实则清冷的闺怨场景。

刘禹锡《和乐天春词》：“新妆宜面下朱楼，深锁春光一院愁。行到中庭数花朵，蜻蜓飞上玉搔头。”二诗同写深闺女子面对春光烂漫，青春虚度的寂寞，“深锁春光”、花鸟相对，亦情亦景，各得其妙，可以互为补充与启发。

【辑评】

清纪昀《玉溪生诗说》：“佳在竟住，情景可思。”

清屈复《玉溪生诗意》：“一二，寂寞景况；三四，愈觉寂寞。‘春事违’三字有意。次句，袖手空过一春也。”

清冯浩《玉溪生诗笺注》引陆鸣皋："此闺词也。花鸟相对间，有伤情人在内。"

齐宫词

永寿兵来夜不扃①，金莲②无复印中庭。
梁台③歌管三更罢，犹自风摇九子铃④。

【注释】

① 永寿：宫殿名。《南史》记载齐废帝萧宝卷宠幸潘妃，为其建起三殿，其一为永寿殿。夜不扃，夜晚宫殿不锁门。扃，闭锁。

② 金莲：史载齐废帝萧宝卷在宫中“凿金为莲花以帖地，令潘妃行其上”。

③ 梁台：指梁朝禁城、宫殿。东晋、南朝间称朝廷禁城为台城。

④ 九子铃：以金玉制成的风铃，悬挂在宫殿寺塔周檐下，鸣声悦耳。据《南史》记载，南齐庄严寺有玉九子铃，萧宝卷命人取来装饰潘妃歌舞的宫殿。

【赏析】

此篇讽刺南朝齐废帝萧宝卷荒淫腐败、国破身亡的历史教训，以儆戒后世。

据史载：齐废帝萧宝卷本性顽劣。他少年登上帝位，沉醉玩乐，不爱读书，又宠幸潘妃，为她兴建永寿殿等，又命工匠凿黄金为莲花，贴在宫中地面，让潘妃行走其上，营造出“步步生莲花”的幻象。当萧衍率军围攻都城建业时，萧宝卷仍在含德殿笙歌作乐，并当场被杀。

诗的首二句说，萧衍率领的军队已经包围了都城，齐永寿殿却宫门未锁，毫无防守，国之必亡可知。从此南齐宫殿，再也看不到潘妃“步步生莲花”的舞姿了。后二句笔锋一转，齐废帝荒淫亡国，江山从此易主，新建立的梁王朝照样宫中歌舞不歇。夜晚三更过后，那风动九子铃的声响还依稀使人想到当年的情景。刘永济《唐人绝句精华》分析道：“兵入永寿殿而笙歌罢，此时庄严寺之九子铃犹自因风而摇。以铃声与笙歌对比，即从热闹中写其衰亡也。”两相对比，寓意深长，令人回味无尽。

清人徐逢源认为此诗题旨在于“伤敬宗”。南朝齐废帝萧宝卷、与唐敬宗李湛都是少年时登上帝位，不久即被杀。萧宝卷初即位时年仅 15 岁，在位不足四年；而唐敬宗即位时 16 岁，在位仅两年就被宦官所杀。他们正当少年时，贪玩、胡闹、为所欲为，而又处于皇权专制的顶端，年少顽劣与权力失控，酿就了他们的悲剧。李商隐写作此诗是否有“伤敬宗”的寄意呢？难以证实其有，也难以肯定其无。不过借古讽今，昭示后来者不可重蹈覆辙，则是可以确定无疑的。

【辑评】

清贺裳《载酒园诗话》：“义山咏史，多好讥刺，如‘梁台歌管三更罢，犹自风摇九子铃’……。然论前代之事，则足以备讽戒。昭代则不可，不曰‘定、哀之间多微词’乎！”

清屈复《玉溪生诗意》：“不见金莲之迹，犹闻玉铃之音。不闻于梁台歌管之时，而在既罢之后。荒淫亡国，安能一一写尽，只就微物点出，令人思而得之。”

清冯浩《玉溪生诗集笺注》：“徐（逢源）曰：伤敬宗也，借古为言，四句中事皆备具。”

东还

自有仙才自不知，十年长梦采华芝①。
秋风动地黄云暮，归去嵩阳②寻旧师。

【注释】

① 华芝：传说中的仙草，服之可以长生。

② 归去嵩阳：归返郑州，郑州在嵩山的南面，故云。一说，即嵩阳观。

【赏析】

这是诗人有感于功名不遂、仕途失意，因而抒写归隐之思的作品。

李商隐在父亲李嗣去世后，曾奉父丧回到郑州，后来又移居洛阳，求仕于京都长安，所以他经常往来于长安、洛阳到郑州之间。他少年时还有过一段“学仙玉阳东”的经历，在《上河东公启》中曾述说自己“兼之早岁，志在元门”。由于他参加进士考试曾几度落选，或者因了后来仕途的失意，在某次东归郑州的途中，他写下了这首诗。

诗的首二句说自己本有“仙才”（禀有仙人的潜在素质）自己却不知晓，十年来一直追求着世间的科举功名，经常在梦中采撷灵芝仙草。后二句说当此秋风动地、黄云弥天的傍晚，我要回到嵩山之阳去寻找当年传授仙道的旧师。曰“秋风”、曰“黄云”，苍茫凄凉，暗示诗人心境的悲苦迷惘。

【辑评】

清屈复《玉溪生诗意》："此倦游之作。半生流落，一事无成，故欲寻师访道以求长生。亦浮海之叹耳。"

清冯浩《玉溪生诗集笺注》："借学仙寄慨，……义山应举，至是将十年。"

近代张采田《玉溪生年谱会笺》："下第东归，借学仙寄慨。义山自太和二年应举，至此将十年矣，故云'十年长梦采华芝'也。"

汉宫

通灵夜醮[①]达清晨，承露盘晞甲帐春[②]。
王母不来方朔去[③]，更须重见李夫人[④]。

【注释】

① 通灵夜醮：通灵台，汉武帝建，在甘泉宫中。醮：设坛祭祀神灵。

② 甲帐春：甲帐中仿佛有神降临，故以春色为喻。李商隐《昭肃皇帝挽歌辞三首》有"虚传甲帐神"句，点明"虚传"，与此可互参。据传，汉武帝曾建造甲乙两处帐幕，甲帐以琉璃珠玉、明月夜光等珍宝为装饰，供神仙居住，乙帐则供自己居住。

③ 方朔去：东方朔死去。东方朔，字曼倩，西汉辞赋家，汉武帝的文学侍臣。《汉武故事》中将东方朔写为"木帝精，为岁星，下游人中，以观天下"的神仙。

④ 李夫人：汉武帝宠妃，李延年之妹，早亡。据《汉书·外戚传》载，李夫人去世后，武帝思念不已。方士少翁说能让李夫人的魂魄显现，于是夜间点燃灯烛，设立帷帐，陈列酒肉，武帝居于另一座帐幕中，果

然远远望见一位佳人，貌如李夫人。

【赏析】

这首诗讽刺汉武帝刘彻既求神仙长生之术，又好女色，然而终究难免一死，有以汉喻唐、借古讽今之意。

诗的首二句说，汉武帝刘彻在甘泉宫通灵台通宵祭祀神灵，承露盘上的清露已经干了，甲帐里仿佛真有神仙降临了（其实是假的）。后二句进一步发挥，据载西王母降临汉宫时曾许诺三年后再来，但最终她还是没来。传说是岁星的东方朔也死去了。刘彻又还想见到李夫人的魂灵，结果又能怎样呢！纪昀评说此诗“不下贬词，而讽刺自切”。诗中对于汉武帝一系列行为的描述，虽然没有直接贬损的断语，但是讽刺的意味是真切而尖锐的。

清人程梦星认为这首诗有讽刺武宗李炎的寓意。李商隐在《昭肃皇帝挽歌辞三首》中既赞美唐武宗的功绩，又讽刺他求仙的荒诞。挽歌词中写到“莫验昭华管，虚传甲帐神。海迷求药使，雪隔献桃人”，与这首《汉宫》中的讽刺也是一致的。不过这只是一种暗讽、一种情感的寄托，仿佛对于历史的一声叹息而已。

【辑评】

清程梦星《重订李义山诗集笺注》：“此似为武宗讽也。武宗亦英明之主，而外崇刘玄静，内宠王才人，既欲学仙，又复好色，大惑也。与汉武后先一辙，故讬言焉。”

清屈复《玉溪生诗意》：“言武宗不能成仙，只能见鬼耳。深妙！”

俞陛云《诗境浅说续编》：“此诗与集中《王母祠》、《瑶池》二诗相似。……唐代尊奉老聃，宫廷每尊奉仙灵，相沿成习，玉溪借汉宫以托讽也。”

五松驿[1]

独下长亭念过秦[2]，五松不见见舆薪[3]。
只应既斩斯高[4]后，寻被樵人用斧斤。

【注释】

① 五松驿：驿站名，在长安东。白居易有《自望秦赴五松驿马上偶睡》一诗。

② 过秦：贾谊有《过秦论》，追究秦朝灭亡的历史教训。

③ 舆薪：车载运木柴。

④ 斯高：李斯、赵高，二人都是秦代权臣，后皆被处死。

【赏析】

《史记·秦始皇本纪》记载：秦始皇曾登上泰山，“风雨暴至，休于树下，因封其树为五大夫”。后来“五大夫”成为了松树的别名，便有了“五大夫松”的称谓。这首诗所指的“五松驿”，是在长安东，而不是在山东泰山。诗人经过五松驿时，想起秦始皇敕封五大夫松的故事，不禁浮想联翩，而为此诗。

诗的首二句说，当自己经过五松驿站时，没有看到受秦始皇敕封的“五大夫松”，看到的是松树被砍伐作木柴，装在车上运走，因而诗人想起西汉初年的《过秦论》。贾谊《过秦论》批评秦始皇“废先王之道，燔百家之言，以愚黔首”，“以弱天下之民”，妄想以暴政手段建立“子孙帝王万世之业”，结果二世而亡。后二句进一步探求说，应该是秦国灭亡，李斯、赵高被杀后，这些受封的“五大夫松”也随即被人用斧头砍掉了！

关于这首诗的题旨，清代屈复在《玉溪生诗意》中提出批判“暴秦”之说。李斯是秦朝的丞相，赵高则是宦官头子，他们都是秦暴政的代表人物，也都先后被杀。屈复举出周代召伯躬行善政、关爱百姓，乃有《甘棠》之诗。诗中要人们爱惜这棵甘棠树，“勿剪勿伐”！秦政则残暴无道，愚昧民众，所以民众愤恨之极，在秦亡之后将“五大夫松”砍掉当柴烧。一棵甘棠树，一棵大夫松，成了“善政”与“暴政”的象征，所以百姓的态度完全不同。另有冯浩认为，诗中隐喻的是“甘露之变”后，李训、郑注被诛杀，其追随者也受到连累打击。此说比较牵强，与《过秦论》难有联系，不能成立。

【辑评】

清姚培谦《李义山诗集笺注》：“斯、高之祸，乃波及五松耶？奇绝，快绝！”

清屈复《玉溪生诗意》：“斯、高句，言秦之亡也。召伯《甘棠》‘勿剪勿伐’。秦亡而五松见薪，人恶其暴虐如此！所以念贾生之《过秦》也。深妙！”

清冯浩《玉溪生诗集笺注》：“此必训、注诛后，其私人亦削斥也，非仅朋党之迭为进退者。”

灞岸[①]

山东今岁点行[②]频，几处冤魂哭虏尘[③]。
灞水桥边倚华表，平时二月有东巡[④]。

【注释】

① 灞岸：长安城东灞水之岸，灞桥边。

② 山东：指函谷关以东、华山地区。点行：按名册抽丁出征。

③ 虏尘：敌寇入侵，尘土飞扬。史载：会昌二年（842），回鹘乌介可汗率军南侵，唐王朝调集许、蔡、汴、滑等六镇之师，抗击侵略。

④ 平时：天下太平，升平之世。东巡，《尚书·舜典》：“岁二月，东巡守。”此处借用其语，并非东巡的确切时间。

【赏析】

这是一首悯时伤乱、感慨时局的诗作。

前二句描述因为战事紧急，朝廷接连征兵、调遣军队前往作战。到处是敌军骚扰的烟尘，眼见是燃烧的战火，有多少百姓流离失所，有多少难民枉死的冤魂！后二句说自己在灞水桥边，背靠着华表柱，不禁想起了以前的承平时代。安史之乱前，皇帝在春天从长安出发，东巡洛阳，是何等兴盛气象！然而安史之乱后，民不聊生，东巡之事已废止多年了。前后对照，怎不令诗人感伤不已！

清代注家推测，这场战乱大约发生在会昌二、三年间。有学者说是因为回鹘的入侵，又有学者说是由于党项为患，还有学者说是朝廷讨伐泽潞叛镇的作战，其实这些都有可能发生。外敌入侵，内镇叛变，朝廷连年发兵征讨，百姓疾苦不堪，诗人不禁缅怀盛世光景，寄托今昔之感。

【辑评】

清程梦星《重订李义山诗集笺注》：“此诗先叙后世之乱，而后思及于盛世之东巡。今昔之感，言外见矣。”

清姚培谦《李义山诗集笺注》：“太平离乱，都在老来眼里。亦从‘铜驼荆棘’语翻出。”

清屈复《玉溪生诗意》：“伤时念乱之作。”

七夕

鸾扇斜分凤幄开[①]，星桥[②]横过鹊飞回。
争将世上无期别[③]，换得年年一度来。

【注释】

① 鸾扇：宫扇的一种，形如鸾鸟的双翼。凤幄：绘有凤凰图饰的帐幔。

② 星桥：即鹊桥。传说牛郎织女七夕相会，先有喜鹊在星河上搭成鹊桥。

③ 无期别：死别，生死之别。唐李叔霁《死后诗》：“忽作无期别，沉冥恨有余。”

【赏析】

此为悼念亡妻之作。前二句以鸾扇、凤幄、星河、鹊桥等意象，描绘传说中七夕时牛郎和织女相会的场景。后二句以夫妻阴阳永诀与牛郎织女年年相见作对比，引出愿将死别换生离的幻想，更显得无比沉痛凄婉。末句“年年一度来”，既写对牛郎织女的羡慕之情，也包含着每年七夕时便有此悼亡之痛。

【辑评】

清屈复《玉溪生诗意》：“人间一别，再见无期，欲求如天上一年一度相逢，不可得也。”

清冯浩《玉溪生诗集笺注》：“此篇亦悼亡作。”

近代张采田《玉溪生年谱会笺》：“诗是悼亡，……妙处无穷，任人自领。”又曰：“此亦感逝作。无期之别，年年怅触，情何以堪！读之使人增伉俪之重。”

离亭赋得折杨柳二首①

暂凭樽酒送无憀②，莫损愁眉与细腰③。
人世死前惟有别，春风争拟惜长条④。

【注释】

①赋得：文人雅集时分题作诗，或即景赋诗的常用语。折杨柳：古乐府曲名，多以伤春离别为主题。汉曲后世不传。

②无憀：无聊赖，形容离别时心情失落，无所寄托。

③愁眉与细腰：以柳喻人，愁眉喻柳叶，细腰喻柳枝。

④争：怎，如何。拟：打算。

【赏析】

这首诗描写有情人离亭相别，藉折杨柳的习俗来抒发离情别恨。

折杨柳以寄托离别之思，在《诗经》中就有着类似的记载。《采薇》“昔我往矣，杨柳依依”，将离别与杨柳联系起来。到了汉代，长安城东有灞桥，“汉人送客至此桥，折柳赠别。”隋末无名氏有《送别诗》曰：“杨柳青青着地垂，杨花漫漫搅天飞。柳条折尽花飞尽，借问行人归不归？”唐诗中折柳送别的作品，更是比比皆是，不胜枚举。

李商隐此诗也继承了这一思绪，首二句说举杯送别，以酒浇愁，心情百无聊赖，我们不要再折柳相别了。后二句说，人生死前唯有离别最苦、最难忍受，在这春风无力的日子，怎么能吝惜柳条而不折柳传情呢！江淹《别赋》之首曰："黯然销魂者，唯别而已矣。"诗中"死前唯有别"，与之寓意略同。所以何焯评说它是"惊人语，……如古诗'与君生别离'，包蕴无穷之味。"

关于离别的对象，清人程梦星认为是"女校书"（女才人、有才华的女伎），唐代女诗人薛涛就曾被人称为"女校书"。所以它可能是男女赠别之作。

含烟惹雾[①]每依依，万绪千条拂落晖[②]。
为报行人休尽折，半留相送半迎归。

【注释】

① 含烟惹雾：形容杨柳枝烟笼雾绕之状。

② 万绪：万条柳丝。落晖，夕阳，残照。

【赏析】

这首诗承接前一首诗意，又有所转折。首二句说万千条杨柳枝烟笼雾绕，在夕阳残照里仿佛依依不舍。后二句说，离别的人们啊，不要将杨柳枝折尽了，折一半相送、留一半准备迎接情人的归来吧！

两首诗相配合，述说了一个由莫折到须折，再到半折半留的心绪历程，将行人的离愁别绪生动地展现出来。全诗抒情婉转曲折，令人回味无穷。

【辑评】

清程梦星《重订李义山诗集笺注》："此二首留别女校书也。"

清屈复《玉溪生诗意》："（其一），人生之苦，惟有离别，故春风不惜攀折。（其二），送迎俱是有情，故休尽折。"

清冯浩《玉溪生诗笺注》："此二首直赋赠行。……就诗论诗，已妙入神矣。深窥之，必为艳体伤别之作。"

过郑广文[1]旧居

宋玉[2]平生恨有余，远循三楚吊三闾[3]。
可怜留着临江宅[4]，异代应教庾信居[5]。

【注释】

① 郑广文：郑虔，唐代文学家、书画家，天宝九载任广文馆博士，时号郑广文。曾献诗与画，唐玄宗题曰"郑虔三绝"。

② 宋玉：先秦时楚国文人，著名辞赋作家。有说他是屈原的学生。有《风赋》、《九辩》等传世。

③ 三楚：指楚国的东楚、西楚、南楚。三闾：指屈原，曾任楚之三闾大夫。

④ 临江宅：指江陵的宋玉旧宅。庾信《哀江南赋》："诛茅宋玉之宅，穿径临江之府。"

⑤ 庾信：字子山，南北朝时期著名文学家。据《渚宫故事》记载，庾信因躲避侯景之乱，自建康逃归江陵，居住在宋玉之故宅。

【赏析】

此为李商隐经过郑虔故居时的感怀之作。

首二句讲到宋玉凭吊、悼念屈原之事。宋玉曾巡视三楚之地，缅怀三闾大夫屈原的不幸遭遇，写下了《九辩》、《招魂》等作品。王逸《楚辞章句》说宋玉“闵惜其师，忠而放逐，故作《九辩》以述其志”，又说宋玉“怜哀屈原，忠而斥弃，愁懑山川……故作《招魂》”。《九辩》中有云“坎壈兮，贫士失职而志不平”，是宋玉“恨有余”的内涵。后二句接着写“三楚”的“临江宅”，既是宋玉当年的住所，又是庾信后来的避乱之地。一处故宅，两代文人休憩之所，命运所托。令人感慨何如！

现在诗人又经过郑虔的旧居，不禁思绪浮动，由郑虔想到自己的遭遇境况。郑虔（691—759），唐代诗人、书画家，郑州荥阳人。杜甫曾赠诗曰：“才名四十年，坐客寒无毡。”郑虔身世的坎坷与贫寒，不难想见。杜甫又有《醉时歌》曰：“诸公衮衮登台省，广文先生官独冷。甲第纷纷厌粱肉，广文先生饭不足。”安史乱后，郑虔被贬台州司户参军，后数年去世。郑州荥阳既是郑虔的故乡，那里自有他的旧居。李商隐父亲去世后，也曾长期寓居于此。经过郑虔的旧居，联想到自己的处境，于是借着“临江宅、庾信居”来寄托自己的思绪。全诗不言郑虔，而以宋玉伤悼屈原开篇，不同时代的文人因现实的际遇而生出惺惺相惜、异代同悲之感。诗中时代、空间、人物交错变幻，而真正的主角郑虔与李商隐，一直隐于诗外，构思奇崛，意蕴深邃。

李商隐另有七律《宋玉》，其尾联曰：“可怜庾信寻荒径，犹得三朝托后车。”与此诗构思有相通处，可互参。

【辑评】

清程梦星《重订李义山诗集笺注》：“宋玉，比郑广文；庾信，义山自比也。盖沦落文人，古今一辙。后先相望，未免有情。诗中‘恨有余’字，‘可怜’字，语意固显然矣。”

清屈复《玉溪生诗意》：“宋玉之吊三闾，犹己之吊广文，广文之宅应为己今日之居，广文一生不达，异代同心之悲也。”

清冯浩《玉溪生诗笺注》：“郑州当亦有（郑虔）故宅。……结言谁克踵其风流，不愧此宅乎？虚说尤妙，自誉自叹，皆寓言外。”

宫妓

珠箔轻明拂玉墀[①]，披香新殿[②]斗腰支。
不须看尽鱼龙戏[③]，终遣君王怒偃师[④]。

【注释】

① 玉墀：宫中的白玉台阶，代指宫殿。

② 披香新殿：汉代未央宫有披香殿，唐代庆善宫也有披香殿。

③ 鱼龙戏：古代百戏的一种，表现鱼蜕变为龙的形象。张衡《西京赋》：“海鳞变而成龙。”

④ 偃师：传说中的古代巧匠，他制造的木偶人能歌善舞。见《列子·汤问》。

【赏析】

宫妓，指宫廷内的歌舞乐伎。唐代宫中曾设有内教坊，右教坊多善歌，左教坊多工舞。宫妓为君王表演，以为娱乐。史书记载，顺宗时“出掖庭教坊女乐六百人”，文宗时又一次放出内庭宫人二千人，其中应有许多的歌舞乐伎。大量歌女舞伎进入内宫，扰乱了宫廷秩序，而为社会所广泛诟病。《宫妓》一诗，就是对这一现象的揭露与批判。

诗的首二句描写禁宫之内，珠帘轻明垂地，歌女舞妓在新修的披香殿里竞相表演着身段、歌喉与舞姿。披香殿，唐诗多用指歌舞之所。李白《阳春歌》"披香殿前花始红，……紫宫夫人绝世歌"，白居易《红线毯》："披香殿广十丈余，……美人踏上歌舞来"，皆其例。后二句说，不须看尽这种鱼龙变化的游戏，如果长此下去，最终君王会降罪于"偃师"之徒。"偃师"，喻指用奇巧手段迎合、取媚君王者。这里既讽刺了宫禁不严，祸乱丛生，也告诫那些以色事君、以惑君邀宠者，警告他们长此以往，终将遭遇祸殃。

此诗除了在风化的层面讽刺"宫禁不严"说之外，还有在政治、党争的层面警告内廷玩弄机巧权术之说，指出他们若不及时收手，将会自蹈罪祸。二者有诗的本义，有引申义，并存可也。

【辑评】

清朱鹤龄《李义山诗集笺注》："冯班云：'此诗是刺也。唐时宫禁不严，托意偃师之假人，刺其相招，不忍斥言，真微词也。'"

清冯浩《玉溪生诗集笺注》："此讽宫禁近者不须日逞机变，致九重悟而罪之也，讬意微婉。……盖以同朝有不相得者，故讬以为言也。"

刘永济《唐人绝句精华》："按冯（班）、程（梦星）所评是也。封建帝王宫闱黑暗，实有不可形之笔墨者，故诗人托词言之。冯谓'不忍斥言'，犹欠一层。后人又有以为'同朝有不相得者，故托以为言'，则更非诗意。"

宫辞

君恩如水向东流，得宠忧移失宠愁。
莫向尊前奏《花落》[1]，凉风[2]只在殿西头。

【注释】

① 花落：笛曲名称，汉乐府有《梅花落》曲。

② 凉风：凉风起则花吹落。江淹《拟班婕妤咏扇》："窃愁凉风至，吹我玉阶树。君子恩未毕，零落在中路。"

【赏析】

此诗以宫人之得宠与失宠，喻世人之得势与失势。

首二句说君恩如水，东流不止，一旦得到君心的宠爱，又总担心失宠，尽日忧愁不已。后二句换一种语境，说在酒席前不要吹奏《梅花落》曲子，因为"凉风"就在西边，会把花瓣吹落啊！象外之意是，君恩无常，说变就变，灾祸就潜伏在近旁啊！何焯评曰："用意最深，人人可解，故妙！"

晚唐政局动荡，党争剧烈，各方势力交替登场，用尽心机。诗人有感于此，于是借宫女之口，以寓警戒之意。

【辑评】

清程梦星《重订李义山诗集笺注》："诗语：水宜东流，风偏西殿。花开花落，莫保红颜。宠盛宠衰，等闲得失。此女子之忧愁也。虽然，女子辞家而适人，人臣出身而事主，宁二致哉！盖亦自寓之词也。"

清姚培谦《李义山诗集笺注》：“慨荣宠之无常也。（李白《古风》）‘昨日芙蓉花，今朝断肠草’，不足叹矣。”

冯浩《玉溪生诗集笺注》：“次句谓得宠者以其昔忧移付失宠人矣。下二句却唤醒得宠人，莫恃新宠，工为排斥，凉风近而易至，尔亦未可长保也。”

代赠

楼上黄昏欲望休，玉梯横绝①月中钩。
芭蕉不展丁香结②，同向春风各自愁。

【注释】

① 玉梯横绝：楼上楼下隔绝，玉梯横绝无人攀登。玉梯，对楼梯的美称。江淹《娼妇自悲赋》：“网罗生兮玉梯虚。”

② 芭蕉不展：指芭蕉的嫩叶卷在一起，还未展开。丁香结，丁香花蕾尚未绽放，形状如结。张说《戏题草树》：“戏问芭蕉叶，何愁心不开？”

【赏析】

这是一首描写春日等待情人归来而不得的诗。

首二句说三春时节，女主人独上高楼，远望离人于归途，然而直到黄昏时分，一角弯月如钩升上了天际，却还是没有等到。诗中“玉梯横绝”也就是江淹赋中的“玉梯虚”。情人阻隔，内心自然充满了忧伤。后二句描写春日景物，写那嫩叶卷曲的芭蕉、那花蕾如结的丁香，在春风里似乎也都满含着离情别思！这里把自然的花草拟人化，从而将男女相思表现得凄美哀婉，意韵悠长。“芭蕉不展丁香结”从此成为千秋名句，被后代作家移植于他们的诗词作品中。有人认为芭蕉比喻男子，而丁香隐喻女子，聊备一说而已。

这首诗以景写情，以景结情，风姿绰约，情致宛然，令人想象无穷。纪昀说它是“艳体之不伤雅者”，长期脍炙人口，为人乐道。

【辑评】

宋杨万里《诚斋诗话》：“五、七字绝句，最少而最难工，虽作者亦难得四句全好者。晚唐人与介甫最工于此。如李义山……‘芭蕉不展丁香结，同向春风各自愁’。”

明许学夷《诗源辩体》：“商隐七绝如《代赠》云‘芭蕉不展丁香结，同向春风各自愁’，……全篇较古律艳情尤丽。”

近代俞陛云《诗境浅说续编》：“后二句即借物写愁，丁香之结未舒，蕉叶之心不展，春风纵好，难破愁痕。物犹如此，人何以堪！可谓善怨矣。”

楚吟

山上离宫①宫上楼，楼前宫畔暮江流。
楚天长短黄昏雨②，宋玉无愁亦自愁③。

【注释】

① 离宫：古代帝王正宫以外，别筑宫殿，以供游赏。此指楚王之别宫。

② 长短黄昏雨：楚天黄昏时节，总是细雨迷蒙，令人猜想玄思。

③ 传为宋玉作《九辩》中，多有忧愁之句，如“悲忧穷戚兮，独处

廓”、“不得见兮，心伤悲”等。

【赏析】

李商隐诗中常以宋玉自况，在《宋玉》、《过郑广文旧居》等作品中，多次将宋玉的字名直接入诗，此篇亦是如此。这首诗首二句说乘一叶孤舟，漂泊在江面之上，山上是楚王的离宫，宫殿俯瞰着江流。后二句说楚天的黄昏总是淅淅沥沥的冷雨，绵绵不绝，诗人不禁想起千年之前的宋玉，他富有才华却身居下僚，平生抱负不得施展。此情此景，怎能不满怀忧伤呢！

清人田兰芳点评说，读此诗要“只在意兴上想见”。也就是说，要用心体会诗中的意象，起兴读者的情感。“山上离宫”是一重意象，“暮江流”是一重意象，“黄昏雨”又是一重意象，最后是宋玉的忧愁！宋玉的身上，自然地复合了李商隐的身影。自然之千古永恒、历史的沧桑变幻，以及诗人的渺小无助，重叠交汇，勾起李商隐的深重感慨与愁思，所以诗末发出“无愁亦自愁”的叹息。

【辑评】

清沈厚塽《李义山诗集辑评》引何焯曰：“长晷短景，但有梦雨，则贤者何时复近乎？此宋玉所以多愁也。”

清冯浩《玉溪生诗笺注》：“吐词含珠，妙臻神境，令人知其意而不敢指其事以实之。”

近代张采田《玉溪生年谱会笺》：“此亦荆楚感遇之作。‘楚天长短黄昏雨’，盖南方五月梅雨时往往有此景象也。”

瑶池

瑶池阿母[①]绮窗开，黄竹歌声[②]动地哀。
八骏[③]日行三万里，穆王何事不重来[④]。

【注释】

①瑶池阿母：即西王母。瑶池，西王母所居之所。《穆天子传》载，周穆王西巡，与西王母会于瑶池之上。

②黄竹歌声：天寒大雪，哀怜民众苦难之歌。《穆天子传》记载：周穆王西巡，见天降大雪，有冻人，乃作诗三章以哀民。即《黄竹之歌》。

③八骏：传说周穆王所驾八匹骏马，有赤骥、盗骊、骅骝、绿耳等。

④穆王句：据载：周穆王离开瑶池时，与西王母约定，三年之后，再来相见。见《穆天子传》。

【赏析】

此篇讽刺帝王求仙之虚妄。

《穆天子传》记述周穆王西巡，曾经到达西王母之邦，“觞西王母于瑶池之上”。离别时，西王母希望周穆王能够再来。这一段记述最富于传奇色彩，亦最为后人所乐道。此诗的首二句即想象西王母在瑶池之上，倚窗而立，她听到从东方传来的“黄竹之歌”哀声动地。后二句则拟写西王母的心思与语气，说周穆王八匹骏马可日行数万里，为何不前来赴约、再度相见？

清代方贞观《辍锻录》提到此诗，引用古语“诗有别材，非关书也；诗有别趣，非关理也”，认为此诗后二句“信手拈来，无非妙趣。可知诗之天地，广大含宏，包罗万有”。他想要阐说的是，诗在引经据典、发明义理之外，还有象外之意，理外之趣。西王母既等不来周穆王，后世君王求仙，岂非虚妄无益！

清代有学者认为此诗旨在讽刺唐武宗李炎，因为李炎既好求仙，又好逐猎，所以用周穆王事暗为讽喻。这种解释既无法否定，亦难以完全证实，存之可也。

【辑评】

清程梦星《重订李义山诗集笺注》：“此追叹武宗之崩也。武宗好仙，又好游猎，又宠王才人。此诗熔铸其事而出之，只用穆王一事，足概武宗三端。用思最深，措辞最巧！”

清贺裳《载酒园诗话》：“诗有以无理而妙者。……如义山‘八骏日行三万里，穆王何事不重来’，则又无理之理，更进一层。”

清屈复《玉溪生诗意》：“讽求仙之无益也”

南朝

地险悠悠[①]天险长，金陵王气应瑶光[②]。
休夸此地分天下，只得徐妃半面妆[③]。

【注释】

① 地险悠悠：指金陵的山川丘陵，险要而悠长。

② 瑶光：北斗第七星名瑶光（一作“摇光”），为吴之分野。见《春秋·运斗枢》。时值南朝，定都金陵，所以说金陵王气上应天象。

③ 徐妃半面妆：比喻半壁江山。梁元帝萧绎之妃徐昭佩因为元帝瞎一只眼，每次画半面妆以待元帝。

【赏析】

这首诗讽刺南朝历代君王不能克服艰难险阻，统一南北，而偏安于江左，败亡相续，实不足道。

《周易·坎卦》彖辞："天险不可升也，地险山川丘陵也。王公设险以守其国。险之时用大矣哉！"大意是说：有天险、有地险，君王应该效法天地，设置险阻来保卫国家，所以不忘艰难险阻对于国家的作用太伟大了！这首诗首二句就说，南朝有山陵地势的险要，有长江天堑浩浩荡荡，金陵王气对应天上北斗七星的瑶光星。言外之意，这是英雄克服险难、统一南北的创业之地！后二句笔锋一转，说不要夸耀此地划江而治、中分天下，那只是半壁江山（相当于徐妃的"半面妆"）啊！

这首诗虽然用徐妃"半面妆"这种"香艳"的典故，但是目的不在讽刺荒淫，而是展示君王应该艰难兴邦、统一南北的大道理。南宋张戒《岁寒堂诗话》说此诗"用事似僻，而意则甚远。世但见其诗喜说妇人，而不知为世鉴戒"，朱彝尊赞美它"高绝"，而程梦星谓此诗"空前绝后"，其寓意即在于此。

【辑评】

清程梦星《重订李义山诗集笺注》："唐人咏南朝者甚众，大都慨叹其兴亡耳。李山甫（《上元怀古》）'总是战争收拾得，却因歌舞破除休'二语，最为有识，众推论之，而义山更出其上。意以为六代君臣，偏安江左，曾无混一之志，坐视神州陆沉，其兴其亡，盖皆不足道矣。愚谓此诗真可空前绝后！今人徒赏义山艳丽，而不知其识见之高。"

清屈复《玉溪生诗意》："以如此之形胜，如此之王气，而仅足以偏安，非英雄也。借一事而统论南朝，非专指徐妃。"

近代张采田《玉溪生年谱会笺》："游江东时咏古之作，别无寄托。"又曰："借香倩语点化，是玉溪惯法，不得以纤佻目之。"

题汉祖庙[①]

乘运应须宅八荒[②]，男儿安在恋池隍[③]？
君王自起新丰[④]后，项羽何曾在故乡！

【注释】

① 汉祖庙：即汉高祖刘邦庙，在今江苏沛县境内。李商隐在徐州幕作《偶成转韵七十二句赠四同舍》："我来不见隆准人，沥酒空馀庙中客。"可证。

② 宅八荒：即天下为家之意。八荒，八方以至荒远之地。

③ 池隍：城池，喻指故乡。古代掘土筑城，有水称池，无水称隍。

④ 新丰：刘邦是沛县丰邑人，建立汉朝、定都长安后，尊其父刘太公为"太上皇"。其父居宫中不乐，"思东归"。刘邦为解其父故土之思，在长安附近仿照丰邑旧貌，新建丰邑，并将旧丰邑居民迁来居住，称新丰。见《西京杂记》卷二。

【赏析】

这首诗赞颂刘邦胸怀广阔，有四海之志，终能建立新的王朝；批评项羽格局狭隘、依恋故土，最后失去一切。

史载刘邦与项羽争夺天下，初时项羽军力强于刘邦，"楚兵冠诸侯"。在攻下咸阳后，他便"收其货宝妇女而东"，说："富贵不归故乡，如衣绣夜行，谁知之者！"项羽乃自立为"西楚霸王"，以彭城为首都。相比之下，刘邦则心胸阔大，又广揽人才，因而得以建立起新王朝。公元前 202 年，项羽在与刘邦的战斗中兵败，自刎于垓下，其尸骸最后也未能归葬故乡。

李商隐此诗乃是就这一段楚汉争霸的历史结局抒发感慨。首二句说男儿应当乘时而起，要有经营八荒、四海为家之志。岂能留恋故里一隅，放弃了天下的责任？后二句说当汉高祖刘邦仿照故乡丰邑旧貌建立新丰时，项羽早已兵败身亡，又何曾在其故乡！

这首诗约写作于大中四年，当时诗人在徐州幕府任判官、得侍御史，心情愉快，意气高昂。该诗节奏明快，气势恢宏，表达了以国为家、建功立业的宏伟抱负，值得推许。

【辑评】

清程梦星《重订李义山诗集笺注》："此诗言汉高有帝王大度，以天下为一家，诸郡国皆主庙祀，何止丰沛！当时因太公怀乡为起新丰，亦游戏耳，遂移故乡就我。彼项羽谓富贵不归故乡，如衣绣夜行，真匹夫之见矣。看汉起新丰之后，无论尺寸，一民皆非项有。即残骸余魄，亦岂得依恋于彭城下相间乎！"

清屈复《玉溪生诗意》："同离故乡，成败不同。虽曰天数，不无人事。创论却是真理。"

清冯浩《玉溪生诗集笺注》"引何（焯）曰：'宅八荒者，可以自起新丰；恋池隍者，终不能故乡昼锦。'相形最妙！"

韩冬郎[1]即席为诗相送，一座尽惊。他日余方追吟“连宵侍座徘徊久”之句，有老成之风，因成二绝寄酬兼呈畏之员外

十岁裁诗走马成[2]，冷灰残烛[3]动离情。
桐花万里丹山路[4]，雏凤清于老凤声。

【注释】

① 韩冬郎：即韩偓（约 842 — 923），小字冬郎，号玉山樵人，晚唐诗人。其父韩瞻，字畏之，与李商隐同年中进士，又是连襟。大中五年（851），李商隐离京赴梓州柳仲郢幕，韩偓赋诗相送。

② 走马成：比喻诗思敏捷，速度很快。走马，奔马。

③ 冷灰残烛：蜡烛已将燃尽，灯灰已冷，别宴将散。一说：李商隐的妻子王氏刚去世，诗人心情悲凉，故云。

④ 桐花万里丹山路：《山海经·南山经》记载，凤凰生活在丹穴之山，飞行中非梧桐不栖。丹山，即丹穴之山。

【赏析】

这首诗赞美少年诗人韩偓诗风清新，而诗思敏捷，将他比作年幼的凤凰。

大中五年秋冬之际，李商隐将要前往东川节度使府，在离别的宴席上，年方十岁的韩偓作诗相送，令一座皆惊。其诗今已佚，只留下“连宵侍坐徘徊久”一句。大中十年（856），李商隐返回长安，作绝句二首追答，这是其中的第一首。诗的首二句回忆当年韩偓于席间赋诗，才思敏捷，令人惊叹。后二句借用丹山有凤凰、栖于梧桐树的传说，将韩氏父子都比作凤凰（雏凤，喻韩偓；老凤，喻韩瞻），而少

年胜过父辈，一代更比一代强。李商隐在另一首《留别畏之》诗中有句“郎君下笔惊鹦鹉”，也是赞美韩偓非凡才华的。

这首诗的写作时间与地点，有不同的推测。冯浩怀疑这是作于东川节度使府时。张采田误读了第二首诗中“别时冰雪到时春”一句，认为诗是大中十年回到长安后作。揆之常情，不应相隔五年之后才有此诗，所以冯浩之说较为有理。

【辑评】

清程梦星《重订李义山诗集笺注》：“次首用剑门栈道字，则寄自梓州幕府也。”

清姚培谦《李义山诗集笺注》：“此赠冬郎，叹其才之胜父。”

清冯浩《玉溪生诗集笺注》：“若云在梓幕作，则‘剑栈’自谓，‘风樯’似谓韩有水程之役，颇通。”

板桥[1]晓别

回望高城落晓河，长亭窗户压微波。
水仙[2]欲上鲤鱼去，一夜芙蓉红泪[3]多。

【注释】

① 板桥：唐汴州（今河南开封）城西有板桥店，往来行旅多夜宿于此，而清晨别去。

② 水仙：指战国时人琴高，修长生之术，能在涿水中乘着赤鲤往来，有“水仙”之名。南朝吴均《登寿阳八公山》：“是有琴高者，凌波去水仙。”

③ 芙蓉红泪：指送别女子的眼泪，女子美貌如芙蓉，故云。据《拾遗记》载，有美人薛灵芸，临别父母，泣下红泪如血。

【赏析】

这是一首艳诗，抒写旅舍冶游、男女伤别的离情。

板桥是寻常的地名，并不罕见。白居易有《板桥路》诗曰："梁苑城西二十里，一渠春水柳千条。若为此路今重过，十五年前旧板桥。曾共玉颜桥上别，不知消息到今朝。"白居易诗中有时间（"十五年前"），有地点（"梁苑城西"），有事件（与玉颜相别），写的是汴州城外的一场男女离别。这首《板桥晓别》所写的是同类情事，而更具形象感，亦更富有神韵。诗的首二句写景，说回头远望高城（指汴州城），银河逐渐隐去，天色已经拂晓。送别之所在板桥边，长亭旁窗下的流水涌动着微微的波浪。后二句因"微波"联想到"水仙"乘鲤鱼而去，又以"芙蓉"、"红泪"等意象，为诗歌增添了艳丽奇幻的色彩，显得情辞丰茂，摄人心魄。

清纪昀评此诗是"狭邪留别之作，妙不伤雅"，不失为艳体诗中的上乘之作。

【辑评】

清程梦星《重订李义山诗集笺注》："此诗与香山诗合看。板桥当是唐时冶游之地。香山诗虽淡荡，其实情语也。义山《晓别》，尤见情致。"

清屈复《玉溪生诗意》："一，晓别；二，板桥；三，行矣；四，别恨。指所别言芙蓉，从微波、水仙生出，正是题中板桥。"

俞陛云《诗境浅说》："玉溪之绝句，或运典雅切，或构思深湛者为多，而全用辞采者少。此作三四句，纯以凄艳之词，寓伤离之意。

行者则托诸鲤鱼，别泪则托诸芙蓉，寄情于景，且神韵悠然，集中稀见也。”

夕阳楼 [1]

花明柳暗绕天愁，上尽重城更上楼。
欲问孤鸿 [2] 向何处，不知身世自悠悠。

【注释】

① 题下原注：“在荥阳，是所知今遂宁萧侍郎牧荥阳日作。”

② 孤雁：隐喻萧浣。

【赏析】

这首诗感伤于萧浣遭到贬逐，同时亦自伤身世之前途茫然。

萧浣可谓李商隐的文章知己。他十分赏识李商隐的才华，对诗人十分礼遇，李商隐也一直对此心存感激。然而由于朝廷政治的混暗，萧浣在大和九年叠遭打击。他先是被贬为遂州刺史，不久再贬为遂州司马。到年底，发生了血腥的“甘露之变”，宦官专权，暴力肆虐，生民涂炭，朝野震惊。这就是此诗产生的大背景。

萧浣在大和七年曾任郑州刺史，在任时修建起夕阳楼。开成元年的春天，诗人重来荥阳，想起萧浣当前的遭遇与自己未来的前途，忧思满怀而作此诗。诗的首二句说我上尽重城，又登上“夕阳楼”，极目远眺，自然界的“花明柳暗”却不能化解心中的无限愁绪。后二句以孤鸿隐喻被谪贬出京的萧浣，他不知当今身向何方！而诗人想到自己也是身世漂泊，无所依凭，不知前途会如何。

首句点明“绕天愁”三字，是理解这首诗的关键。愁恨弥天，不仅将愁的空间放大到极致，也包藏着无穷尽的内在蕴涵。朝政的混乱，国势的衰落，故人的悲剧，以及自己的前途，都凝聚在诗中了。

《唐人万首绝句选评》说此诗“写客思之悲，怅惘无尽，使人黯然。”这种理解淡化了萧浣与作者自己的影子，而泛说“客思之悲”，也是可以通贯诗意的。

【辑评】

清程梦星《重订李义山诗集笺注》：“大和七年三月，贬给事中萧浣为郑州刺史，九年六月复以刑部侍郎贬遂州刺史。……萧浣坐宗闵、德裕之党，由刺史为侍郎，复由侍郎为刺史，乃危疑无定之时。原注云‘今侍郎’，诗作于贬遂州之前，故有‘身事悠悠’之句耳。”

清屈复《玉溪生诗意》：“正当春愁，更上高楼。忽睹孤雁堪怜，欲问其今向何处？不知自己之身世，正自悠悠。雁将问汝，如之何其问雁也？”

清冯浩《玉溪生诗集笺注》：“孤雁比萧，末更自慨，凄惋入神。《叠山诗话》：‘欲问’、‘不知’四字，无限精神。”

有感

非关宋玉有微辞[1]，却是襄王梦觉迟[2]。
一自高唐赋成后，楚天云雨[3]尽堪疑。

【注释】

① 微辞：指有所规谏，但不直接坦露本意，而诉诸隐晦的寄托、委

婉的讽刺的话。《登徒子好色赋》："（宋）玉为人体貌闲丽，口多微辞。"

② 梦觉迟：指（楚襄王）沉醉梦中，迟迟未能醒悟。

③ 楚天云雨：指《高唐赋》中"旦为朝云、暮为行雨，朝朝暮暮，阳台之下"等句，遭到怀疑、曲解。

【赏析】

这首诗是李商隐对自己创作意旨的委婉表白，相当于一首"论诗绝句"。

诗中李商隐以宋玉自比。宋玉作《高唐赋》，对楚襄王实有所讽喻，然而襄王却迟迟没能体悟赋中规劝之本意。而千年之后的诗人李商隐，他也遭逢到这种类似的"困境"。

诗的首二句说，并非宋玉一定要用"微词"婉转地讽喻君王，实在是楚襄王过于昏聩，沉醉梦中，迟迟未能醒来。后二句说，自从宋玉写就《高唐赋》之后，楚天的"朝云、暮雨"都引起人们的猜疑与误会了。

李商隐的诗作托意隐曲，素称难解，遭到当时与后世人们的误读、误解很多。其中既有着时代变迁的时代原因，也有着诗歌传统与风格的内生缘由。诗无达诂，自古难免，此诗也是如此。有人说它是为《无题》诗作解，另有人认为它是寄意令狐绹，人言人殊，令人莫衷一是。

李商隐在这首诗中想要表达的真实意思，大致是说自己的许多作品虽然有寄托讽喻之旨，但是亦非每篇皆然。因此，后世的读者不应先入为主地穿凿附会，不应将精力集中于对所谓诗歌"本事"的无端猜想与过度挖掘，而是用心去体会诗中婉曲精致的辞藻、哀艳幽微的意境和忧伤落寞的情感，与诗人进行灵魂的沟通，这样才能真正感受到李商隐诗歌独特的艺术品味。

【辑评】

清纪昀《玉溪生诗说》："义山深于讽刺，必有以诗贾祸者，故有此辩。……四家谓为《无题》作解，失其指也。"又曰："前二句言虽有讽刺，亦因人之愦愦而然，后二句乃言由此召疑。"

清程梦星《重订李义山诗集笺注》："此致憾于李宗闵辈信谗而不察也。通篇全用宋玉事，以登徒子尝短宋玉谓其'体貌闲丽、口多微词'，然岂知其事之子虚耶！"

清屈复《玉溪生诗意》："玉溪'无题'诸作，即微词也。当时必有议者，故此诗寄慨。"

乱石

虎踞龙蹲①纵复横，星光渐减②雨痕生。
不须并碍东西路，哭杀厨头阮步兵③。

【注释】

① 虎踞龙蹲：形容乱石嶙峋之状，或如虎踞，或如龙蹲。

② 星光渐减：星，指陨石。天上的陨石降落人间，逐渐光芒衰减。唐代或将进士及第比为文曲星下凡，故有"星光"之喻。

③ 阮步兵：指魏晋诗人阮籍。《晋书·阮籍传》载，阮籍好饮酒，他听说步兵厨善酿酒，乃求为步兵校尉，故世称"阮步兵"。《三国志》裴松之注：阮籍常率意独驾，不由径路，车迹所穷，辄痛哭而返。

【赏析】

这首诗借乱石塞途隐喻朝政昏暗，借穷途之哭抒发无路可走的内心悲伤。

李商隐一生仕途坎坷，辗转幕府，碌碌风尘，始终不能一展抱负，所以借着描写乱石纵横来宣泄胸中的愤懑。首二句描写途中所见怪石形状狰狞，如猛兽伺机食人一般。这些乱石已经褪去了“星光”（最初登第时的理想光芒），而染上了“雨痕”（经历仕途风雨，沾染官场污习）。这里乱石纵横表面写道路，实则隐喻仕途险阻，困难重重。后二句说人间径途无论左右，所有的路口都堵塞了，因此只能像阮籍一样，为穷途末路而恸哭！“不须并碍东西路”既是诗人愤激的呐喊，也是无奈的悲鸣。

有学者将此诗与当时的朝政联系起来，认为“乱石”是指某党成员势力渐衰而言，这是先入为主的附会之辞，难以成立。

【辑评】

清贺裳《载酒园诗话》：“《乱石》一诗亦深妙。……‘不须并碍东西路，哭杀厨头阮步兵’，……乱石塞路，有类途穷，此义山寄托之词，而意味深远。”

清屈复《玉溪生诗意》：“末二语途穷之悲。”又曰：“刺小人当路也。”

清冯浩《玉溪生诗集笺注》：“徐健庵曰：不但穷途之悲，兼有蔽贤之恨。”又曰：“别有深意焉。（郑）亚坐（李）德裕事而贬，义山缘此废滞矣。上二句指李党之据在要地者，一旦光焰忽衰，渐形萧飒。下二句恐其势将累我。”

过楚宫

巫峡迢迢旧楚宫，至今云雨暗丹枫[①]。
微生[②]尽恋人间乐，只有襄王忆梦中。

【注释】

① 丹枫：红色的枫叶。

② 微生：浮生，众生。

【赏析】

这首诗是诗人途经巫山楚宫时的咏怀之作，有借古讽今之意。

据《太平寰宇记》记载："楚宫在巫山县西二百步阳台古城内，即襄王所游之地"。诗人经过此地，不禁浮想联翩。他想起宋玉《高唐赋》的微词谲谏，想起楚襄王沉醉在荒淫一梦中，而忘记了国家安危、百姓疾苦。李商隐在他诗中一则曰"朝云暮雨长相接，犹自君王恨见稀"，再则曰"非关宋玉有微辞，却是襄王梦觉迟"，与此诗意一脉贯通。此诗的首二句景中含情，说千里迢迢终于来到了昔时楚王宫前，当年的烟云迷蒙、细雨飘摇，笼罩着枫树的红叶，仿佛至今未改。"至今云雨暗丹枫"一句，暗用《招魂》中"湛湛江水兮上有枫，目极千里兮伤春心"的语意。它的时间跨度从楚襄王一直延续到晚唐时期，这种君王沉醉、朝政衰颓的历史景象始终存在，而诗人们忧国、伤春之情也一直未变。后二句说，百姓留恋的是世俗的安乐（丰衣足食，岁月平安），只有楚襄王沉迷在巫山云雨的荒唐梦中。在诗中楚襄王的背后，隐约可见后世君王的身影。"襄王梦"是帝王梦、荒淫梦、虚幻之梦，与它对应的是"人间乐"、百姓乐、现实之乐。二者相比较，其间的是非不难判定。

对此诗的理解存在着的分歧。纪昀认为“寓悼亡之意”，意思说诗乃悼念妻子王氏之死。然而诗人怎么会以楚襄王自比，而将妻子王氏拟为朝云暮雨的“巫山神女”呢？故悼亡说于情理不合，难以成立。冯浩认为此诗“自伤独不得志，几于哀猿之啼”，则远离诗中的意境，更是凭空想象、无所依据了。

【辑评】

明高棅《唐诗品汇》：“谢云：高唐云雨，本是说梦，古今皆以为实事。此说讥襄王之愚，前人未道破。”

清姚培谦《李义山诗集笺注》：“反唤妙绝。微生那一个不在梦中，却要笑襄王忆梦耶？请思‘只有’二字，还是唤醒襄王，还是唤醒众生？”

俞陛云《诗境浅说》：“唐人有咏襄王诗云：‘楚峡云深宋玉愁，月明溪静隐银钩。襄王定是思前梦，又抱霞衾上翠楼。’此与诗第四句合观之，若仅言襄王之幻境留连，乐而忘返。然合此诗三、四句观之，则人生万象当前，刹那间皆成泡影，有何乐之可恋？而世人不悟，不若迷离一枕，与世相遗。作者其有出世之想，借‘襄王’为喻也。”

吴宫①

龙槛②沉沉水殿清，禁门深掩断人声。
吴王③宴罢满宫醉，日暮水漂花出城。

【注释】

① 吴宫：春秋时吴王夫差的宫殿。

② 龙槛：雕饰以龙纹的栏槛。

③ 吴王：夫差，姬姓，春秋时吴国君主，在位时期为前 495 年至前 473 年。

【赏析】

这首诗描画吴王夫差荒淫腐败、醉生梦死的场景，意在借古讽今，警戒当世君王，不要重蹈夫差腐败亡国的覆辙。

南朝任昉《述异记》记载："吴王夫差筑姑苏台……横亘五里，崇饰土木，殚耗人力。宫妓千人。又别立春霄宫，为长夜欢。造千石酒锺。又作大池，池中造青龙舟，陈妓乐。日与西施为水戏。又于宫中作灵馆馆娃阁，铜铺玉槛，宫之栏楯，皆珠玉饰之。"其结果是宗庙倾覆，夫差本人自杀而死。唐代李白有《乌栖曲》，描写"姑苏台上乌栖时，吴王宫里醉西施。吴歌楚舞欢未毕，青山欲衔半边日"，以白描述事，不加论断而其意自见。李白又有《口号吴王美人半醉》曰："风动荷花水殿香，姑苏台上宴吴王。西施醉舞娇无力，笑倚东窗白玉床。"诗中描写吴王宫中宴饮观舞的场面，怀古中深寓讽刺之意。

李商隐此诗继承了这一写法。首二句说，建在水滨的宫殿，有雕饰龙纹的栏杆隐约伸向前方，宫门深闭，内外的声音被隔断了。后二句说，吴王夫差的宴席结束后，日暮时分，唯有落花随着流水漂流到城外。流水漂花的意象，暗示吴王夫差终日不理国事，同时象征着吴国大势已去，有如落花流水无可挽回了。此诗借古讽今而不明言，含蓄蕴藉，余味无穷。

清代有学者认为这首诗乃"刺禁御不严"，应是对末句"日暮水漂花出城"的过度联想。唐代《本事诗》有"叶上题诗"的故事，中曰“帝城不禁东流水”，此诗正用其意，以讽刺深宫荒淫而已。

【辑评】

清屈复《玉溪生诗意》：“写其醉生梦死，荒淫亡国，借古慨今也。”

清纪昀《玉溪生诗说》：“末七字含多少荒淫在内，而浑然不觉，此之谓蕴藉。”

嫦娥

云母屏风①烛影深，长河渐落晓星②沈。
常娥应悔偷灵药③，碧海青天夜夜心。

【注释】

①云母屏风：以云母为装饰的屏风。云母，又名云英、云华，莹亮有光泽，古代以为宝物。

②晓星：晨星，一说即启明星。

③灵药：不死之仙药。传说嫦娥偷吃了从西王母处得到的不死之药，遂成仙飞天，成为月神。

【赏析】

这是李商隐的一首名作，诗中揣测嫦娥当此漫长的秋夜，应后悔偷食不死之药，而奔月成仙。诗中寄寓的是诗人一贯的“戒求仙”的思想。

诗的首二句写女主角秋夜难眠，在“云母屏风”遮掩的深处，闪动着微弱的烛光，天上的银河已经逐渐隐去，凌晨的星星也快沉落了。又是一个不眠之夜！后二句乃就此引申，猜想月中的嫦娥此时也应后悔昔日偷食了灵药，面对碧海青天，年年夜夜，凄清孤寂如此！诗中意象繁多，华丽的云母屏风、摇曳的灯光烛影，即将破晓的星空，还有浩瀚的碧海青天，各种色调的意象连缀在一起，渲染出一副凄清、孤寂、幽渺的画面。

此诗主题历来聚讼纷纭。诗中这位孤寂独处、彻夜难眠的女主角，可能是一位身处道观之中的女冠子。李商隐在《和韩录事送宫人入道》曾以“月娥孀独好同游”指代入道宫女，在《月夜重寄宋华阳姐妹》中又以“偷桃窃药事难兼，十二城中锁彩蟾”写女冠子所处的困境。因此，此诗是为修道女冠而作是一种合理的解释。此外有人解读为闺怨，有人解读为悼亡，还有人解读为才高而不遇，有人解读为党争中的忏悔，直如寻幽探秘，各有所悟，各有所得。西方审美学认为“形象大于思维”、“一千个人心中就有一千个哈姆雷特”，所以对于同一作品的不同解读不足为奇，不妨并存待考。

【辑评】

明高棅《唐诗品汇》：“谢云：意谓嫦娥有长生之福，无夫妇之乐为悔。前人未道破。”

清沈德潜《唐诗别裁》：“孤寂之况，以‘夜夜心’三字尽之。士有争先得路而自悔者，亦作如是观。”

俞陛云《诗境浅说续编》：“嫦娥偷药，本属寓言。更悬揣其有悔心，且万古悠悠，此心不变，更属幽玄之思。词人之戏笔耳。”

忆住一师①

无事经年别远公②，帝城钟晓忆西峰。
炉烟消尽寒灯晦，童子开门雪满松。

【注释】

① 住一师：不详。一说，当作“匡一”，李商隐的方外友人。

② 无事：空教，无端。远公，指慧远法师，东晋著名高僧，卜居庐山三十余年。此处借指住一师。

【赏析】

这首诗描写住一法师居所环境的清幽脱俗，以衬托其精神品格的超然高洁。

诗的首二句，落笔便说“无事经年”，“无事”用作否定副词。庾信《燕歌行》“无事九转学神仙”、《杨柳歌》“无事翻复用张仪”、吴均《发湘州赠亲故》“古来非一日，无事更劳心”中“无事”与此同义。二句意谓无端（空教）我与住一法师离别经年，当京城报晓的晨钟响起的时候，我情不自禁想起了在西峰与法师会见的情景。诗人写此诗时，身在长安，故曰“帝城”。唐代长安有击钟报晓的习俗，这勾起诗人与住一法师相交往的回忆。后二句描炉中袅袅的香烟将尽，灯光暗下来了，童子开门时才发现大雪已经落满松枝了。如此一幅西峰松雪的图景，何等清新雅致！帝城的红尘纷扰，与佛门的清静高洁，两相对照，其意自见。诗人身不能至，心向往之。

诗中写景神韵俱佳。至于所忆是“住一师”还是“匡一师”，其真实身份如何，倒显得无关紧要了。

【辑评】

清姚培谦《李义山诗集笺注》："经年帝城，软尘十丈，岂知西峰别一境界哉？"

清纪昀《玉溪生诗说》："格韵俱高。香泉曰：只写所住之境清绝如此，其人益可思矣！相忆之情，言外飘渺。"

清屈复《玉溪生诗意》："三四，西峰之景如此！无事而别，能不相忆？"

初食笋呈座中

嫩箨香苞①初出林，於陵②论价重如金。
皇都陆海③应无数，忍剪凌云一寸心。

【注释】

① 嫩箨香苞：嫩竹叶包裹着笋心。箨，笋衣。苞，花苞，竹笋状如花苞，故云。

② 於陵：汉有於陵县，在今山东省境内。北方少竹，故价贵于金。

③ 皇都陆海：泛指长安宴席上所陈列的山珍海味。陆海，指陆地所产、海洋所生之美味佳肴。

【赏析】

这首诗借咏嫩笋，寄寓了珍惜少年人才的情思。

普遍认为它是李商隐的早期作品。首二句说嫩叶包裹着初出林的竹笋，如同花苞一般的形状，在北方於陵这地方它贵重如金。后二句说长安等大都会的宴席上有着无数的山珍海味，怎么能忍心剪断这幼笋充作食物，从而葬送它冲天凌云的志向呢！

作为咏物诗，它妙在不即不离之间。诗中句句在说竹笋，又句句在隐喻少年才俊。青少年有远大理想，志在凌云，有着无限的发展空间，有无限可能的未来前景。但是如果在嫩芽时就被摧折、剪断，则丧失了一切发展的前途。李贺在《昌谷北园新笋》诗中写母笋乃“龙材”，“更容一夜抽千尺，别却池园数寸泥”。李商隐正是继承了李贺的思绪，将“一夜抽千尺”改写为“凌云一片心”。

清人冯浩曾推测这首诗是大和七年李商隐“从崔戎兖海作”，张采田进而肯定说“必幕游未第时也”，则并无实际的证据。作品中当然融入了诗人的人生感受，但也未必是因为个人科场失意而发。说它是早期作品，则大体可以成立。

【辑评】

清姚培谦《李义山诗集笺注》：“此以知心望当事也。须知三千座客中，要求一个半个有心人绝少。”

清屈复《玉溪生诗意》：“皇都之剪食无数，谁惜此凌云一寸心乎？流落长安者可痛哭也。”

近代张采田《玉溪生年谱会笺》：“诗无可征实。於陵，淄州地。徐湛然因疑从崔戎兖海作。……必幕游未第时也。”

暮秋独游曲江

荷叶生时春恨[①]生，荷叶枯时秋恨[②]成。
深知身在情长在，怅望江头[③]江水声。

【注释】

① 春恨：春日之愁恨、春怨。

② 秋恨：秋怨、秋思。《宿骆氏亭寄怀》："秋阴不散霜飞晚，留得枯荷听雨声。"

③ 江头：指曲江头。杜甫有《哀江头》诗。

【赏析】

这是一首抒写深秋时节，独游曲江，内心忧恨无尽的诗章。

唐人康骈《剧谈录》记载："曲江池花草周环，烟水明媚，……碧波红蕖，湛然可爱。"这首诗便以曲江池的荷花起兴。首二句说，荷叶初生时我心中便产生出了"春恨"，现在节令已是暮秋，荷叶干枯，我的心中又满怀着"秋恨"。后二句说，我深知只要生命存在，此情便长在，何况我心中满怀着惆怅之感，在曲江头听着那一去不复返的流水声啊！

长安曲江一带，产生了无数的诗歌作品，因而成为唐王朝治乱兴衰的象征。杜甫在《哀江头》诗中写道："少陵野老吞声哭，春日潜行曲江曲"，"人生有情泪沾臆，江草江花岂终极"。在《曲江二首》中写道："一片飞花减却春，风飘万点正愁人。"在《曲江三章》中又写道："曲江萧条秋气高，菱荷枯折随风涛。"从春到秋，曲江的花草景物无不引起诗人强烈的感受，春愁秋恨，绵绵不尽。杜甫如此，李商隐也是如此。

对此诗的理解存在着歧义，有的偏于个人的情感寄托，认为它是一首悼亡诗。盖荷叶春时生长，秋时凋敝，有如男女恋情，少年相思，暮年伤逝，以荷叶起兴，引出生离死别之恨。曰此身若在，此恨便遥遥无绝期，恰似曲江流水，永不止息。冯浩《玉溪生诗集笺注》云："前有《荷花》、《赠荷花》二诗，盖意中人也，此则伤其已逝矣。"此说牵强附会，缺乏确实的证据。亦有从一般的意义上泛泛而论，不排除其间所蕴藏的多重寓意。屈复《玉溪生诗意》引江淹《恨赋》“仆本恨人”、李白“古之伤心人”，认为“与此同意”，就属于后一种理解。

这首诗“调古情深”，韵味悠长，含情凄婉，有一唱三叹、绵延不绝之感，历来为人所称赏。

【辑评】

清程梦星《重订李义山诗集笺注》：“‘身在情长在’一语，最为凄婉，盖谓此身一日不死，则此情一日不断也。”

清纪昀《玉溪生诗说》：“不深不浅，恰到好处。”

近代张采田《李义山诗辨正》：“措语生峭可喜，亦复宛转有味，巧思拙致，异于甜熟一流，所谓恰到好处者也。”

贾生①

宣室②求贤访逐臣，贾生才调更无伦。
可怜夜半虚前席③，不问苍生问鬼神。

【注释】

①贾生：指贾谊，西汉著名文士。生，先生，汉代称儒者。

②宣室：汉皇宫未央殿内，皇帝斋戒之所。

③虚前席：形容汉文帝不自觉地将坐席向前移，便于倾听。

【赏析】

这首诗以汉文帝在未央宫宣室召见贾谊事，讽刺帝王“不问苍生问鬼神”，表达反对求仙的思想。

《史记·贾谊传》载，汉文帝在宣室召见贾谊，询问鬼神之事，贾谊与他谈了很多关于鬼神的道理。时至夜半，文帝为贾谊的才学所吸引，不知不觉坐席前移，靠近贾谊。这首诗便是为此事而作。首二句写文帝的求贤，询及贬逐之臣；而贾谊的杰出才调，无人可比拟。后二句讽刺文帝不谈国事，不关心百姓疾苦，而只问鬼神之事。前后巨大的反差，令人感喟不已。

这首诗有本义，有借古讽今之义。其本事在《史记》中有着具体的记载，诗人咏其事，并赋予它“不问苍生问鬼神”的思想意义，这是其本义。征古以讽今，借汉以喻唐，是唐代诗人的惯用手法。这首诗举出汉文帝“问鬼神”一事，可能暗喻唐武宗好神仙方术、李德裕曾有所规谏一事，这是借古典以讽喻现实之义。至于有人以为诗中贾生是李商隐自比，但诗次句说“贾生才调更无伦”，用之于诗人自己，似不符合他的心情与处境，所以兹说难以成立。

【辑评】

清姜炳璋《选玉溪生诗补说》：“绝大议论！得未曾有。言外为求神仙者讽。”

清程梦星《重订李义山诗集笺注》：“此谓李德裕谏武宗好仙也。德裕自为牛僧孺、李逢吉党人所阻，出入十年，三在浙西。武宗即位，始得为相，此首句之意也。史称德裕当国，方用兵时，决策制胜，他相无与，此次句之意也。及德裕谏帝信赵归真，学养生术，帝乃不听，此下二句之意也。”

当代刘永济《唐人绝句精华》：“程梦星《笺注》：‘此谓李德裕谏武宗好仙也。’按诗责其不问苍生，则不止好仙为不当，且不恤国事，不重民生，尤非求贤之意，义更正大。”

李卫公[①]

绛纱弟子[②]音尘绝，鸾镜佳人[③]旧会稀。
今日致身歌舞地[④]，木棉花暖[⑤]鹧鸪飞。

【注释】

① 李卫公：即李德裕（787 — 849），字文饶，晚唐著名政治家、思想家、文学家，受封卫国公，故名。

② 绛纱弟子：指受业弟子、门人。《后汉书·马融传》载，马融讲学时，常坐高堂，施绛纱帐，以授生徒。

③ 鸾镜佳人：喻指政坛志同道合之旧侣。李商隐《破镜》："秦台一照山鸡后，便是孤鸾罢舞时。"据传鸾鸟对镜见其影子，以为同类而辄鸣。

④ 致身歌舞地：离开了长安繁华之地。致身，脱身，离去。歌舞地，指长安。杜甫《秋兴八首》（其六）："回首可怜歌舞地，秦中自古帝王州。"

⑤ 木棉花暖：木棉是一种岭南地区生长的落叶乔木，春末开花，花大而红。

【赏析】

李德裕是晚唐时期重要的政治人物，在唐文宗、武宗朝曾两度拜相，会昌时期更是权倾一时，被称为一时"名相"。宣宗登上大位后，朝局急剧变化，李德裕被贬为潮州司马，再贬崖州司户参军，最终卒于贬所。这首诗记述了李德裕晚年的人生悲剧，首二句写其被斥逐，昔日门生弟子音讯断绝，当年政坛志同道合者再也难得一见，一朝名相，风流云散。后二句说此时离开长安繁华之地，被贬岭南，前方唯有木棉花树以及翻飞中鸣声悲切的鹧鸪鸟与你相伴……

从本质上说,李德裕是因为朝中皇位的转移而遭受到残酷的打击，这在那个皇权时代一点儿也不奇怪。由于当时朝中存在“牛李党争”，而李德裕是“李党”一派的领袖，后代学者因此议论纷纭，有说李商隐“党牛”或“党李”，言之凿凿。这些多是先入为主，未必属实。但此诗中对李德裕的遭遇表示了深切的同情，则是确定无疑的。

纪昀评价此诗“格调殊高，亦有神韵”，因为它述事见意，以景写情，可谓以丽语出悲辞，婉约中见伤痛，而耐人寻味再三。

【辑评】

清程梦星《重订李义山诗集笺注》:“李德裕之为人，史称其性孤峭，又不喜饮酒，后房无声色之娱，此诗‘绛纱弟子’‘鸾镜佳人’，事殊无征。大抵欲形容今日之流贬，不得不借端于昔时之贵盛，倘所谓诗人之言不必有其实耳。”

清姜炳璋《选玉溪生诗补说》:“‘绛纱弟子’喻平日培植之人才;‘鸾镜佳人’，喻当时识拔之贤士。‘致身’犹云‘去身’，言不在歌舞之地，而在崖州也，但见木棉、鹧鸪而已。凄凉景况，何以堪此!而音绝会稀者，无所依托，风流云散矣。”

当代刘永济《唐人绝句精华》:“纪昀评:‘格调殊高，亦有神韵，……但末句如指南迁，不合云歌舞地，如指旧第，不合云木棉鹧鸪。此不了了！’按此诗明是为德裕贬崖州司户而作。‘致身’犹言‘归身’、‘收身’也。‘致身歌舞地’，言今日收身于纷华之地，并无不合。纪氏乃因‘致身’二字未明，故有此疑。”

漫成五章（选一）

沈宋裁辞矜变律[1]，王杨[2]落笔得良朋。
当时自谓宗师妙，今日惟观对属[3]能。

【注释】

①沈宋：初唐诗人沈佺期、宋之问，并称“沈宋”。变律：变革声律。唐元稹《唐故工部员外郎杜君墓系铭序》指出：“沈宋之流，研练精切，稳顺声势，谓之为律诗。由是而后，文体之变极焉。”

②王杨：初唐王勃、杨炯，与卢照邻、骆宾王合称“初唐四杰”。

③对属：属辞对仗、排偶。

【赏析】

组诗《漫成五章》，是李商隐对自己诗歌创作与朝廷见闻的回顾与反思，集中体现了他的诗学观念和政治意见。其体裁格调，则是模仿杜甫《戏为六绝句》而成，不过所论更为宽泛随意一些。清人有“前二首论诗，后二首论兵”之说，可以参考。

此篇是组诗的首章，是对杜甫《论诗六绝句》中“王杨卢骆当时体”一诗的回应，也委婉地表达了李商隐自己的诗学主张。杜诗论及初唐诗坛，提到“初唐四杰”，李商隐又加上沈佺期、宋之问二人。在文学史上，沈、宋的功绩主要在诗歌艺术及格律诗的定型上。他们积极探索诗歌的平仄格律，不只讲求一句一联的音律，而且重视全篇平仄的粘对，从而形成完整的五七言律诗。所以诗的首二句说，沈佺期、宋之问落笔修辞成章，使得律诗变得整饬定型，因而矜持而自负；王杨四杰之辈相互呼应，也都追求对偶的整齐、声韵的和谐，一时成为了风气。后二句笔锋一转，说这些人当时都以宗师自居，其佳句妙语也被时人竞相效法；然而当今看去，他们仅仅只是擅长于对仗而已。可见一向以属对精工、格律严谨着称的李商隐，并未将对仗、声律等外在形式视为诗歌最重要的因素，他更看重、追求的还是作品的内在蕴涵、精神气韵和时代价值。

清代以来，流行另一种解释，将这五首作品与李商隐的生平身世一一联系、对应起来，还置之于“牛李党争”的背景中大加发挥。认为这首诗是回忆他当年向令狐楚学习骈体文的写作，而深叹“所得者不过属对之能而已”“深慨己之名位不达”。此说附会联想，漫无边际，实不可信。

【辑评】

明胡震亨《唐音癸签》：“‘当时自谓宗师妙，今日唯观对属能’，义山自咏尔时之四子。‘尔曹身与名俱灭，不废江河万古流’，杜少陵自咏万古之四子。”

清姚培谦《李义山诗集笺注》：“王、杨、沈、宋乃唐初应运而兴者，岂料世无具眼，皮相至此，即少陵所谓‘轻薄为文哂未休’也。”

近代刘永济《唐人绝句精华》：“按此题原系五首，程梦星笺注一一皆从商隐说，不免失之比附。然诗人之言，原本圆融，未可拘泥，虽论他人而自己即在其中。姚氏世俗忌才之说，谓李杜可，谓商隐自己亦何不可？但不能字字比附，反多滞碍。”

花下醉

寻芳不觉醉流霞[1]，倚树沉眠日已斜。

客散酒醒深夜后，更持红烛赏残花[②]。

【注释】

① 醉流霞：饮美酒而沉醉。流霞，指美酒，如霞光流动之色。葛洪《抱朴子·祛惑》："仙人但以流霞一杯与我，饮之辄不饥渴。"

② 残花：指落花。苏轼《海棠》"故烧高烛照红妆"，从此句化出。

【赏析】

这首诗写春日寻芳，欢饮沉醉，酒醒之后，又秉烛赏落花，表达一种惜春伤春的情怀。

首二句写春天到来，踏野寻芳，不料与客人饮酒，竟至沉醉，倚树而眠，醒后发觉已是日落西山了。后二句说客人散去，酒已醒来，于是再秉烛夜游，更赏落花。诗中表现出一种对春天的眷念，乃至有些放旷不羁的心境，这在李商隐诗中较为少见。

李商隐另有五律《落花》诗，首联是"高阁客竟去，小园花乱飞"，而尾联是"芳心向春尽，所得是沾衣"点明伤春之意，可与此诗互参。

【辑评】

清屈复《玉溪生诗意》："人赏我醉，客去独赏，得无座中有拘忌者乎！"

清马位《秋窗随笔》："李义山诗'客散酒醒深夜后，更持红烛赏残花'，有雅人深致；苏子瞻'只恐夜深花睡去，故烧高烛照红妆'，有富贵气象。二子爱花兴复不浅。或谓两诗孰佳，余曰：李胜，苏微有小疵。"

近代张采田《李义山诗辨正》："含思婉转，措语沉着，晚唐七绝，少有媿者，真集中佳唱也。”

月

过水穿楼触处明，藏人带树[1]远含清。
初生欲缺[2]虚惆怅，未必圆时即有情！

【注释】

① 藏人带树：传说月中有嫦娥居住，还有吴刚砍伐桂树，故云。

② 初生：未圆之月。欲缺：圆而后缺之月。

【赏析】

这首诗借咏月表达失意的伤痛。首二句写诗人月夜登楼，见满目月光清寒，想到广寒宫中的嫦娥、桂花树下的吴刚，亦皆是孤寂落魄之人。后二句说，不论是月亮初生而未圆，还是既满而后亏，都只会令人感到空虚惆怅，而即使月圆时节，也未必就有欢乐之情。对月怀忧，总是难以排遣如此。

通常人们总是将月之圆缺对应人之悲欢，而此诗却别出新意，写忧伤无时不在，绵绵无穷尽，从而将人生的绝望失意之感推至极致。

【辑评】

清屈复《玉溪生诗意》：“月缺而人愁，月圆而人未必不愁也。”

清冯浩《玉溪生诗笺注》：“总是失意之语，不必定有所指。”

五言绝句

悼伤[1]后赴东蜀辟至散关遇雪

剑外[2]从军远，无家与寄衣。
散关[3]三尺雪，回梦旧鸳机[4]。

【注释】

①悼伤：即悼亡，悼念亡妻之痛。大中五年秋，李商隐的妻子王氏因病去世，故云。

②剑外：剑阁之外，剑阁是进入蜀地的门户。剑，指剑阁。

③散关：指大散关，在陕西境内，是长安赴蜀重要之通道。

④旧鸳机：想象旧日妻子生前，还在织机前为赶制缝纫御寒的衣裳。鸳机，纺织机具。

【赏析】

这是诗人旅途遇雪、悼念亡妻之作。

大中五年的秋天，与李商隐结缡十三年的妻子王氏因病去世，这给诗人以痛彻心扉的创伤。然而再痛楚，日子还是要继续过下去。这年的七月，柳仲郢由河南尹调任梓州刺史、东川节度使，上奏朝廷任命李商隐为节度书记（记室），后又改判上军，检校工部郎中（从五品上阶）。李商隐于是前往赴任，途经大散关时，突然天降大雪，诗人情不自禁地想起了亡妻。妻子王氏去世了，再无人给自己寄来御寒的衣裳。面对大散岭满山的积雪，他在梦中还想念妻子生前为自己织锦缝衣的情景。此际已无家，犹作有家之梦！他内心的哀伤难以抑制，于是写下了这首五绝。它在短短二十字的狭小篇幅内，写出一片意境、一段心绪、一种内心深处最真切的感受，而流传千古，感人至深。

清代纪昀举出唐人七绝中“可怜无定河边骨，犹是春闺梦里人”二句与这首五绝作比较。七绝诗中是女子思念丈夫（丈夫已战死），五绝中则是丈夫思念妻子（妻子病故），所以他说“是此诗对面”。

【辑评】

清纪昀《玉溪生诗说》：“盛唐余响！‘回梦旧鸳机’，犹作有家想也。‘可怜无定河边骨，犹是春闺梦里人’，是此诗对面。”

清屈复《玉溪生诗意》：“以从军起无衣，以无衣起三尺雪。四，总结上三。”

刘永济《唐人绝句精华》：“无家之人于远方雪夜中，忽做有家之梦，情已可伤。况当悼亡之后，何以为怀？‘鸳机’二字中含有无限温暖在。”

乐游原[①]

向晚意不适，驱车登古原[②]。
夕阳无限好，只是近黄昏。

【注释】

① 乐游原：又名乐游苑，是长安郊区著名的游览胜地。李商隐以“乐游原”为题者，有五律、五绝、七绝各一，共三首。

② 古原：乐游原在秦为宜春苑，汉宣帝时，修乐游庙，又名乐游苑。唐代增修亭台，以供游赏。自秦迄唐，历时千年，故曰古原。

【赏析】

乐游原是唐代京城著名的景点。这里地势高敞，视野开阔，亭台楼榭，可供观赏，登临远眺，可见周边的汉唐帝王陵阙。诗人来此，岁月沧桑之感便油然而生。这里曾经见证秦汉王朝的兴亡，又正在经历唐王朝由盛转衰的历史变迁。于是它成了千年历史的一个具象的缩影。

唐代诗人歌咏乐游原的诗作，与李商隐同时的杜牧有《登乐游原》：“长空澹澹孤鸟没，万古销沉向此中。看取汉家何事业，五陵无树起秋风。”这是感叹汉王朝的兴亡！又如《将赴吴兴登乐游原》“欲把一麾江海去，乐游原上望昭陵”，这是缅想唐王朝的盛时气象，并从中寄托身世之感。李商隐的这首五绝则将咏怀历史与寄托身世打成一片，遣词更为凝练，寄情更为深婉。

诗的首句“向晚意不适”，意思是黄昏时分，心情郁郁不乐。“不适”，就是心情郁闷，不快乐。诗人之忧伤不乐，包容着丰富的蕴涵。屈原在《九章·哀郢》中写道：“心不怡之长久兮，忧与愁其相接”，阮籍《咏怀》诗曰：“夜中不能寐，……忧思独伤心。”江淹《爱远山》写道：“非郢路之辽远，实寸忧之相接。”李白《宣州谢朓楼饯别》诗曰：“抽刀断水水更流，举杯消愁愁更愁。”杜甫《自京赴奉先咏怀五百字》诗曰：“忧端齐终南，澒洞不可掇”，又《独立》诗曰：“天机近人事，独立万端忧”。可以说，忧伤是历代诗中常见的情感主题，忧国、忧民、忧朝廷、忧个人际遇，形成诗歌的情感基调。这首诗说到心情不乐之后，随即就写到“驱车登古原”。在作为王朝象征的乐游原，他看到的是残阳夕照。夕阳灿烂，晚霞成绮，然而却是落日前的美丽！夜幕即将降临，王朝的衰替也将如流水东去，无可挽回。

西方阐释学认为，不同时代、不同身世的人可以从同一作品中读出不同的蕴涵。落日苍茫，百感丛集，其中既有对于唐王朝衰落的忧伤，也有着诗人自己年华老去的身世之感。在这首诗中，二者完美地融合在一起了。

【辑评】

清纪昀《玉溪生诗说》：“百感茫茫，一时交集，谓之悲身世可，谓之忧时事亦可。”

清程梦星《李义山诗集笺注》：“此诗当作于会昌四五年间，时义山去河阳退居太原，往来京师，过乐游原而作。是诗盖为武宗忧也。武宗英敏特达，略似汉宣，其任李德裕为相，克泽潞，取太原，在唐季世，可谓有为，故曰‘夕阳无限好’也。而内宠王才人，外筑望仙台，封道士刘元静为学士，用其术以致身病，不复自惜，识者知其不永，故义山忧之，以为‘近黄昏’也。”

刘永济《唐人绝句精华》：“从此诗可以说明诗家之兴。……即如此诗，作者因晚登古原，见夕阳虽好而黄昏将至，遂有美景不常之感。此美景不常之感，久蕴积在诗人意中，今外境适与相合，故虽未明指所感而所感之事即在其中。”

忆梅

定定[1]住天涯，依依向物华。
寒梅最堪恨，长作去年花[2]。

【注释】

① 定定：民间俗语，强调长期固定在某地，不能移动。

② 长作去年花：寒梅冬天开花，当来年春光降临，花期已过，故云“去年花”。长，一作“常”。

【赏析】

这首五绝作于东川节度使府，地点四川梓州。

宣宗大中五年十月，诗人追随柳仲郢来到东川，滞留于此已经三四个年头了。诗人沉沦下僚，升迁无望，又值一年的春天到来，思乡之情、身世之感乃悄然而生。于是写下了这首《忆梅》。

忆梅，即追忆去年冬天先期开花的寒梅。寒梅在隆冬时节独自开花，当春天群芳争艳时，它已隐然归去，不占春华。首二句写梅花久在此地，未得迁徙，梓州距离长安路途遥远，故曰“天涯”。依依向春，不沾物华，故应有“恨”。后二句接着说寒梅最大的恨事（遗憾），是年前（“去年”）开花、春日无花，从而被摒弃于当时物华之外。李商隐在《十一月中旬至扶风界见梅花》诗末曰：“为谁成早秀，不待作年芳！”与此同感。

李商隐少年即以才华闻名于世，二十七岁得中进士，可谓“早秀”，然而仕途坎坷，辗转幕府，未曾受到朝廷的重用。所以诗咏寒梅，从中寄托的是诗人自己的身世不遇之感。

【辑评】

清姚培谦《李义山诗集笺注》:“自己不能去,却恨寒梅,妙绝。”

清纪昀《玉溪生诗说》:“末二句用意极曲折可味,但篇幅少狭耳。”

清屈复《玉溪生诗意》:“‘定定’字俚语,入诗却雅。一,忆之由;二,忆之时;三四,忆之反词。”

听鼓

城头叠鼓声,城下暮江清。
欲问《渔阳掺》①,时无祢正平②。

【注释】

①《渔阳掺》:鼓曲名,亦称《渔阳掺挝》。掺,击鼓之法、调式。一作“参”。

② 祢正平:祢衡(173—198),字正平,东汉末名士。《世说新语·言语》记载他被因为冒犯曹操,被贬为鼓吏,祢正平乃“扬枹为《渔阳掺挝》,渊源有金石声,四座为之改容”。

【赏析】

祢正平是东汉末年的名士,他自幼聪明好学,博学多识,以才华闻名一时。孔融《荐祢衡表》推许他“淑质贞亮,英才卓跞”、“见善若惊,嫉恶如仇”。他是当时有名的狂狷之士,因为不满曹操的行为,多次言论不逊,当面讥刺,曹操因之忿恨,乃召他为鼓吏,想当众羞辱他。在“试鼓”时,祢衡从容脱去旧衣,“裸身而立”,然后才换上鼓吏的衣服，用这种举动使曹操难堪。后世将此演义为“击鼓骂曹”的故事，历代流传演绎不绝。

因为祢衡在江夏写有《鹦鹉赋》传世，学者推测这首五绝乃是李商隐南北奔波、途径武昌时所作。祢衡《鹦鹉赋》描写鹦鹉是一只“灵鸟”，可与鸾凤比美。然而它不幸陷身罗网，漂流万里，母子永隔，伉俪分离，生不逢时，插翅难飞，“音声凄以激扬，容貌惨以憔悴”。显然，在鹦鹉的背后是文人才士不幸遭遇的身影。这也就是诗人闻鼓声而激起内心不平的缘由之所在。

诗的首二句说城头响起了击鼓的声音，只见清澈的江水在暮色中缓缓地流去。下二句说我想起汉末祢衡“渔阳掺”的古调，然而在当今之世哪里会有祢正平这样的人物呢？诗中发思古之幽情，寄身世之所感，隐然以古人自喻，藉此以抒写内心的愤懑之情。

【辑评】

清姚培谦《李义山诗集笺注》：“借鼓声抒愤懑也。”

清纪昀《玉溪生诗说》：“有清壮之音，以气格胜。次句着‘城下暮江清’五字，倍觉萧瑟空旷，动人远想，此烘染之法。”

清冯浩《玉溪生诗集笺注》：“此游江乡作，未定前后何时也。祢衡遇害于江夏，得毋于武昌感叹而作欤！”

漫成（五绝二首）

沈约怜何逊[①]，延年毁谢庄[②]。
清新俱有得，名誉底相伤？

雾夕咏芙蕖[3]，何郎[4]得意初。
此时谁最赏？沈范两尚书[5]。

【注释】

① 沈约（441—513）：字休文，是南朝宋、齐时期的文坛领袖。何逊（？—518）南朝文人，与沈约大致同时。《南史》记载，沈约曾对何逊说："吾每读卿诗，一日三复，犹不能已。"

② 颜延之（384—456）：字延年，官至金紫光禄大夫，好酒疏狂。谢庄（421—466），字希逸，曾任吏部尚书。二人均为当时著名诗赋作家。谢庄有《月赋》等作品，当世有盛名。据《南史》记载，宋孝武帝曾问颜延之曰："谢希逸《月赋》何如？"颜延之回答中予以嘲讽、贬损。

③ 雾夕咏芙蕖：何逊《看伏郎新婚》诗有"雾夕莲出水，霞朝日照梁"之句。芙蕖，莲花。诗以出水之莲花形容新娘容貌之美。

④ 何郎：何逊诗为看"伏郎"新婚，此作"何郎"，或系误记。

⑤ 沈范两尚书：指沈约、范云，二人都曾出任吏部尚书。杜甫《解闷十二首》："沈、范早知何水部"。

【赏析】

唐代杜甫《论诗六绝句》，开创了以绝句论诗、论诗人以及论诗歌作品的风气，赓续而作者，历代不乏其人。

李商隐的《漫成三首》，便是这样的一组作品。它包括七绝一首、五绝二首，诗中论及南朝诗坛的沈约、范云、何逊、谢庄，评析当时的诗坛风气，同时寄托现实之感。《漫成》所评说南朝诗人的主角是何逊，其余是陪衬。何逊八岁能赋诗，弱冠举秀才，然而终生官职卑微，多任王府参军兼记室，又曾任"水部郎"，故后世称作"何水部"。李商隐与何逊生活在不同的时代，但他的仕途遭遇与何逊有些相似，故诗中他隐然以何逊自喻。

组诗五绝其一说：沈约怜爱、褒扬何逊的才华，而颜延之却对谢庄采取讽刺、贬损的态度。他们的诗赋创作清新感人各有所得，为何要相互伤害对方的美名呢？五绝其二说：用轻雾笼罩下的出水芙蓉形容新娘之美，这正是“何郎”得意的日子。此时谁最欣赏他的才华？那就是沈约、范云两位尚书啊！

诗中所说的“沈、范两尚书”，程梦星《李义山诗集笺注》认为是指令狐楚、王茂元两位府主，冯浩《玉溪生诗集笺注》以为是指被选中进士时的主考官周、李二学士，这些都只是注家的推想而已。解诗太执着，有时反而限制了诗意的空间，不妨“留白”，让读者去自由想象与发挥。

【辑评】

清纪昀《玉溪生诗说》：“此种绝句，倡自工部，已落论家。然皆借事抒怀，故言尽而意不尽。使泛泛论古，则不免伧父。”

清屈复《玉溪生诗意》：“（其一），何、沈相重，颜、谢相轻。下二句单承颜谢。不解其何故相轻也！（其二），总结沈、范羡慕之深，以见今之不然也。含蓄！”

清冯浩《玉溪生诗集笺注》：“此开成三年初婚王氏，而应鸿博时作也。末首上二句借谓初婚，下二句谓周、李两学士举之也。详文集。次章首句指爱我者，次句指忌我者而言。皆属文人，何为争名相忌？”

张恶子庙[①]

下马捧椒浆[②]，迎神白玉堂。
如何铁如意[③]，独自与姚苌[④]？

【注释】

① 张恶子庙：即梓潼神庙，庙在梓潼县北之七曲山。张恶子，一名“亚子”，本为晋人，战死后，当地人为他立庙封神，显灵于蜀地。

② 椒浆：用香椒泡制的酒，指敬神的酒浆。《九歌·东皇太一》：“莫桂酒兮椒浆。”

③ 铁如意：如意是古人手执的器物，可以挠痒用。此处指用以号令指挥军队的铁制权杖。

④ 姚苌：字景茂，他曾经附从苻坚，立有战功。淝水之战后，他被诸羌豪推为首领。建初元年（386），他即位称帝，建立“大秦”，史称“后秦”。

【赏析】

张恶子是梓潼庙所祭祀的地方神灵。传说张恶子本是儒士，东晋时率军作战，英勇无畏，不幸阵亡。当地人为他修建了神庙，岁时奉祭，颇有灵验。又据《后秦录》记载：南北朝时，占据该地的军阀姚苌曾到梓潼游历，梦见神人自称“张恶子”，要他早日返回秦地争夺江山。后来姚苌果然获胜，在长安即位称帝，建置百官，建立起新的大秦王朝。《梓潼化书》还记载：张恶子曾将一柄铁如意送给姚苌，并说“麾之可致兵”，意思是用它来指挥用兵打仗，可以战而胜之，夺取天下。

这首五绝首二句写到自己下马进入张恶子庙，手捧祭祀的酒浆，在白玉堂前迎拜神灵。下二句则笔锋一转，就历史传说向神发问：为何要将“铁如意”（军权的象征）交给姚苌，使他得以称霸一方呢？

这一质问言简而意深。姚苌只是一介武夫，凭借暴力夺取江山，登上帝位。而李商隐所处的时代，藩镇割据，相互争夺厮杀，战乱连绵。所以在这首五绝中，借着质问神灵，来表达他对于朝廷纵容藩镇势力危害百姓的愤懑与不满。

【辑评】

清屈复《玉溪生诗意》：“贤愚不辨，安见其神之灵乎？”

清冯浩《玉溪生诗集笺注》：“后（姚）苌以龙骧将军使蜀，至凤山访予（指张恶子），予假以铁如意，祝之曰‘麾之可致兵’。苌疑予，于为之一麾，戈盾戎马万余列之平坡，今试兵坝是也。”

近代张采田《玉溪生年谱会笺》：“庙在梓潼县七曲山。此到东川咏古之作。结语略有寓意。”

天涯

春日在天涯，天涯日又斜①。
莺啼如有泪，为湿最高花②。

【注释】

① 日又斜：夕阳西下，日暮时节，隐喻春色将尽。

② 最高花：最高枝头绽放的花。

【赏析】

这首五绝通过描写春莺啼泪，抒写有志之士沉沦不遇、理想失落的悲伤情怀。诗的意境空灵，寓意深长，令人回味不尽。

古代诗人藉着写杜鹃啼血、乌鹊绕枝、三峡猿啼，来倾诉委屈，抒发悲伤，传达忧愤，形成了一种常见的修辞技法。曹操《短歌行》写乌鹊南飞“绕树三匝，何枝可依”，李白《蜀道难》写蜀道“但见悲鸟号古木”、“又闻子规啼夜月”，白居易《琵琶行》“杜鹃啼血猿哀鸣”，孟郊《巫峡高》“猿啼三声泪沾衣”，都是将鸟鹊动物的行为拟人化、人情化，从而丰富了诗歌的情感表达领域。本诗继承了这一修辞手法。

这首绝句题曰“天涯”，可能作于东川节度使府的后期，地点梓州。诗首二句说在此天涯之地度过了一个又一个的春天，现在又是暮春日落时了。末二句设想那飞鸣的啼莺，如果啼莺有泪，就洒向那最高的花枝吧！

“莺啼如有泪，为湿最高花”是诗家虚拟的意象，是一个“心象”。因为黄莺不会“啼泪”，更不会飞到最高的花枝上去“啼泪”，所以它是虚拟的。然而这个虚拟的意象却真实地触动了后世读者的心灵，人们纷纷猜测“最高花”的意旨何在。“最高花”就是最高的花枝，与“最高枝”意同。刘禹锡《竹枝词》“三峡苍苍烟雨时，清猿啼上最高枝”，虚拟想象哀猿啼在“最高枝”上。温庭筠《题柳》“流莺百啭最高枝”，也以“最高枝”写形呈象。在现实中，最高枝是显豁的、一目了然的，而在诗景中，它又有自处上位、出类拔萃的意味。李商隐《流莺》诗“凤城何处有花枝”，其寓意亦可为此二句的补充。

至于张采田在《李义山诗辨正》中，认为“天涯日又斜”暗喻其府主卢弘正之死，说“最高花”是指令狐绹，就完全是想入非非、绝不可信了。

【辑评】

清姚培谦《李义山诗集笺注》："最高花，花之绝顶枝也，花至此开尽矣。"

清屈复《玉溪生诗意》："不必有所指，不必无所指。言外只觉有一种深情。"

清冯浩《玉溪生诗集笺注》："田曰：一气浑成，如是即佳。杨曰：意极悲，语极艳，不可多得。"

细雨

帷飘白玉堂，簟卷碧牙床①。
楚女②当时意，萧萧发影③凉。

【注释】

① 簟卷碧牙床：以碧玉、象牙为点缀的竹席与床。

② 楚女：楚地的美女，《楚辞》中的女神。

③ 发影：一本作"发彩"，形近而讹。

【赏析】

本诗暗喻初秋细雨如丝如发，寄寓诗人雨中的情思。诗中抒情深婉，意象曲致，有象外之意，引人猜想。

李商隐有两首以《细雨》为题的作品。一首是五律，描写细雨由远渐近，以"气凉先动竹，点细未开萍"来写真传神，写细入微。再就是这首五绝。五绝写“细雨”而无一字描写细雨的形态，甚至不着一“雨”字。所以前人认为诗意别有寄托。

诗的第三句“楚女当时意”，是理解全诗的关键。楚女，应是《楚辞》中的女神。《离骚》中写宓妃“濯发于洧盘”，《九歌·少司命》写“晞女发兮阳之阿”，虽然只是神话的想象，但其中也蕴藏着美好的形象。“当时意”，又与《锦瑟》诗“只是当时已惘然”的“当时”所指相同，所以这首五绝透漏出“悼亡”的意味。清代程梦星怀疑它“似悼亡后作”，意义即在于此。

诗的首二句说新秋时节，下起了廉纤细雨，堂前的帘帏轻轻飘起，而床上的竹席也收卷起了。在《王十二兄与畏之员外相访……余以悼亡日近不去因寄》诗中“更无人处帘垂地，欲拂尘时簟竟床”一联，也是将帷帘与簟席相对描写。《房中曲》中“玉簟失柔肤”与此诗“簟卷”意思可通。末二句联想到亡者生前新浴之后柔发自然披拂，熠熠有光影，其景犹在目前，而她已经香消玉殒，永别人间了。李商隐在《细雨成咏献尚书河东公》中描写细雨“洒砌听来响，卷帘看已迷”后，特别点出自己“鸟惊始独栖”，在雨声中体会到丧偶之痛，孤独迷茫，与此可以互为启发。

有学者认为诗中首二句形容细雨如帷如席，或者认为楚女是指巫山神女，都与诗意隔膜，故不取。

【辑评】

清程梦星《李义山诗集笺注》：“此似悼亡后作。”

清屈复《玉溪生诗意》：“细雨如发，因帐飘、簟卷而怀当时之楚女意，自有讬也。”

清姜炳璋《选玉溪生诗补说》：“此悲秋之意也。‘簟卷’者，雨夜生寒，簟不可用也。当时楚女感动秋意，谓发彩生凉，秋风凄切，对景而悲也。而今日复遇细雨，能无忆当时之境况乎？诗意甚曲。”

房君珊瑚散①

不见姮娥②影，清秋守月轮。
月中闲杵臼③，桂子捣成尘。

【注释】

①珊瑚散：一种药粉。用金合炼成丸，名曰“金浆”，用玉合炼，名曰“玉髓”。道教认为，久服“珊瑚散”可以长生。

②姮娥：即嫦娥，神话传说她服食了不死之仙药，乃奔月。姮，本作“恒”，避汉文帝（刘恒）讳，改称常娥，通称嫦娥。

③月中闲杵臼：用“嫦娥捣药”的神话。杵臼，捣药的工具。

【赏析】

这首诗是对房君沉迷炼药求仙的讽刺，暗示其行为虚妄而愚昧。

房君，是一个沉醉于合炼丹药、飞升求仙的方术之士。与李商隐同时的诗人李群玉有《送房处士闲游》诗曰：“采药陶贞白，寻山许远游。刀圭藏妙用，岩洞契冥搜。”诗中提到的陶贞白（即陶弘景）是南朝著名的道士，“刀圭藏妙用”则隐寓房君炼药求仙之事。又晚唐诗人段成式有《哭房处士》诗曰：“独上黄坛几度盟，印开龙渥喜丹成。岂同叔夜终无分，空向人间著养生。”诗题明示这位房处士“养生”无果，求仙未成，不幸身亡。迷信于炼丹服药，本意是为求得长生不死，然而结果却适得其反，可见房君的人生是一个实实在在的荒唐剧。

《房君珊瑚散》讽刺他追求神仙，却不涉及只言片语的议论。全诗只是塑造出月中嫦娥捣药不尽的意境，而情在境中，意存象外，暗示求仙的虚诞。首二句说：难道没有看到嫦娥的身影吗，在如此清秋的夜晚她寂寞地独守着月轮。末二句接着写到，她在月中不停地捣药，月中的桂花开了又落了，化为尘土，她还在捣药不止……

我国古代神话传说月中玉兔用玉杵捣药，制成长生的药丸，而玉兔则被视为嫦娥的化身。李白《把酒问月》："白兔捣药秋复春，嫦娥孤栖与谁邻？"李商隐《寄远》："姮娥捣药无时已。"这都是以嫦娥孤栖、捣药无尽时来寄寓表达求仙行为的虚妄无果。

注家或用李商隐晚年罹患眼疾一事来解释此诗，以为前二句是写诗人因患疾而视力不清，后二句写珊瑚散可以治疗眼疾。此说误解诗意，脱离了该诗讽刺求仙的主题，故弃而不用。

【辑评】

清屈复引道源注曰："陈藏器本草：珊瑚生石岩下，刺刻之，汁流如血。以金投之为丸，名金浆，以玉投之名玉髓，久服长生。"

清屈复《玉溪生诗意》："杵臼闲捣，桂子成尘，可以已矣。刺房君之散无益，徒劳苦美人耳。"

清冯浩《玉溪生诗集笺注》："徐笺（引段成式、李群玉与房处士诗为言）是矣。但信义山于东川读《天眼偈》之事，而谓其时所作，则必非也。"

自贶[①]

陶令弃官[②]后，仰卧书屋中。

谁将五斗米③，拟换北窗风④！

【注释】

① 自贶：比喻自己，自喻。贶，通“况”。一说：贶，赐予，自为赠也。

② 陶令弃官：《晋书》记载，陶潜曾为彭泽县令，因不堪其事，乃解印去县、弃官而归。

③ 五斗米：指县令微薄的俸禄。一说，指“五斗米道”。

④ 北窗风：陶潜归隐后，夏日曾高卧北窗下，清风徐来，自在闲适，乃自比“羲皇上人”。

【赏析】

李商隐考中进士、进入官场后，曾一度出任弘农县尉。县尉的职责是捕盗贼、管监狱，负责地方治安，被诗人视为“风尘小吏”。这与诗人的“夙心”相违背。不久，他就因为不愿意滥捕滥杀囚犯（即“活狱”）和上司闹矛盾，愤而辞职，有七绝《任弘农尉献州刺史乞假归京》记其事。大约与此同时，他写作了这首绝句。

诗中以辞去彭泽令的陶渊明比拟自己。史传记载陶潜辞官后，曾经“高卧北窗之下，清风飒至，自谓羲皇上人”。于是李商隐说自己也如同陶令辞官后，仰卧书屋之中。谁会为了那“五斗米”的俸禄，而舍弃北窗下清风徐来的闲适惬意呢？

诗中借古喻今，透漏出强烈的“傲情”。这种傲情与其说是向往隐逸，不如说是鄙视黑暗。因此，该诗便有了张扬士林风骨、批判官场污浊的意义，引人体味、三思。

【辑评】

清程梦星《李义山诗集笺注》:“此乃调弘农尉，以活狱忤观察使孙简，将罢去时作。”

清冯浩《玉溪生诗集笺注》:“似永乐闲居作。或以祇有傲情，更无他慨，疑前尉弘农乞假归京时作，亦合。”

张采田《玉溪生年谱会笺》:“祇有傲情，更无他慨，《与陶进士书》所谓‘脱衣置笏’者，正此时也。午桥说是。”

滞雨[1]

滞雨长安夜，残灯独客愁。
故乡云水地[2]，归梦不宜秋。

【注释】

① 滞雨：因雨而滞留，行动受阻。

② 云水地：云罩水绕，喻指遥远的地方。

【赏析】

诗人旅居长安，秋夜阻雨、思乡难归，乃作此诗。

首二句描写秋雨绵绵、夜色已深，诗人独自伴着孤灯，愁绪难遣。末二句抒写他对故乡的思念，说故乡云遮水绕、路途遥遥，当此秋雨连绵之际，梦中也难以归去啊。杜甫有《归梦》诗曰：“道路时通塞，江山日寂寥。……梦归归未得，不用楚辞招。”连归梦也不宜，诗人寄情运思之隐约婉曲，使人不难感受其难言而神伤。

李贺有《崇义里滞雨》诗曰：“落寞谁家子，来感长安秋。壮年抱羁恨，梦泣生白头。……家山远千里，云脚天东头。忧眠枕剑匣，客帐梦封侯。”李贺诗篇幅较长，抒情直接，而李商隐诗篇幅短小，只是片段的抒情。但是二者内容有相通之处。李商隐诗“残灯独客愁”暗含李贺诗首四句的内容，“故乡云水地”与李贺诗的“家山远千里”二句所指相通，而李商隐诗“归梦不宜秋”则抒情更浑融、更能发人想象了。

【辑评】

清姚培谦《李义山诗集笺注》：“大抵说愁雨，皆在不寐时，此偏愁到梦里去。”

清纪昀评曰：“运思甚曲，而出以自然，故为高调。”

近代俞陛云《诗境浅说续编》：“首二句不过言独客长安，孤灯听雨耳。诗意在后二句，谓故乡为云水之地，归梦迢遥，易为水重云复所阻……，可谓诗心幽渺矣。”

微雨

初随林霭[①]动，稍共夜凉分。
窗迥[②]侵灯冷，庭虚[③]近水闻。

【注释】

① 林霭：树林上的雾霭。霭，雾气。

② 窗迥：远窗、高窗。迥，高远。

③ 庭虚：庭间虚静、虚寂。

【赏析】

这首诗描写微雨带给人视觉、触觉、听觉上的感受，细致入微。

“微雨”不同于“细雨”。细雨如丝，尚可看见，微雨则连雨丝也看不见。白居易《微雨夜行》诗云：“漠漠秋云起，稍稍夜寒生。但觉衣裳湿，无点亦无声。”诗中写的是夜间行走时的感受，李商隐的这首五绝写的则是秋夜居家所感受的一场微雨。首二句说，微雨初开始时仿佛林间的雾气迷蒙一片，枝叶也轻轻地摇动，稍稍过一会儿，就可以感到它与夜的凉意不同，体会到微雨的寒意了。末二句说，从高窗飘进的微雨使得灯光的火苗闪动，有了寒冷的感觉，慢慢地，从远处依稀可以听到水面上细碎的声音。

诗人注意倾听、观察自然物色的声音以及色调的变化，并用作品去记录、表现，这是一种语言艺术。它虽然无关宏旨，却丰富了我们的心灵与艺术的世界，其意义正在于此。

【辑评】

清姚培谦《李义山诗集笺注》：“窗迥而侵灯觉冷，庭虚故近水遥闻。写‘微’字静细。”

清沈厚塽《李义山诗集辑评》：“何焯曰：虽无远指，写‘微’字自得神。”

清纪昀《玉溪生诗说》：“四家以为虽无远指，写‘微’字自得神也。然既无远指，则刻画亦小家数耳。问：小诗亦有不必定有远指者，如辋川唱和非即景自佳哉？曰：王、裴所咏虽无远指，而有远韵、远神，天然凑泊，不可思议。非以刻画形似为工也，自不得比而同之。”

嘲桃

无赖[1]夭桃面，平明露井[2]东。
春风为开了，却拟[3]笑春风。

【注释】

① 无赖：可喜、可爱。杜甫《奉陪郑驸马韦曲》："韦曲花无赖，家家恼杀人。"

② 露井：无覆盖之井。古乐府《鸡鸣》："桃生露井上。"

③ 却拟：还拟、还要。却，反转、还也。

【赏析】

这首诗写春风吹开了桃花，桃花却在笑春风。它是一首俳谐体的作品，表达一种小小的灵感与意趣，并无深意。

古代这一类俳谐体诗，属于游戏、调笑之作。如杜甫有《戏作俳谐体遣闷二首》，即此类。李商隐这首诗嘲笑桃花，首二句说春天平明时分，露井旁的桃花开放得十分美丽，使人陶醉。这里的"无赖"不是品行不端、刁滑耍赖之意，不是贬义，而是带有亲昵、喜爱的意味。杜甫《送路六侍御入朝》"剑南春色还无赖"，陆游《广都道中呈季长》"江水不胜绿，梅花无赖香"，辛弃疾《浣溪沙》"小桃无赖已撩人"，用意略同。末二句说是春风和煦，桃花趁时开放，它还将在春风里展露其笑容，与春风嬉闹。将花的绽放比拟作人的笑脸，形象生动可感。李商隐《高花》首句"花将人共笑"、崔护《题都城南庄》"桃花依旧笑春风"，都是同样的例子。

"却拟"二字，有转折之意。春风吹开了桃花，这是自然物候的现象，本无关乎人间的道德伦理。诗中将之拟人化，说桃花像一个孩子般的任性、淘气、“笑春风”，其中蕴含了一种意趣。杜甫《绝句漫兴》“恰似春风相欺得，夜来吹折数枝花”，雍陶《过南邻花园》“春风堪赏还堪恨，才见开花又落花”，宋诗有云“春日春风有时好，春日春风有时恶。不得春风花不开，花开又被风吹落”，说春风欺负春花、恶意吹折花枝、吹落春花，也都是要表达一种灵感、意趣，与道德善恶无关。

前人解说这首诗是讽刺那些忘恩负义的小人，这是一种先入为主的附会，是后人的猜想，并非诗人当时的本意。

【辑评】

清程梦星《李义山诗集笺注》：“此比兴之体也，为负己者而发。”

清屈复《玉溪生诗意》：“宋欧阳文忠好荐扬后进，既显达，有入室操戈者。‘春风’二句，刺此辈也。”

清姜炳璋《选玉溪生诗补说》：“唐季皆反复小人，如李文饶引荐白敏中，后敏中尽力倾陷文饶。此类多矣！即诗所云‘无赖夭桃’也。”

柳枝五首有序

柳枝，洛中里娘[①]也。父饶好贾[②]，风波死湖上。其母不念他儿子，独念柳枝。生十七年，涂妆绾髻[③]，未尝竟，已复起去。吹叶嚼蕊[④]，调丝擫管[⑤]，作天海风涛之曲，幽忆怨断之音。居其旁，与其家接故往来者，闻十年尚相与，疑其醉眠梦[⑥]，断不娉。余从昆让山[⑦]，比柳枝居为近。他日春曾阴，让山下马柳枝南柳下，咏余《燕台》诗。柳枝惊问：“谁人有此，谁人为是？”让山谓曰：“此吾里中少年叔耳。”柳枝手断长带，结让山为赠叔乞诗。明日，余比马出其巷。柳枝丫鬟毕妆[8]，抱立扇下，风障一袖，指曰：“若叔是？后三日，邻当去溅裙水上[9]，以博香山待[10]，与郎俱过。”余诺之。会所友有偕当诣京师者，戏盗余卧装以先，不果留。雪中让山至，且曰：“为东诸侯[11]取去矣。”明年，让山复东，相背于戏上[12]，因寓诗以墨其故处云。

其一

花房与蜜脾[13]，蜂雄蛱蝶雌[14]。
同时不同类，那复更相思？

其二

本是丁香树[15]，春条结始生。
玉作弹棋局[16]，中心亦不平。

其三

嘉瓜引蔓长，碧玉冰寒浆[17]。
东陵虽五色[18]，不忍值牙香。

其四

柳枝井上蟠[19]，莲叶浦中干。
锦鳞与绣羽[20]，水陆有伤残。

其五

画屏绣步障，物物自成双。
如何湖上望，只是见鸳鸯。

【注释】

① 洛中里娘：洛阳城中，一个商家之女。里，指商贾、百姓居住的巷子。

② 饶好贾：富有的商人。好贾，善于买卖，经商获得利益。

③ 涂妆绾髻：涂抹脂粉，妆饰打扮，盘发为髻。绾髻，缠绕头发成髻。

④ 吹叶嚼蕊：吹叶作声，发出乐音。白居易《杨柳枝》："卷叶吹为玉笛声。"嚼蕊，咀嚼花蕊。

⑤ 调丝擫管：调节丝弦，以指按笛孔吹奏，这是写她学习吹拉弹唱。擫，用一指按住发声。

⑥ 疑其醉眠梦：形容柳枝沉醉于音乐，如痴如醉，好似总睡不醒似的。一本"梦"下有"物"字。

⑦ 从昆让山：（我的）堂兄，名叫让山。从昆，同一家族的叔伯兄弟。昆，兄弟。

⑧ 丫鬟毕妆：指柳枝头上梳出双髻，是少女标志的发型。

⑨ 溅裙水上：古代民俗，初春时女子到溪流水边洗裙子，以祓除不祥。溅，同"湔"。

⑩ 以博香山待：博香山，即博香炉，汉代一种香炉，中间凸起如山形状。古乐府中有"欢作沉水香，侬作博山炉"之句，用作隐语，暗示缔结同心欢好之意。

⑪ 东诸侯：暗指关东的一位藩镇将领。诸侯，此借喻藩镇的军事首脑。

⑫ 相背于戏上：在戏水驿站，两人分手相别。戏上，戏水驿，陕西境内有戏水、戏亭。

⑬ 花房与蜜脾：花房即花苞，代指蝴蝶；蜜脾即蜂巢，蜂在其中酿蜜，代指蜜蜂。

⑭ 蜂雄蛱蝶雌：雄蜂，比喻诗人；雌蝶，比喻柳枝。李商隐《闺情》："红露花房白蜜脾，黄蜂紫蝶两参差。"喻义与此略同。

⑮ 丁香树：观赏花木，春末多开紫色花，一名"紫丁香"。它的花蕾如结，而不绽放，诗词中常以此比喻人愁思不展。

⑯ 玉作弹棋局：汉代有用石制成的弹棋盘，正方形，中间隆起。局，棋盘。

⑰ 碧玉冰寒浆："嘉瓜"既有碧绿的颜色，又内蕴清凉的果浆。碧玉是双关语，既赞美瓜的颜色，又暗喻柳枝其人。南朝乐府中有"碧玉小家女"之句，故云。

⑱ 东陵虽五色：《史记·萧相国世家》记载：秦之东陵侯召平，在秦国灭亡后为布衣，种瓜于长安城东，瓜实美而五色，世俗谓之"东陵瓜"。

⑲ 蟠：枯死而卷曲。

⑳ 锦鳞与绣羽：水中的游鱼与天上的飞鸟。鲍照《芙蓉赋》："戏锦鳞而夕映，濯绣羽而晨过。"

【赏析】

这是李商隐效仿乐府体诗歌写作的一组五言诗。纪昀评说这"五首皆有《子夜》、《读曲》之遗"。《乐府诗集》中载有《子夜歌》、《子夜四时歌》、《读曲歌》等五言民歌甚多，都是记录青春男女表达倾慕相思的爱情歌曲。李商隐的这组诗歌，正是模仿此种民歌风格。

诗前有序。说是洛阳女子柳枝，本是富商的女儿，年方十七，迷恋琴瑟乐歌，如痴如醉。当她听到有人诵读李商隐的《燕台诗》，十分仰慕，乃手断长带乞诗，并相约春日相会，以结同心之好。然而因故未成，不久柳枝即被"东诸侯"娶去，这一场相思也最终成为泡影。

然而对于诗中的记述，不可太过认真，这组作品只是诗人浪漫的文学创作，而非纪实性的叙事。古乐府诗有《折杨柳》，唐代白居易改作新声《杨柳枝》。用杨柳枝用作少女的名字，其例并不少见。这组诗中的“柳枝”也并非商家女的真名，而只是她的化名。诗的构思与抒情也有模仿南朝乐府的意味，诗中还继承了吴地歌曲某些修辞的手法。《乐府诗集》（卷四十五）载《碧玉歌》有云：“碧玉破瓜时，郎为情颠倒”，“感郎意气重，遂得结金兰”。这就是组诗中“嘉瓜引蔓长，碧玉冰寒浆”之所本。又古乐府常用棋局、弹棋说事，如“明灯照空局，悠然未有期”“方局十七道，期会是何处”“近日莲违期，不复寻博子”等，也都是组诗中“玉作弹棋局，中心亦不平”取义之所在。组诗中“如何湖上望，只是见鸳鸯”，与南朝乐府中“鸳鸯翻碧树，皆以戏兰渚”“比翼交颈游，千载不相离”取景相若。在李商隐自己的诗歌中，类似的设象取义也一再出现，互为照映。以下简析五首诗的意旨所在。

其一：诗人以雄蜂与雌蝶比喻自己与柳枝的社会类属不同，李商隐是一介书生，以追求科举功名为人生的目标，而柳枝只是里巷商家女子，只知沉醉于吹拉弹唱。二人所属社会阶层不同，又何必相思呢？

其二：然而柳枝是一个青春少女，春心萌动，竟无缘会合，就像丁香花结，充满了难言的愁绪。心中的眷念与不平是肯定的！李商隐在五言《无题》中曾为多情少女写照，末云“莫近弹棋局，中心最不平”，与此寄情相似。

其三：诗人对于柳枝充满了怜惜之情。她才十七岁，青春美好又多情思，就像美好的瓜果牵着长长的藤蔓，碧玉的颜色且内涵甜美的浆汁。像是五色斑斓的东陵瓜，使人爱怜而不忍品尝啊！

其四：最后柳枝被“东诸侯”娶去了，这是一个悲伤的结局。就像井上的柳枝枯萎了，池中的荷花莲叶干涸了，曾经与她相伴的水下锦鳞、空中绣羽都因此而忧伤不已。

其五：首二句说无论绘画的屏风，还是锦绣的帷帐，上面所绘所绣的都是同类而又成双之物。在湖畔放眼望去，水中的鸳鸯也是交颈相对的。这与组诗第一首相照应，抒发诗人惆怅的情怀，所写“举目堪伤”，也是对组诗抒情的一个总结。

《柳枝五首》的写作时间，张采田推定是在会昌六年，这一年李商隐已经三十五岁，他的宝贝儿子衮师刚出生。此说于情于事，皆不能相合。另有学者推测这组诗作于大和九年，这年诗人创作了《燕台诗》，又是在李商隐未中进士前。这一说法较为合理。

前人对于这一组诗最大的误读，在于穿凿附会，编造出一个李商隐与柳枝终生相思相恋的爱情故事。张采田断言“柳枝为义山第一知己。此文极力写之，有声有色，是最用意之作”，又说李商隐《谑柳》“为柳枝作”，说《柳》“此亦为柳枝作”。注家中有推测柳枝先是到了金陵，后来又去到楚地，而李商隐在诗中一再歌咏、反复寄意，终身难以忘怀。其实《柳枝五首》其一就明确表态“同时不同类，那复更相思”，所以注家的附会联想是凭空的幻想，实不可信。

【辑评】

清程梦星《李义山诗集笺注》：“唐时女子多以杨柳为名。白香山侍儿名杨柳枝，所谓‘鬻骆马兮放杨柳枝’是也；韩昌黎侍儿名柳枝，所谓‘别来杨柳街头树，摆弄春风只欲飞’是也。”

清屈复《玉溪生诗意》：“一，本非同类，何用相思？二，既有一遇，亦不能漠然。三，蔓长喻思长，言嘉瓜色如碧玉，冰似寒浆，喻相合也。虽有五色之美，今日不忍更言也。四首言彼此俱伤也。五首言举目堪伤也。”

清冯浩《玉溪生诗集笺注》：“却从生涩见姿态。据序语是先作《燕台诗》，后遇柳枝，是两事也。然艳情大致相同，艳词每多错互。合之湖湘尺素双珰之事，终不能辨其是一是二矣。”

七言古诗

韩碑[1]

元和天子[2]神武姿，彼何人哉轩与羲[3]。
誓将上雪列圣耻[4]，坐法宫中朝四夷[5]。
淮西有贼[6]五十载，封狼生貙貙生罴[7]。
不据山河据平地，长戈利矛日可麾[8]。

帝得圣相[9]相曰度，贼斫不死[10]神扶持。
腰悬相印作都统，阴风惨澹天王旗。
愬武古通[11]作牙爪，仪曹外郎[12]载笔随。
行军司马[13]智且勇，十四万众犹虎貔。
入蔡缚贼献太庙，功无与让恩不訾[14]。

帝曰汝度功第一，汝从事愈宜为辞。
愈拜稽首蹈且舞[15]，金石刻画[16]臣能为。
古者世称大手笔，此事不系于职司。
当仁自古有不让，言讫屡颔天子颐。

公退斋戒坐小阁，濡染大笔何淋漓！
点窜尧典舜典字[17]，涂改清庙生民诗[18]。
文成破体[19]书在纸，清晨再拜铺丹墀。
表曰臣愈昧死上，咏神圣功书之碑。

碑高三丈字如斗，负以灵鳌蟠以螭[20]。
句奇语重喻者少，谗之天子[21]言其私。
长绳百尺拽碑倒，粗砂大石相磨治。
公之斯文若元气，先时已入人肝脾。
汤盘孔鼎[22]有述作，今无其器存其辞。

呜呼圣皇及圣相，相与烜赫流淳熙[23]。
公之斯文不示后，曷与三五[24]相攀追？
愿书万本诵万过，口角流沫右手胝[25]。
传之七十有三代[26]，以为封禅玉检明堂基[27]。

【注释】

①韩碑：指韩愈《平淮西碑》。唐宪宗元和十二年，裴度率军讨平叛乱的淮西藩镇，生擒吴元济。十二月，韩愈受命撰写《平淮西碑》。

②元和天子：指唐宪宗李纯。唐永贞元年八月，顺宗禅位，太子李纯即位，次年改年号为元和。

③轩与羲：相传上古五帝中有轩辕氏（黄帝）、伏羲氏。

④列圣耻：安史乱中及后，藩镇割据，反叛朝廷，皇帝因此而蒙受羞耻。列圣，指唐玄宗、肃宗、代宗、德宗等皇帝，皆曾仓皇离京出逃。

⑤朝四夷：使四方外夷，前来朝拜皇上。古代将东夷、西戎、北狄、南蛮称为四夷。

⑥ 淮西有贼：唐之淮西节度使（后称彰义节度使），治蔡州，领有申、光、蔡三州地。初以安禄山降将董秦为淮西节度使，至吴元济被讨平，大约五十年。

⑦ 封狼生貙貙生罴：意指盘据淮西的军阀，一代一代都是凶残的兽类。封狼，巨狼。貙，形似狸，体大如狗。罴，狗熊类野兽。

⑧ 日可麾：挥动戈矛，可逼使太阳退避三舍。极言藩镇叛乱，气焰嚣张，逼迫朝廷让步。

⑨ 相曰度：指裴度，德宗贞元进士。元和十年，为门下侍郎、同中书门下平章事。元和十二年，裴度率师平定蔡州。

⑩ 贼斫不死：元和十年六月，藩镇派刺客刺杀了宰相武元衡，时任御史中丞裴度头部、背部受伤，坠落沟中。贼，指刺客。

⑪ 愬武古通：李愬，韩公武，李道古，李文通，都是裴度统率的麾下战将。

⑫ 仪曹外郎：指礼部郎官。随从裴度出征的有礼部员外郎李宗闵等人，掌书记等职。

⑬ 行军司马：指韩愈，时以御史中丞充彰义军行军司马。

⑭ 恩不訾：朝廷犒赏之恩，不计其数。訾，通“资”。

⑮ 蹈且舞：古代朝拜帝王的礼仪，包括跪拜、叩首等系列动作。

⑯ 金石刻画：在钟鼎、石碑上雕刻文字，这里指撰写碑文。

⑰ 点窜尧典舜典字：选择文字，模拟经书典诰的风格。《尧典》、《舜典》，都是《尚书》的篇名。

⑱ 涂改清庙生民诗：推敲、修改文辞，以《诗三百》的颂歌为表率。《清庙》、《生民》，都是《诗经》雅颂中的篇章，以歌颂先祖先王为宗旨。

⑲ 破体：破当时流行的文体风格，力求典雅高古，不同凡响。

⑳ 负以灵鳌蟠以螭：以神龟作为基础，背负石碑，上刻以缠绕的

螭龙。

㉑ 谗之天子：有人在皇帝面前谗毁，说韩愈撰写的碑文不实。

㉒ 汤盘孔鼎：汤盘，据《礼记·大学》记载：商汤铜盘有铭文曰："苟日新，日日新，又日新。"孔鼎，据《左传·昭公七年》载有孔子的先祖正考父《鼎铭》。

㉓ 烜赫流淳熙：声名显赫，正大光明之德化，流传于世。

㉔ 三五：三皇五帝。

㉕ 右手胝：右手皮肤磨出老茧。

㉖ 七十有三代：据传上古封泰山、禅梁父者，有七十二家。如果将唐代算进去，则七十三家。一本作"七十有二代"。

㉗ 封禅玉检明堂基：封禅是古代帝王宣扬功业、祭祀天地的礼仪。玉检，指所用文告盛之以玉函。明堂是朝廷举行盛大典礼的殿堂。

【赏析】

《韩碑》记述中唐元和时期朝廷平定淮西叛镇的一场关键的战争，热情赞美了韩愈撰写《平淮西碑》的文学与艺术成就。诗中虽然歌颂了宪宗李纯与宰相裴度，但是落笔的重点还是在韩愈，所以题曰"韩碑"。

这首诗组织明晰，结构严谨。首八句是第一段，赞美元和天子唐宪宗的宏图大略，随之点出淮西军阀反叛朝廷，气焰不可一世。第二段十句，概要记述裴度率领大军，讨平叛镇，建立了卓越的功绩。第三段八句，记述韩愈随军参与平定叛乱，并奉诏撰写碑文。第四段八句，写韩愈大笔淋漓，写就碑文，进呈于朝。第五段十句，写刻碑的情景、推碑的风波，并高度评价韩的碑文"若元气"，其辞将永存于世。第六段总结全诗，再次颂扬圣君宪宗、圣相裴度的不朽功绩，落脚点还是赞美韩碑的历史价值。全诗大气磅礴，元神内注，首尾呼应，浑然一体。

这首诗的主旨是赞美“韩碑”，在艺术上则模仿、效法韩愈七古诗的风格。韩愈为诗，喜欢独辟境界，不肯蹈袭前人，而元气淋漓、笔墨恣肆、色彩瑰丽、奇崛雄豪，尤其为人所称道。李商隐诗中点出“公之斯文若元气”、“句奇语重喻者少”，可谓得其诗心。《韩碑》以对话口语入诗（如宪宗与韩愈的对白）、以史笔叙事为诗（如记述随从文武官员的姓名），以议论为诗，拓展了诗歌的表现空间。在格律上，《韩碑》更是与律诗的声调和谐雅驯、平仄错落有致反向而行，追求一种佶屈聱牙、句奇语重的音韵特色。如“帝得圣相相曰度”，七字皆仄声；“封狼生貙貙生罴”，七字皆平声。至于一句之中孤平、孤仄、三平调的运用，更是屡见不鲜。

因此，《韩碑》成为了唐代七言古诗中的代表之作。

【辑评】

清沈德潜《唐诗别裁》：“晚唐人古诗，秾鲜柔媚，……独此篇，意则正正堂堂，辞则鹰扬风翙，在尔时如景星庆云，偶然一见。”

清屈复《玉溪生诗意》：“生硬中饶有古意，甚似昌黎而清新过之。”

清冯浩《玉溪生诗集笺注》：“推崇韩碑，不待言矣。淮西覆辙在前，河朔终于怙恶，作者其以铺张为风戒乎？”

七月二十八日夜与王郑二秀才[1]听雨梦后作

初梦龙宫宝焰然[2]，瑞霞明丽满晴天。
旋成醉倚蓬莱树[3]，有个仙人拍我肩。

少顷远闻吹细管[4]，闻声不见隔飞烟。
逡巡[5]又过潇湘雨，雨打湘灵[6]五十弦。

瞥见冯夷[7]殊怅望，鲛绡休卖[8]海为田。
亦逢毛女无憀[9]极，龙伯擎将华岳莲[10]。

恍惚无倪[11]明又暗，低迷不已断还连。
觉来正是平阶雨[12]，独背寒灯枕手眠。

【注释】

① 王郑二秀才：事迹不详。秀才，文士之泛称。

② 宝焰然：珠宝璀璨，光焰如火。然，通“燃”。

③ 蓬莱树：仙境林木。蓬莱，海中神山，喻宫庭。

④ 细管：疑指笙管。李贺《天上谣》：“王子吹笙鹅管长。”

⑤ 逡巡：顷刻间，不一会。

⑥ 雨打湘灵：形容湘水之神弹瑟为乐。《楚辞·远游》：“使湘灵鼓瑟兮，令海若舞冯夷。”

⑦ 冯夷：河神，河伯。

⑧ 鲛绡休卖：海中有鲛人，纺织丝绡之类，还没有来得及卖出。

⑨ 毛女无憀：毛女是传说中的仙女，原为秦始皇时人，活在华阴山中，以松叶为食。无憀，无聊。

⑩ 龙伯擎将华岳莲：龙伯，神话中的巨人，身高数十丈。龙伯高举华山顶上的千叶莲花，喻意陵谷之变迁。

⑪ 无倪：无边无际。

⑫ 平阶雨：大雨，积水漫上台阶。

【赏析】

这是一首记梦诗，记述某年雨夜梦中所见到的景象。

梦中的景象迷离恍惚，本不具有严密的逻辑与义理，而诗人将梦境艺术化，铺陈加工为一首诗章，便赋予了它特殊的寓意与情感，从中有所寄托，有所象征。至于它寄托何事，寓意何在，人们却理解各异，人言人殊。

如同唐人小说中有“南柯梦”、“邯郸梦”，梦境中投射的是现实社会的影子。这首记梦诗也是如此。它的首四句以龙宫仙界隐喻皇廷宫府，呈现一片灿烂明丽景象，可能暗示诗人当年中进士、任校书郎的一段经历。接下来四句用仙人吹笙、湘灵鼓瑟描写曾经相与聚会赏乐的情景，如果联系到李商隐妻子王氏喜爱弹奏锦瑟（《房中曲》：“归来已不见，锦瑟长于人。”），那么其中不排除暗喻着诗人的爱情遇合故事。下四句叠用河伯冯夷的“怅望”、仙人毛女的“无憀”、海中鲛人未能卖出绡素、龙伯高擎华岳莲的一组意象象征现实中的沧海桑田、陵谷之变。总之，社会发生了巨大的变故，诗人对于未来的理想也随之完全破灭。最后四句总结，梦中的景象恍惚迷离，若明若暗，断断续续；醒后唯觉彻夜大雨、积水漫平台阶，自己独自一人背对着寒灯在睡觉。李商隐在另一首《七月二十九日崇让宅宴》中写道：“悠扬归梦惟灯知。”时间相衔接，内容隐约相照应，可以互参。

关于此诗的写作时间，各家说法不一，所寓内容也解说互异，可作参考，难为定论。在格律艺术上，它还有一个独特之处，即诗为七言古诗之体，而声调符合格律。它两句之间不对仗，这是古诗的作法，可是单句又合律，又是律诗的风格。这当然是诗人有意为之的探索，一般读者不必深究。

【辑评】

清姚培谦《李义山诗集笺注》："六句况人间得意事，六句况人间失意事，末四句况得意、失意同归于尽也。"

清屈复《玉溪生诗意》："一段，仙会甚明；二段，云雨分飞；三段，又换一境；四段，上二句结梦，下二句以阶雨结梦雨。"

清冯浩《玉溪生诗集笺注》："假梦境之变幻，喻身世之遭逢也。"

燕台[①]四首

春

风光冉冉[②]东西陌，几日娇魂寻不得。
蜜房羽客[③]类芳心，冶叶倡条[④]俱相识。

暖蔼辉迟桃树西，高鬟立共桃鬟[⑤]齐。
雄龙雌凤杳何许？絮乱丝繁天亦迷。

醉起微阳若初曙，映帘梦断闻残语。
愁将铁网罥珊瑚[⑥]，海阔天翻迷处所。

衣带无情有宽窄，春烟自碧秋霜白。
研丹擘石[⑦]天不知，愿得天牢[⑧]锁冤魄。

夹罗委箧[⑨]单绡起，香肌冷衬琤琤佩[⑩]。
今日东风自不胜，化作幽光入西海。

【注释】

① 燕台：传说战国时，燕昭王筑台以招纳天下贤能之士，置千金于台上，又称黄金台。此隐喻幕府、节度使府。

② 风光冉冉：春光逐渐降临。冉冉，渐进之貌。

③ 蜜房羽客：指在花丛间飞翔的蜂。蜜房，蜂房。

④ 冶叶倡条：春叶柔媚，长条婀娜，故称。

⑤ 桃鬟：高处之桃花，如美人之发髻。

⑥ 铁网罥珊瑚：以铁网捞取海中的珊瑚。罥，挂。

⑦ 研丹擘石：磨碎丹砂，赤心永在；剖开坚石，其质不改。

⑧ 天牢：天然、无形的牢笼。一说有天牢六星，贵人之牢。

⑨ 夹罗委箧：将夹层的罗衣装进箱中，暗示节令转换。

⑩ 琤琤佩：佩玉佩环，清脆之声。

【赏析】

这是一首描写春日相思的爱情诗章。

作者身在节度使府，充任幕僚、随员之类，故以“燕台”为题。诗中写他微妙的爱情相思心理，刻骨铭心，而又难以言说，因而只能多方暗示，隐约其辞。这位被暗恋、相思的女子身份不明，有学者推测是女冠子、宫中嫔妃，或后房姬妾、歌舞乐伎，这些都只能是个人的想象、揣测，难以确定是非。

诗的首四句说春光冉冉，情人难觅，芳心有如蜜蜂，寻遍了树木花叶，却找不见她的踪影。紧接四句说在一个和煦的春日，在桃花盛开的时节，终于见到了她的倩影。她的高挑的发髻与高枝上的桃花相辉映，她孑然独立，风姿绰约的容颜使得诗人难以忘怀。但是两情阻隔，没有互通言语，诗人因此而思绪烦乱，心神凄迷。再下去四句写相思入梦，只留下零星的只言片语，无论怎样搜寻，再也得不到她的丁点消息。再又四句写到爱的痴情与坚贞，因为相思而憔悴，衣带渐宽，面对绿色的春烟仿佛面对惨白的秋霜一样。然而诗人丹心不改、坚毅如石，尽管无人知晓，还是愿意苦苦相思下去。后四句想象情人将要收起袷衣，换上单衫，香肌玉佩，呈现出另一种装束。此时春光已残，东风无力，化作一缕幽光，悄然逝去。夏日的帷幕徐徐地拉开了！

夏

前阁雨帘愁不卷，后堂芳树阴阴见。
石城①景物类黄泉，夜半行郎空柘弹②。

绫扇唤风阊阖天③，轻帏翠幕波渊旋④。
蜀魂⑤寂寞有伴未？几夜瘴花⑥开木棉。

桂宫留影⑦光难取，嫣熏兰破⑧轻轻语。
直教银汉⑨堕怀中，未遣星妃⑩镇来去。

浊水清波何异源，济河水清黄河浑⑪。
安得薄雾起缃裙⑫，手接云軿⑬呼太君。

【注释】

① 石城：传说中莫愁的住地，借喻所爱恋女子的住所。

② 柘弹：《西京杂记》记载：长安少年用柘木为弹弓，弹击飞雀。

③ 阊阖天：西天。阊阖，天门，又指洛阳城西门。

④ 波渊旋：形容阵风如波浪般旋动，轻轻吹来。

⑤ 蜀魂：即子规鸟，传为蜀帝杜宇的魂魄所化。

⑥ 瘴花：指南方的木棉花，花开鲜红如火。

⑦ 桂宫留影：月光，月宫流动的光影。留，一作“流”。

⑧ 嫣熏兰破：幻想情人轻声自语，如幽兰初开，清香袭人。

⑨ 银汉：指天上的银河，分隔牛郎、织女星。

⑩ 星妃：指织女星。妃，女神。

⑪ 济河水清黄河浑：《战国策·燕策一》记载“齐有清济浊河”，语本此。

⑫ 薄雾起缃裙：形容女神带着云雾，自天而降。缃裙，浅黄色丝裙。

⑬ 云軿：女仙所乘之车。

【赏析】

这首诗写夏日情侣间的绵绵思念与殷切期盼。

首四句写一个阴雨绵绵的夜晚，爱情中男子的雨中相思。他想象情人的住所，前阁雨帘低垂，后堂花木森森，“莫愁女”独居的住处孤寂而晦暗，毫无欢乐。夜半时分，更无“行郎”的人影。接下来四句主角转换为女子，写夏日天气炎热，她手执绫罗小扇，清风吹拂，如同波纹旋动。远处传来子规鸟寂寞的啼鸣，她想到望帝化身的杜鹃鸟（“蜀魄”）可有伴侣？再过几天木棉花就要开了，就是盛夏景象。再接下四句又转换主角，写月光下男子对情人的向往。南朝谢庄《月赋》有云：“美人迈兮音尘阙，隔千里兮共明月。”他由明月想到情人柔美的容颜，想到她幽兰般的细语，他希望天上的银河掉落下来，希望“织女”与“牛郎”没有阻隔，永远在一起。最后四句进一步申说如此爱情降临的愿景，说尽管两人出身背景不同，但是并不影响情爱的遇合。济水清、黄河浑，不是交融合流了吗！若是有一天穿着黄丝裙的她从空而降，我将亲手迎接云车，欢呼女神的来临。

有的注家因为诗中提及“夜半”“几夜”等字眼，认为诗中隐写两人深夜密会的情景，也有学者因为诗中提到“石城景物”，认为该女子被人取去，“流转金陵”，都是过度的联想，难以确证。

秋

月浪冲天天宇湿，凉蟾①落尽疏星入。
云屏不动掩孤嚬②，西楼一夜风筝③急。

欲织相思花寄远，终日相思却相怨。
但闻北斗声回环④，不见长河⑤水清浅。

金鱼锁断⑥红桂春，古时尘满鸳鸯茵。
堪悲小苑作长道，玉树未怜亡国人⑦。

瑶琴愔愔藏楚弄⑧，越罗冷薄金泥重。
帘钩鹦鹉夜惊霜，唤起南云绕云梦⑨。

双珰丁丁联尺素⑩，内记湘川相识处。
歌唇一世衔雨⑪看，可惜馨香手中故。

【注释】

① 凉蟾：秋月。秋日天气渐凉，旧说月中有蟾蜍，故名。

② 孤嚬：因孤独寂寞而双眉紧皱。嚬，同“颦”。

③ 风筝：古代殿阁檐角悬挂薄铁片，因风动而成音，即此。李白《登瓦官阁》：“四角吟风筝。”

④ 北斗声回环：北斗星四时旋转，四季节令变化。与下句“长河水清浅”互文见义，故有“声”字。

⑤ 长河：指银河。杜甫《同诸公登慈恩寺塔》："七星在北户，河汉声西流。"

⑥ 金鱼锁断：金鱼形状的锁钥，紧闭门户。

⑦ 玉树未怜亡国人：即"未怜玉树亡国人"。玉树，指南朝陈后主宠幸的张丽华等。其曲有《玉树后庭花》。

⑧ 愔愔藏楚弄：弹奏琴声和谐悦耳，其中含有忧伤凄凉的楚调。楚弄，即楚调，汉代房中乐，如《白头吟》、《怨歌行》。

⑨ 南云绕云梦：相思之梦，欢会之梦。陆机《思亲赋》："指南云以寄钦。"

⑩ 双珰丁丁联尺素：珰是作为女子耳饰的玉珠、玉坠，男女定情之物。尺素，书信。繁钦《定情诗》："何以致区区？耳中双明珠。"

⑪ 衔雨：垂泪，泪下如雨。

【赏析】

这是秋日青年男女相思的情诗。

四时轮回，节令又到了金秋时节。此章诗的首四句写一女子秋夜望月的愁思。《汉书·礼乐志》曾将秋夜的月光比为"金波"，想象"月光穆穆，若金之波流也"。所以诗落笔就描写金色的月光好似波浪涌来，整个天宇仿佛都被打湿了。夜已深，月亮落去，只有疏星的微光照进室内。云母屏风掩映后的女子皱着双眉，听着一夜不停急骤而尖脆的风筝声。接下去四句写幽闭中女子内心的孤独与寂寞，想织就相思花寄给远方的情人，然而思绪却又化作了一腔怨情。岁月循环，只看到天上的北斗星四时变幻，却听不见银河清浅的流水声。《古诗十九首》有云："河汉清且浅，相隔复几许？盈盈一水间，脉脉不得语。"然而当前的境况是，连脉脉相望也不可能啊！此情此景，人何以堪！接下四句更发泄了她内心的愁懑与怨恨。一把金鱼铜锁，隔断了红色的桂花，也埋葬了她的青春芳华，鸳鸯茵褥上落满了往年的灰尘。令人悲痛的是，封闭的小苑成了徘徊的长路，无人怜惜她昔日的青春倩影啊！再接下四句写她深夜难寐，身上穿着泥金图案的罗衣也感觉到寒意，于是起坐弹奏了一曲忧伤的楚调。瑶琴和谐的乐声，寄托了她灵魂深处的凄凉，以及心中的向往。而此刻室中的鹦鹉鸟，也因为夜深降下寒霜而惊动，带动帘钩，发出声响，唤醒了她的旧梦。李商隐《到秋》诗有“万里南云滞所思”之句，与此所云“唤起南云绕云梦”意境可通。最后四句则是她的回忆，说当时书信定情、双珰作凭，信中记载了湘川初见时的情事。从此相伴的是一生的泪雨，不尽的相思。只可惜那纸上的馨香，随着岁月的流逝而慢慢地散去了。

诗中的情侣似乎有过幽期密约，后来男子去到远方，女子过着近乎幽闭的生活，她望月、怀远、弹琴、在梦中与情人相会。诗中所写，就是她的这一段“秋思”。

冬

天东日出天西下，雌凤孤飞女龙①寡。
青溪白石②不相望，堂中远甚苍梧野③。

冻壁霜华交隐起，芳根中断香心④死。
浪乘画舸忆蟾蜍⑤，月娥未必婵娟子。

楚管蛮弦⑥愁一概，空城舞罢腰支在。
当时欢向掌中销，桃叶桃根⑦双姊妹。

破环委堕⑧凌朝寒，白玉燕钗黄金蝉。
风车雨马⑨不持去，蜡烛啼红怨天曙⑩。

【注释】

①雌凤、女龙：雌性的龙凤。本章诗所咏的主角，疑是帝王嫔妃、宫女之辈。

②青溪白石：古乐府中有《青溪小姑曲》《白石郎曲》。《青溪小姑曲》："小姑所居，独处无郎。"

③苍梧野：相传虞舜南巡，死后葬于苍梧之野。

④芳根中断：情缘断绝。香心，爱心。

⑤蟾蜍：月亮，喻指月中的嫦娥。

⑥楚管蛮弦：楚地笙箫之管乐，南方琴瑟之弦乐。

⑦桃叶桃根：相传晋代王献之的小妾名叫桃叶，桃叶之妹名桃根。

⑧破环委堕：破环，疑指发髻分在两边，与双环近似。委堕，即倭堕，发髻之名。《陌上桑》："头上倭堕髻，耳中明月珠。"

⑨风车雨马不持去：想象以风雨为车马，却不能回到所思者的身边。东晋傅玄《吴楚歌》："云为车兮风为马，玉在山兮兰在野；云无期兮风有止，思多端兮谁能理！"诗中抒写男女思慕、难以遇合之情。

⑩蜡烛啼红怨天曙：蜡烛滴着红泪，一夜到天明，幽怨不已。

【赏析】

这是一首抒写冬日严寒中，昔日宫中歌姬舞女追求爱情而无望的诗。

诗中女子似乎有着不平凡的经历，她们曾是后宫嫔妃、或是宫女，后来流落民间，成为歌舞乐伎。据史载：唐文宗初即位，一次即诏放内廷宫女三千人，"任从所适"。开成三年，又放出宫女四百八十人，"送两街寺观安置"。这些女子的人生遭遇（尤其是爱情生活）充满了不幸，是完全可以想见的。

这首诗开头四句写到冬天日出日落，这个女子孤单一身，她的悲苦更过于舜之二妃。接下四句写到如此寒冷的冬天，昔日的情缘已断，春心已死，却还是回忆起当年乘坐画船赏月之事，感叹嫦娥未必就是“婵娟子”啊！再下四句写到南楚之地的笙箫琴瑟都只能使人伤感，当时歌舞姐妹青春欢乐的场面已经消逝无踪，人也散去了。末四句是情感的小结：面对冬天清晨的寒冷，昔时的双环发式换成了“堕马髻”，依旧是白玉钗、黄金蝉的头饰。然而爱情的梦想却不能实现，只有那相伴的红烛替人垂泪到天明啊！

《燕台四首》的释义，历来众说纷纭。清人钱良择评曰：“语艳意深，人所晓也。以句求之，十得八九；以篇求之，终难了了。冯默庵谓见此公诗如见西施，不必知名而后美也。”对《燕台四首》解说的思路大抵可分为两派：一是艳情诗，并无寄托；二是如《离骚》之美人香草，是有寄托。在“艳情诗”说中，又可以分为如同《子夜四时歌》式的一般表现时代风情的艳诗，以及诗人隐喻自己恋爱本事的爱情诗两类。后一种说法认定《燕台四首》中的女子是特定一人，此人被某一“达官”取去，先后流转于京师、金陵、湘中等地，诗人神牵梦绕，因而写作了这一组诗。

认定《燕台四首》是诗人爱情的本事诗，其实在创作时间、与事实情理上都难以成立。据《柳枝诗序》，《燕台四首》的创作大约是在大和中后期，李商隐此时还是青春年少，被称为“少年叔”。他努力备考进士，多次参加礼部的进士试，又拜访达官贵人，密切关注朝廷政局变化，并充任幕僚。可以大致判断，这一时期李商隐的心力主要集中在备考进士、求取功名上。臆断此一时期李商隐的恋爱本事，认为他曾与情人远赴湘川，幽期密会，又双珰定情，终生难忘，这些实在有些匪夷所思了。

概要地说，《燕台四首》应是青春诗人描写社会风情的一组艳情诗。清人程梦星评曰：“四诗乃《子夜四时歌》之义而变其格调者，诗无深意，但艳曲耳。”此说可从。

【辑评】

其一：春

清姚培谦《李义山诗集笺注》：“首四句言意中人之不见。‘暖霭’四句言幸得见之。‘醉起’四句言见后相思。‘衣带’四句言无可告诉。‘夹罗’四句言春光暗去，魂为之消也。”

清屈复《玉溪生诗意》：“一段，无处不寻到。二段，可望不可即。三段，夕阳在地，酒醒梦断，而终迷处所。四段，相思之诚，无可告语。五段，幽魂飘荡，不胜东风，而相思直入西海，无已时也。”

近代张采田《玉溪生年谱会笺》：“通篇皆状苦思痴想，惆怅恍惚，真深于言情者。宜柳枝闻而惊叹与！”

其二：夏

清姚培谦《李义山诗集笺注》：“起手八句言相思之深，前四句属自己，后四句属所思。‘桂宫’四句言相逢之际。‘浊水’四句则相别之况也。”

清屈复《玉溪生诗意》：“一段无聊景况，二段风光迅速，三段想其来而留之，四段冀其忽然从云中降也。……安得驾云而来，着薄雾之缃裙，得手接而呼，方遂此愿。”

近代张采田《玉溪生年谱会笺》：“此篇皆是想象之词，冯氏谓实赋欢会，谬矣。”

其三：秋

清程梦星《李义山诗集笺注》：“四诗乃《子夜四时歌》之义而变其格调者，诗无深意，但艳曲耳。”

清屈复《玉溪生诗意》：“一段夜长不寐，二段相思不相见，三段空房寂寞，四段梦寐无聊，五段唯展玩书札而已。‘南云绕云梦’，谓方在高唐梦中，乃鹦鹉惊霜而动帘钩，遂警醒也。”

清冯浩《玉溪生诗集笺注》：“曰‘记湘川相识处’，是其人先至湘川，及义山抵湘，得一相识。而其人又他往。故屡以此事追慨。”

其四：冬

清姚培谦《李义山诗集笺注》：“首四句，言冬日苦短，其室则迩，其人甚远也。‘冻壁’四句，隐语，霜华映壁，影虽存而心已断；月娥临夜，寒既苦而色应凋。‘楚管’四句，言此时虽楚女蛮姬腰肢尚在，恐不堪作掌上舞也。末四句，又作无聊想象之词。白玉燕钗，风车雨马，纵彼情思不断，又岂能相待俱去耶？此皆所谓幽忆怨乱者。”

清屈复《玉溪生诗意》：“一段，咫尺千里；二段，天上所无之色；三段，况是双美；四段，物是人非。”

近代张采田《玉溪生年谱会笺》：“此篇义山赴约至湘，而其人又远去之恨也。……盖其人春间与义山相见，即为人取去。夏间流转金陵，至秋又赴湘川，曾约义山赴湘。及冬间赴约，而其人又不知转至何处矣。诗所以分四时写之。”

清屈复《玉溪生诗意》：“四首词太盛，意太浅，味太薄。四句一解，格不变化，全无盛唐诸公之起伏顿挫。读者望其云雾，人人为绝不可解。可叹，可叹！”

清冯浩《玉溪生诗集笺注》：“解者各有所见，未能合一。……总因不肯吐一平直之语，幽咽迷离，或彼或此，忽断忽续，所谓善于埋没意绪者。唐季有此一派，于诗教中故非正轨，然而神味原本楚骚，文心借以疏瀹。譬之金石灵品，得诀者炼服以升仙，愚懵者乃中毒而戕命矣。”

近代张采田《玉溪生年谱会笺》：“长吉诗派之佳处，首在哀感顽艳动人，其次练字调句，奇诡波峭，故能独有千古。……玉溪生此种数篇，凡长吉已用之典一概不用，而独取未经人道者探寻用之。且语语运以沉思，出之奇笔，读之如异书古刻，光怪五色，不可逼视，如此方能与长吉代兴，如此方许其学长吉之诗。”

偶成转韵[1]七十二句赠四同舍

沛国[2]东风吹大泽，蒲青柳碧春一色。
我来不见隆准人[3]，沥酒空余庙中客。
征东同舍[4]鸳与鸾，酒酣劝我悬征鞍[5]。
蓝山宝肆[6]不可入，玉中仍是青琅玕[7]。
武威将军[8]使中侠，少年箭道惊杨叶[9]。
战功高后数文章，怜我秋斋梦蝴蝶。
诘旦[10]天门传奏章，高车大马来煌煌。
路逢邹枚[11]不暇揖，腊月大雪过大梁。
忆昔公为会昌宰[12]，我时入谒虚怀待。
众中赏我赋高唐[13]，回看屈宋由年辈。
公事武皇为铁冠[14]，历厅请我相所难。
我时憔悴在书阁，卧枕芸香[15]春夜阑。

明年赴辟下昭桂[16]，东郊恸哭辞兄弟[17]。
韩公堆[18]上跋马时，回望秦川树如荠。
依稀南指阳台云[19]，鲤鱼食钩猿失群。
湘妃庙下已春尽，虞帝城[20]前初日曛。
谢游桥[21]上澄江馆，下望山城如一弹。
鹧鸪声苦晓惊眠，朱槿花娇晚相伴。

顷之失职[22]辞南风，破帆坏桨荆江中。
斩蛟破璧[23]不无意，平生自许非匆匆。
归来寂寞灵台下，着破蓝衫出无马。
天官补吏[24]府中趋，玉骨瘦来无一把。
手封狴牢屯制囚[25]，直厅印锁黄昏愁。
平明赤帖使修表，上贺嫖姚收贼州[26]。
旧山万仞青霞外，望见扶桑出东海。
爱君忧国去未能，白道青松[27]了然在。

此时闻有燕昭台，挺身东望心眼开。
且吟王粲从军乐，不赋渊明归去来。
彭门十万皆雄勇，首戴公恩若山重。
廷评日下握灵蛇[28]，书记眠时吞彩凤[29]。
之子夫君郑与裴，何甥谢舅[30]当世才。
青袍白简风流极，碧沼红莲倾倒开。

我生粗疏不足数，梁父哀吟鸲鹆舞[31]。
横行阔视倚公怜，狂来笔力如牛弩[32]。
借酒祝公千万年，吾徒礼分常周旋。
收旗卧鼓[33]相天子，相门出相光青史。

【注释】

①转韵：即“换韵”，转换韵脚。唐代七言古诗中，有一类作品在诗中换韵，韵脚则平仄相间，如杜甫《高都护骢马行》。本篇仿此，多数四句一换韵，诗末叠用两句一换韵，平仄交互应用。

② 沛国：今江苏沛县之地，秦故泗水郡，汉改沛郡。

③ 隆准人：高鼻子的人，指汉高祖刘邦，史载刘邦“隆准而龙颜”。

④ 征东同舍：指同在徐州卢弘正（一作止）节度使幕府的僚属、同僚。

⑤ 悬征鞍：将征鞍高悬，不再转换门庭。

⑥ 蓝山宝肆：蓝田列肆，各种珍宝聚集甚多。蓝田山以出产美玉而闻名。肆，市集。

⑦ 青琅玕：青色的美玉。

⑧ 武威将军：指卢弘正，时镇守徐州。

⑨ 箭道惊杨叶：《战国策》记载：春秋时养由基善射箭，能百步穿杨，武艺高强。

⑩ 诘旦：明朝、明旦。

⑪ 邹枚：邹阳、枚乘，梁孝王的门客，西汉著名文士。

⑫ 公为会昌宰：大和八年（834），卢弘正由兵部郎中出为昭应县令，会昌是昭应县的旧名。

⑬ 赋高唐：宋玉为楚王作《高唐赋》，是著名的文坛典故。这里隐以宋玉自喻。

⑭ 铁冠：武宗会昌二年（842），卢弘正曾任御史中丞。御史中丞等官员所戴法冠以铁为柱，故云。

⑮ 芸香：一种香草，夹在书中以驱除蠹虫。

⑯ 昭桂：大中元年（847），李商隐接受桂州刺史、桂管防御观察使郑亚的辟请，任掌书记。桂州、昭州，均为辖地。

⑰ 辞兄弟：李商隐之弟羲叟初中进士，故有东郊兄弟相别一事。

⑱ 韩公堆：驿站名，在蓝田县南。

⑲ 阳台云：用“巫山神女”故事，借指荆楚、云梦一带。

⑳ 虞帝城：指桂林。桂林虞山下有舜的祠庙，故称。

㉑ 谢游桥：未详，当在桂林。一说谢灵运、一说谢朓曾游岭南，可能到过此地。

㉒ 失职：大中二年春，府主郑亚被贬官，李商隐罢职北归。

㉓ 斩蛟破璧：据《博物志》（卷七）记载：澹台子羽渡河，携带千金之璧，至中流波涛汹涌，两蛟挟船，子羽操剑击蛟皆死，最后毁璧而去。

㉔ 天官补吏：李商隐归京后，被吏部任命为京兆府周至县尉，后为京兆府掾属，假参军事。天官，指吏部。

㉕ 手封狴牢屯制囚：诗人当时的职责，包括管理监狱、囚犯等。狴牢，牢房。制囚，皇帝送来的犯人，钦点的囚犯。

㉖ 上贺嫖姚收贼州：唐宣宗大中三年，吐蕃内乱，有三州七关归顺唐朝。唐灵武节度使等奉诏接应。收贼州，即指此。汉代名将霍去病曾为嫖姚校尉，用以借喻唐朝诸将领。

㉗ 白道青松：指故山的道路、青松等景物。

㉘ 廷评日下握灵蛇：赞美同僚如握灵蛇之珠，有超凡的才华。廷评日下，指该同僚兼有京城大理寺评事的官衔。

㉙ 书记眠时吞彩凤：赞美幕府书记文采斐然，如同晋代罗含梦中有彩鸟飞入口中。罗含事见《晋书·文苑传》。

㉚ 何甥谢舅：赞美同舍何、谢二武官。何甥，东晋何无忌，是刘牢之的外甥。谢舅，谢安是羊昙的舅舅。

㉛ 鸲鸽舞：模拟鸲鸽鸟飞动之姿。晋代谢尚，曾在司徒王导面前跳“鸲鸽舞”，俯仰自如。

㉜ 笔力如牛弩：笔下雄健，有千钧之力。牛弩，强弓硬弩。

㉝ 收旗卧鼓：战胜后，收旗息鼓，凯旋而归。

【赏析】

唐宣宗大中三年十月，卢弘正调任武宁军节度使，镇守徐州。他上奏朝廷聘任李商隐为判官，得侍御史（从六品下）。李商隐接受了礼聘，安顿好家室后，就兴匆匆地赶赴徐州。

这时他对未来充满了希望与期待，他的心情是亢奋而快乐的，于是借着赠诗同僚的机会倾诉衷肠。诗中以他与府主卢弘正的交往为线索，回忆了自己大半生的人生经历，委婉表达内心蕴藏的夭矫不屈之气以及对府主知遇之恩的感激心情。这首歌行体的诗章可以划分为六个段落。首十六句以明丽昂扬的语调，讲述自己接受府主礼聘，在腊月大雪中来到徐州，与同舍友人聚会饮酒的心情。接下八句追忆入仕前后与府主卢弘正相互交往、得到赏识的历史，为后面的知遇之恩做铺垫。次十二句回忆追随郑亚南赴桂林的一段经历，因为顾忌到朝中政局纷争，所以只述行程风景，不涉及政务。又次十六句讲述郑亚被贬后，自己返归京师，仕途坎壈，遭遇困顿的境况，吐露了胸中一腔愤懑不平之气。再次十二句写节度使府延揽人才，自己慷慨入幕，决心报答府主之恩德，并赞美四位同僚均为一时之选，个个才华卓著。结尾八句展现自己的怀抱与性情，并祝愿府主卢弘正凯旋，入京拜相，青史永留美名。

在情感表达上，这首诗与他的《燕台》《无题》之类代表作品迥然不同。他一改那种忧伤缠绵、朦胧哀怨、隐约深晦的情感格调，而表现为豪情充沛、明丽俊朗、雄健顿挫、纵放自如。在格律上，诗的主体部分四句一换韵，而且平仄交互，极富韵律感。直到结尾才两句一换韵，戛然而止，令人回味不已。

清人冯浩认为这首诗语多豪迈，词必鲜妍，乃“神来妙境”。在李商隐的作品中，此诗可谓卓然而特立，历来受到人们的推许、激赏。

【辑评】

清纪昀《玉溪生诗说》：“此诗直作长庆体，而沉郁顿挫之气，时时震荡于其中。……起手苍苍茫茫，磊磊落落，是好笔法。‘路逢邹枚’二句，‘韩公堆上’二句，‘斩蛟断壁’二句，俱笔意雄阔，为篇中筋节。‘旧山万仞’四句，一纵一收，揽入本题，笔意起伏，尤是筋节处也。”

清管世铭《读雪山房唐诗序例》：“《转韵七十二句赠同舍》开合错顿中，一振当日凡庸之习，三百年之后劲也。”

近代张采田《玉溪生年谱会笺》：“此诗音节殊类高常侍（指高适），顿挫沉壮，绝不平钝，不得以元白拟之。”

五言古诗

房中曲[①]

蔷薇泣幽素[②]，翠带花钱小。
娇郎[③]痴若云，抱日西帘晓。
枕是龙宫石[④]，割得秋波色[⑤]。
玉簟失柔肤，但见蒙罗碧[⑥]。
忆得前年春，未语含悲辛。
归来已不见，锦瑟长于人。
今日涧底松[⑦]，明日山头檗[⑧]。
愁到天地翻[⑨]，相看不相识。

【注释】

① 房中曲：周有《房中乐》，汉初有《房中祠乐》。本诗是以悼亡为主题的新乐府曲。

② 泣幽素：（蔷薇）滴着秋露，好似忧伤暗泣一样。一说，"素"通"愫"。《刘子·言苑》："秋叶衔露如泣。"

③ 娇郎：指李商隐之子衮师。李商隐有《骄儿诗》，可参。

④ 龙宫石：宝石、美玉，其色晶莹照人。

⑤ 秋波色：伊人的眼神，如同秋水般澄澈明净。李贺诗："一双瞳仁

剪秋水。”

⑥ 蒙罗碧：梦盖着绿色的帷帐。一说，罗碧是青翠的被褥。

⑦ 涧底松：松树长在涧底，寓意地位卑贱。左思《咏史》：“郁郁涧底松。”

⑧ 山头檗：山头的黄檗树，树皮味苦，寓意心中痛苦深长。《子夜四时歌》：“黄檗向春生，苦心随日长。”

⑨ 天地翻：天地翻复，无穷无尽。

【赏析】

这是一首仿“长吉体”的悼亡诗。

宣宗大中五年（851）秋，李商隐的妻子王氏病故，这时他们结婚已有十四年，而诗人年届不惑，正值中年。妻子的去世，对于李商隐是一个沉重打击，从此他变得郁郁寡欢，一直到生命的终结。

这首诗首二句有很生动的形象感，写的是秋日的蔷薇，花叶上的露珠有如眼泪似的，蔷薇的藤叶仿佛青翠的衣带，上面有小花钱一样的斑斑点点。自然的物象如此，人们的理解却各不相同：一是认为它兴起一种忧伤的情感，相当于“兴”；二是认为它象征王氏卧病的情景，说“首句写她的病容，次句说她的消瘦”（叶葱奇语），相当于“比”；三是认为“泣幽素”“花钱小”寓意王氏死时“人归泉路而遗婴稚也”（陈伯海主编《唐诗汇评》引徐德泓语），相当于“比而兴”。母亲去世，而孩子尚处幼年，做母亲的悲伤、牵挂不舍是可以理解的。接下去二句写到幼儿不懂事，太阳高悬还在酣睡，不知母亲去世的悲伤，与另诗中“失母凤雏痴”意同。再接下四句写面对房中遗物，不禁触目伤怀。看见晶莹的玉枕，恍惚中仿佛看见妻子清澈的眼神；竹席上却再也看不到妻子的身影，只有绿色的帷帐低垂。再下四句回忆妻子染疾时的悲伤及病故后的凄凉，“锦瑟长于人”句凝聚了《锦瑟》诗中“一弦一柱思华年”的思绪，可以互参。最后四句把平生的坎坷与妻亡的悲伤融为一体，将宦场的悲苦失意与生离死别的巨大创痛凝结为地老天荒、相看不相识的长恨，寄情绵绵不尽，极为悲痛！

本诗用语奇崛幽艳，而情真意苦，在历代悼亡诗中别具一格。朱彝尊称结尾一联“言情至此，奇辟为千古所无”，十分耐人寻味。

【辑评】

清姚培谦《李义山诗集笺注》：“此悼亡诗也。起四句，以蔷薇反兴。下四句，言物在人亡。‘忆得’二句，言出门作别时。归来不见，却将锦瑟作衬。末乃致其地老天荒之恨也。”

清屈复《玉溪生诗意》：“痴若云，奇句。甚似长吉。”

近代张采田《玉溪生年谱会笺》：“长吉体以峭艳为宗，源出楚骚，真诗家之正嗣也。绝无诡怪之处。”

骄儿[1]诗

衮师我骄儿，美秀乃无匹。
文葆未周晬[2]，固已知六七。
四岁知姓名，眼不视梨栗。
交朋颇窥观，谓是丹穴物[3]。
前朝[4]尚器貌，流品方第一。
不然神仙姿，不尔燕鹤骨[5]。
安得此相谓？欲慰衰朽质。

青春妍和月，朋戏浑甥侄。
绕堂复穿林，沸若金鼎溢。
门有长者来，造次[6]请先出。
客前问所须，含意不吐实。
归来学客面，闒败秉爷笏[7]。

或谑张飞胡[8]，或笑邓艾吃[9]。
豪鹰毛崱屴[10]，猛马气佶傈[11]。
截得青筼筜[12]，骑走恣唐突。
忽复学参军[13]，按声唤苍鹘[14]。
又复纱灯旁，稽首礼夜佛。
仰鞭罥蛛网[15]，俯首饮花蜜。
欲争蛱蝶轻，未谢柳絮疾。
阶前逢阿姊，六甲[16]颇输失。
凝走[17]弄香奁，拔脱金屈戍[18]。
抱持多反侧，威怒不可律。
曲躬牵窗网，衉唾[19]拭琴漆。
有时看临书，挺立不动膝。
古锦请裁衣，玉轴[20]亦欲乞。
请爷书春胜[21]，春胜宜春日。
芭蕉斜卷笺[22]，辛夷[23]低过笔。

爷昔好读书，恳苦自著述。
憔悴欲四十，无肉畏蚤虱[24]。
儿慎勿学爷，读书求甲乙[25]。
穰苴司马法[26]，张良黄石术[27]。

便为帝王师，不假更纤悉[28]。
况今西与北，羌戎正狂悖。
诛赦两未成，将养如痼疾。
儿当速长大，探雏入虎窟[29]。
当为万户侯，勿守一经帙[30]！

【注释】

① 骄儿：受到宠爱之子。晋代左思有《娇女诗》。

② 文葆：婴儿绣饰的包被。周晬：一周岁的生日。

③ 丹穴物：指凤凰。《山海经·南山经》："丹穴之山，……有鸟焉，其状如鸡，五彩而文，名曰凤皇。"

④ 前朝：汉魏六朝，当时流行透过人的仪容气象品评人物的风气。建安刘劭有《人物志》三卷。

⑤ 燕鹤骨：下巴像燕，行走如鹤，古代认为是贵人的骨相。

⑥ 造次：仓促、匆忙之间。

⑦ 阑败秉爷笏：学着客人的样子，拿着父亲上朝时的笏板，破其门而入。笏，官员上朝时所持的手板。

⑧ 谑张飞胡：拿张飞多胡须来开玩笑。胡，即胡子、胡须。

⑨ 笑邓艾吃：嘲笑邓艾说话结结巴巴。邓艾是三国时蜀汉的大将，《世说新语》说"邓艾口吃，语称艾艾"。

⑩ 毛崱屴：（模仿）猛禽展翅时羽毛高耸之状。崱屴，耸立貌。

⑪ 气佶傈：（模仿）骏马英姿勃发、奔跑耸动之状。佶傈，壮健、奔驰貌。

⑫ 青篔筜：青翠的大竹。篔筜，一种节长而高大的竹子。

⑬ 参军：唐朝兴起一种参军戏，由参军与苍鹘两个角色表演滑稽戏。

⑭ 苍鹘：穿破败烂衣的仆从。略似后世的"副末"。

⑮ 罥蛛网：牵取蜘蛛网。罥，绊、挂。

⑯ 六甲：一说是对弈、博戏，一说是背诵、书写天干地支之名。

⑰ 凝走：坚持、硬是跑去。凝，坚决、坚定，读去声。

⑱ 金屈戌：铜制的铰链、合页。

⑲ 峈唾：吐唾沫，痰出口水。

⑳ 玉轴：唐人的写卷有轴，两端或镶嵌玉石。

㉑ 春胜：立春日祝贺春光降临的吉祥语。

㉒ 芭蕉斜卷笺：将纸笺斜卷，有如芭蕉叶。

㉓ 辛夷：即玉兰，开花前花苞形似毛笔尖，故又名“木笔”。

㉔ 畏蚤虱：畏惧跳蚤、虱子叮咬。蚤虱，隐喻小人。

㉕ 求甲乙：求取科举之名。唐代科举考试分甲、乙科目。

㉖ 穰苴司马法：代指兵书。穰苴是春秋时齐国大将，有《司马穰苴兵法》。

㉗ 张良黄石术：汉代张良潜匿下邳时，得遇黄石公，被授以《太公兵法》，曰：“读此，则为王者师矣！”

㉘ 纤悉：指琐碎、细末的知识、学问。

㉙ 探雏入虎穴：雏指幼虎，此即直捣虎穴之意，与“不入虎穴，焉得虎子”略同。

㉚ 一经帙：一部经书。帙，是包书的套子。

【赏析】

晋代左思的《娇女诗》，唐代李商隐的《骄儿诗》，是我国古代诗歌中父亲描写其子女的“双璧”，历来为人所称道。

父辈怜爱其子女，满怀慈祥与期待，乃是出自本能的血缘亲情。左思笔下的《娇女诗》，写其幼女面容白皙，眉目清秀，性情娇憨，一颦一笑，如见其人。诗中写到女孩子临镜梳妆、喜爱跳舞，忘记了读书，其天真可爱，“字字是女，字字是娇女”。李商隐《骄儿诗》写的是男孩，他更是调皮好动，野性十足。据考证，诗人之子衮师大约出生于会昌六年（846），这一年李商隐已经35岁。而《骄儿诗》写作时，衮师还是四岁的儿童。面对四岁的幼童，父亲的怜爱与娇宠，完全可以想见。

这首诗的第一段便写到衮师面容美秀，气度超逸，周岁能识字，四岁知礼仪，亲朋称赞这孩子是“丹穴物”（龙子凤孙），说将来一定大有出息。诗人也明白，亲朋的夸奖不过是安慰自己罢了！

第二段写到衮师的各种天真活泼、调皮捣蛋的表现，包括迎接、模仿客人、调笑参军戏中的角色、奔跑嬉闹、看大人写字，等等。在这一切的背后，可以感到作为慈父的诗人那怜惜、充满娇宠与深爱的目光！

与左思《娇女诗》不同的是结尾一段。在这一段中，诗人回忆了自己苦读著述而终身沉沦潦倒的人生遭遇，希望衮师不要再走皓首穷经的道路，而是要为国平定患乱、建立军功伟业、在朝得封万户侯！这里既有作为父亲对儿辈真切的期待，也有诗人内心郁积的牢骚与不平！

当代沈祖棻教授有《早早诗》，以外祖母身份写外孙女。诗末曰：“儿勿学家家（武汉人称呼姥姥为‘家家’），无能性复痴。词赋工何益，老大徒伤悲！”又曰：“书足记姓名，理必辨是非。……但走金光道，勿攀青云梯。”《早早诗》中蕴藏的诗思脉络，与这首《骄儿诗》有着异代同工之妙。

【辑评】

清姚培谦《李义山诗集笺注》：“起手夸其美秀之出群。‘青春妍和月’以下，正叙其恃爱作骄之态，写得纤悉如画。末以功名跨灶期之，通首以此为出路也。”

清屈复《玉溪生诗意》：“此拟左思《娇女诗》而作。虽不及其曲雅，颇有新颖之句。然胸中先有一段感慨方作也。”

清冯浩《玉溪生诗集笺注》：“全仿左太冲《娇女诗》，而后幅缀以感慨。”

行次西郊[①]作一百韵

蛇年建丑月[②]，我自梁还秦。
南下大散岭[③]，北济渭之滨。
草木半舒坼[④]，不类冰雪晨。
又若夏苦热，燋卷无芳津[⑤]。
高田长檞枥[⑥]，下田长荆榛。
农具弃道旁，饥牛死空墩。
依依过村落，十室无一存。
存者皆面啼[⑦]，无衣可迎宾。

始若畏人问，及门还具陈。
右辅[⑧]田畴薄，斯民常苦贫。
伊昔称乐土，所赖牧伯[⑨]仁。
官清若冰玉，吏善如六亲。
生儿不远征，生女事四邻。
浊酒盈瓦缶，烂谷堆荆囷[⑩]。
健儿庇旁妇[⑪]，衰翁舐童孙。

况自贞观后，命官多儒臣。
例以贤牧伯，征入司陶钧[12]。

降及开元中，奸邪挠经纶[13]。
晋公[14]忌此事，多录边将勋。
因令猛毅辈[15]，杂牧升平民。
中原遂多故，除授非至尊。
或出幸臣辈，或由帝戚恩。
中原困屠解，奴隶厌肥豚[16]。
皇子弃不乳[17]，椒房抱羌浑[18]。
重赐竭中国，强兵临北边。
控弦二十万，长臂皆如猿。
皇都三千里，来往同雕鸢[19]。
五里一换马，十里一开筵。
指顾动白日，暖热回苍旻[20]。
公卿辱嘲叱，唾弃如粪丸。
大朝会万方，天子正临轩。
彩旗转初旭[21]，玉座当祥烟。
金障既特设，珠帘亦高褰。
捋须蹇不顾[22]，坐在御榻前。
忤者死跟履，附之升顶颠。
华侈矜递炫[23]，豪俊相并吞。
因失生惠养，渐见征求频。

奚寇[24]西北来，挥霍[25]如天翻。
是时正忘战，重兵多在边。

列城绕长河，平明插旗幡。
但闻虏骑入，不见汉兵屯。
大妇抱儿哭，小妇攀车轓。
生小太平年，不识夜闭门。
少壮尽点行，疲老守空村。
生分作死誓，挥泪连秋云。
廷臣例獐怯[26]，诸将如羸奔[27]。
为贼扫上阳，捉人送潼关。
玉辇望南斗，未知何日旋。
诚知开辟久，遘此云雷屯[28]。
送者问鼎大[29]，存者要高官。
抢攘互间谍，孰辨枭与鸾[30]！
千马无返辔，万车无还辕。
城空鼠雀死，人去豺狼喧。
南资竭吴越，西费失河源[31]。
因今右藏库，摧毁惟空垣。
如人当一身，有左无右边。
筋体半痿痹，肘腋生臊膻[32]。

列圣蒙此耻，含怀不能宣。
谋臣拱手立，相戒无敢先。
万国困杼轴[33]，内库无金钱。
健儿立霜雪，腹歉衣裳单。
馈饷多过时，高估铜与铅。
山东望河北，爨烟犹相联。
朝廷不暇给，辛苦无半年。

行人推行资[34]，居者税屋椽[35]。
中间遂作梗，狼藉用戈铤[36]，
临门送节制，以锡通天班[37]。
破者以族灭，存者尚迁延。
礼数异君父，羁縻如羌零[38]。
直求输赤诚，所望大体全。
巍巍政事堂，宰相厌八珍。
敢问下执事，今谁掌其权。
疮疽几十载，不敢扶其根。
国蹙赋更重，人稀役弥繁。

近年牛医儿[39]，城社更扳援。
盲目把大旆[40]，处此京西藩[41]。
乐祸忘怨敌，树党多狂狷。
生为人所惮，死非人所怜。
快刀断其头，列若猪牛悬。
凤翔三百里，兵马如黄巾[42]。
夜半军牒来，屯兵万五千。
乡里骇供亿[43]，老少相扳牵。
儿孙生未孩，弃之无惨颜。
不复议所适，但欲死山间。
尔来又三岁，甘泽不及春。
盗贼亭午起，问谁多穷民。
节使杀亭吏，捕之恐无因。
咫尺不相见，旱久多黄尘。
官健[44]腰佩弓，自言为官巡。

常恐值荒迥[45]，此辈还射人。
愧客问本末，愿客无因循。
郿坞抵陈仓[46]，此地忌黄昏。

我听此言罢，冤愤如相焚。
昔闻举一会[47]，群盗为之奔。
又闻理与乱，在人不在天。
我愿为此事，君前剖心肝。
叩头出鲜血，滂沱污紫宸[48]。
九重黯已隔，涕泗空沾唇。
使典作尚书[49]，厮养为将军[50]。
慎勿道此言，此言未忍闻。

【注释】

① 行次西郊：旅程行途之中，夜宿于长安以西的郊区。次，旅途或行军途中停留。

② 蛇年建丑月：指开成二年（837）腊月。开成二年是丁巳年，十二生肖中属蛇。建丑，北斗星斗柄指向丑，是腊月。

③ 大散岭：在陕西宝鸡市西南。大散关即因大散岭而得名。

④ 半舒坼：因为天气干旱，草木大半脆裂。坼，裂开。

⑤ 燋卷无芳津：因为没有水分滋润，秧苗枯焦。燋，同“焦”。

⑥ 槲枥：指野生的杂树、灌木。枥，栎树。

⑦ 皆面啼：不面对人，背面哭泣。面，通“偭”，背向。一说“皆”乃“背”之讹。

⑧ 右辅：长安以西，汉代属扶风郡，为“三辅”之一。京都附近地区又称“辅”。

⑨ 牧伯：古代称地方州郡最高行政长官为州牧、方伯。

⑩ 荆囷：用荆条编织包围起来的谷囤、粮仓。

⑪ 旁妇：旁妻，指妾。

⑫ 司陶钧：指充任宰辅大臣，调治社会，管理国家。

⑬ 经纶：指国家大政、纲纪。

⑭ 晋公：李林甫，曾受封晋国公，开元二十三年拜相。执掌权柄期间，朝政日益败坏。

⑮ 猛毅辈：指执掌兵权、骄横恣肆的边将，如安禄山等人。

⑯ 奴隶厌肥豚：指官府的奴仆、走卒，都奢侈享受，吃厌了肥肉美食。厌，饱足。

⑰ 皇子弃不乳：开元二十五年，因受诬告，太子李瑛、鄂王李瑶、光王李琚被杀。不乳，不予抚养，即赐死。

⑱ 椒房抱羌浑：椒房指后妃的宫室，羌浑指安禄山。据记载：杨贵妃曾收安禄山为“养子”。

⑲ 雕鸢：鹰、鹫之类的猛禽。

⑳ 苍旻：苍天，或喻指君王。形容气焰熏天，可以改变气候之寒热。

㉑ 初旭：初升之旭日。

㉒ 捋须蹇不顾：形容安禄山在御座前抚摩胡须，举止傲慢恣肆，不顾及朝堂礼仪。蹇，偃蹇，骄傲。

㉓ 华侈矜递炫：竞相显示住所华丽，奢侈享受。矜递炫，迭相夸示、炫耀。

㉔ 奚寇：指安禄山叛军。奚，北方少数民族。叛军中多奚族人。

㉕ 挥霍：形容行动迅速，一挥之间。

㉖ 獐怯：獐子胆怯多疑，遇惊则奔跑。

㉗ 羸奔：如羊群奔逃。羸，瘦羊。

㉘ 遘此云雷屯：遭遇此种艰苦危难。遘，遭逢。云雷屯，屯卦上卦

象征云，下卦象征雷，《周易》解卦认为云雷相交就有艰难危险发生。

㉙ 问鼎大：问鼎之轻重大小，窥伺朝廷，有叛逆之心。问鼎，古人以问鼎中原为图谋篡逆之表象。

㉚ 枭与鸾：枭是猫头鹰，古人认为是恶禽，以喻奸邪；鸾是凤凰一类的善鸟，以喻忠贞。

㉛ 西费失河源：黄河上游被吐蕃占领，痛失朝廷财源。河源，指河西、陇右地区。

㉜ 肘腋生臊膻：周边的要害地区也被西北游牧民族占领了。肘腋，本指人的胳膊肘、腋下窝，喻指关键、切要之地。

㉝ 困杼轴：物资匮乏，供给困难。杼轴，织布的梭子与机轴。

㉞ 推行资：向行商征收资税。

㉟ 税屋椽：所居住房屋也要交税。唐德宗建中三年（782），在各交通要道开始征收货物税，次年开始征收房屋税。

㊱ 狼藉用戈鋋：（藩镇）任意动用军队，暴力作乱，一片狼藉。戈鋋，长戈、短矛一类兵器。

㊲ 以锡通天班：赏赐给以朝廷要职，如宰相的虚衔。锡，赐给。天班，朝中近臣。

㊳ 羁縻如羌零：笼络维系藩镇将领，如同对待西羌外族一般。羁縻，牛马的笼头、缰绳。羌零，汉代西羌族有“先零羌”。

㊴ 牛医儿：东汉黄宪，其父为牛医，被人称为“牛医儿”。此借指郑注，有鄙视之意。郑注，山西绛州人，以医术见重于世。后来得到文宗信任，与李训合谋诛灭宦官，“甘露之变”中兵败被杀。

㊵ 盲目把大旆：郑注有眼疾，不能远视，被朝廷任命为凤翔节度使，故云。大旆，军中大旗。

㊶ 京西藩：凤翔地处长安以西，为京西之屏障。

㊷ 兵马如黄巾：“甘露之变”中，宦官派出禁军焚杀抢掠，祸害百

姓，如同盗匪。黄巾，旧指黄巾军为盗贼，故云。

㊸ 骇供亿：禁军勒索财物，供给军需，无穷无尽，百姓惊惧不堪。供亿，供给的物资。

㊹ 官健：地方官府招募的士卒，防盗匪，维持治安。

㊺ 荒迥：荒野偏远之地。

㊻ 郿坞抵陈仓：郿坞在陕西郿县北，陈仓在陕西宝鸡市南。

㊼ 举一会：春秋时晋国任用士会治国理政，“于是晋国之盗，逃奔于秦”。会，指士会，晋国正卿，又称随会、随武子。

㊽ 滂沱污紫宸：叩头鲜血涌出，染红了紫宸殿。滂沱，流血不止。紫宸，宫殿名。

㊾ 使典作尚书：使典是掌管文案的小吏，尚书是尚书省六部的高级政务官。

㊿ 厮养为将军：宦官乃是厮养的家奴，却成了统率军队的将军。

【赏析】

唐文宗开成二年（837），对于李商隐是不寻常的一年。这年他刚二十六岁，正值青春芳华，在科举上努力上进，并积极关注、思考着王朝政治的变迁。春天，他考中了进士。因为恩主令狐楚正患重病，他于是匆忙赶赴兴元镇所（令狐楚时任兴元节度使）。冬十一月，令狐楚病逝，他撰写了《代彭阳公遗表》，然后跟随灵柩返回京城。在途经长安西郊时，他将亲身目见耳闻的社会残破、民生疾苦状况以及对于朝政兴衰变故的深刻忧思凝结为诗篇，写成这首五古作品。

这是一篇深思历史、忧国忧民的长篇巨制，它表现了诗人的政治历史观以及民胞物与的赤子情怀，在他以抒情婉约、隐晦缠绵为主要特色的诗作中显得别具一格，值得珍视。

这首诗可分为三个部分。第一部分首八韵（十六句）是发端，描写诗人经过长安西郊时所见到的一片荒凉残破、民生艰困的景象。第二部分是主体，共八十四韵（一百六十八句），通过村民的诉说，讲述唐王朝由贞观之治到甘露之变二百余年以来朝政的兴衰变故，以及由此引发农村农民生态境况的改变，试图揭示出王朝治乱、兴衰的经验教训，并寻求改良之方。第三部分是结尾八韵（十六句），抒写诗人听罢讲述后的悲愤与感想，全诗至此戛然而止。

第二部分讲述唐王朝的治乱史，所占分量最重，意蕴最厚，篇幅最长，又可以细分为几个层次。“右辅田畴薄”以下八韵说初唐政治开明时期，官吏清廉，农民生活安宁宽裕；“降及开元中”以下二十韵，说开元以后朝政逐渐昏暗，任用非人，民生陷入困境，尤其是宠信安禄山埋下了朝廷政治的大患。“奚寇西北来”以下二十韵讲述“安史之乱”爆发，百姓逃亡，朝政混乱不堪，藩镇割据，财政困蹶，难以为继。“列圣蒙此耻”以下十七韵说到“安史之乱”后，国库空虚，地方军阀凭借武力，叛乱相继，朝廷无能为力，姑息养奸，赋税更重，民生更苦。“近年牛医儿”以下十八韵说到三年前“甘露之变”，宦官逞凶，朝野蒙难，此后天灾人祸频降，穷苦百姓没有活路，被逼铤而走险。而今盗匪遍野，客官一定要当心啊！

诗中夹叙夹议，深刻揭露了藩镇割据、宦官专权、权贵骄奢淫逸以及吏治败坏的种种乱象，而描述百姓赋税繁重，民生维艰的悲惨景象，尤其真实感人，表现了诗人真诚可贵的人道情怀。诗中提出的改良方案是任用贤者，“例以贤牧伯，征入司陶钧”。将那些贤能的地方官员提拔到朝廷去，用儒家思想来规范并改进王朝政治。由于时代的局限，诗人未能看到问题的本质，没有看到皇权体制必然催生出的各种弊端。任何“家天下”的王朝都会经历一个兴衰、没落、败亡相续的历史循环，这是皇权政治的“魔咒”，概莫能外。

【辑评】

清何焯《义门读书记》："此等杰作，可称诗史，当与少陵《北征》并传。"

清冯浩《玉溪生诗集笺注》："朴拙盘郁，拟之杜公《北征》，面貌不同，波澜莫二。自古有叛臣必由于权奸，而牧令失人，民生日蹙，元气日削，尤为致乱之本。"

清朱庭珍《筱园诗话》："五言长篇，始于乐府《孔雀东南飞》一章，而蔡文姬《悲愤诗》继之。唐代则工部之《北征》《奉先述怀》二篇，玉溪《行次西郊》一篇，足以抗衡。"

井泥[1]四十韵

皇都依仁里[2]，西北有高斋。
昨日主人氏，治井堂西陲。
工人三五辈，辇出土与泥。
到水不数尺，积共庭树齐。
他日井甃[3]毕，用土益作堤。
曲随林掩映，缭以池周回。
下去冥寞穴[4]，上承雨露滋。
寄辞别地脉，因言谢泉扉。
升腾不自意，畴昔忽已乖[5]。

伊余掉行鞅[6]，行行来自西。
一日下马到，此时芳草萋。

四面多好树，旦暮云霞姿。
晚落花满地，幽鸟鸣何枝？
萝幄既已荐[7]，山樽亦可开。
待得孤月上，如与佳人来。
因兹感物理，恻怆平生怀。

茫茫此群品，不定轮与蹄[8]。
尧[9]得舜可禅，不以瞽瞍[10]疑。
禹竟代舜立，其父吁咈哉！
嬴氏并六合，所来因不韦[11]。
汉祖把左契[12]，自言一布衣。
当涂[13]佩国玺，本乃黄门[14]携。
长戟乱中原，何妨起戎氐[15]！

不独帝王耳，臣下亦如斯。
伊尹佐兴王，不藉汉父资[16]。
磻溪老钓叟[17]，坐为周之师。
屠狗与贩缯[18]，突起定倾危。
长沙启封土[19]，岂是出程姬！
帝问主人翁[20]，有自卖珠儿。
武昌昔男子[21]，老苦为人妻。
蜀王有遗魄[22]，今在林中啼。
淮南鸡舐药[23]，翻向云中飞。

大钧运群有，难以一理推。
顾于冥冥内，为问秉者谁？

我恐更万世，此事愈云为。
猛虎与双翅[24]，更以角副之。
凤凰不五色，联翼上鸡栖。
我欲秉钧者[25]，朅来与我偕！
浮云不相顾，寥泬谁为梯[26]？
怊怅夜将半，但歌井中泥。

【注释】

① 井泥：《周易·井卦》："井养而不穷也。"又曰："井泥不食。"井水养育生民，若井中有泥，则水不能饮。

② 皇都依仁里：东都洛阳，有依仁里。

③ 井甃：用砖砌井壁。甃，井壁。

④ 冥寞穴：幽暗的穴洞，指井底。

⑤ 畴昔忽已乖：与昔日的境况完全不同。乖，乖异、相背离。

⑥ 伊余掉行鞅：我曾经从容驾驭车马来到此地。掉行鞅，调正马颈上的皮带。

⑦ 萝幄既已荐：树木间挂满了藤萝，如同幄帐。荐，献，陈设。

⑧ 轮与蹄：车轮与马蹄，行进变动不已。

⑨ 尧：一作"喜"，形近而讹。

⑩ 瞽瞍：虞舜的父亲，《史记》说"舜父瞽叟顽"，有目而不能分辨好恶，故名。

⑪ 所来因不韦：（秦始皇嬴氏）其实来自吕不韦的安排。《史记》说，吕不韦将已经怀孕的美姬送给秦太子，生下了嬴政，就是后来的秦始皇。

⑫ 左契：古代刻木为契，分为左右，双方分执以为符信。贷方执左契，借方执右契。执左契者为债权人，处在主动地位。《老子》七十九章："圣人执左契而不责于人。"

⑬ 当涂：指曹操建立的魏王朝。汉代谶纬书有云：“许昌气见于当涂高。……魏当代汉。”

⑭ 黄门：指宦官。曹操之父曹嵩是宦官曹腾的养子。

⑮ 戎氐：泛指魏晋南北朝所谓“五胡”，即匈奴、羯、鲜卑、氐、羌五族，曾占据中原，建立政权。

⑯ 不藉汉父资：据《列子》说，伊尹生于空桑之中，故不知其父。汉父，即父亲。

⑰ 磻溪老钓叟：指姜太公吕尚，八十岁得遇周文王。此前曾垂钓于磻溪。磻溪，在渭水边。

⑱ 屠狗与贩缯：传说汉初舞阳侯樊哙，贫贱时“以屠狗为事”；颍阴侯灌婴，“贩缯者也”。

⑲ 长沙启封土：汉长沙定王刘发的母亲只是程姬的侍女，刘发却被封土为王。启封土，封土立国。

⑳ 帝问主人翁：据《汉书》记载，董偃之母卖珠为生，后来得到公主的宠幸，汉武帝曾经优礼相待，称为“主人公”。

㉑ 武昌昔男子：《搜神记》记载：汉哀帝时，“豫章有男子化为女子，嫁为人妇”。武昌，或为“南昌”之误。

㉒ 蜀王有遗魄：传说蜀国望帝杜宇死后，魂魄化作杜鹃。

㉓ 淮南鸡舐药：汉淮南王刘安得道，鸡犬升天。

㉔ 猛虎与双翅：猛虎增添双翼，更加残暴，为所欲为。《法言》：“或问……酷吏，曰‘虎哉虎哉，角而翼者也’！”

㉕ 秉钧者：秉持、主宰天地万物之造化者。

㉖ 寥泬谁为梯：我欲登天，谁可相援引以为天梯？寥泬，寥廓而幽深者，指天空。

【赏析】

这是一首探求人生及社会升沉变化的哲理诗。

我国最早的哲理诗，应属屈原的《天问》。屈原把他对于天地自然以及三代以来历史变迁的种种疑问，归纳为170多个问题，一一提出质询。《天问》涉及天地之间一切不可知、不可解之事，试图探寻隐藏在背后的奥秘。李商隐的《井泥四十韵》诗继承了这种对于天地自然、社会历史的探索精神，想要参透皇权时代掌控人世变迁、人生升沉荣辱的势力背后的玄机，并从中寄托了自己的身世不遇之感，所以清人何焯说它是“《天问》之遗”。

不过《井泥四十韵》一诗是从具体的场景下笔，因而更富于文学性，也更具有形象感。诗从“皇都依仁里”到“畴昔忽已乖”十八句为第一段，描写洛阳依仁里一家主人疏浚古井，将深处的井泥淘出，用泥土堆作池塘的堤岸，又栽种了花草林木，于是这些昔日深埋井下的淤泥得到阳光的抚照、雨露的滋润，而顿时改观了。从“伊余掉行鞅”到“恻怆平生怀”十四句是第二段，说我从西边归来时，这里已是花开鸟鸣，芳树萋萋，宾客在月下聚会时，这里呈现出一派富贵景象。诗人由此感叹万物变化之理，禁不住凄怆伤怀，由具体的自然物象进而思考人间万物内在的玄理。从“茫茫此群品”到“何妨起戎氏”十四句是第三段，历数君王得位方式手段的不同，有禅让，有阴谋，有造反，有暴力，一切都是变化造成的。从“不独帝王耳”到“翻向云中飞”十八句是第四段，历数人间臣民众生的尊卑荣辱，同样是变化无端，无理可循。有孤儿成为辅佐大臣，有老翁成为帝王之师，有市井百姓为朝廷定安危，有侍女之子封土为王，有“卖珠儿”突然获得富贵，有男子变为妇女之身，有魂魄化作林中之鸟。这一切人事变化的背后，是由谁来决定的呢？最后“大钧运群有”到诗末十六句是第五段，追问天地之间，这一切升沉荣辱的主宰是谁？并对未来表达了深重的忧虑。诗人担心的是，未来凶恶的老虎会增添翅膀与角，恶者会更恶，更加残害百姓；而五彩的凤凰会被关进鸡笼里，贤者被排斥，不得其位。诗人想到自己仕途坎壈，终生不遇，登天无梯，夜半难以成眠，只能写下这首诗来倾吐一腔忧思。

关于这首诗的写作时间、背景以及可能的寓意，曾经有过不同的推测。有人认为武宗初立，李德裕入相、杨嗣复被远斥江湘，诗因此而作。也有人认为宣宗大中初年，牛李党争中李德裕被贬逐，朝中形势易位，是诗作的大背景。另有学者认为诗中感慨“意绪颓唐”，应该是晚年思考朝代兴衰变迁以及个人身世荣辱的作品，此说稳妥，大致可以确立。

【辑评】

清朱鹤龄《李商隐诗集注》：“《易》云：井泥不食。故以起兴，深刺世之沉污下才而幸居高位者。舜、禹以下，杂言古今升沉变态，难以理断。猛虎角翼，小人乘权。凤凰鸡栖，君子失位。所以三叹于浮云之不可梯也。此诗与前诗‘使典作尚书，厮养为将军’同意，必有所指。”

清冯浩《玉溪生诗集笺注》：“行行来自西，自长安至东都也。溯其游踪，玩其引古，盖当文宗崩、武宗立，杨嗣复辈远斥江湘，李德裕由淮南入相之时。”

近代张采田《玉溪生年谱会笺》：“此篇感念一生得丧，赞皇辈无端遭贬，令狐辈无端秉钧，武宗忽而殂落，宣宗忽而得位，皆人事天时难以理推之意。有所触，不觉累累满纸，怨愤深矣。……即以诗格论之，意绪颓唐，亦近晚年。”

图书在版编目（CIP）数据

李商隐诗品汇 / 李中华，谢泉撰．-- 武汉 ：崇文书局，2022.4
（中国古典诗词品汇）
ISBN 978-7-5403-6583-7

Ⅰ．①李… Ⅱ．①李… ②谢… Ⅲ．①李商隐（812-约 858）—唐诗—诗歌欣赏 Ⅳ．① I207.227.42

中国版本图书馆 CIP 数据核字（2022）第 034513 号

出 品 人　韩　敏
责任编辑　李少华
封面设计　甘淑媛
责任校对　董　颖
责任印制　李佳超

李商隐诗品汇
LISHANGYIN SHI PIN HUI

出版发行　长江出版传媒 | 崇文书局
地　　址　武汉市雄楚大街 268 号 C 座 11 层
电　　话　(027)87677133　邮政编码　430070
印　　刷　湖北新华印务有限公司
开　　本　880mm×1230mm　1/32
印　　张　12
字　　数　250 千
版　　次　2022 年 4 月第 1 版
印　　次　2022 年 4 月第 1 次印刷
定　　价　49.00 元